CHRONIQUES DU FUTUR

L'histoire extraordinaire de Paul Amadeus Dienach

Tirées des Pages de son Journal

Éditées par Achilleas Sirigos

This Way Out Productions
ISBN : 978-618-82218-6-4
Première Édition

Écrit par Paul Amadeus Dienach
Édité par Achilleas Sirigos

Illustration de couverture par Jeff Brown
Traduit par Emmanuel Bigou

Aux victimes de la crise grecque (2009–)
et aux millions d'immigrants
qui ont risqué leur vie dans la mer Égée
en quête d'un avenir meilleur pour eux et pour leurs enfants.

Table des Matières

"Άμμες δε γ' εσσόμεθα πολλῷ κάρρονες"

**Nous nous élèverons bien au-dessus de vous*

Serment Promissoire des jeunes spartiates envers les aînés
[Plutarque : « Lycurgue 21 »]

PRÉFACE DE L'ÉDITEUR

Les introductions s'emploient généralement à extraire la substantifique moelle d'un livre, en mettant en exergue les temps forts du récit que vous vous apprêtez à lire. Ce n'est pas le cas de la mienne. Plutôt, je vais vous livrer l'histoire qui a vu naître ce texte, celle de son cheminement des années 20 à aujourd'hui.

Cet ouvrage recense les carnets d'un homme dont les mots n'ont jamais eu vocation à être révélés au monde. Il met en lumière une expérience passée sous silence par peur du ridicule et de l'incrédulité. Au cours de votre progression dans ses mémoires les plus intimes, la raison de cette clandestinité vous apparaîtra clairement – l'auteur affirme avoir voyagé dans le futur, pour finalement rejoindre son époque d'origine, le XXe siècle d'Europe centrale, dont il fournit une description détaillée qui relate avec précision le déroulement de son périple.

Les protagonistes historiques de cette fabuleuse histoire vraie sont au nombre de deux : Paul Amadeus Dienach, l'auteur, et George Papachatzis, étudiant de Dienach en langue allemande, à qui il a légué ses notes – le journal qui se trouve aujourd'hui en votre possession.

Maintenant que les présentations sont faites, il est temps de découvrir leur histoire étape par étape.

Paul Amadeus Dienach était un professeur helvéto-autrichien à la santé fragile. Son père était un Suisse germanophone et sa mère une Autrichienne originaire de Salzburg. Après être sorti d'un coma d'un an causé par une maladie grave, Dienach a voyagé en terres grecques en automne 1922 dans l'espoir qu'un climat salubre améliore son état.

Pendant son séjour en Grèce, Dienach a dispensé des cours de français et d'allemand afin de s'assurer un revenu minimum. Parmi ses élèves figurait George Papachatzis, un étudiant que Dienach appréciait tout particulièrement. Papachatzis décrit son professeur comme « un homme très méticuleux et modeste qui s'attachait au détail ».

Dienach, comme nous l'apprend Papachatzis, est né dans la banlieue de Zurich et a passé son adolescence dans un village situé non loin de la grande capitale suisse. Il a ensuite suivi des études humanitaires avec un fort tropisme pour l'histoire des cultures et la philologie classique. Il aurait fini par succomber à la tuberculose à Athènes, en Grèce, ou alors qu'il rejoignait sa terre natale par l'Italie, probablement au premier trimestre de 1924.

Avant de rendre son dernier souffle, Paul Dienach confia à Papachatzis une partie de sa vie, un morceau de son âme – son journal. Sans lui dévoiler en quoi consistaient ses notes, il lui a laissé pour seules consignes de faire usage de ces documents afin d'améliorer son niveau d'allemand en les traduisant vers le grec.

Papachatzis a respecté la volonté de son professeur. Il a d'abord pensé qu'il s'agissait d'un roman, mais à mesure que le travail de traduction progressait, il ne tarda pas à comprendre que les notes étaient en réalité son journal… du futur !

Dès lors, il apparaît nécessaire d'aborder un sujet d'importance majeure. Il semble que Dienach ait été atteint d'encéphalite léthargique, une affection neurologique mystérieuse qui produit des auto-anticorps en réponse à une surcharge neuronale. Le premier épisode de sommeil léthargique qu'a connu Dienach a duré 15 jours. Quant au second, il s'est étalé sur une période d'un an…

Alors hospitalisé à Zurich, Dienach affirme avoir intégré le corps d'une autre personne, celui d'Andréas Northam, qui vivait en l'an 3906 apr. J.-C.

Une fois sorti de son coma, Dienach n'a pas jugé bon de confier cette expérience hors du commun par crainte d'être considéré comme fou. Ce qu'il a fait, en revanche, c'est coucher par écrit l'ensemble de ses souvenirs liés à ce qu'il avait entrevu du futur.

Vers la fin de sa vie, il a même cessé d'enseigner afin de dégager le plus de temps possible pour consigner tout ce dont il pouvait se souvenir.

Dienach narre l'entièreté de son vécu au cœur de l'environnement et de la société de l'an 3906 apr. J.-C., selon l'esprit et avec le savoir limité d'un homme du XXe siècle. Ce travail de l'auteur n'eut rien d'une sinécure. Il fait valoir qu'un grand nombre de choses dont il a été témoin ont échappé à son entendement, et qu'il n'était pas familiarisé avec leurs termes, leur technologie ou le cheminement qu'ils ont suivi.

Dans ses mémoires, il soutient que ses interlocuteurs du futur avaient une parfaite connaissance de sa condition médicale singulière, qu'ils qualifiaient de « glissement de conscience », et ces derniers ont transmis à Dienach autant de connaissances que possible quant aux événements historiques du XXIe au XLe siècle. La seule période pour laquelle ils n'ont rien exposé de précis est celle du XXe siècle, dans l'éventualité où la conscience de Dienach regagnerait son enveloppe et son époque d'origine (ce qu'il s'est produit), car ils jugeaient dangereux de lui révéler son futur immédiat, celui de son époque, et ainsi prendre le risque que le cours de l'Histoire et de sa vie en soit perturbé et altéré.

À la lecture du récit unique et intime de Dienach page après page, vous serez à même d'interpréter ce qu'il dit avoir observé de l'humanité, de notre planète et de notre évolution.

Vous vous demanderez peut-être ce qu'il est advenu du journal depuis tout ce temps, de la lointaine année 1926 à aujourd'hui, presque un siècle plus tard ?

George Papachatzis a progressivement traduit les notes de Dienach – avec un niveau d'allemand largement perfectible – sur une période de quatorze ans (1926–1940), essentiellement pendant son temps libre et les vacances estivales. La Seconde Guerre mondiale et la guerre civile grecque ont entravé la mise en œuvre de ce projet visant à disséminer la fabuleuse histoire qui avait atterri sur son bureau depuis tant d'années.

La veille de Noël 1944, Papachatzis séjournait avec des amis dans une maison également occupée par l'Armée grecque. Lorsque les soldats ont aperçu les notes de Dienach, lesquelles étaient naturellement rédigées en langue allemande, elles ont éveillé leurs soupçons et ils les ont confisquées. Ils ont indiqué à Papachatzis qu'ils les lui restitueraient seulement après avoir passé leur contenu en revue. Il n'en fut rien. Heureusement, entre-temps, Papachatzis avait déjà achevé de les traduire.

George Papachatzis a tenté de glaner des informations sur Dienach en se rendant une douzaine de fois à Zurich entre 1952 et 1966. Il a échoué à en trouver la moindre trace, le moindre parent, voisin, ou ami. Dienach, qui aurait combattu aux côtés des Allemands pendant la Première Guerre mondiale, n'a sans doute jamais communiqué sa véritable identité à la Grèce, pays qui a combattu l'Allemagne.

Après la fin de la Seconde Guerre mondiale et de la guerre civile grecque, Papachatzis remit la version traduite du journal à quelques-uns de ses amis – francs-maçons, théosophes, professeurs de théologie et deux Allemands antinazis – après quoi, une fois que tous comprirent la nature de ces écrits, ces derniers sont demeurés au sein d'un cercle fermé de philosophes et d'une loge maçonnique, dont Papachatzis était membre de haut rang. L'ouvrage reçut la plus grande attention des francs-maçons, qui ne souhaitaient pas que ces informations s'éventent. Ils prêtaient au livre un caractère presque sacré et considéraient qu'il regorgeait de connaissances sur le futur de l'humanité, ce qui lui valut d'être conservé dans un milieu restreint.

En fin de compte, à la suite de divergences d'opinions majeures, George Papachatzis prit la décision de publier le Journal de Dienach en 1972. Cette période correspond à la phase la plus difficile de la dictature grecque, qui dura sept ans. De vives contestations émanant de certains milieux ecclésiastiques – qui jugeaient le livre hérétique – et la chute de la dictature un an plus tard, virent la première édition jetée dans l'oubli. L'avenir ne présentait aucun intérêt à une époque où le présent connaissait tant de difficultés et de violence.

Tous ces facteurs, en sus de la complexité de la langue et du style rugueux de Dienach, dont les notes mêlent des éléments de son passé à son expérience du futur, rendaient son récit encore plus hermétique. Seule une poignée de personnes prirent le temps et eurent la patience de percer à jour les savoirs secrets que recelaient près d'un millier de pages.

En 1979, une autre édition intitulée « La Vallée des Roses » paraît en Grèce. Toutefois, l'ouvrage connaît le même sort et ne fait pratiquement pas parler de lui, si ce n'est au sein d'un public d'initiés.

Papachatzis est décédé douze ans plus tard, et sa famille n'a pas souhaité poursuivre ses travaux de publication après l'échec qu'a connu cette entreprise littéraire.

Alors que Papachatzis n'était qu'un simple étudiant au moment de recevoir le journal de Dienach, il deviendra par la suite un membre très respectable de la société grecque : d'abord éminent professeur de droit administratif, puis recteur de l'Université des sciences sociales et politiques Panteion, et enfin membre fondateur de la Société philosophique grecque et vice-président du Conseil d'État, la Cour suprême de Grèce. Homme d'une crédibilité irréprochable, il avait beaucoup à perdre en publiant les travaux de Dienach, et cela suffit à démontrer qu'il était intimement convaincu de leur authenticité.

Vingt-deux ans se sont écoulés avant que les carnets ne soient repris par un éditeur indépendant, Radamanthys Anastasakis, qui a décidé de republier la version de Papachatzis, à petit tirage, et sans y apporter la moindre modification.

C'est alors que j'ai découvert le livre et que j'ai entrepris de le « restaurer », sans les sentimentalités qui ont empêché Papachatzis de produire une traduction authentique des écritures « sacrées » de son professeur. Près d'un siècle après la rédaction du manuscrit original, cet exercice s'est avéré nécessaire pour qu'un lecteur du XXIe siècle puisse appréhender ce qu'un homme du XXe siècle a voulu exprimer.

Et je m'y suis employé, en veillant à ne pas en modifier le contenu, mais simplement filtrer les extraits les moins pertinents qui ont trait à la jeunesse de Dienach afin de mettre l'accent sur son expérience du futur, tout en rendant le texte plus compréhensible et cohérent, sans les lacunes narratives qu'il présentait.

Je me suis efforcé de préserver l'intégrité de son récit. Telle était ma dette envers Dienach, dont les chroniques futuristes ont complètement transformé ma conception de la vie. Ni plus, ni moins. Mon seul but était de le rendre accessible à vous tous, car si l'expérience de Dienach est bel et bien réelle, cet ouvrage contient des informations révolutionnaires – ce que les francs-maçons ont objectivement reconnu – et est susceptible de bouleverser votre vision du monde et de l'humanité.

Maintenant que la genèse de cette histoire unique est vôtre, je n'ai plus qu'à remettre le futur entre vos mains, avec un extrait de l'introduction de l'édition de 1979 publiée par le professeur Papachatzis, l'homme qui a personnellement connu Dienach :

« Le traducteur des textes originaux était un proche de Dienach. Il est convaincu que l'inspiration et l'écriture de ces textes ne sont pas le fruit de l'imagination de l'auteur, de son instruction et de ses capacités visionnaires. Il s'agit d'un véritable phénomène parapsychologique lié à sa vie. Peut-être y a-t-il ajouté ses propres éléments, peut-être n'a-t-il guère vu ou vécu l'ensemble des événements qu'il décrit et retrace avec force détails. Une chose est sûre, la pierre angulaire de son récit s'inspire de faits réels ; il a vécu un fragment du futur par anticipation et a fait l'expérience d'un phénomène métaphysique d'une clarté exceptionnelle – un phénomène parapsychologique qui se produit rarement avec une telle intensité et une telle dureté. Grâce à lui, l'avenir de la Terre, des dernières décennies du XXe siècle à l'an 3906 apr. J.-C., est aujourd'hui connu, tout au moins dans les grandes lignes. »

Je vous laisse à présent en compagnie du journal de Dienach, une chronique des temps futurs…

Achilleas Sirigos
Mai 2015

PREMIER JOURNAL

FRAGMENTS DU PASSÉ

Le 2 décembre 1918

J'ai pris la décision de coucher sur papier l'entièreté de mon tragique passé, par fragments, chaque jour un peu plus.

Les vingt et un premiers printemps de ma vie firent de moi le plus heureux des hommes. Cela fait onze ans maintenant – onze années de calvaire. Je n'espère plus qu'un semblant de réconfort, ou quelque chose qui puisse m'occuper l'esprit.

Et dire qu'hier encore, Anna et moi partagions des jours heureux, pleins d'une extase infinie. Comment cet amour avait-il pu connaître une fin si malheureuse et si fatale, comment Anna pouvait-elle être partie depuis tout ce temps, comment tout cela avait-il pu être gommé. Non. C'était impensable. Neuf longues années, séparés l'un de l'autre…

« Pourquoi persister à t'infliger cela en ressassant le passé ? », me demandait-on. Je savais pourquoi. Un besoin de tourner la page, et un mal fou à y parvenir.

Tout cela dépasse votre entendement. Notre histoire n'avait rien d'ordinaire. Nous étions encore écoliers lorsque nous sommes tombés amoureux. Dès lors, je n'eus de cesse d'imaginer nos noms, collés l'un à l'autre.

Le responsable de tout ce chaos, l'homme qui avait conduit Anna au tombeau, lui, ne l'avait jamais aimée !

Pas plus qu'il ne l'avait considérée comme sa chère et tendre, contrairement à moi. Cet homme-là n'avait jamais rien su lire dans son regard.

Alors enfant, j'avais pour habitude de regarder pendant des heures à travers ma fenêtre qui surplombait la sienne. Et lorsqu'il faisait mauvais, j'y restais scotché ! Au-dehors, je pouvais voir les gens se hâter, esquissant un sourire à l'idée de rentrer chez eux et de pouvoir y déguster une soupe chaude, profiter d'un bon lit douillet. Mais moi, j'espérais que le temps ne connaîtrait aucune amélioration, dans l'espoir d'entrevoir Anna.

À quoi peut-elle bien penser en ce moment ? À quoi pourrait donc ressembler ce monde terne à travers ses yeux ?

Et lorsque je parvenais à la distinguer dans la lumière de la lampe, accaparée de ses broderies, mon désir devenait quête d'une vie, un refuge à ma solitude…

C'était uniquement en période de vacances que j'espérais voir le temps au beau fixe, car si les éléments se déchaînaient, ils minimiseraient mes chances de croiser la route d'Anna, au parc, accompagnée de sa famille. Cette perspective était également source de tracas. Car si l'occasion se présentait, je devrais la saluer, et ses parents seraient alors contraints de composer avec mon embarras manifeste.

Les jours qui suivirent furent si joyeux ! J'ai fait plus ample connaissance avec son frère peu avant qu'il ne parte étudier. À son invitation, j'ai pu me rendre chez eux à maintes reprises. Que Dieu m'en soit témoin, le début de ma relation avec Anna n'était pas de mon fait. Je n'en aurais jamais trouvé le courage. Seuls celles et ceux dont l'adolescence a été marquée par un amour pur et allègre peuvent savoir de quoi je parle et apprécier ce sentiment à sa juste valeur.

Tout au début, Anna elle-même n'avait absolument rien remarqué. Plus simplement, elle attendait avec impatience ma prochaine visite pour m'offrir un nouveau présent : des livres de voyage ou des crayons de couleur. Je me rappelle encore la première fois où je l'ai vue à l'église, tout de blanc vêtue. *Comment ses cils ont-ils pu devenir si longs, si rapidement ?* m'étonnai-je. Durant notre dernière année de collège, je me souviens également avoir inlassablement gribouillé son nom dans les marges de mes cahiers.

Un jour, je n'ai pas su me contenir et mes yeux embués de larmes ne manquèrent pas de lui échapper. Nous étions assis à la table du salon, un grand livre ouvert devant nous. Sa mère était assise à côté d'elle. Je n'oublierai jamais son regard : un immense point d'interrogation, la mine sévère – trop sévère pour son âge.

Sans mot dire, nous avons rapidement refermé le bouquin. Agacé par mon comportement, j'ai essuyé mes yeux avant de saluer rapidement sa mère et me précipiter vers la sortie. Les larmes ont précédé mon sommeil cette nuit-là. Je ne pourrais m'en prendre qu'à moi-même si je ne la revoyais plus.

Onze jours plus tard, alors que je rentrais chez moi un début d'après-midi, j'entendis des bruits en provenance du salon. Quelle ne fut pas ma surprise en y découvrant Anna et sa mère ! Avant même de pouvoir rassembler mes idées, je les saluai. Anna semblait d'humeur égale, comme si de rien n'était. Un garçon aurait été bien incapable d'en faire autant ! Elle était d'ailleurs à l'initiative de cette rencontre.

Puis vint mon tour de partir étudier. Mon absence a duré un ou deux ans. À mon retour, elle avait tout d'une jeune femme. Lors de nos premières retrouvailles, elle ne me parlait plus comme avant et son regard était fuyant. Quant à moi, j'étais complètement désemparé, incapable de former une phrase intelligible. Je rougissais et répondais de façon monosyllabique à chacune de ses questions. L'air idiot, mais heureux…

Maintenant, je retourne inlassablement à chacun des endroits où nous avions l'habitude de nous retrouver. Comment faire face à la misère qui m'habite autrement ? Les séances d'écriture animent mes pleurs, les larmes s'accumulent pour venir se mêler à l'encre fraîche, emportant certaines lettres sur leur passage. Oui, je sais, en voilà une attitude ridicule, puérile pour un adulte de trente-deux ans. Je l'ai entendu tellement de fois, suffisamment pour en être parfaitement conscient. Mais par pitié, je ne suis qu'un homme. Un homme arrivé au point de rupture.

Notre amour était inconnu de tous à l'époque, à l'exception de sa meilleure amie Amélia. Ma propre mère n'en savait rien, elle qui était pourtant mon amie la plus chère, mon modèle ! Elle qui avait tant souffert de mes infortunes et de ma maladie.

Désormais sur son lit de mort, son soutien n'en demeure pas moins inconditionnel, même en l'absence du mien.

Mère, je me remémore mon impuissance face à vos pleurs nocturnes. Je me rappelle vos visites chez Anna, alors alitée, et ses parents qui vous annoncent qu'il n'y a rien à faire, plus aucun espoir pour elle. Ils ne vous ont jamais laissé la voir. Même moi, je n'en ai pas eu la possibilité.

Le 4 décembre 1918

Plusieurs mois durant, nous avons entretenu ce bonheur secret qui nous liait. De quelle saison s'agissait-il ? Je ne sais plus. Les gens parlaient-ils de nous ? Ça aussi, je l'ignore. Tout ce qu'il me reste en mémoire, Anna, c'est toi. Tu – incarnais le moindre de mes projets, façonnais la moindre de mes pensées. Mon espérance, c'était toi.

J'ai ensuite reçu une proposition d'embauche en tant qu'enseignant. J'y ai vu une aubaine, et j'étais heureux d'avoir acquis une autonomie financière qui me permettait de lui rendre visite chaque trimestre. Un an plus tard, sa mère est décédée. À ce moment-là, j'étais parvenu à économiser suffisamment d'argent pour nous permettre d'aménager ensemble. Les lettres que je recevais d'Anna étaient pleines de détresse. Une détresse que je croyais liée à la disparition de sa mère. Il n'en était rien.

Lorsque l'homme qui vint demander la main d'Anna se présenta à son père, ce dernier supplia sa fille d'accepter et lui tut ses difficultés financières. Plusieurs mois durant, il n'eut de cesse de l'implorer, parvenant chaque coup un peu plus à la plier à sa volonté. Ce n'est qu'après avoir mis Anna en terre que j'ai appris la façon dont son père avait tiré avantage de son amour et de son affection pour lui. Sa défunte mère, elle, aurait ressenti combien son cœur était en peine.

Aujourd'hui encore, Amélia éprouve le besoin de se confier quant au tiraillement intérieur d'Anna : contribuer au malheur de son père, ou briser sciemment son propre cœur à tout jamais et devoir faire face à la douleur qui accompagne une telle décision. Elle pleurait souvent de longues heures dans les bras de son amie, qui lui conseillait de quitter le domicile familial sans plus tarder, sans qu'elle ne parvienne à sauter le pas.

Dans son dernier souffle, sa mère avait exprimé un ultime souhait : celui de ne pas aller à l'encontre de la volonté paternelle. Dès lors, cette maxime profondément ancrée en elle dicta jusqu'au moindre de ses actes. C'est ainsi qu'elle crut devoir pousser le sens du sacrifice à son paroxysme.

Un matin, je reçus une lettre de ma mère. Le frère d'Anna cherchait à entrer en contact avec moi. Nous nous sommes rencontrés et il m'a demandé de leur venir en aide. Ils n'étaient toujours pas parvenus à la convaincre de se marier avec cet homme. « Dans quelles conditions pourriez-vous bien vivre ensemble, y as-tu seulement songé ? Qu'as-tu à lui offrir ? » s'enquit-il. Le maudissant, je l'ai invité à partir avant de rentrer chez moi et de m'effondrer en pleurs. Je venais de blesser une personne qui lui était très chère.

J'ai revu Anna à deux reprises. Elle paraissait heureuse. « Ne t'en fais pas, ils ne sauraient me contraindre à l'épouser » avait-elle déclaré.

Pour le restant de mes jours – quoi que cela représente – mon souvenir d'elle se tenant devant moi cette nuit-là, le dernier que nous ayons pu partager, lui survivra, impérissable. Elle n'avait rien d'abattue, bien au contraire. Elle débordait d'optimisme. Elle riait aux éclats, et je n'avais d'yeux que pour elle. J'ai pressé mes lèvres contre ses cheveux. Nous nous trouvions sur « notre » colline ; au milieu des anémones alors sur le point d'éclore.

« Rentrons à présent… je dois être à la maison de bonne heure, glissa-t-elle. Lors de notre prochaine rencontre, je confectionnerai une couronne d'anémones. Que dirais-tu de la déposer sur ma tête ?

– Promets-moi que nous nous reverrons, que tu ne te soumettras pas à leur volonté.

– Ce lieu restera nôtre, promit-elle. Nous y reviendrons, ensemble. »

Le 6 décembre 1918

Ces satanées douleurs m'assaillent sans répit. Selon les docteurs, je devais rester au repos. Que disais-je ? Ah oui ! Un jour, ma mère m'a suggéré de partir en voyage. Ce n'est que bien plus tard que j'ai compris pourquoi. Cela correspondait à la période annoncée du mariage d'Anna. Ne lui jetez pas la pierre…

Anna quitta ce monde dans les deux années qui suivirent son mariage. Elle avait commencé par perdre du poids. Son mari clamait qu'il était impossible de la raisonner et qu'elle ne prenait guère soin de sa santé. Les praticiens les avaient déconseillés d'avoir un enfant. Elle avait fini par rendre l'âme avant même de pouvoir allaiter son nourrisson…

À mon retour de voyage, j'ai vécu en ermite une année entière, sans aucun contact extérieur. Mes cheveux et ma barbe venaient désormais caresser ma poitrine. Je ne souhaitais voir personne, exception faite d'Amélia. Anna était souffrante, mais toujours vivante. Quelqu'un vint frapper à la porte un après-midi de 1909.

« Ouvre ! C'est moi, Amélia !

Je me suis rué vers le vestibule, si bien qu'elle n'eut guère le temps de reprendre son souffle.

– Que s'est-il passé ? Est-elle morte ? Parle ! lui demandai-je en la

secouant. Elle avait les yeux rouges.
– Ressaisis-toi ! Tu dois venir avec moi immédiatement. Elle veut te voir. »

Amélia m'annonça qu'Anna avait demandé après moi à plusieurs reprises, et plus particulièrement de nuit. Elle réclamait sans cesse des anémones. Aujourd'hui, son mari avait exceptionnellement autorisé Amélia à venir me chercher. L'état de santé d'Anna était critique. Son mari avait quitté les lieux ; ainsi, nos chemins ne se croiseraient pas.

Je n'avais pas revu Anna depuis qu'elle s'était mariée. C'est la première pensée qui m'a traversé l'esprit, et elle m'obsédait. Nous avons attendu jusqu'à la tombée de la nuit. Leur demeure constituait l'un des plus beaux manoirs de l'État tout entier. Une fois entrés, nous nous sommes précipités vers la chambre d'Anna. Elle était assise dans son lit. Son air diminué n'avait su faire fi de sa douceur. Vêtue d'une robe de soie, elle arborait sa coiffure signature. Le premier mot qu'elle prononça fut mon nom. Un sourire, tel était le comble de la joie que son visage pouvait encore exprimer. Elle tendit sa main. Je la pris dans les miennes et la porta à mes lèvres.

« Tu es là, Paul ! Tu es venu ! Je suis tellement contente que tu sois présent ! Quel plaisir de te voir une toute dernière fois, maintenant que la fin est proche… Avec l'aval de mon mari… »

Je me suis agenouillé près de son lit et lui ai demandé de cesser. Je lui ai dit qu'elle allait guérir et que tout irait bien. Elle n'arrêtait pas de tirer ma main pour la porter à son visage et ses lèvres blêmes, avant de soupirer d'aise.

« Lors de votre dernière rencontre, fit Amélia, quand elle a juré qu'elle reviendrait, elle pensait sincèrement pouvoir le faire… Anna opina du chef.

Mais son état n'a cessé d'empirer, et elle n'en a plus été capable. Cette promesse rompue la hante et elle te demande pardon… »

Je la pardonnais de tout cœur. J'ai déposé un baiser sur ses cheveux comme j'avais pour habitude de le faire et son visage s'est illuminé de joie.

Après s'être reposée, elle se confia à moi :

« Quand je ne serai plus de ce monde, j'aimerais que tu te rendes sur notre colline de temps en temps. Là-bas, qui sait comment les arbres et la verdure pourraient se manifester à toi. Souviens-toi de moi. Si tu restes fidèle à notre amour et que tu ne me délaisses pas, jamais je ne te quitterai. Je serai à tes côtés, Paul… À tes côtés et à ceux de mon enfant. Chaque fois que tu auras besoin de moi, je serai là pour toi… »

J'ai raccompagné Amélia jusqu'à sa maison et je suis rentré chez moi vers minuit, submergé par un étrange mélange de peine et de joie. *Quelle est cette sensation ? D'où me vient cette intime conviction que nous nous reverrons ?* me demandai-je.

C'était un mercredi soir. Le dimanche qui suivit, Anna était partie.

Le 17 janvier 1919

Ce matin-là, à 8h40, marqua le deuxième anniversaire de ma renaissance. C'est à ce moment précis que j'ai ouvert les yeux et que je suis revenu à moi. Je me souviens qu'il neigeait. Ma mère se trouvait par terre, à mes côtés, et pleurait de joie.

« Que s'est-il passé ? m'étonnai-je. C'est notre médecin de famille qui me répondit :

– Eh bien, il était temps que tu te réveilles ! Tu as pulvérisé tous les records ! »

D'après lui, il s'agissait d'une sorte de léthargie. J'avais passé deux semaines à dormir.

Le docteur, qui portait une cravate chic, essayait de me réconforter. Non seulement échoua-t-il, mais au lieu d'un sourire, son visage affichait un rictus grotesque.

Au fil des mois, je commençai à me sentir mieux. Je repris courage. Au fond, l'être humain s'habitue à tout…

« Maintenant que vous avez étudié mon cas, ai-je un jour déclaré au docteur, je n'ai plus à craindre d'être enterré vivant… »

Le 23 janvier 1919

Nous voilà rendus au quatrième jour de brume et de grisaille. Que faire par ce temps ? Plus aucun ami ne vient me rendre visite. Je parcours un livre d'histoire. Depuis l'école primaire, il s'agit d'une matière qui a toujours su me transporter. Je me souviens m'être fait la réflexion que l'endroit et l'époque à laquelle nous naissions n'étaient que le pur fruit du hasard. Chacun d'entre nous aurait très bien pu voir le jour dans une culture, dans un pays et à un siècle complètement différents, avec de tout autre amis, professions, amours. Il nous serait alors impossible de savoir ce qui se passerait ensuite, c'est-à-dire, maintenant.

J'essaie de lire, mais je me fais violence. J'avais pour habitude de me plonger passionnément dans mes lectures. Ce temps est révolu. Ma solitude est désormais absolue.

Le 8 février 1919

J'allais de nouveau voir le prêtre. Il ne me forçait jamais à parler et cela me mettait à l'aise. Amélia lui avait expliqué que j'avais besoin de temps. Il le comprenait. C'est pourquoi je m'y suis rendu. Il disait apprécier nos échanges. C'était réciproque. Nos conversations étaient toujours particulièrement intéressantes. Droit et vif d'esprit, il était doué d'une pensée positive et d'un jugement éclairé à l'abri de tout préjugé et stéréotype.

Je parcourais sa bibliothèque du regard. Et qu'elle était complète : du mysticisme oriental et de l'école ionienne aux philosophes modernes de la civilisation occidentale.

« Je vois que ces ouvrages sans intérêt retiennent ton attention, me lança-t-il, comme s'il pouvait lire dans mes pensées. Ils ne te seront guère d'une grande utilité. Je les ai tous lus. Je connais le moindre dire des plus grands esprits de tous les temps. Mais il m'est impossible de sentir la puissance que recèle l'amour véritable et qui porte jusqu'aux cimes de la connaissance. Je n'en ferai jamais l'expérience. »

Il se tourna vers moi. Tout discret et prévenant qu'il était, c'était la première fois qu'il faisait allusion à Anna, même implicitement. Il souhaitait que je lui vienne en aide, pour mieux comprendre. Il voulait éprouver le sentiment amoureux, même de façon rapportée.

« Elle m'a assuré qu'elle m'accompagnerait, que parfois, je pourrais ressentir sa présence à mes côtés. Dix années se sont écoulées depuis. Jamais, pas une seule fois, ai-je eu le moindre signe d'elle. Dites-moi alors, mon Père, comment la notion d'immortalité de l'âme qui anime vos prêches est-elle compatible avec l'absence totale de manifestation de celles et ceux qui nous ont aimés ?

– Si tu cherches à te préserver de ces moments de souffrance, seule la foi peut t'y aider, quelle qu'elle soit. Occupons-nous plutôt de toi. Et ce n'est pas en Père, mais en frère que je m'adresse à toi. À ta place, je ne mettrais pas mon espérance ni ne laisserais mon avenir reposer sur cette promesse. Elle qui a accaparé tes pensées pendant toutes ces années, au détriment de ta santé mentale. Dans quel but ? Penses-tu que cela soit bon ou juste ? La vie ne t'a-t-elle point appris à ne pas t'appuyer sur des attentes irréalistes ? Est-ce un signe qu'il te faut ? Pourquoi la Création te dévoilerait-elle ses secrets ? Et pourquoi, faute de signes, renoncerais-tu à eux ? Comment peux-tu être sûr qu'ils ne t'ont pas déjà été révélés, et que tu n'as pas su les percevoir ou les appréhender ? »

J'étais à quia. Sans mot dire, nous sommes restés un moment assis l'un en face de l'autre avant de quitter la pièce.

Cette nuit-là, je me suis mis à prier, ce que je n'avais pas fait depuis fort longtemps. J'ai demandé au Seigneur de m'apaiser et de m'envoyer un signe qui puisse dissiper mes doutes. Rien. Puis je me suis mis à pleurer. Je ne m'en croyais plus capable ! Serait-*ce* la manifestation que j'attendais ?

Le 24 février 1919

De prime abord, l'idée que je puisse me soustraire à cette vie, m'en extirper une fois pour toutes me parut singulièrement séduisante. Tant de personnes disparaissent chaque jour, à n'importe quel âge. Tout est possible. Mes pensées sont néanmoins restées étrangères à la volonté de m'ôter la vie. J'ignore si cela était du fait de ma mère ou de ma lâcheté, ou même d'une forme d'égoïsme née de cette blessure, à vif, qui habite mon cœur.

À elle seule, cette éventualité parvenait cependant à m'apporter du réconfort. J'eus l'idée fugace de vouloir rompre les liens. Si elle avait quitté ce monde, alors je la rejoindrais.

C'était aussi simple que ça. C'est ainsi que je me le représentais. Elle m'attendrait, là-bas, telle quelle, et tout rentrerait dans l'ordre.

Second Journal

(Journal rédigé par Paul Dienach à la sortie de son second coma)

3 ans plus tard

L'ÉVEIL

Le 16 juillet 1922

Les préparations du voyage, en sus de cet amas d'objets du passé dont j'avais décidé de me séparer, me conduisirent à ma vieille bibliothèque où se trouvait, dissimulé derrière les rangées de livres, le journal que j'avais tenu trois années durant, de décembre 1918 à février 1921. Pendant ma convalescence, et plus particulièrement après le décès de ma mère, des proches s'étaient occupés de la maison. La nuit dernière, je me suis installé près de la bibliothèque pour feuilleter mon journal, dont j'ai par moments survolé certaines pages. Lire entre ses lignes m'a permis de redécouvrir, l'espace de quelques instants, mon ancien moi, perdu de longue date au gré des expériences inouïes que j'avais vécues entre-temps. Je me suis reconnecté à ce sentiment de candeur avec griserie, imprégné du parfum frais de la loyauté que je vouais à l'unique amour de ma vie. C'était si rare. Je savais l'exercice vain à l'époque, pour autant, il m'eût été impossible de faire autrement.

À présent, beaucoup de choses ont changé, se sont métamorphosées en moi. Et le vieil animal que je suis devenu peut désormais affirmer que chacun de ces moments en valait la peine.

Ils m'étaient précieux, bien que les gens les aient exclusivement associés à des signes pathologiques.

Oh ma chère Anna… Pardonne-moi. Comment se fait-il que je ne pense pas à toi plus souvent ? Pourquoi tes souvenirs ne m'envahissent-ils plus comme avant ? Il est certain que les fabuleuses contrées que j'ai eu l'occasion de visiter m'ont bouleversé. Je ne saurai jamais plus me satisfaire de mon minuscule village natal ou de mon premier amour.

Mais là n'est point la question. Il devait en être autrement ! Car si cela était réel, je ne mériterais pas ton pardon. Mon cheminement de vie et ma destinée font écho à un mythe qui m'a été conté alors enfant : celui d'un homme tué injustement. Pendant de longues années, son âme erra dans une nuit déserte. Le raclement de ses chaînes se faisait encore entendre. Mais une fois justice rendue, il ne fit plus jamais parler de lui.

Aux prèmiers jours de mon retour, il y a maintenant deux mois, les villageois ont salué mon air bien portant, changé, avec stupéfaction. Leur joie me parut sincère. La plupart d'entre eux pensaient que j'avais passé l'arme à gauche. Mais heureusement pour moi, les médecins de Zurich n'étaient guère de cet avis, raison pour laquelle ils m'ont laissé occuper un lit une année entière – entre mai 1921 et 1922 – où j'étais nourri avec de la nourriture liquide au moyen d'une sonde.

La mort avait emporté ma mère avant mon retour. Elle s'en est allée le cœur lourd, celui d'une mère profondément accablée de ne pas avoir pu revoir son fils pleinement revenu à la santé. Au début, toute l'excitation et la joie éprouvée à la suite de ma renaissance psychique apparaissait minée par le chagrin de l'avoir perdue. Seigneur, accorde ton pardon à cette sainte femme, qu'elle repose en paix.

Le prêtre est parti pour l'Italie. Je porte encore la honte du doute que je lui avais confié, de la défaillance de ma foi : un bien épouvantable péché. D'un autre côté, il n'aurait jamais pu s'imaginer les événements inédits qui avaient suivi mes trois années passées à lutter contre le scepticisme et le remord.

Je m'efforce de chasser ces pensées en invoquant une énergie que je n'aurais jamais pensé posséder. Je poussais constamment à la roue.

J'ai réglé toutes mes affaires d'héritage, vendu mes terres, je travaille aux champs sur mon temps libre et m'escrime à occuper mon esprit en tout temps. Mais lorsque la nuit se présente à moi et que mes proches m'ont quitté, ces souvenirs, si frais et si lointains à la fois, reviennent me hanter avant de trouver le sommeil. Et lorsque ces moments-là surviennent, je ne peux m'empêcher de repenser à ce que j'ai perdu…

J'ai parfois l'impression d'être le naufragé d'une véritable déchéance spirituelle. Et je suis condamné à taire mes tribulations ; je ne peux même pas les confesser au prêtre. Les connaissances que je détiens sont inaccessibles à l'esprit humain. Ces pages sans vie, hôtes de mes récits, ne sont plus à l'état de simple papier ; désormais, elles sont une partie de mon être. Mon être tout entier est parfaitement conscient de ce qui anime cette conviction inébranlable. Et tant qu'il me restera un souffle de vie, je serai à jamais insensible à la peur d'être moqué pour ce que j'ai vécu et vu de mes propres yeux. Je continuerai d'y croire de toutes mes forces.

Le 21 juillet 1922

Ceux qui accompagnent ma solitude brune se font de plus en plus rares. Peut-être ont-ils raison. À la longue, il n'y a plus grand-chose à échanger. À ce stade, je suis le plus souvent accompagné de mes livres et je n'en suis guère malheureux. Qui aurait cru que tout ce que l'Histoire a connu, depuis le moment où ils ont été rédigés, accréditerait un jour la valeur de leur contenu ? Je ne saurais exprimer combien il serait baroque de faire la rencontre de mes premiers amours littéraires que sont Schiller, Goethe, et plus récemment Einstein, Schweitzer, Bertrand Russell, Thomas Mann ou encore Maeterlinck. Je suis le seul être au monde à même de leur divulguer ce que le crépuscule de leur de vie leur réservait, ou encore la façon dont leurs œuvres seraient célébrées à travers le temps, choses qu'ils ignoraient et qu'ils n'auraient eu aucun moyen de connaître.

Assis au pied d'un arbre, me voilà submergé par l'immensité des vies qui me parcourent. Et pourtant, c'est précisément à cet endroit que je me sentais capable de scinder l'univers en deux et de m'y engouffrer !

Le 10 août 1922

J'ai vécu une nuit d'enfer. D'un côté, je ressentais le besoin de m'alléger l'esprit en verbalisant tout ce que je savais, de l'autre, j'étais parfaitement conscient de devoir me contraindre à l'enfouir au plus profond de moi, à tout jamais.

Mère, où êtes-vous ? Si vous étiez encore vivante, je pourrais tout vous confier ! À vous, j'en serais capable ! Je sais que vous vous montreriez respectueuse de ce que j'estime désormais être le plus sacré.

Le 14 août 1922

Il y a deux jours de cela, j'ai croisé le Père Jacob dans la rue. Il était revenu de son voyage en Italie. Je l'ai remercié de toute l'aide et du soutien qu'il avait apportés à ma mère pendant ma léthargie. Je lui ai dit que je lui rendrai visite le surlendemain, ce que j'ai fait. Nous nous sommes assis dans son jardin. Être à ses côtés cette fois-là m'a paru complètement différent ! Tous les doutes que je portais en moi autrefois s'étaient évanouis depuis longtemps.

« Père, je ne suis plus le même. Si seulement vous saviez combien j'ai changé… »

Je lui ai évoqué mes pensées d'antan, l'impertinence des déductions afférentes, et lui ai assuré avoir changé d'opinion. Je restais cependant prisonnier de cette interdiction morale d'en dévoiler davantage. Il semblait on ne peut plus ravi que la foi ait su s'exprimer à travers moi.

« Père, je me fourvoyais. Si seulement vous pouviez connaître toute la merveille du monde. »

Je m'interrompis brusquement. J'étais moi-même surpris par mon ton. Le prêtre me dévisageait, retenant son souffle.

« Même la plus douloureuse des peines peut être salvatrice, qu'elle soit physique ou psychique. Car elle finit toujours par trouver justification. Vouloir soupirer ne devrait jamais traverser l'esprit d'un homme. »

Suivit un moment de silence. Le prêtre paraissait désormais en proie à une certaine agitation. Il me fixa, comme s'il essayait de me faire parler sans même le demander.

« Tu vois mon fils, c'est cela, la foi ! finit-il par me répondre.

– Non, Père, pas du tout, lui assurai-je d'une voix calme et posée. Ce n'est pas qu'une question de foi. Vous seriez stupéfait de découvrir tout ce dont ce monde regorge. L'entendement humain est tout bonnement incapable d'en mesurer la grandeur. »

Je me tus. J'en avais déjà trop dit, plus que je n'y étais autorisé.

Père Jacob a d'abord patiemment attendu que je poursuive. Puis, l'air détaché comme à son habitude, ce dernier a commencé à m'interroger de façon détournée. Il s'est ensuite mis à me supplier. Il m'a alors appelé « fils », « frère », et fait allusion aux conversations hivernales que nous avions tenues en 1919. Il en a conclu que prétendre posséder quelque chose uniquement pour soi était un acte de péché, et que cela finirait par peser sur ma conscience. Je regrettais mes propos, dont j'avais gâché les principes sacrés en les assimilant à la raison humaine.

Depuis la nuit dernière, je me dis que quelque chose a changé entre le prêtre et moi. Désormais, notre amitié de longue date appartenait au passé.

Le 16 août 1922

Des jours d'été comme celui-ci, le ciel est si limpide – quasi cristallin – et la brise si fraîche que le milieu de journée se confondrait avec une matinée lumineuse de printemps. Je me félicite d'avoir reporté mes besognes à demain, toute cette paperasse, tout le sérieux qui fait l'ennui d'une routine. Pareilles matinées ne sauraient être le théâtre d'une vie confinée entre quatre murs. Travailler en ces jours divins devrait être synonyme de péché. À présent, je comprends pourquoi nous autres, êtres insignifiants en ce monde, devrions y réfléchir à deux fois avant de faire allusion au divin. Il m'a été enseigné que toutes les grandes choses qui nous entourent sont parfaitement inaccessibles à la finitude de notre esprit. C'est ainsi que des petits riens font la joie des enfants, et c'est en cela que leur sagesse est grandement supérieure à la nôtre.

Père tout-puissant, pardonnez mon manque de foi.

Le 17 août 1922

Lorsque trois personnes échangent sur le trottoir au beau milieu de la nuit, qu'elles parlent fort ou à voix basse, il est tout à fait probable que quelqu'un puisse entendre leur conversation, d'autant plus si celle-ci a lieu juste en dessous d'une fenêtre ouverte.

Et c'est exactement le type de situation agaçante qu'il s'est produit il y a trente minutes de cela, sans que je sois surpris à écouter. La conversation avait débuté à très haute voix, par des affaires de village.

J'ai reconnu le grondement du propriétaire de l'hôtel et les intonations du médecin de famille, sans pouvoir identifier le troisième participant. Ils ont fini par se rendre compte de l'endroit où ils se trouvaient et se sont mis à parler de moi. Le médecin, interrogé sur mon état de santé actuel, a brièvement expliqué aux deux autres en quoi consistait une léthargie. Ces derniers ne tarirent pas de questions à ce sujet, au milieu d'une conversation entrecoupée de « chh » chaque fois que l'un d'entre eux élevait la voix.

Puis me vint une idée. J'avais gardé en mémoire les motifs de la seconde partie de la *Messe* de Ruthemir. Je l'ai parfaitement reproduite mentalement à trois reprises. Je pouvais aisément l'interpréter au piano. Fenêtre ouverte, je pris place sur mon tabouret et la divine mélodie se mit à briser le silence de la nuit tel un ouragan de bonheur, véhicule authentique d'un savoir futur. Je m'installai près de la fenêtre. Le docteur, l'hôtelier et le troisième homme étaient en train de poursuivre leur conversation, comme si de rien n'était. Impensable ! Il me sembla qu'une telle indifférence à pareille musique était impossible, pas même parmi la horde d'ouvriers qui transportaient autrefois les pierres dédiées à la construction des pyramides.

Je pars pour Athènes dans quelques jours. J'avais pris toutes mes dispositions. J'estimais qu'il me fallait un climat plus tempéré, ce que les docteurs ont confirmé. J'étais sain d'esprit, mais mon corps était mal en point ; la tuberculose ne m'avait jamais quittée. Je sais mon temps compté. Deux ans, tout au plus…

NOUVEAU DÉPART À ATHÈNES

Athènes, le 20 octobre 1922

Je suis bien installé dans la Cité blanche. La chaleur du soleil hivernal, les voix des marchands ambulants, le parfum des chrysanthèmes et la poussière qui s'élève des calèches n'ont déjà plus de secret pour moi. Je sens que je vais très bien m'intégrer. J'éprouve la plus grande satisfaction à passer mes soirées en ville et me perdre dans les rues bondées, parmi les devantures éclairées des commerces et l'agitation si caractéristique et rythmée des roues en caoutchouc des chariots. Il faudrait être fou ou alité pour rester chez soi au crépuscule. Plus aucun habitant ne pourrait trouver plaisir à rester à la maison.

Cette région était pauvre. J'en veux pour preuve la foule de mendiants et les vieillards affables flanqués de leurs violons torturés dans la rue. Mais les femmes d'ici sont toutes soignées de leur personne, élégantes, et dégagent un air de véritable noblesse que je ne saurais expliquer.

Indépendamment de ma volonté, je viens de me rappeler les propos quelque peu injustes tenus par Stéphane alors qu'il se demandait ce que cela ferait de « se retrouver brusquement au XXe siècle, parmi les éléments les plus fiers et les plus rebelles des nations sous-développées et quasi barbares du Sud », afin de faire valoir que les métropoles culturelles étaient désormais septentrionales. *L'ignarerie de l'opinion se crée en l'absence de toute connaissance historique !* À présent, je me disais que Stéphane, mon ami du futur, avec toute la fierté et l'affection qu'il portait au sang scandinave ancestral qui coulait dans ses veines, avait tiré des conclusions hâtives au sujet du « Sud barbare ». Moi, au contraire, j'étais parfaitement conscient de tous les débordements dans lesquels ce peuple providentiel avait basculé. Et si je dis « providentiel », c'est qu'il n'aurait rien pu accomplir seul. Les personnes qui le composaient n'étaient que de simples représentants des forces victorieuses et dominantes, autorisés par ces dernières à occuper et recoloniser un continent déchiré par la guerre meurtrière de l'an -87 (*l'an 2309 apr. J.-C. de notre calendrier)*, qui avait manqué de le réduire à néant.

C'est à cette époque qu'une guerre nucléaire de moyenne ampleur avait éclatée, emportant avec elle l'Europe tout entière à l'exception de la Scandinavie. Le continent a ensuite été quasi intégralement réinvesti par les Européens du Nord qui avaient survécu.

Quant à la nation grecque, je ne pense pas qu'il existe un peuple plus paisible sous le soleil méditerranéen. À moins que tout le monde ne fasse semblant, y compris ma logeuse qui fait tout son possible pour me porter assistance et satisfaire mes besoins, ou encore ce petit garçon de huit ans arrivé en retard à l'école pour m'avoir conduit à l'Odéon d'Érode Atticus par ses propres moyens, et qui a même refusé d'être rétribué en retour.

J'ignore ce qu'il en est des autres habitants, mais, passé minuit, je pouvais arpenter les rues et quartiers les plus reculés et isolés aussi sereinement qu'en plein jour. Ici, j'ai trouvé à la fois de bonnes mœurs et une culture locale remarquable.

Le littoral méditerranéen incarne le berceau de la civilisation et je suis fier d'y habiter aujourd'hui. Je me sens si léger, parmi les inconnus, dans ce pays étranger que j'affectionnais tant. J'étais chichement mais confortablement installé dans une chambre. Ma seule crainte, cependant, était que savoir mes jours comptés avait fait ressurgir ce poids dans ma poitrine.

Jeudi 2 novembre 1922

Dans une contrée encore inexplorée, les premières semaines sont assez éprouvantes. Toute chose – le matin, le soir, les habitudes, la façon dont une journée est occupée – est une révolution. Mais je crois sincèrement que la situation va s'arranger au fil du temps ; et je m'en remets à M. De La S qui s'est engagé à me recommander auprès de certains de ses élèves de langue allemande, dont il est loin de manquer. Après cette visite de l'école d'archéologie en possession de ma lettre de recommandation remise par M. M., j'ai toutes les raisons de me montrer optimiste.

Ces derniers jours, la météo me rappelle le pays, et la solitude submerge constamment mon monde, inonde mes yeux. Si je trouve des étudiants auxquels faire cours, je les accepterai sans exception, même si je suis mal payé, avec l'espoir de pouvoir enfin rencontrer quelqu'un à qui pouvoir véritablement me fier, et avec qui échanger. Hilda, Stéphane, Silvia, où êtes-vous ?

Ce soir, j'ai pris place face au Parthénon – côté nord – absorbé dans mes pensées des heures durant, le regard emporté par les inscriptions gravées dans la pierre. Ma rêverie fut soudainement interrompue par l'approche d'un pas feutré. J'ai relevé la tête. Un jeune homme de grande taille, l'air érudit, se tenait face à moi. Il s'excusa en français. Je me suis présenté à lui et il m'a serré la main, l'air ravi que je ne sois guère prussien. C'est tout ce qu'il avait pu déduire de mon accent.

« Comme je vous comprends… déclara-t-il.

Lorsque vous fixez vos pensées sur cette pierre, sans vous préoccuper de quoi que ce soit d'autre, c'est comme si vous viviez à cette époque, deux mille ans en arrière. Qu'est-ce qu'un individu aurait pu se représenter jadis en se penchant à cet endroit, le temps de quelques minutes ? Durant cet instant, cette pierre aurait incarné son univers.

Dans mon emballement, je lui répondis :

– Et dans le même nombre d'années, cette pierre sera à l'identique. Les fondations de cette terre sont à la fois puissantes et robustes. D'ici là, un grand nombre d'événements auront eu lieu, tout sera si différent, et ce morceau de pierre restera pourtant égal à lui-même. C'est fascinant ! L'observer et faire abstraction de tout ce qui nous entoure, n'est-ce pas une façon de vivre brièvement dans le futur ?

Il se retourna et me regarda droit dans les yeux. Je fis silence.

À la seule différence – poursuivis-je au bout d'un moment, comme frappé par un souvenir – qu'il n'y aura plus aucun bar dans les environs. Ils auront tous disparu.

Il me regarda bizarrement, l'air surpris. Il semblait quelque peu offusqué, non par mes propos, mais par le ton naturel et assuré de ma voix.

– Je ferais mieux de partir à présent, glissa-t-il dans la foulée, le site ferme ses portes à la tombée de la nuit. »

LA VÉRITÉ AU SUJET DE SA MALADIE

Le 20 mars 1923

Voilà que ça recommence. Le léger essoufflement et la montée de fièvre, faible, mais progressive, m'accompagnent de nouveau chaque nuit, avec la même hostilité, cette même insistance sinistre, signes que je porte toujours ces failles, ces fissures en moi. La fin est proche ; je dois me faire une raison. La nécessité de soulager mon âme se fait de plus en plus pressante chaque seconde. À un âge auquel le sentiment de jeunesse et la préparation de l'avenir étaient censés primer, mon corps mourrait, envahi par une responsabilité morale tout bonnement insoutenable.

Les habitants de mon village natal savent que les docteurs avaient eu tort de croire que cette maladie, dont j'avais été victime quatorze jours en 1917, ne reviendrait pas me tourmenter. Elle m'avait de nouveau assailli, cette fois non pas deux semaines, mais près d'un an. Ils se souviennent m'avoir envoyé à l'état de cadavre en toute hâte à Zurich, à la mi-mai 1921. Tout le monde est au courant là-bas. Ce qu'ils ignorent cependant, c'est que je n'ai conservé aucun souvenir de la période d'alitement qui avait suivi le premier épisode : comme si j'avais perdu tout contact avec moi-même, coupé de la réalité l'espace d'une seconde, et non de deux semaines. Inversement, lors de mon second réveil, ma tête était remplie de souvenirs à la fois nets et récents d'une vie de 360 jours, si frais et si vifs dans mon esprit !

Vous pouvez avancer l'explication qui vous satisfait le mieux – qu'elle soit médicale, scientifique ou de n'importe quelle autre nature – je les accepte toutes. Mais ne me dites pas qu'il s'agissait d'un rêve ou du pur produit de mon imagination, car rien ne pourrait être plus éloigné de la vérité. Il est de ces choses inaccessibles à la connaissance et la compréhension de l'esprit humain. C'est seulement en se mettant dans ma peau que la certitude absolue qui m'habite pourrait se révéler. Que Dieu m'en soit témoin, car lui et lui seul peut sonder le tréfonds de mon âme. Et Dieu sait combien je respecte et vénère son nom.

Entendez-moi, la vérité ne saurait être dissimulée. Les signes sont légion : à leur tête, le temps qui s'écoule.

Lorsque nous vivons une situation de réalité dans un cadre temporel donné, lorsqu'il est possible d'observer et d'interagir avec un ensemble de choses matérielles dans leur spatialité, il devient particulièrement ardu de soutenir que cela relève du rêve et non d'une partie intégrante de la vie d'une personne. Il en va de même pour mon expérience. Cela fait maintenant plusieurs mois que je suis revenu à moi-même, et, en toute logique, ces « souvenirs » devraient s'être estompés, ou avoir disparu. Or, tout au long de cette période, je puis vous assurer n'avoir jamais remis en cause la ferme conviction que tous ces événements étaient bien issus d'une expérience réelle, que j'ai vécue dans le futur, pendant 360 jours.

Le 21 mai 1923

Je ne me sens guère mieux. Je pense que mon état de santé a empiré avec l'étonnante chute de température survenue ces derniers jours. La toux, que je pensais initialement être temporaire, continue à me déchirer la gorge. Ce que laissait deviner l'expression du médecin hier ne m'évoque rien de bon. Mais que pouvait-on bien me dire d'autre ? Si je dois mourir, qu'il en soit ainsi. Avec un tel vécu, que découvrir de plus ? Quel que soit le temps qu'il me reste, entendez ma prière, voyez l'unique attente de mon âme.

Avril 1923

Je me rappelle le mythe de l'Ermite Cheveux-Blancs : alors qu'il n'était encore qu'un jeune homme, sa bien-aimée, après de nombreuses années, parvint à l'extirper du monastère afin de partager quelques moments avec lui. Avant de repartir, elle passa une bague d'émeraude au majeur de sa main droite. L'ermite s'éveilla de nouveau dans le monde réel, là où il s'était étendu parmi les fourrés, pensant émerger d'un rêve dont il aurait mémorisé les lampadaires dorés, les épais tapis sur lesquels il marchait, le tendre baiser de sa bien-aimée. Mais il regarda sa main et tressaillit ; l'anneau était toujours présent. Cet événement sera peu après corroboré par sa communauté.

Je suis assis là, les yeux rivés sur mes mains, vides, et je m'interroge : *Comment la réalité, aussi éloignée soit-elle dans le temps, ne pouvait-elle laisser la moindre trace objective, contrairement à ce rêve ?* C'est que ce genre d'événements ne se produisaient que dans les légendes et les mythes.

Néanmoins, si je pouvais choisir la preuve à retrouver sur moi en mai dernier, alors entouré par les médecins de Zurich, il ne s'agirait pas d'une bague d'émeraude, d'une photo d'elle ou de quelque autre de ses délicats présents. Quels que soient vos préjugés à mon égard, il n'en demeure pas moins que mon unique souhait serait de retrouver le manuscrit original composé lors de mon voyage dans le futur. Telle était la cause de mon désarroi constant. Où était-il passé ? Sa rédaction m'a pris énormément de temps – quasiment un an – et de nombreuses nuits. C'est mû par une grande allégresse et une véritable passion que j'ai consigné, sur chacune de ses pages et dans les moindres détails, ce que j'ai vécu au quotidien dans le futur. Les souvenirs d'Andréas Northam, dont j'ai emprunté le corps, et de mes manuscrits – « Le Journal » que j'avais laissé derrière moi – percent comme un trou dans mon cœur.

Non, non ! Je dois à tout prix chasser ces pensées inconfortables de mon esprit : la croyance qu'aucune chose en ce monde n'est absolument irréversible et qu'il est illégitime de tout vouloir considérer au moyen de cet instrument limité qu'est l'esprit humain. Après tout, pourquoi m'en ferais-je ? Un jour, dans quelque deux mille ans, Andréas Northam lui-même écrira ces pages !

Je possède encore assez de discernement pour reconnaître que ces concepts erronés me livraient au désœuvrement et suscitaient en moi une certaine résignation face au destin, ma perte se rapprochant un peu plus chaque seconde. Mais je me refuse à tomber dans cet écueil. Mon cœur est certes en souffrance, en peine, et mis à rude épreuve, Dieu merci, mon cerveau reste puissant et fonctionnel. Seigneur, vous avez choisi un homme humble et insignifiant, un être qui a souffert et qui souffre encore d'une maladie grave, pour lui souffler quelques bribes de vos éternels secrets. Vous seul décidez de ce qui doit être ; je le sais, je le crois. Alors, je vous en prie, donnez-moi la force de terminer ce que j'ai entrepris et de soulager ce cœur trop plein. Que le papier devienne mon confident, mon sauveur !

Mardi 24 avril

Il y a quelque temps, ma logeuse, une femme merveilleuse, est venue s'enquérir de mes besoins et s'assurer que tout allait bien.

Et, vous n'allez pas le croire, mais je me suis senti l'envie soudaine de la prendre dans mes bras et lui annoncer la bonne nouvelle : il est à présent certain que j'avais la capacité de tout retranscrire ! En effet, j'ai une fois de plus l'occasion d'attester de mon excellente mémoire. Malgré les difficultés et les maux, elle est restée intacte ! Je suis parvenu à coucher sur papier, mot pour mot, des strophes complètes de poèmes que je n'avais jamais lus ou entendus de ma vie avant que Silvia ne me les clame lors de cette nuit inoubliable passée sous les étoiles.

Qu'est-ce qui pourrait bien m'empêcher de réécrire mes pages égarées, souvenirs du futur ? Assurément, j'en suis capable à présent ! Le moindre doute qui pourrait subsister en moi à ce sujet sera désormais considéré comme une hésitation infondée, contre laquelle il me faudra lutter.

Peu m'importe de tousser à m'en arracher les entrailles, au diable cette fièvre qui dévore ma vulgaire carcasse. Tout cela ne saurait compromettre l'enthousiasme qu'il m'est donné de ressentir à l'idée de pouvoir achever mon travail ! Mon temps a beau être compté – peut-être ne me reste-t-il que quelques mois – mais mon « avenir » est retrouvé ; c'est la joie de réécrire les manuscrits naguère complets, et à présent envolés. Cette même destinée qui a fait de moi un condamné m'offre en définitive une occasion unique, et je suis persuadé de pouvoir absolument tout retranscrire, à la page, et même au mot près.

Dans mon bonheur de fraîche date, j'ai veillé tard cette nuit. Je suis extatique ! Rien n'est perdu ; ma courte existence a cessé d'être vide. Me voilà raccroché à la vie !

Je n'ai rien d'une personne inspirée ou créative. Je n'ai jamais été doté de tels talents et ce qui ne se possède point ne peut disparaître. Je suis un voyageur qui a toujours tu ses aventures et qui s'est enfin décidé à rompre le silence.

Je n'ai aucun ami ; ma mère est décédée. Je suis seul au monde. Alors, qui que vous soyez, vous qui d'une façon ou d'une autre lirez mes manuscrits, accompagnez-moi, ressentez-moi. Ne riez pas, ne vous moquez pas de moi. Ma vie a souvent été une épreuve. Tout ce que vous lisez n'est autre que le reflet de ce que j'ai vu de mes propres yeux ; des sensations et un vécu en lesquels je crois et auxquels je suis entièrement dévoué !

Ma décision est prise ; jamais je ne regagnerai ma terre natale. Nul besoin d'entretenir des relations imposées et des rapports superficiels avec mon voisinage. Tout ce que je désire, c'est rapporter mon histoire le plus fidèlement possible ; et ce jusqu'à sa conclusion !

RENAISSANCE

Le 17 août

Voilà maintenant douze jours que j'ai commencé à narrer mon récit ! Qu'en est-il de ce mélange d'étonnement et d'effroi présent lors de la première semaine, cette crainte religieuse face à toutes ces choses auxquelles j'ai pu prêter une dimension surnaturelle ? Où est passée cette peur de sombrer dans la folie ? Ces sentiments partagés se sont évanouis beaucoup plus rapidement que prévu. La preuve en est faite ; l'homme finit bien par s'habituer à tout ! Il est possible de s'accommoder du plus invraisemblable, qui finit par s'intégrer à la normalité du quotidien.

(Au bout d'un moment)

Seigneur tout-puissant, ma trajectoire de vie a toujours suivi celle de votre voie et de votre volonté. Tout au long de ces jours et de ces nuits, seule la foi m'a permis de ne pas perdre l'esprit face à l'inimaginable réalité de mon parcours. Ayez pitié de moi, Seigneur, faites preuve de miséricorde envers votre indigne serviteur !

(Dans la nuit)

Cela fait maintenant trois jours que je suis parvenu à me traîner hors du lit, et que quelque chose de tout à fait surprenant s'est produit : mes douleurs se sont estompées, mes jambes m'ont même porté quelques heures. Le miroir incarne désormais l'unique rappel du bandage qui entourait encore ma tête. Et s'ils avaient raison ? Ils doivent m'en débarrasser après-demain. Serais-je guéri ? Était-ce possible ? Vais-je encore vivre ? Qui pourrait bien se représenter, croire en un tel miracle ?

(Trois heures plus tard – à l'aube)

Même ma condition psychologique s'est nettement améliorée, grâce aux propos réconfortants des médecins et à mon entrevue avec Johannes Jaeger. Mes jours et mes nuits étaient auparavant épouvantables. La douleur n'était rien face à la torture mentale que je subissais. Je la devais au conflit intérieur déclenché par l'existence duale d'un monde extérieur, théâtre de choses impossibles, et de mon univers intérieur, composé de souvenirs différents, mais formant néanmoins un tout intègre et sensé.

Acquis d'expérience, le discernement dont je faisais preuve me permettait de distinguer la réalité de l'irréalité, et ma grande acuité de mémoire inondait mon esprit d'images et d'événements passés avec nombre de détails, trait pour trait de la façon dont j'en avais fait l'expérience. J'étais parfaitement fonctionnel, puisque je n'avais pas oublié qui j'étais. Mais cela valait également pour cet environnement délirant…

J'étais persuadé d'être moi-même ; certes au bord d'une dépression nerveuse, mais c'était bien moi ! Une fois, alors que j'étais parmi les *Ilecteurs*, je me suis effondré et me suis mis à pleurer, rien que ça… Et quoi qu'il en soit, il est fort douteux que quiconque puisse se targuer de garder son calme dans pareilles circonstances.

Ces derniers jours, je n'ai vu personne d'autre que les deux médecins. J'étais tenu à l'écart des infirmières depuis l'épisode du miroir, lorsque j'ai perdu la raison en découvrant mon nouveau visage pour la première fois. Le docteur qui me suivait depuis peu me soutenait, comme un guérisseur aguerri et secourable, et il faisait également office de compagnon silencieux. Lorsque nous n'étions que tous les deux, son regard, constamment empreint d'une certaine inquiétude, évitait de croiser le mien.

Avant-hier, Professeur Molsen, le médecin-chef, m'a rendu une visite inopinée dans l'après-midi. Il avait l'air plus enthousiaste que d'habitude. Il m'a demandé de me lever et, me tenant par le bras, m'a aidé à rejoindre le salon attenant. Je m'aperçus alors qu'un monde entièrement nouveau s'offrait à moi. Il m'arrive parfois de faire preuve d'un empressement inhabituel, semblable à celui d'un enfant. Je n'avais pas été pris d'une telle impatience depuis l'adolescence !

Je suis resté planté à l'entrée pendant un moment, le regard porté sur le salon. Ladite pièce était étonnamment spacieuse, pleine de choses – à mes yeux – curieuses, y compris une grande porte transparente qui offrait une vue panoramique sur la campagne luxuriante, et par-delà les flancs montagneux. Puis je me suis remis à marcher un court instant. Je m'arrêtais tous les trois pas afin de scruter les alentours. Au bout d'un moment, je me suis retourné et j'ai surpris le docteur me regarder d'un air étrange. Rien n'avait d'importance pour moi à cet instant, mais il faut dire que je n'oublierai jamais l'expression de son visage.

Ce n'était point l'or ou les pierreries tout droit sorties d'un conte de fées qui m'enivraient. Tout ce qui se trouvait ici était fait d'un magnifique cristal en tons pastel délicieusement assortis ; bleu ciel, vert émeraude, blanc laiteux et vermeil. Tout, des tables et des chaises jusqu'aux tabourets et à la charpente, semblait être d'un métal incolore sur lequel une lumière délicate ondulait constamment avec grâce. Même les pots et les branches cristallines des fleurs qui s'épanouissaient brillaient avec éclat. En revanche, si, comme poussé par une curiosité enfantine, vous vous approchiez de trop près, pensant trouver quelque chose au cœur de ce kaléidoscope transparent et coloré, la sensation au toucher vous détrompait, car la surface des sièges s'avérait lisse et chaude.

Les médecins ne me pressaient guère. Une fois le salon traversé, nous nous sommes retrouvés dans un grand couloir. C'est ici que j'ai enfin regagné un espace commun après une période d'isolement de plusieurs jours. Le vaste vestibule donnait directement sur la terrasse principale, qui était immense. C'était l'après-midi, et les lieux étaient baignés de lumière. Des docteurs et des infirmières se tenaient là et bavardaient tranquillement. À la vue du médecin-chef, ils s'écartèrent discrètement afin que nous nous frayions un chemin. Alors que je passais devant eux, je les entendis une fois de plus murmurer ce nom, ce nom que tout le monde répétait sans cesse en ma présence : « Andréas Northam ». Je frissonnai. *Qui peut-il bien être ?* m'inquiétai-je. La réalité s'imposait implacablement à moi de toutes parts. Il ne me reste plus qu'à accepter, tout comme les médecins, cet événement inédit que je vivais et qui dépassait jusqu'aux rêves les plus fous de l'imagination la plus débordante.

RENCONTRE AVEC LES DIRIGEANTS DU FUTUR ET RÉVÉLATION DE SA VÉRITABLE IDENTITÉ

De l'autre côté du vestibule, face à une porte gigantesque, se tenait un groupe de six filles et garçons qui, à en juger par leur accoutrement, n'étaient probablement pas résidents. Ils venaient d'arriver. Je les ai à peine aperçus, trop brièvement pour avoir l'occasion de les examiner du regard. Ces adolescents arboraient un carré long et étaient vêtus d'uniformes quasiment assortis, en des tons pastel identiques à ceux du salon, et tous étaient ceinturés d'un fil argenté brodé et de foulards en soie au niveau de la taille. Bien qu'ils fussent de parfaits inconnus, ce sont eux qui nous ouvrirent les portes qui menaient au petit salon. Ces dernières se refermèrent brusquement derrière nous et, sans prévenir, je me retrouvai nez à nez avec deux *Ilecteurs*.

Ils m'observaient en silence. Nous étions seuls dans la pièce. À ma grande surprise, je vis le Professeur Molsen – qui m'avait conduit ici – se tenir debout avec respect.

Je sentais mon corps lâcher et mes forces m'abandonner. J'ignorais s'il s'agissait de prêtres ou de rois, mais ces nobles personnages à l'allure imposante, en blanc de la tête aux pieds, m'ont d'emblée fait forte impression. Ils m'apparaissaient comme un havre de paix pour une âme agitée. Je voulais me confier à eux sans plus tarder.

Je me jetai à leurs pieds et, d'une voix chevrotante et entrecoupée de sanglots, je me mis à tout leur raconter. Je peinais parfois à reprendre mon souffle, mais ma ferveur et mon désir étaient tels que cela ne m'empêcha guère de poursuivre. Je n'avais jamais rien ressenti de tel, pas même lors d'une confession. J'étais si ébranlé et bouleversé qu'il m'était impossible de respecter la chronologie de mon récit, mais je suis parvenu à leur délivrer toute la vérité, morceau par morceau ; et je pense que l'accent de sincérité dont je faisais preuve dans ma narration, certes décousue, mais néanmoins cohérente, ma violence émotionnelle patente et mon regard constamment éploré n'ont pas manqué d'échapper aux deux anciens.

À ma vue, leurs visages paisibles commencèrent à pâlir. L'expression de leurs yeux était indescriptible. Je les ai suppliés de me croire.

Ils ont peu à peu commencé à me poser toute une ribambelle de questions dans un allemand cahoteux – la langue dans laquelle je m'adressais à eux – à propos de l'endroit où j'avais vécu et de mon époque. J'ai tout expliqué, sans détour. De minute en minute, je pouvais voir leur inquiétude croître alors qu'ils m'écoutaient parler dans une langue qui leur était étrangère.

Je revois le courage me quitter l'espace d'un instant alors que je manquais de défaillir, avant de me remettre à leur répondre aussi précisément que possible. J'ai continué à les assurer de la véracité de mes mots, pleurant d'émotion, mais également de tristesse, faute de pouvoir leur apporter une preuve tangible de ce que j'avançais.

Et ces sages ont fini par me croire ! Mon Dieu, ils m'ont cru ! Ils m'ont relevé et m'ont assis près d'eux, puis ils m'ont regardé avec un air inexplicable de profonde béatitude et de bienveillance avant de s'adresser à moi comme leur égal.

Que Dieu les bénisse ! Lui seul pourrait les récompenser pour le bien qu'ils m'ont apporté dans ces moments singulièrement difficiles.

Je n'ai pas véritablement saisi leurs propos au sujet « des limites étroites de l'entendement humain », ou « de la relativité du temps et de l'existence potentielle d'intervalles temporelles simultanées ». J'ai également peiné à assimiler leur concept de « réalité supérieure et unifiée par-delà la perception humaine du passé, du présent et du futur ».

Du reste, ce qui portait sur les affaires divines et humaines a su m'apaiser. Ils m'ont transmis une profonde sérénité, apporté un réconfort tel que je me suis senti en paix comme jamais auparavant. Ils étaient un baume pour mon esprit torturé. Naturellement, ce n'est que plus tard qu'il m'a été donné d'apprécier la véritable portée de leurs paroles. D'après eux, ils avaient affaire à « un phénomène métapsychique des plus rares », une manifestation insolite d'un état psychologique, quelque peu instable – qu'ils ont même, à un moment donné, qualifié de pathologique – mais qui n'échappait point aux lois de la nature et du monde physique.

L'ACCIDENT D'ANDRÉAS NORTHAM

Les deux aînés s'en allèrent. Je m'étais à peine rendu compte du temps qui s'était écoulé et la nuit était tombée. Tout autour de moi, des vallées et des montagnes. Je pouvais désormais entendre cette mélodie céleste, si familière, *(leur prière du soir)* entonnée par des voix d'enfants comme venues de très loin, hors de ce monde. À dire vrai, je souhaitais qu'elle ne prenne jamais fin.

Le 18 août
(Minuit passé)

Il est deux heures du matin. Plongé dans un silence absolu, je m'extirpe de mon lit pour écrire. La douleur ne s'est pas manifestée de la journée et mon système nerveux est libéré de la tension des premiers jours. Si ce qu'ils me disent est vrai, alors j'ai bon espoir de pouvoir me remettre du choc.

Aujourd'hui sonne le treizième jour de ma nouvelle vie, treize jours chargés d'expériences et d'émotions insolites. Mes pensées sont sans cesse tournées vers le Seigneur. Lui seul peut se montrer miséricordieux, même envers le pécheur.

Hier matin, je suis sorti profiter du soleil sur la terrasse. Je suis resté seul un long moment. Je me suis assis et j'ai relu ce que j'avais écrit la nuit précédente.

Plus tard, le Professeur Molsen m'a rejoint pour me tenir compagnie jusqu'à midi. Il se comportait différemment avec moi aujourd'hui. Il était bavard et nous avons pu converser assez aisément, exception faite des fois où il essayait de parler dans son propre allemand. Désireux d'en savoir plus, je l'ai accusé d'avoir conduit des expérimentations sur Andréas Northam, sans vraiment savoir si mes motifs pour nourrir pareille suspicion étaient bien légitimes. Il s'en est vigoureusement défendu avec une sincérité apparente.

Avant-hier, *Ilecteur* Jaeger m'a appris que Northam avait été confié à Molsen à la suite d'un traumatisme crânien mortel causé par un accident. Il est mort dans les bras de Molsen, qui, seulement un quart d'heure plus tard, était parvenu à ramener son corps à la vie après l'avoir cryogénisé. Je n'en ai pas soufflé mot au docteur.

J'ai demandé à Jaeger pourquoi je n'étais pas autorisé à m'adresser librement à qui bon me semble, contrairement aux autres patients, et il m'a assuré que c'était uniquement l'affaire de quelques jours. Il a également déclaré que l'insomnie ne constituait pas un problème pour moi, si tant est que je reste allongé la majeure partie de la nuit.

Il ne s'enquit guère de ma vie, si ce n'est de mes antécédents médicaux. Je lui ai parlé de l'incident survenu en 1917 avec autant de précision que possible ; une « sorte de léthargie » ai-je déclaré.

Dans l'après-midi, Jaeger est venu me rendre visite pour la deuxième fois, toujours à la demande des *Ilecteurs*. Il m'a tellement apporté… Il est d'excellente compagnie. Son parler diffère grandement de celui des médecins ; il mettait du cœur et de l'esprit dans nos échanges.

LA VÉRITÉ : S'ÉVANOUIR DU PRÉSENT (1921 apr. J.-C.) ET SE RÉVEILLER DANS LE FUTUR (3906 apr. J.-C.)

Arrivée la nuit, j'étais pris d'une grande nostalgie. Tout ce que j'ai aimé, tout ce à quoi j'ai été habitué ma vie entière déclenchait des souvenirs insupportables qui me faisaient pleurer inconsolablement. Si seulement j'avais en ma possession quelque chose qui appartenait à ma contrée et à mon époque, quoi que ce soit, même un objet inanimé, pour me tenir compagnie, me faire sentir chez moi.

Avoir conscience de ce saut si lointain dans le temps me pesait lourdement. J'en retirais un sentiment de déchéance morale qui s'avérait nettement plus effrayant dans mon monde intérieur que dans le monde physique. Préparer ma fuite, loin de cette vie, m'a traversé l'esprit. L'image insoutenable qui pénétrait sans cesse mes pensées était celle de ma bien-aimée mère aux cheveux grisonnants, qui criait désespérément alors qu'elle se tenait au-dessus du corps inerte de son enfant dans un hôpital zurichois. « Mère ! – m'écriai-je en sanglotant – Mère, jamais je ne vous reverrai ! »

La fameuse nuit qui précéda mon réveil en ces lieux, allongé sur mon lit à moitié éveillé, ma mémoire avait invoqué Anna pour la énième fois. J'avais passé la soirée au milieu des anémones, sur notre colline, celle que nous chérissions tant. Au coucher du soleil, les ténèbres de la nuit vinrent m'y envelopper. Je suis rentré chez moi en empruntant des rues sombres et désertes afin de ne pas dévoiler mes yeux emplis de larmes au reste du monde.

Je me suis étendu sur le lit, essayant de faire le moins de bruit possible afin de ne pas réveiller ma mère alitée dans la pièce adjacente. Ces derniers temps, elle était particulièrement diminuée. Une fois la lumière éteinte et le silence complet, je me rappelle avoir pu entendre sa respiration. Sa présence, me savoir en sa compagnie, parvenait d'une manière ou d'une autre à adoucir la misère d'avoir perdu Anna.

J'étais brûlant de fièvre. Lorsque je cillais, mes yeux me faisaient souffrir. Non loin de moi, je savais qu'un bol d'eau et une serviette à humidifier et placer sur mon front étaient à disposition en cas de nécessité.

Mais mon épuisement était tel que je ne trouvais guère la force de me lever, j'ai donc essayé de me rafraîchir les yeux et le front à l'aide d'oreillers frais, en changeant constamment de position.

Puis je me souviens avoir eu la sensation de glisser lentement vers le sommeil, et j'ai remercié Dieu pour ce doux salut, même si cela ne dura que quelques heures. La dernière pensée qui précéda mon sommeil me projeta sous les deux sapins où je souhaitais m'installer le lendemain. Le réveil fut néanmoins des plus douloureux. J'avais un fort accès de fièvre. Mon esprit se dirigea d'emblée vers le bol d'eau et la serviette. Sans même ouvrir les yeux, j'ai tenté de les atteindre, mais j'étais incapable de me mouvoir. Au bout d'un moment, la fièvre me fit perdre connaissance.

Cette bascule entre état conscient et inconscient durera plusieurs heures. Et mes moments de lucidité étaient un véritable enfer. J'avais l'impression d'entamer une chute libre dans un abîme sans fond. Les affres du précipice ne m'ont jamais quitté.

Malgré le vertige causé par la fièvre, je me souviens avoir vu, comme à l'intérieur d'un rêve, des hommes et des femmes se tenir au-dessus de moi. J'étais conscient de ma condition, autrement dit que j'étais souffrant, et je croyais avoir été transporté dans une ville plus grande, dans un autre hôpital, et que toutes ces personnes étaient des docteurs et des infirmières. Rien d'autre ne m'apparaissait clairement. Ah ! Et ma mère ! Je ne la sentais plus à mes côtés.

J'ai alors cru vivre un cauchemar. *Pourquoi sont-ils habillés de la sorte ?* me demandai-je. Le décor dans lequel je me trouvais paraissait complètement changé, inhabituel. *Non*, songeai-je, *cela ne saurait être un hôpital.* Je clignais des yeux et saisissais des bribes de paysage campagnard et de ciel, sous forme de teintes bleu-vert entremêlées, auxquelles venait s'ajouter une lueur rosée, si vive et si riche, qui se reflétait sur les murs cristallins…

Je me souviens également avoir humé des senteurs printanières, dans lesquelles flottait, par moments, une mélodie céleste qui trouvait son chemin jusqu'à mes oreilles lasses. C'était une sorte de prière chantée par des voix enfantines. Je pouvais distinguer le son d'une harpe. Je n'avais rien entendu d'aussi mélodieux et prodigieux de toute ma vie, aussi j'espérais que ce chant ne prendrait jamais fin. Puis je me suis demandé si j'étais passé de vie à trépas. Si tel était le cas, comment pourrais-je encore me sentir malade et fiévreux ?

Une autre pensée délirante me traversa l'esprit : alors écolier, j'avais lu que notre chère Terre n'était peut-être pas la seule planète dans l'Univers. Mais j'ai écarté cette possibilité en me remémorant les personnes qui se tenaient au-dessus de moi. Il s'agissait d'êtres humains, nous appartenions à la même espèce. J'avais également entraperçu la lumière si caractéristique du ciel terrestre.

Tout au long de cette fièvre étourdissante, ce lot de pensées confuses et embrouillées dominait mon esprit harassé chaque fois que je recouvrais mes esprits. Et à dire vrai, je n'en ai pas gardé un souvenir désagréable. Il m'est en revanche impossible de décrire la stupeur qui allait me frapper un matin, alors parfaitement remis et enfin capable de quitter mon chevet – j'en frémis jusqu'aux os rien que de l'écrire. *Mon Dieu ! Ce corps ! Ce corps n'est pas le mien !*

Je faisais face à un jeune homme, le visage déformé par la terreur. Je pensais avoir perdu l'esprit. J'ai appelé à l'aide. J'ai senti quelqu'un accourir vers moi. Je me suis mis à suffoquer avant de m'écrouler.

LA LANGUE : MÉLANGE D'ANGLAIS ET DE SCANDINAVE

Lorsque je suis revenu à moi, j'ai vu deux médecins se tenir à mes côtés, la mine curieuse, attendant avec impatience que je reprenne connaissance. Ils étaient comme suspendus à mes lèvres. La pièce avait été désertée. J'étais dans une panique telle que le souffle venait à me manquer.

« Que s'est-il passé ? demandai-je la voix chevrotante. Ai-je sombré dans la folie ? J'entendais ma voix s'estomper, mais je parvins à bredouiller : où suis-je ? »

Je me rappelle avoir ensuite crié plusieurs fois « Mère, Mère ! », comme pour demander après elle.

Et plutôt que de me répondre, ces hommes de science restaient plantés là, abasourdis et livides, comme s'ils avaient été frappés de mutisme par ces quelques mots. L'un d'entre eux était jeune, fin vingtaine début trentaine. J'ai attrapé sa main et l'ai supplié au nom de Dieu et de sa propre mère, mais il tremblait et essayait manifestement d'éviter mon contact.

Peu après, son confrère plus âgé se tourna pour s'adresser à lui. *Ce sont des étrangers*, pensai-je. Confus, je les ai regardés discuter pendant plusieurs minutes alors que je m'évertuais à trouver une explication logique. Un pays lointain… oui… oui… ce devait être ça. Leurs habits, leurs attitudes… Voilà ! Et à présent, une langue qui m'était inconnue ! Je me souviens que l'accent de cet homme m'avait frappé. Certains de leurs mots et des nôtres paraissaient relativement similaires, avec des racines anglo-saxonnes, et d'autres ressemblaient à des mots scandinaves – qui m'étaient tout à fait familiers – j'ai donc compris l'essentiel de ce qu'ils disaient. Le plus âgé d'entre eux, le teint toujours livide, essayait désespérément de feindre un sourire, et annonça à son collègue qu'il avait perdu patience. Le jeune médecin s'en défendit en secouant la tête. Son collègue avait l'air profondément perturbé. Il répéta mes derniers mots en insistant sur chaque syllabe : « Mè-re… mè-re… » et rien d'autre. « *Mut-ter… Mut-ter…* »

Il m'agrippa la main. Il s'adressa à moi. Je compris qu'il me demandait si ma tête me faisait souffrir.

« Moins à présent, lui répondis-je. Je vais mieux.

Sur le plan physique, je disais la vérité ; mais je n'ai pas évoqué ce qu'il en était mentalement...

Je veux voir ma mère », ai-je ajouté.

Une fois encore, j'ai remarqué être sujet à des troubles de l'articulation. Mais je les associais à ma maladie.

En sus de cet amas de pensées, j'étais convaincu de passer pour un fou qui soliloquait si je ne parvenais pas à m'empêcher de crier au secours, ce qui réduirait à néant mes chances d'en apprendre davantage à leur sujet. Seulement, si je pouvais voir ma mère – leur déclarai-je – elle m'aiderait à retrouver ma lucidité.

J'ai alors remarqué quelque chose à leur sujet, un élément qui changeait la donne et permettait d'expliquer beaucoup de choses : leur sidération ne résultait guère de mes propos en eux-mêmes, mais de la *façon* et de la langue dans laquelle je les exprimais. Quand ils s'adressaient à moi, leurs yeux écarquillés laissaient deviner toute la frayeur qu'ils éprouvaient !

Le plus âgé se pencha à nouveau vers moi et, la voix frémissante, prononça lentement ces quelques mots dans ma langue :

« Andréas Northam, ne me reconnais-tu pas ? »

Dans un effort ostensible, les derniers mots qu'il parvint à exprimer non sans difficulté résonnent encore dans mes oreilles : « *Nicht mehr?* »

– Je veux prier », déclarai-je d'une voix éteinte.

Et je perdis de nouveau connaissance.

Treize jours se sont écoulés. Le plus jeune des deux médecins m'a rendu visite dans la soirée et a remarqué mon oreiller trempé de pleurs. Il a tenté de me réconforter, et, sans le vouloir, son geste n'a fait qu'empirer les choses. Je lui ai parlé de ma mère qui devait porter le deuil de son enfant et, avec un sourire complètement déplacé, il m'a narré une histoire qui appartenait à un lointain passé, en affirmant qu'il ne fallait plus me tracasser ! Doux Jésus ! Je n'en revenais pas ! Je ne veux plus jamais revoir cet homme ! Je ne leur donnerai pas l'occasion de me faire perdre la raison !

Demain matin, j'irai en toucher un mot à son confrère et demanderai que toute la vérité me soit révélée !

LA RELATION ENTRE NORTHAM ET JAEGER

Le 20 août

Ils ont retiré mes bandages ce matin. Mon visage s'est illuminé à la venue d'*Ilecteur* Jaeger ! Il m'a donné une vigoureuse poignée de main avant de louer et féliciter le travail du médecin plus âgé avec une joie évidente. J'ignorais que Jaeger avait été le professeur d'Andréas Northam il y a dix-huit ans de cela. D'après ce qu'il m'a été expliqué, cette figure spirituelle aujourd'hui célèbre et acclamée, ce « penseur éminent », dont les travaux unanimement reconnus donnaient lieu à des conférences réunissant plusieurs milliers de personnes au *Reigen*, était alors inconnu du grand public. Il avait pris part à l'éducation du jeune Northam en tant que père spirituel quatre années durant, pendant lesquelles il lui a consacré toute son attention, et voué son entière affection.

Pris par leurs engagements respectifs, ils ont ensuite suivi leur propre chemin.

Quand les *Ilecteurs* supérieurs ont appris l'identité du professeur et gardien de Northam dans sa jeunesse, ils ont fait appel à Jaeger afin de lui demander s'il pouvait, une nouvelle fois, lui accorder de son temps l'après-midi. Et il était particulièrement émouvant de voir ce penseur entre deux âges se déplacer seul, sans la compagnie d'un *unge* – un jeune assistant – et consacrer de son précieux temps à la même instruction primaire de son élève d'autrefois – à présent âgé de vingt-huit ans – qui, tout au moins physiquement, ressemblait à son fils spirituel d'il y a deux décennies. De surcroît, j'ai appris qu'il avait été ramené à la vie in extremis, comme une tout autre personne, perturbée et à moitié dérangée, après avoir côtoyé le royaume des morts pendant près de quinze minutes. Jaeger m'a confié combien il avait été heureux d'apprendre de la bouche du Professeur Molsen que le processus de cryogénisation, à la hâte, avait été réalisé juste à temps. Son cerveau ne souffrait d'aucune déficience.

CONFESSIONS

Le 21 août

Aujourd'hui, pour la première fois, Jaeger était accompagné de Stéphane, le meilleur ami d'Andréas qui était de trois ans son aîné. C'est un jeune homme sérieux pour lequel je me suis sincèrement pris d'amitié.

Jaeger l'a laissé assister à la leçon pendant un certain temps. Puis je lui ai montré mes premiers écrits. Les exercices d'écriture avaient déjà débuté et je les ai poursuivis en sa présence. Je pensais que retrouver mes qualités d'expression écrite dès les premiers jours l'aurait impressionné, mais il tenait de Jaeger que j'avais mené des études sur Ibsen, dont je lui avais également parlé.

« Cela n'est guère l'écriture d'Andréas », eut-il pour seule remarque.

En dehors des *Ilecteurs* supérieurs, seules quatre personnes étaient au courant du cas unique de Northam : les deux médecins, *Ilecteur* Jaeger et Stéphane. J'ai insisté auprès de Jaeger, cette information devait rester secrète pour m'éviter de devenir un objet de curiosité aux yeux du monde entier. Il m'en a fait la promesse, puis a ajouté quelque chose que je n'ai pas saisi : « Le dernier mot reviendra à la Vallée des Roses ; c'est à eux de décider combien de temps cela sera gardé secret du reste du monde. »

Quant à Stéphane, il commencera à venir régulièrement dans les jours à venir ; il a beaucoup à m'apprendre sur Northam et sa vie. Il affirme que je me dois d'être aux faits avant de me révéler à ce nouvel univers. Les mots prononcés par Jaeger peu avant le départ de Stéphane me reviennent à l'esprit : « En tout état de cause, les proches de Northam vont chercher à entrer en contact avec lui. Après l'annonce de sa guérison, qu'est-ce qui l'empêcherait de retrouver sa vie d'avant ? »

De nouveau seul avec Jaeger, je lui ai demandé comment les *Ilecteurs* appréhendaient cette situation avant de lui raconter ce qu'il s'était produit la nuit où le jeune médecin m'a découvert en pleurs à la pensée de ma mère. « Essayez de vous mettre à ma place un instant, car, croyez-moi, cette affaire aussi surréaliste que tragique mérite d'être considérée du point de vue de chacune des deux parties.

Le cours de votre vie s'écoule paisiblement et de façon ordinaire, à la même allure que d'habitude. À vos yeux, c'est Northam qui a subi une altération. Pour vous, il s'agit d'un phénomène parapsychologique rarissime, un cas de "changement de personnalité" et de xénoglossie dont souffre un homme ramené à la vie un quart d'heure après avoir été déclaré mort cliniquement. Cet ami qui appartenait à votre communauté parle désormais une langue morte. Mais je n'ai absolument pas changé. Je suis en train de vivre un pan du futur. Fort de tout cela, comment pourrais-je m'empêcher de croire que j'ai perdu l'esprit ? Que j'ai sombré dans la folie ? »

J'étais secoué de sanglots. Je ne savais plus du tout où j'en étais, incapable de croire qu'il puisse y avoir la moindre faille entre les axes du temps et de l'espace que je savais rigides. S'il y en avait une, elle devait être en moi. J'étais assurément atteint de névrose !

« Vous seul pouvez me dire ce qu'il en est véritablement. S'il s'agit bien d'un bond de deux mille ans, tel que me l'a décrit le jeune médecin, je vais en perdre la tête. Vous ne pouvez imaginer à quel point le souvenir d'être allé me coucher est frais dans ma mémoire, il me paraît si récent, comme s'il s'agissait d'hier. Je pouvais entendre ma mère respirer ; elle dormait dans la chambre d'à côté. Je me représente encore la bassine d'eau près de mon lit et la serviette frangée décorée de broderies bleu-vert qui la recouvrait. C'est comme si elle se trouvait en face de moi à cet instant précis.

J'étais au supplice et je le fixais, mais Jaeger n'a pas cherché à fuir mon regard. Il parvenait à saisir la majeure partie de ce que je lui disais en allemand.

– Je ne crois pas, déclara-t-il le regard droit, que te dissimuler la moindre once de vérité saura apaiser ton cœur, mais, sois tranquille, nous en savons bien davantage que toi. Nous ne vivons plus à l'époque de Descartes et de Kant. Beaucoup de choses ont changé. Mais il est impossible de tout évaluer par le seul prisme de l'intellect, du cerveau humain et de ses limites. À titre d'exemple, es-tu sûr et certain qu'au moment d'aller dormir, tel que tu le décris, Andréas Northam n'existait pas déjà ? As-tu la certitude, à cet instant précis, que ta mère a cessé d'être ? »

Sa réponse stupéfiante a eu moins d'effet sur moi qu'elle en aurait eu il y a quelques jours de cela, où il m'eut été impossible d'en saisir la portée.

À présent, ce qui m'émouvait le plus était la façon dont cet homme remarquable s'adressait à moi, qui n'avait rien de celle des médecins. Il s'exprimait même dans ma propre langue…

INSOMNIES

Le 23 août

Les journées d'hier et d'aujourd'hui furent des plus paisibles. Je les ai passées à écrire ou à m'entretenir avec Stéphane le matin et Jaeger l'après-midi, et j'occupais mes nuits à lire. Je suis devenu un lecteur vorace, un véritable rat de bibliothèque !

Les médecins affirment qu'essayer de provoquer un sommeil artificiel serait inutile. D'autant plus que selon eux, le manque de sommeil ne m'est ni mortel, ni particulièrement néfaste.

La nuit, j'étais libre de lire, du moment que je me reposais dans le lit ou dans un fauteuil au moins la moitié du temps, et je me levais chaque matin avec autant de fraîcheur que si j'avais dormi sept heures. Aussi, je commençais progressivement à saisir leur langue, dite « universelle » d'après Stéphane, mais que je qualifiais plutôt de « mélange douteux d'anglais et de scandinave ». Cette dernière a néanmoins le mérite d'avoir une certaine cohérence phonétique, et je suis désormais à même de la lire avec beaucoup plus de facilité, non sans l'aide d'un petit dictionnaire que je consulte fréquemment.

Mes longs entretiens avec Jaeger sont source d'apaisement mental et spirituel. Sous sa houlette, j'ai cessé de chercher refuge dans les souvenirs de ma vie d'antan. Cet homme a su répandre la semence de la foi dans mon âme et me faire don d'une nouvelle forme de confiance que je croyais inatteignable. Grâce à lui, l'impression d'habiter un corps étranger m'a quittée. Avec son aide, je peux désormais me regarder dans le miroir sans aucune crainte, et même, aussi curieux que cela puisse paraître, distinguer sous ces traits qui ne m'appartiennent pas, ma propre expression, telle que je l'ai toujours connue.

Sans que j'y fasse allusion, Stéphane m'a partagé un avis similaire à ce sujet l'autre jour. « Manifestement, la personne qui se tient face à moi n'est autre qu'Andréas Northam, mais à en juger par son accent, son timbre de voix, et même la manière dont il s'exprime et me regarde, je peux affirmer qu'il n'en est rien. »

Le 24 août

Aujourd'hui, comme à l'accoutumée, Jaeger m'a donné des cours de diction, d'élocution et de prononciation. La prochaine étape consistera à étudier mon environnement. Cet homme remarquable consacrait une grande partie de son temps à m'expliquer patiemment chaque chose dans les moindres détails, de l'utilisation au fonctionnement. Quand je partirai courir le monde, je devrai me débrouiller seul, sans avoir l'air égaré.

Dès lors qu'il commence à fatiguer, nous nous octroyons une pause pendant laquelle je lui raconte des histoires de toutes sortes : sur mon village natal, mon vécu, l'amour que me portait ma mère… Il m'écoute religieusement, et pris d'intérêt pour les modes de vie du XXe siècle, il me pose une multitude de questions au sujet de nos écoles et de nos us et coutumes, dont il prend même parfois note. Il semblait ravi de mes accès de nostalgie.

Je lui ai révélé avoir moi-même été professeur à mon époque et lui ai manifesté ma préférence pour l'Histoire. Au fil de nos échanges, je me suis senti brûler d'une soif ardente de spiritualité ; entrevoir les horizons extraordinaires qui s'offraient soudainement à moi dans cette discipline de prédilection me permettait d'oublier momentanément ma condition et me faisait frémir d'impatience. Cet appel du cœur, à la découverte inattendue de cet Eldorado à portée de main, moi seul pouvais le ressentir.

(Au milieu de la nuit)

Je suis épuisé. Plongé dans l'ataraxie nocturne, cela fait plusieurs heures que je tourne en rond sur la terrasse. Je sens un éclair de joie déferler en moi, comme si je pouvais entendre les battements de mon cœur. Était-ce une nouvelle poussée de fièvre ? L'idée de ressentir ces émotions nouvelles prendre vie se heurtait à l'agitation permanente de mon esprit. Vais-je cesser de me tourmenter avec cette expérience inouïe et finir par m'y habituer ? Puis-je de nouveau accéder à la normalité, au goût du quotidien ? Serai-je digne de cette excitation nouvelle ? Je me fais l'effet d'un avide philatéliste qui se verrait offrir la collection de timbres du Roi d'Angleterre, incapable de contenir son impatience de l'examiner ; ou d'un spécialiste en lettres classiques qui viendrait d'avoir accès à la Bibliothèque d'Alexandrie.

Le 25 août

Cette nuit, Jaeger m'a dit : « Aie confiance en Stéphane. Il te guidera pas à pas à travers chacune des étapes. » Je l'ai prié de bien vouloir me fournir davantage d'ouvrages historiques en attendant, ce qu'il m'a promis de faire. Il a également suggéré que je m'essaye au *Reigen-Swage*, une forme de narration à la fois visuelle et auditive dont j'ignorais jusqu'à l'existence, et pour laquelle aucune lecture n'était nécessaire ! Une voix délivre le contenu des livres et les images prennent vie face au spectateur.

« Écoute, m'annonça-t-il – et je me remémore ses paroles non pas telles qu'il les a prononcées, mais telles que je les ai comprises – dans quelque temps, lorsque le moment sera venu pour moi de te quitter, montre-toi à la hauteur et veille à ne pas seulement nourrir ton esprit d'éléments factuels. Explore les profondeurs des voies spirituelles supérieures qui ont été révélées à l'humanité. Les faits avérés ne te seront guère d'une grande utilité. Ne les laisse point t'aveugler et ne passe pas ton temps à observer leur déroulement à travers le *Reigen-Swage*. Après tout, quoiqu'il se soit passé, cela s'est déjà produit auparavant. L'Histoire se répète. Évertue-toi à lire entre les lignes, déceler ce que cachent de simples événements. »

Il a fait allusion à de « nouvelles voies lumineuses » qui permettront « d'étancher une soif d'espérance vieille de plusieurs siècles » et de soulager « la souffrance métaphysique de l'humanité ».

Il reste que je ne puis être tout à fait certain d'avoir interprété avec justesse tout ce que ce sage m'a patiemment enseigné. D'après lui, le temps ne s'écoule point, *nous* sommes de passage. Nous autres, créatures humaines, biologiquement vouées à un destin éphémère, apparaissons et disparaissons. Le caractère sibyllin du monde nous échappe complètement. Nos antennes disposent de moyens extrêmement limités. Les impressions qu'elles génèrent ne sont que pure subjectivité, sans rapport avec la « Réalité Suprême », véritable et objective, qu'il appelait *Samith*.

Le 26 août

Par moments, il m'arrive d'être effrayé à la pensée du monde extérieur, gigantesque et inconnu.

Je commence à m'habituer à cette routine vide de surprise et de changement au sein de l'établissement, et je trouve un semblant de plaisir à ce quotidien. Mais Stéphane est là pour me rappeler que je dois lutter contre ma timidité et affronter la vie qui m'attend au-dehors.

Le 27 août

Aujourd'hui, le souvenir du jeune Northam est revenu à l'esprit de Jaeger. Puis il a planté son regard dans le mien et a murmuré : « Je suis conscient qu'Andréas n'est plus parmi nous ; mais je t'appellerai toujours par son prénom. »

L'autre jour, Stéphane m'a tenu le même discours : « Permets-moi de t'appeler Andréas… », avec un ton que tout le monde envierait à Northam, empreint d'une foi inflexible en l'amitié (concept qui nous est si étranger), profondément ancrée dans sa mémoire.

Le 30 août

Quelques jours ont suffi à révolutionner tout ce qui m'entourait ! L'environnement, les personnes, les circonstances ; tout était si différent ! Qui aurait pu l'imaginer…

LE CERCLE DE NORTHAM ET LEURS CODES SOCIAUX

1-IX-MDIX

(Le système de datation change. Il s'agit pour nous de l'an 3906 apr. J.-C, et de l'an 1509 d'après le futur système calendaire.)

Et voilà que tout s'écroule en moi, une fois encore. Mes espoirs et mes rêves des jours derniers se sont en grande partie révélés vains. Le milieu tant attendu de ma nouvelle vie, l'entourage d'Andréas Northam, semblait se limiter à une ribambelle de jeunes gens enjoués et insouciants. Mais je commençais à m'amuser de cette aventure. Qui sait, peut-être s'agissait-il d'un énième mécanisme de défense mis en place par mon esprit…

Ce matin, nous avons programmé une promenade le long du lac voisin, où se trouvaient des bateaux disponibles à la location. Jeunesse, amusement, agitation, chant. À chaque tournant, Stéphane avait toutes les peines du monde à diriger le groupe.

« Hilda ! Hilda ! Attends ! Nous ne pouvons pas tenir le rythme ! Andréas est incapable de courir ! »

Il avait l'air quelque peu agacé que sa bien-aimée se trouve être l'élément qui distançait le groupe et provoquait cette accélération collective. Je marchais entre Stéphane et Silvia, son autre amie, et il m'était difficile de suivre l'allure.

Peu après, Hilda est venue me dire : « Pardonne-moi Andréas, j'avais l'esprit ailleurs… »

Je me sentais en devoir de lui dire quelque chose de gentil en retour. Je la dévisageais. Pour être franc, elle était tout à fait agréable à regarder. Esquissant un sourire gêné, je lui ai répondu que cela n'avait aucune espèce d'importance et que j'étais désormais d'attaque, ce qui était faux. Stéphane l'a remarqué et a proposé que nous fassions une nouvelle pause. Par chance, le reste du chemin était en pente.

J'ai pris place sur un banc de pierre au côté de Stéphane puis nous avons écouté Axel et Éric parler de la beauté des matinées printanières alors qu'ils cueillaient des coquelicots. Silvia discutait avec Aria. Juliette et Hilda couraient après un couple de papillons bleus.

Voilà donc le groupe d'amis d'Andréas Northam ? m'interrogeai-je avec désappointement. *Je ne pense pas que qui que ce soit puisse retirer grand-chose de cette bande d'enfants montés en graine.*

Ces jeunes adultes âgés de vingt-cinq ans, accompagnés de quatre jeunes femmes et de Stéphane, ont fait irruption dans l'établissement dès que les médecins ont autorisé les visites, il y a maintenant trois jours de cela. Emplis de joie, ils se sont rassemblés autour de moi et exultaient, riaient, me posant tout un tas de questions ! Ils avaient le plus grand mal à contenir l'enthousiasme suscité par le regain de force et de santé que connaissait leur ami – autrement dit, Andréas Northam.

J'étais surpris par leur comportement, qui pourrait être perçu comme relativement puéril pour leur âge. C'était tout de même surprenant pour Northam d'avoir un tel entourage, lui qui, avant l'accident, était un jeune scientifique de renom en physique appliquée – dans un domaine dont la dénomination exacte m'échappe – et dont les travaux ont même donné des résultats probants. D'ailleurs, l'institut pour lequel il travaillait avait appelé l'Institut Molsen à plusieurs reprises afin de s'enquérir de son état de santé.

Inconsciemment, j'ai regardé en direction du nord, par-delà les hauts sommets, pris d'une légère nostalgie pour mon ancienne patrie. J'ai senti une larme bloquée au coin de l'œil. Je n'ai pas décroché un mot à Stéphane à ce moment-là, alors qu'il désignait au loin des villas qui formaient une infinité de grappes de maisons, pareilles à plusieurs états. Il m'apprit que de nombreux endroits avaient conservé leurs toponymes d'autrefois, comme Waren, Cernobbio, Bellano, Menaggio et d'autres, des noms qui sonnaient curieusement à l'oreille dans une langue qui avait connu tant de changements.

Vint à Hilda l'idée de chanter avec les filles. Il s'agissait d'un chant printanier qu'elles interprétaient en chœur, couplet par couplet. Un chant joyeux et chaleureux à entonner entre amis. Là, une fenêtre s'ouvrit brusquement, et à travers elle surgit une fille qui se mit à accompagner le reste du groupe au violon. Juste à côté d'elle, un peintre qui jusqu'alors luttait avec sa palette et ses pinceaux sortit une flûte pour, à son tour, se joindre à la mélodie.

Comment était-ce possible ? Comment ces deux personnes avaient-elles pu interrompre ce qu'elles faisaient et s'harmoniser à notre rythme et notre gaieté ?

J'étais estomaqué par cette joie facile et spontanée, leur attitude positive et leur envie de s'intégrer à notre groupe ! Un sentiment de camaraderie se propageait, comme si la mélodie s'était transformée en un lien invisible qui nous unissait ! Avant de reprendre la route vers le lac, nous avons applaudi nos nouveaux amis et ils nous ont applaudis, comme si nous étions de vieux compagnons.

Les garçons ont ensuite commencé à accrocher des fleurs aux boutonnières des filles. Stéphane le fit pour Hilda, Axel pour Juliette et Éric pour Aria. Silvia me regardait avec un léger sourire, attendant que j'agisse. Les mains tremblantes, j'ai accroché une fleur sur sa boutonnière comme les autres l'avaient fait, et nous avons flâné tout le long de la descente, main dans la main, comme des enfants. Les quatre bateaux étaient prêts. La plupart des autres binômes étaient installés à leur bord et ils, nous, « les retardataires », ont salué en levant leur main droite pour nous faire signe de loin. Les voiles blanches étaient déjà hissées.

Je fais une halte afin d'observer la façon dont ils interagissent. D'après les dires de Stéphane, dans ce nouveau monde, personne ne considérait autrui comme un étranger. Vous vous adressez à un parfait inconnu en toute franchise, comme vous le feriez avec un ami de longue date ; et, en retour, cette personne en fait de même. Tout le monde arbore une attitude aimable et détendue, avec une approche naïve, une bienveillance, un tact et un esprit de camaraderie partagés d'entre tous, comme s'ils avaient tous fréquenté un grand établissement scolaire universel au cours de leur enfance.

J'avais tant de choses à demander à Stéphane. Mais comment m'y prendre ? Cela supposait de n'être que tous les deux. Il s'était engagé à me faire découvrir les facettes les plus typiques de la vie moderne. Il savait que ce que je désirais voir, ce qu'il me plairait de vivre, était aux antipodes de la campagne et des vacances : les grandes villes, le monde du travail et les citoyens ordinaires. Et j'étais persuadé que toutes ces choses-là m'attendaient quelque part.

J'étais aussi curieux de savoir si cette façon d'être qu'ils partageaient, et qui s'apparentait principalement à une candeur infantile, découlait des facteurs purement économiques évoqués par Stéphan, qui, au fil du temps, étaient parvenus à pousser l'uniformité et l'homogénéité à un tel paroxysme. Mais avant d'avoir pu l'observer sous toutes ses formes de mes propres yeux, je n'ai nullement l'intention de croire en ce conte de fées universel fait d'usages impeccables et bienséants, et de cet esprit authentique de fraternité dénué de toute arrière-pensée.

3-IX

L'évolution singulière que je connais depuis plusieurs jours devrait davantage être examinée sur le plan psychologique. J'ai l'esprit tranquille et je commence à m'habituer à tout ce que je vois autour de moi. Cela n'eut rien d'une sinécure. Je me remémore les premiers jours où la façon de s'habiller me paraissait étrange. Je trouve désormais de plus en plus d'intérêt à ma vie. La moindre chose pique ma curiosité, et je pose tellement de questions à Stéphane qu'il me faudrait plusieurs siècles pour pouvoir en consigner l'entièreté par écrit. Mais pourquoi la faculté d'exprimer tout ce que j'éprouve avec exactitude me fait-elle défaut ? Plutôt qu'un professeur démuni et souffreteux, un homme de lettres ne serait-il donc pas plus digne de vivre ce destin unique ? Tant de choses et d'expériences à la fois inédites et variées ! Un écrivain les retranscrirait infiniment mieux que moi…

Je pense à ma mère chaque jour, mon unique source d'affection dans cet univers, et je me demande à quoi ressemblerait mon quotidien si elle était à mes côtés pour le partager. Il arrive qu'Anna jaillisse encore dans mon esprit, mais d'une façon ou d'une autre, j'ai le sentiment d'avoir commencé à guérir de mes maux, l'impression qu'ils ne me font plus tant souffrir. Mon esprit me transporte ailleurs : mon Dieu, que le poids de l'âge est inexistant à vingt-huit ans ! Inexistant ! Vu sous cet angle, c'est comme si j'avais inversé le cours du temps ! Au début, me regarder dans le miroir avait tout de terrifiant, de quoi en perdre la tête, mais aujourd'hui cela me procure un plaisir inouï !

Tout le monde me prend pour Andréas Northam. Et je sais qu'aucun d'entre eux – exception faite de Stéphane – ne connaît la vérité. Pour ce que j'en savais, l'ancien Northam était en odeur de sainteté au sein de son cercle d'amis. Il en va de même pour Aria, à en juger par la façon dont ils se comportent avec elle. Aria n'est âgée que de vingt-cinq ans, mais lorsqu'elle prend la parole, les autres font silence.

Et ce que j'ai également remarqué : hier, lorsqu'elle est entrée dans le salon de la villa où nous étions installés, les dames du groupe se sont levées, à l'image des hommes d'autrefois – quelque chose qui ne se serait jamais produit à notre époque, quel que soit le milieu.

5-IX

Entre-temps, j'ai beaucoup appris de Stéphane au sujet de mes nouveaux compagnons. Axel et Juliette ne sont ensemble que depuis deux mois. Elle est très jeune, dix-neuf ou vingt ans, brune, belle et quelque peu légère. N'accordant que peu d'importance à son apparence, elle abordait constamment la vie avec enthousiasme et il lui arrivait souvent de fredonner quand elle était seule. Axel est son premier amour et leur relation a débuté alors qu'ils se trouvaient dans un parc, la robe de mousseline de Juliette était tachée, et Axel s'est empressé de lui faire un ourlet improvisé à l'aide d'épingles avant qu'elle ne se salisse davantage. Axel est un violoniste assez talentueux, mais si vous demandez l'avis de Juliette, elle vous dira qu'il est en passe de devenir un virtuose ! Quoi qu'il en soit, ils ont tous deux grand cœur et le groupe ne saurait s'en passer.

Quant à Silvia, j'ai appris qu'Andréas Northam avait été éperdument amoureux d'elle deux ou trois ans durant, mais qu'elle l'appréciait seulement en tant qu'ami, un ami pour lequel elle avait du respect et dont elle reconnaissait le travail. Son cœur était peut-être pris ailleurs, qui sait ? Les bavardages n'avaient plus cours à présent, et Stéphane ne disposait d'aucune information à ce sujet. Cependant, lorsque je l'ai rencontrée pour la première fois, j'ai eu la sensation de l'avoir déjà vue. Puis je m'en suis souvenu alors que j'étais seul : cette impression me venait des souvenirs confus de l'hôpital. Ma stupeur fiévreuse ne m'avait nullement empêché de la distinguer parmi les infirmières. Sa silhouette avait quelque chose de tout à fait gracieux, noble, et Silvia se démarquait du groupe.

Stéphane m'en a encore parlé pas plus tard qu'hier, « Andréas a beaucoup souffert de cet amour. Certaines nuits, ses yeux étaient sans cesse gonflés de larmes. »

Ce à quoi j'ai rétorqué qu'il fallait néanmoins saluer l'honnêteté et les principes qui caractérisaient Silvia, qui n'avait jamais songé à feindre de partager les mêmes sentiments.

« Une autre à sa place – dis-je, eu égard à la renommée de Northam – ne se serait pas privée de faire semblant d'éprouver de l'amour et de l'affection pour lui afin de partager sa vie.

Stéphane, d'abord surpris par mes mots, répondit :

– Comment peux-tu dire cela ? Ce serait tellement déplacé ! Aucune femme n'en serait capable ! »

J'ai manqué une occasion de me taire. J'ai rapidement changé de sujet et me suis enquis de ce que le reste du groupe pensait du « nouveau » Northam. Il m'a rapporté que Silvia m'avait mentionné à plusieurs reprises ces derniers jours. Ce matin même, elle lui a demandé s'il avait remarqué un changement dans mon regard, et s'il se rappelait avoir connu Andréas afficher une telle expression avant son accident. Elle lui a également confié qu'elle trouvait le comportement d'Andréas pour le moins étrange, qu'il était d'un mutisme inhabituel et qu'il paraissait anormalement hésitant et timide, son accent avait changé et il éprouvait parfois même quelques difficultés à articuler.

J'ai demandé à Stéphane comment m'y prendre, puisqu'il était impossible de démêler cette infinité de choses inédites, développer une mentalité renouvelée, une autre attitude et parler couramment leur langue du jour au lendemain. Il m'a encouragé d'un sourire et m'a affirmé que la situation finirait par s'arranger. L'un de leurs amis de longue date, victime d'un terrible accident de la route, avait vu ses facultés mentales temporairement affectées lors de sa convalescence ; c'est l'idée qu'ils se faisaient de ma condition actuelle. « Cela pourrait-il affecter l'amour qu'ils te portent ? Non. Tu as pu constater qu'ils sont en permanence à tes côtés, habités par la même tendresse. »

Alors que je suis assis sur la terrasse, toutes ces pensées et tous ces échanges défilent devant mes yeux telles des images en mouvement. En bas, j'entends les filles en train de rire et de discuter. Elles me taquinent et me demandent comment je peux lire et écrire dans pareil vacarme. Le soleil est sur le point de se coucher et « La Prière du Crépuscule » qu'ils écoutent chaque après-midi est imminente. Je les entends appeler Stéphane avant de replonger dans mes pensées.

Ma relation avec Stéphane revêt un aspect singulier. Il apparaît que nous sommes unis, unis par quelque chose qu'il ne partageait avec personne, pas même son meilleur ami, Andréas Northam : notre goût pour l'Histoire.

L'étude de l'Histoire de manière générale, et plus particulièrement de l'art au cours des derniers millénaires, constituait sa principale occupation. C'est donc avec une grande facilité que notre amitié se construisait, même en l'absence du moindre élément qui pourrait lui rappeler Andréas à travers moi – de leurs souvenirs communs à leurs rêves…

Quant à Stéphane et Hilda, leur lien avait résisté à l'épreuve du temps. Ils vivaient une idylle depuis plus de quatre ans, et tout laisse à croire qu'il en serait ainsi pour le restant de leur vie. En voilà un couple véritablement heureux ! Ils ont même décidé d'avoir un bébé et avaient remis leur déclaration au Bureau des Associés, les fonctionnaires de l'administration démographique auxquels celles et ceux qui voulaient avoir un enfant, le maximum autorisé, devaient soumettre une demande. Leur tour viendra d'ici environ un an.

Parfois, Hilda assiste également Stéphane dans son travail, en recopiant ou en faisant la lecture, bien que Stéphane affirme lui-même ne pas être promis à de grandes choses. Tout ce qu'il voulait, c'était s'instruire, et rien d'autre. Il sait qu'il n'est pas destiné à apporter de contributions majeures au monde de la recherche, contrairement à Aria, qui, du haut de ses vingt-cinq ans, s'était déjà fait un nom en publiant des articles réalisés sur une période de cinq à six ans.

Quant aux trois autres – Hilda, Silvia et Aria – elles sont liées par une amitié privilégiée, qui se distingue de celle qu'elles partagent avec Juliette, beaucoup plus récente. Cette dernière en avait manifestement conscience, mais cela lui était parfaitement égal, car elle pouvait témoigner de toute l'attention qu'elles lui portaient.

Il y a huit ans de cela, elles se sont rencontrées la veille de Noël, dans l'un des palais des *Lorffes* – une autre classe dirigeante semblable à celle des *Ilecteurs* – situé dans la Vallée des Roses. Là-bas, d'après Hilda et à l'instar d'une multitude de jeunes filles triées sur le volet parmi des milliers d'autres pour leur beauté naturelle, elles ont accueilli les *Ilecteurs* à la salle de réception après la grande messe du soir, vêtues de blanc et torches en main. Elles décrivent cet événement comme étant leur meilleur souvenir d'enfance, un rêve dont elles ont eu par la suite du mal à croire qu'il était devenu réalité.

Éric est enfin arrivé ! Il porte une sorte de raquette et de l'équipement de plus petite taille, utilisés pour un jeu ou un sport sur lequel je n'ai pas encore pris la peine de me renseigner. Chaussé de sandales, il était torse nu. Il semblait être en forme et paraissait enthousiaste. Sa relation avec Aria était un désastre. Ils étaient ensemble depuis quatorze mois, et personne ne saurait dire pour combien de temps encore. Cette fille exceptionnelle, attirée très tôt par l'étude de ce qui nourrissait ses convictions depuis l'enfance, est parvenue, alors âgée d'une vingtaine d'années, à assister à des fouilles organisées sur le continent américain avec de grands spécialistes. Elle a également soutenu ses propres conclusions sur la vie des Incas, animée par une intuition audacieuse, proche de l'inspiration, qui se sont révélées exactes par la suite ! Cette jeune femme, naturellement douée de sagesse, dont la pensée a été reconnue à bien des égards et qui a porté ses propres déclarations devant plusieurs milliers de personnes dans la mégapole de Norfor il a deux ans de cela – en sus d'avoir à sa disposition tout un groupe de jeunes personnes pour l'aider dans ses recherches depuis quelque temps – avait renoncé à tout pour ce jeune homme brun, certes doté d'un grand cœur, mais qui ne supportait pas de l'entendre parler de son travail. L'autre jour, Stéphane l'avait surpris à prononcer ces mots : « Tu peux me parler de sports, de voyages, de natation ou de tout ce que tu veux, mais certainement pas de Dieu et de ces reliques du passé ! »

Ils sont fin prêts. C'est l'heure de la prière. Je reprendrai l'écriture demain.

LES DEUX ANNÉES DE SERVICE INTERNATIONAL, VIE QUOTIDIENNE ET RÉGULATION DES NAISSANCES

6-IX

J'ai demandé à Stéphane de me laisser seul pour la journée afin de me reposer. Bon nombre de choses me travaillaient l'esprit. *Stéphane… Stéphane,* m'arrivait-il parfois de penser, *je pense que tu te méprends sur les sentiments d'Anna envers Andréas Northam.*

Je passe mon temps à me blâmer, me reprocher cette faiblesse de caractère. *Qu'es-tu en train de t'infliger, pauvre fou ?* pensai-je. *Tu finiras par le regretter amèrement…*

Je ressens l'attrait du chaos, perfide et rongeur. *Silvia… Silvia…* répétais-je mentalement. Quel drôle de nom… J'aime à le dire tout haut. Son appartenance à une forme différente, plus évoluée de l'espèce humaine, issue d'une autre époque, conférait un aspect surnaturel à son charme, en plus de le renforcer.

J'entendis la voix de la raison me chuchoter : *Prudence, malheureux… Un cœur serein est tout aussi important qu'un corps sain ; ce n'est qu'après en avoir été dépossédé que tu pourras en mesurer la valeur.* Et il est vrai que dans mon cas, je ne puis omettre combien l'absolue sérénité du cœur est vitale, et il est de mon devoir de la préserver. L'horizon infini du savoir qui s'offre à moi requiert toute mon attention, ainsi qu'une méditation assidue.

Cela étant, je tire fierté de constater que je ne devrais en aucun cas douter de moi. En plus de mon aspect physique, j'ai du cœur et je suis doué de sagesse intérieure, par conséquent, à en juger par mon expérience de tous ces individus, je n'avais rien à leur envier. Je pourrais aisément m'intégrer à eux sans dénoter. J'avais désormais l'impression de pénétrer leur univers pour de bon.

7-IX

Stéphane me tenait éloigné des villes et de la vie citadine. Un jour, alors qu'il se tenait silencieusement sur la terrasse, j'ai désigné le paysage naturel d'exception qui se présentait face à nous et j'ai déclaré : « Quels jours heureux vous coulez ici… Tout est là. Vous ne manquez de rien. »

Immédiatement après, j'ai vaguement évoqué la durée de ce séjour. Il m'a d'abord regardé d'un air perplexe. Puis il a souri, et avec une lassitude empruntée et une posture d'indifférence, il laissa sa tête retomber sur le dossier du fauteuil.

« Oh oui… fit-il en regardant au loin. Je suis verni. De mes dix-sept à mes dix-neuf ans, j'ai eu de belles opportunités professionnelles et mes affaires étaient prospères à l'époque. "Si jeune ?" pourrais-tu te demander. Eh bien oui, aussi étrange que cela puisse te paraître. En l'espace de deux ans, je suis non seulement parvenu à rembourser mes parents de tout l'argent qu'ils avaient déboursé pour moi jusqu'alors, mais également en mettre suffisamment de côté pour m'assurer une existence confortable, et ce jusqu'au restant de mes jours. »

J'ai décelé une pointe de sarcasme dans sa dernière phrase et lui ai fait comprendre, à ma façon, mon refus de croire au moindre de ses mots. J'ai esquissé un sourire avant de lui demander la raison qui justifierait un abandon si précoce d'une activité aussi lucrative.

« J'avais dégagé suffisamment de bénéfices, répondit-il gravement, quelqu'un d'autre devait prendre mon relais. »

– Et quel type de métier exerçais-tu ? lui demandai-je avec la même gravité.

– Oh, je faisais quelque chose de merveilleux, soupira-t-il avec nostalgie. Ce qui a participé de ma bonne fortune fut de me voir confier l'une des professions les plus artistiques qu'il soit : fabriquer des peignes. Principalement pour femmes. J'ai occupé ce poste pendant deux ans. Des millions de peignes sont passés entre mes mains. Je me remémore avoir pensé à la quantité de cheveux qu'ils avaient servi à coiffer, aux millions de jeunes filles qui avaient pris plaisir à regarder leur reflet dans le miroir en les utilisant, et aux millions de tresses enroulées grâce à eux. Si les peignes étaient doués de parole, chacun d'entre eux pourrait me relater de fabuleux récits. Et je suis fier de mes créations, fruits de deux des années les plus prolifiques et mémorables de ma jeunesse.

Ses dernières paroles étaient chargées d'une émotion sincère. Je suis néanmoins resté fidèle au ton initialement enjoué de son monologue : je ne voulais pas paraître inutilement crédule.

– Ce devait être passionnant, lançai-je avec un petit sourire. Un industriel chanceux parti en retraite anticipée, voilà un récit qui ne manque guère d'intérêt, et ce n'est rien de le dire. Nos autres amis nantis auraient-ils connu un destin similaire, peut-être dès le début de leur scolarité ?

– Au début, lorsque j'ai parlé de chance, ce n'était que pure plaisanterie. Cela n'a rien d'un hasard ; il s'agit d'organisation. Nous tous, hommes et femmes, tels que tu nous vois aujourd'hui, à profiter d'une existence confortable, avons connu cela. Chacune des personnes que tu as rencontrées et que tu rencontreras, y compris Silvia, Aria et Hilda, étaient des "Associés" de leurs dix-sept à leurs dix-neuf ans. Une fois leur cycle fondamental achevé, elles ont commencé à gagner leur vie. Elles ont œuvré dans le bâtiment, le secteur de l'alimentation, la fabrication de mobilier, de vêtements et d'outils manufacturés, les transports publics, la machinerie, tout ce qui t'entoure et tout ce que tu pourrais imaginer. Et si ces personnes mènent à présent une vie agréable, c'est grâce au dévouement absolu dont elles ont fait preuve deux années durant, pendant lesquelles elles n'ont jamais ménagé leurs efforts. Ainsi, nous ne représentions pas une charge financière pour nos parents, et nos enfants n'en représenteront guère une pour nous. Avant notre "service", la génération précédente a travaillé pour nous, et c'est désormais à la dernière de s'atteler à la tâche pour les autres. »

Si j'étais convaincu que Stéphane parlait sérieusement, j'aurais un millier de choses à lui demander. Mais avec le temps, je serai capable d'en déterminer la véracité. Pour l'instant, je tenais simplement à aiguiller la conversation vers le sujet que je souhaitais évoquer avec lui.

« En tout cas, au vu de ma situation et de la grande curiosité qui a toutes les raisons de m'animer, je crois que tu peux tout à fait comprendre à quel point cette atmosphère de détente et de bien-être devient quasi-agonisante pour moi. J'ai donc pensé que nous pourrions peut-être nous affranchir de cette ambiance vacancière afin d'expérimenter des facettes plus typiques de la vie moderne… Quant aux personnes qui nous accompagnent, je m'y attache un peu plus chaque jour – c'est particulièrement le cas pour toi et Hilda. J'aimerais vous avoir près de moi à chaque instant.

Le prénom de Silvia n'avait de cesse de résonner dans mon esprit.

Parfois, il se trouve que nous nous empêchons d'exprimer ce à quoi nous portons le plus vif intérêt…

– Les facettes les plus typiques de la vie moderne… se mit à répéter Stéphane avec entrain, la voix de plus en plus éclatante. As-tu parlé "des facettes les plus typiques de la vie moderne" ? Eh bien, ce quotidien reflète en grande partie le mode de vie actuel le plus courant. Vivre simplement, entouré des beautés de la nature, dans la joie et l'insouciance, en présence de visages amicaux et des êtres qui nous sont chers… C'est une vie dénuée de visées et de toute velléité de gloire posthume, dans laquelle nous ne sommes pas tenus d'accomplir de hauts faits. Fournir aux *Ilecteurs* et aux *Lorffes* leurs immenses palais de tout notre cœur, sans espoir secret ; vivre libre, et, surtout, soustraits de toutes sortes de projets qui, progressivement, et sans que nous nous en rendions compte, font à jamais de nous des esclaves. Garder nos distances à l'égard des institutions de cette époque, aussi peu nombreuses soient-elles, voir notre vie traverser l'obscurité parmi les trésors que recèlent le cœur et la nature, heureux dans l'anonymat, et parfois nous abandonner à la lecture ou au plaisir d'être un tendre amateur des beaux-arts ; telles sont les facettes de la vie moderne que tu recherches !

Il était visiblement transporté par ses propres mots. De toute évidence, il avait passé de nombreuses années à construire ce mode de vie d'après les impératifs de sa psyché et de son caractère, et il ne laisserait rien ni personne l'altérer.

– Tu te méprends, Stéphane, poursuivis-je. Ce n'est pas tant en rapport au mode de vie qu'au monde dans sa globalité et à ses habitants. Après mon arrivée dans cette communauté évoluée, composée de personnes hautement cultivées et instruites – en l'occurrence "supérieures" – dont l'éducation est impeccable et le mode de vie raffiné, mon besoin de faire l'expérience du tout-venant n'est-il point justifié ?

– Mais nous *sommes* le "tout-venant", s'exclama-t-il en éclatant de rire, cette fois avec la sincérité d'un enfant. Cela te paraît-il si absurde ? Oui, nous faisons partie de ce que tu désignerais, à ton époque, comme "la classe populaire". Écoute attentivement, car tu n'as pas l'air de saisir : quelle importance que nous puissions jouir en abondance et quotidiennement de toutes ces choses, exactement au même titre que les plus grands *Ilecteurs ?* Nous méritons tous ces "produits de consommation". Dans notre jeunesse, nous avons œuvré sans relâche pour y prétendre. D'ailleurs, nous en disposons à profusion, et n'en manquerons donc jamais. Voyages, divertissements, sports – tout ce que nous pourrions désirer est à notre disposition. Cependant, toute forme de satisfaction morale, telle que l'estime, la renommée, la reconnaissance, les distinctions et plus généralement les honneurs, sont réservés aux autres. À voix basse, il a ajouté d'un ton grave qui me frappa : il est communément admis que nous ne "faisons rien". C'est effectivement le cas… que dire de plus ?

– Pardon ? l'interrompis-je spontanément, touché par la sincérité qu'il exprimait à travers ses confessions amères, fruit de son embarras. Cette représentation est injuste. Tu as accompli ton devoir ; tu ne dois plus rien à la société !

– Et ils ont accompli le leur, répondit-il, toujours à voix basse. En leur temps, ils ont également fourni leur part de travail. Ils ont accouru aux *glothneurs* avec la même ferveur avant d'être assignés à nos chantiers de construction, laboratoires et *werksteds* modernes. Ils ont temporairement souffert de malnutrition spirituelle et intellectuelle et se sont astreints à la discipline de vie propre aux "Associés" en service. Ils ont enduré des journées interminables et l'inextricable – pour les esprits libres – monotonie de leur travail. Ils ont volontiers mené à terme leurs deux années de service, comme tout le monde. Néanmoins, lorsqu'ils firent leurs débuts dans la société en qualité de *Cives*, ils n'ont pas fait le choix de se reposer sur leurs lauriers et de profiter des gains obtenus après leur service, contrairement à nous et à la plupart des gens ; ils en avaient parfaitement le droit. Ils ont préféré essayer de faire quelque chose de leur vie, laisser une trace, sans la moindre soif de reconnaissance ni la moindre attente de récompense.

La plupart du temps, continua Stéphane, cette "trace" repose sur des rêves, des ambitions à l'état pur qui ont commencé à émerger pendant l'adolescence, des intuitions qui se sont développées tout au long de leurs dernières années d'étude. Mais bien souvent, les inclinations d'une personne se manifestent à un âge plus avancé. Dans tous les cas, personne ne les force à faire quoi que ce soit. C'est ce qui leur plaît, c'est là qu'ils trouvent leur bonheur.

Certains prennent du plaisir et éprouvent de la satisfaction à s'occuper des enfants et des malades ; d'autres imaginent des inventions et des applications techniques qui, un jour, faciliteront encore davantage nos vies ; et il y a ceux qui veulent devenir médecins afin d'ouvrir de nouvelles perspectives scientifiques.

Ces millions de personnes, qui partent étudier dans nos principaux foyers spirituels, savent qu'il n'y a pas le moindre profit matériel ou prestige professionnel à la clé une fois que la formation pour laquelle ils ont opté s'achève. Beaucoup se contentent de rester là-bas et de suivre les mêmes enseignements pendant plusieurs années, juste par passion pour leur matière. Bon nombre d'entre eux sont âgés, et l'éducation supérieure n'est accessible qu'après avoir effectué le "service", c'est-à-dire à partir de leurs dix-neuf ans, sans exception. »

Stéphane m'a expliqué que la majeure partie de ces jeunes gens venaient écouter les grands maîtres, dont on leur avait loué les éloges dès l'adolescence et qu'ils avaient toujours admirés de loin. D'ailleurs, certains d'entre eux ont le privilège, ne serait-ce que pour une courte durée, d'intégrer les équipes ou de devenir les disciples de ces hommes vertueux, ils détiennent alors le titre honorifique de *unge*.

Il m'a également confié ne pas être en parfaite adéquation avec la croyance populaire, qui prônait, au plus haut niveau, la supériorité des grands artistes au détriment des scientifiques éminents, des grands penseurs et des enseignants les plus réputés. « Ils font désormais l'objet de toutes les attentions, monopolisent la reconnaissance et décrochent tous les honneurs. Maintenant, ce sont eux qui galvanisent les foules. Ils sont idolâtrés par le grand public, selon les croyances de la méritocratie moderne. Mais je pense que ces deux catégories sont pour le moins incomparables. »

Il a souligné à quel point les contributions des hommes de science les plus remarquables – notamment dans le domaine des sciences physiques – ont été profitables à l'humanité. Je me souviens également qu'il se demandait pourquoi, de nos jours, seules les disciplines philosophiques étaient considérées comme l'égal de l'art.

Il est dit – ajouta-t-il à mi-voix, comme s'il soliloquait – qu'elles seules ont pour dénominateur commun le concept de "transcendance". Mais les sciences physiques, une fois portées au plus haut niveau, ne prennent-elles pas tout autant une dimension transcendantale, aboutissant à une réflexion philosophique ? »

C'est à ce moment-là que j'ai décidé de l'interrompre, en soutenant que la ferveur avec laquelle il parlait de « l'élite » était d'une certaine façon contradictoire avec sa précédente description de la simplicité et de l'insouciance d'une existence dans l'ombre, qu'il qualifiait de « tout à fait satisfaisante ». Du reste, je lui ai rappelé ce qu'il avait avancé plus tôt :

« Plus que jamais, les gens comme nous, qui ne recherchent pas le "succès" professionnel et qui n'ont nullement besoin de travailler pour subvenir à leurs besoins, doivent construire leurs vies en fonction de leurs capacités telles qu'ils les conçoivent individuellement. Je me satisfais pleinement de la façon dont je vis, car je sais que je ne suis pas né pour accomplir de grandes choses.

En vérité, il faut naître créateur, il est impossible de le devenir. En revanche, si j'avais eu la possibilité de choisir, je crois que j'aurais sacrifié cette vie de calme et de légèreté pour l'univers tourmenté de la création. »

Il resta silencieux pendant quelques instants, puis il posa sa main sur la mienne de façon amicale, à l'instar d'un confident, avant de poursuivre en esquissant un léger sourire. « Pour être tout à fait honnête, Éric et Axel sont en désaccord avec moi sur ce point. Éric, avec son cœur d'or, ferait le choix inverse. Quant à Axel, il continue d'agiter son violon, peu disposé à se rendre compte qu'il n'atteindra jamais le niveau d'excellence qui pourrait justifier l'investissement de toute une vie. »

Ce à quoi il ajouta : « S'inscrire dans cette démarche d'honnêteté, qui prévaut dans le domaine des arts depuis la nuit des temps, est désormais d'actualité dans celui des sciences. En ce sens que, comme je te l'ai expliqué un peu plus tôt, s'impliquer dans le monde scientifique ne relève plus d'une nécessité professionnelle qui justifierait la médiocrité aux fins de besoins matériels. Dans notre communauté sociopolitique universelle, la qualité l'emporte sur la quantité. Tout se résume à cela : si tu n'as rien d'important à dire, ne dis rien ! »

Je lui ai demandé si la teneur et l'objet qui motivaient la notion actuelle de classe étaient purement d'ordre spirituel et si, en dehors des honneurs que ces personnes étaient tenues – comme il le prétendait – d'accepter, il n'y avait aucun autre profit matériel destiné à ces hommes sages et prestigieux et ces grands artistes, ou s'ils n'étaient pas investis de certaines prérogatives dont ne disposerait pas le reste de la population.

« Il n'existe aucun autre type de distinction que celles dont je t'ai parlé : la passion, l'estime, l'ardeur et la reconnaissance. À moins de considérer comme un avantage matériel les quelques œuvres d'art et palais offerts à la Vallée des Roses *(leur pôle d'acquisition des savoirs)* et à nos grands foyers de réflexion. Ces biens revêtent principalement un caractère symbolique. À vrai dire, ils sont même parfois las de ces immenses édifices.

D'un autre côté, ajouta-t-il, il existe bien d'autres plaisirs dans la vie : la jeunesse, les voyages, l'amour partagé – ces joies de tous les jours que nous savourons chaque instant et dont ils sont privés en faisant le choix du sacrifice et de la création dans le but d'assouvir leur soif de connaissance. Ils ne sont pas taillés pour notre style de vie ; ils ne retirent pas suffisamment de satisfaction de tout cela. Cet "environnement" ne saurait combler leur appétit de savoir.

– Il me semble que rien ne saurait assouvir ce désir qui brûle leurs âmes ; le sentiment d'insatisfaction et d'inaccomplissement est inscrit dans leur destin – ajoutai-je, désireux de lui montrer que je saisissais ses propos.

– La seule et unique chose qui le pourrait, avança Stéphane avec force de conviction, n'est autre que la Réalité Suprême, le *Samith*… inaccessible ici-bas. Chaque concept et chaque forme artistique digne de ce nom n'est guère que la recherche d'un contact avec la Réalité Suprême, une entreprise douloureuse, emplie de désespoir et, en même temps, d'une folle espérance ! Chaque concept et chaque forme artistique estimable a été, est et sera à jamais formé par l'aspiration au *Samith*… Sans cela, point de création artistique. Et si même les plus grands artistes ne peuvent trouver satisfaction dans leurs productions, c'est que le *Samith* incarne la quintessence des plus grandes œuvres, tout comme l'infini équivaut en définitive aux plus grands nombres qu'il est possible de se représenter. Mais il s'agit du *Savoir Volkic*, quelque chose que tu ne connais pas…

– Quand serai-je initié à cette forme de connaissance ? comptes-tu me fournir des ouvrages qui traitent de ce sujet ? lui ai-je demandé avec impatience.

– Il nous faudrait de nombreuses heures de discussions pour aborder cette thématique. Nous n'en aurons guère le temps aujourd'hui, Hilda arrivera sous peu. Je me contenterai de répondre à la dernière partie de ta question précédente. L'élite moderne ne dispose pas de quelque avantage matériel ni de quelque ascendant que ce soit sur les autres. Mille deux cents ou mille trois cents ans en arrière, alors sous la coupe des plus grands physiciens, le concept de "pouvoir", dans le sens originel des sanctions, de la répression et de la coercition, était encore en vigueur. Mais les rapports juridiques et les litiges fonciers afférents étaient alors quasi inexistants, comme aujourd'hui. La mise en œuvre du droit et des grands établissements privés s'est révélée bien peu réaliste. Mais il était encore nécessaire que les droits et les obligations entre citoyens et pouvoirs politiques soient définis par une multitude d'institutions modernisées et efficaces, mises en place par ces sages dirigeants, à la lumière de nouveaux besoins. Puis, au fil des siècles, toute forme de coercition et de sanction a fini par tomber en désuétude.

Ce phénomène sociopolitique ne date pas d'hier. Il est survenu au commencement de l'*Eldrere (Anciens temps, l'Eldrere a débuté en l'an 2396 apr. J.-C. et a duré 986 ans jusqu'en l'an 3382 apr. J.-C.)*. C'est en faisant appel à la notion d'abondance et au moyen d'avancées inédites dans l'enseignement élémentaire que les scientifiques ont permis son avènement. Le "service" s'étendait alors sur une période de vingt ans, précédemment trente, mais il n'est jamais venu à l'esprit de qui que ce soit de léser ou de voler son prochain, puisque rien ne venait à manquer. »

Je lui ai également demandé confirmation de ce que j'avais entendu au sujet de mon accident – ou plutôt celui d'Andréas Northam. Je voulais savoir si même dans de telles circonstances, les autorités ne tenaient compte que des facteurs techniques et médicaux, sans désigner de responsable.

« C'est là qu'intervient l'éducation, comme je te l'ai indiqué précédemment. Tout d'abord, de nos jours, la probabilité qu'un accident de voiture ou de tout autre type se produise est extrêmement faible. Mais admettons qu'un tel événement ait lieu et que le conducteur du *linsen* y survive ; il serait inutile de définir les torts, car la possibilité qu'il s'agisse d'un acte répréhensible serait entièrement exclue. »

Stéphane m'a parlé d'un proverbe, qui affirme que l'homme d'aujourd'hui – appelé *Troende* – « ne peut mal faire », comme le disaient les Britanniques à propos de leur roi. Cette réalité a été rendue possible en raison du profond respect voué à la valeur de la vie humaine, un concept ancré dans la conscience de tout un chacun dès le plus jeune âge. Selon la « conception Volkic » actuelle, « notre prochain » abrite « tout un monde intérieur » plein d'espoir de vie, de tendresse, d'amour et de la souffrance sacrée de l'homme, de nobles idéaux et d'une large palette de valeurs spirituelles, émanations du *Samith* dont il avait fait mention auparavant. Leur souci du détail et leur prévoyance, parfois poussés à l'excès, relèvent du prodige. Ils veillent soigneusement à ne pas porter la moindre atteinte à ce « monde intérieur », que ce soit sur le plan physique ou moral. Ces personnes ont respecté, dans toute la mesure possible, le commandement « aime ton prochain ».

« Il en va de même pour les très rares cas d'enfants procréés de façon illégale, poursuivit Stéphane. L'état ne prévoit pas la possibilité que cela soit fait à dessein ou par négligence, car le respect que nous portons aux institutions démographiques nous en empêcherait. Dans ce domaine, les statistiques constituent une preuve infaillible : le faible taux de naissances illégales ne saurait remettre en cause ou perturber, dans quelque mesure que ce soit, le processus de suivi démographique ou le rythme de l'existence. Les lois intrinsèques ont supplanté les contraintes et les sanctions . Des individus parfaitement civilisés, forts d'une "culture incorporée", ne peuvent commettre d'actes répréhensibles. Même s'ils y étaient contraints, si je puis dire, ils en seraient incapables ! Prenons le cas de l'inscription au "service" : pas une seule personne parmi les millions de jeunes femmes et hommes concernés n'essaierait de s'y soustraire ! Bien au contraire. Nos dirigeants et nos enseignants sont appelés à lutter, par le biais d'une instruction adéquate et au moyen d'arguments adaptés, contre le sentiment d'infériorité et les remords immérités dont sont victimes les quelques enfants qui, chaque année, en raison de problèmes de santé, ne sont pas acceptés au sein des *glothneurs*. Leur immense détresse ne résulte pas de leur maladie ou leur handicap, mais bien de ce sentiment d'être un fardeau pour leurs camarades… »

Il a une nouvelle fois insisté sur la simplicité des institutions en place, et m'a assuré qu'il n'en existait aucune autre, en dehors de celles liées au « service », au contrôle de la population et à celui de la circulation.

« Si peu de contraintes, lança-t-il avec une fierté manifeste, le peu d'institutions et l'absence d'instances et de mesures de contrôle dans la vie de l'individu élargissent son espace de liberté – non sans autodiscipline, naturellement. De nos jours, personne ne nous empêche de voyager à l'autre bout du monde, de nous exprimer à notre guise et de faire ce qu'il nous plaît, de croire en ce que nous jugeons bon de croire, comme nous l'entendons. L'instruction – de sa forme la plus élémentaire à la plus élevée – les *daneurs*, les "temples", le *Reigen-Swage*, les théâtres, les parcs, les plages, les musées, les hôpitaux, toutes sortes d'établissements, les promenades, les centres commerciaux, les *larinteurs*, la campagne, les complexes sportifs et les pratiques sportives en tout genre, tout cela et tant d'autres choses encore dont tu n'as même pas idée sont à notre disposition, en particulier dès l'âge de dix-neuf ans. Grâce aux statistiques, qui font également des miracles en matière de "répartition", l'équilibre est maintenu entre l'offre et la demande et tout est produit en abondance par le biais d'un suivi de l'ensemble des besoins à l'échelle mondiale, et de la réalisation de prévisions anticipées avec précision. »

Je lui ai demandé comment l'absence de tout mécanisme coercitif, selon ses dires, s'accordait avec les activités des *Ilecteurs* et des *Lorffes*.

« Ils remplissent principalement un rôle de réglementation, qui relève davantage du devoir que du pouvoir politique, répondit-il. Certains de ces hommes avisés déterminent, par exemple, si la mise en œuvre d'une innovation technique ou technologique pourrait s'avérer utile à la production de biens de consommation, comme dans le secteur alimentaire et consort ; d'autres exerceront des fonctions de réglementation de la circulation, d'autres encore décideront du rythme auquel émergera une nouvelle génération, et cætera. Néanmoins, la sphère privée ne fait plus partie de leurs prérogatives depuis plusieurs siècles, à l'instar de l'examen de cas individuels. Par le passé, leur intervention s'est parfois avérée nécessaire et ils étaient alors dépositaires d'un véritable pouvoir. Si jamais, admettons, une personne était "trop féconde", ils ne la condamneraient pas pour infraction à l'ordre de priorité ou au nombre maximum d'enfants autorisés.

Je n'ai pas pu m'empêcher de lui faire remarquer :

– Stéphane, tu fais allusion à la liberté individuelle, mais tu sembles omettre que les restrictions démographiques en vigueur n'ont rien de naturel…

– Car, comme je te l'ai indiqué, il s'agit là de prescriptions génériques, et non d'interventions dans des cas individuels. En vertu de ce règlement, celles et ceux qui souhaitent éperdument avoir un enfant en auront eux aussi l'occasion en temps voulu. Et sois tranquille ; toute personne peut se prévaloir de ce droit ! L'objectif vise à maintenir le "taux de renouvellement" démographique actuel, afin que la planète ne soit pas plus densément peuplée par la prochaine génération. Fondamentalement, cette restriction n'est pas aussi excessive que tu l'imagines. Cela est affaire de discipline et de discernement, dans l'intérêt de l'humanité.

– Mon époque, que tu qualifies de barbare, était bien plus favorable à la liberté individuelle et nous étions beaucoup plus proches de la nature.

– La nécessité n'était pas aussi prégnante en ces temps. En outre, la séparation du monde entre puissances politiques et économiques rivales a entraîné, à son tour, une concurrence comparable sur le plan démographique. Dans l'ancien temps, le risque de surpopulation s'est considérablement accru. Puis le monde a été dans un besoin désespéré de régulation, qui permet aujourd'hui de s'affranchir d'une logique démographique quantitative, au profit d'une approche qualitative. À la période que tu as connue, les guerres et les épidémies équilibraient naturellement la balance démographique mondiale ; il y avait des morts et des naissances chaque jour. Mais dans notre monde, ces deux facteurs ne sont plus d'actualité. Quel choix nous restait-il ? Si nous cessions de suivre les indicateurs démographiques, toute la science et toutes les innovations techniques, en plein essor, ne permettraient pas de conserver très longtemps un tel niveau de prospérité matérielle au sein de la communauté internationale, et, au bout du compte, elles seraient incapables d'empêcher son effondrement. »

D'après mes souvenirs, Hilda fit irruption dans la pièce à ce moment précis, un bouquet de fleurs à la main. Stéphane s'est interrompu brusquement et nous avons changé de sujet dans la foulée.

MARIVAUDAGE AVEC SILVIA

8-IX

Aujourd'hui, j'ai passé tout l'après-midi enfermé. Un peu plus tôt dans la journée, j'ai commencé à me sentir mal, mais Hilda s'est occupée de moi et m'a apporté une boisson chaude. Je me sentais déjà beaucoup mieux. La « distribution » d'hier a permis la livraison des livres que Stéphane avait commandés il y a un moment. Je me suis installé à ses côtés et les ai parcourus pour passer le temps.

9-IX

Aujourd'hui encore, je ne sais pas ce qu'il m'arrive, mais je suis de nouveau envahi par un espoir de grande joie. Mon intuition me dit que je vais peut-être la revoir aujourd'hui... Je me suis senti merveilleusement bien tout au long de la nuit. Je suis sorti de bonne heure, porté par la brise fraîche de l'aube, et me suis promené dans les jardins et la forêt. J'ignore pourquoi, mais je ressens souvent une envie irrépressible de prendre l'air et me livrer à une marche solitaire dans des endroits déserts comme ceux-ci.

Stéphane se demandait où j'étais et m'a questionné à ce sujet à mon retour. Je me suis contenté de lui dire à quel point j'étais en forme. Que m'arrive-t-il ? Je passe du rire aux larmes en un instant. En ce moment même, par exemple, j'ai envie de pleurer. Et dire que ce matin, j'étais rempli d'une joie inexplicable. La vue d'un simple rayon de soleil suffisait à amener un sourire à mes lèvres.

Que me réserve la soirée ? Vais-je la voir ? Va-t-elle se joindre au groupe ? J'égrène les minutes... Les minutes s'égrènent...

(Dans la nuit)

Rien... rien... et toujours rien ! Je ne comprends pas... Elle sait pertinemment où nous nous retrouvons chaque soir... Depuis tout ce temps...

10-IX

La dernière fois que je l'ai vue, il y a deux jours de cela, elle traversait le parc avec tout un groupe de personnes que je ne connaissais point.

Ils bavardaient entre eux d'égal à égal, avec une aisance et une quiétude manifestes. Je me suis dit qu'à leur place, il me serait difficile de discuter aussi longtemps sans montrer de signe de fatigue. J'en étais quelque peu jaloux… Ils se rapprochaient des abords du parc, là où j'étais assis, et je n'étais pas persuadé de pouvoir me ressaisir à temps, ne serait-ce qu'un peu. J'étais sale et à peu près certain d'avoir le teint terreux. Je craignais notamment qu'elle puisse penser que je me tenais là dans le seul but de la voir. Elle s'est retournée en passant et m'a regardé, comme si elle venait seulement de me voir. Elle m'a à peine salué, à croire que je lui avais fait quelque chose, et n'avait pas l'air particulièrement ravie de me voir, mais, la seconde où nos regards se sont croisés, je fus la personne la plus heureuse au monde, et ce sans la moindre raison. C'est alors que j'ai compris que sa façon d'agir n'était pas de mon fait. Elle était simplement d'humeur maussade, ou en colère contre elle-même. Je le devinais à travers cette pointe d'agitation qui habitait son regard.

Elle s'en voulait… Par moments, je me dis que je suis peut-être le seul membre de ce groupe à être heureux. Devrais-je me montrer moins distant ? Serait-ce de ma faute ? Toute cette timidité, tout ce manque de courage, mon attitude injustifiable…

11-IX

Je vais demander à Stéphane de reporter l'excursion à Norfor qu'il a évoqué hier soir. Et dire qu'il n'y a pas si longtemps, j'aurais bondi de joie à la simple mention de cet endroit magnifique !

16-IX

Stéphane connaît tout le monde ici. Il est parvenu à retrouver d'anciennes connaissances, dont l'intérêt pour la littérature scientifique m'a permis d'échanger une grande partie de la collection de Northam contre des ouvrages historiques majeurs qui auraient pris une éternité à être livrés par le biais de la « distribution ». Parmi eux se trouvait un livre d'Histoire pour enfants aux éditions Dupont, idéal pour un débutant comme moi, véritable modèle miniature de trois mille pages vertes phosphorescentes, avec des illustrations en relief, des impressions de petite taille dont les passages s'agrandissaient au rythme de la lecture, et des panoramas en pleine page.

Je suis rentré à la villa tard dans la nuit. Mon sac pesant calé sous le bras, content de mes nouvelles acquisitions, je me suis enfermé dans la chambre et j'ai vidé mon trésor sur la table. À sa vue, nombre de moments heureux et magiques issus de mon enfance ont refait surface, tel un défilé haut en couleur qui se tenait face à moi !

17-IX

C'était pour aujourd'hui… Aujourd'hui, le destin me réservait une magnifique surprise : j'ai rencontré Anna par hasard sur le chemin du retour. Nous avons passé une heure entière ensemble. Elle s'est d'abord mise à pleurer. Puis je lui ai dit que je l'aimais. Elle est venue placer sa main sur mon cœur. Je l'ai embrassée et nous avons fini par échanger un long regard… Personne n'en saura jamais rien ! Seigneur, merci pour ce moment ! Depuis ce matin, j'avais le pressentiment qu'aujourd'hui allait être un grand jour !

Elle m'a confié qu'elle éprouvait de la peine et qu'elle s'endormait en pleurant depuis plusieurs jours, hantée par le doute. Elle était désemparée. Sa prise de distance était due au comportement qu'elle avait eu à l'égard de Northam auparavant. Mais l'amour inconditionnel que je lui portais, la pureté, la gentillesse et l'esprit romantique – chose qui plaisait aux femmes – dont je faisais preuve après l'accident l'avaient frappée. Quel bonheur ! Elle m'a dit qu'elle voulait partir explorer le monde à mes côtés. Chacun des endroits qu'elle avait visités, elle voulait le redécouvrir avec moi. Ainsi, a-t-elle déclaré, une simple sortie se transformerait en une véritable expérience qui ne se contenterait plus de satisfaire les yeux, mais également l'âme…

18-IX

Je suis assis ici depuis plusieurs heures, à penser aux événements de la veille. Je n'arrive même pas à lire. J'étais comme perdu dans mes rêveries. Stéphane a dû finir par comprendre ce qu'il s'était passé. La journée d'hier fut un déchaînement d'émotions ; la raison et le bon sens s'étaient volatilisés. Aujourd'hui, après avoir été tant sollicité mentalement, la faiblesse et l'épuisement qui m'assaillent me permettent difficilement d'écrire. J'ai tant à penser.

Je viens de me remémorer ce que Stéphane a un jour déclaré : en tant qu'êtres humains, autrement dit des formes de vie aux capacités limitées, nous ne possédons pas la faculté de définir les limites du « réel » et de « l'irréel », ni même celle d'apprécier la portée effective de la Réalité Suprême. Il affirme qu'il est impossible de savoir ce qui se dissimule sous les apparences, d'autant moins à travers le prisme du tempérament « enfantin » qui nous caractérise et qui a tendance à hypertrophier de simples réactions psychologiques. Comme il me l'a expliqué, il est à présent admis que l'ancienne acception de « la glorification des instincts de l'homme » a été défaite, et que le caractère sibyllin du monde nous échappe. La communauté mondiale actuelle serait capable de considérer une personne insignifiante et vraisemblablement sans aucun mérite comme un avant-courrier de grandes choses, et d'ériger une statue en son honneur à la Vallée des Roses, leur ville sacrée.

4-X

La chose que j'apprécie le plus est de monter à bord de leurs véhicules volants, les *linsens*. Aujourd'hui, nous nous sommes rendus à Orta, une pépinière expérimentale qui s'étend sur près d'un demi-millier d'hectares, entourée d'ormes, au milieu de laquelle se trouvaient six sièges de marbre, anciens et imposants. C'est ici que nous avons pris place, dans « notre salon attitré » comme l'appelait plaisamment Silvia. Elle regrettait à présent de ne pas avoir rendu l'amour et l'affection que lui avait témoigné Andréas par le passé. Elle avait le sentiment qu'ils avaient trop perdu de temps et qu'ils étaient passés à côté d'un trop grand nombre de moments précieux par sa faute. Imaginez alors ma position : elle est en train de m'ouvrir son cœur et je ne peux rien lui dire. Je reste donc planté là, à répondre mécaniquement à ses interrogations en me servant du peu d'éléments que je tenais de Stéphane au sujet de Northam. Au bout du compte, afin d'éviter son flot incessant de questions, je lui ai répété : « Crois-moi, Silvia. C'est tout ce dont je me souviens. »

J'ai honte de moi. Mais, il y a quelques jours de ça, Stéphane m'a affirmé : « Il n'y a rien d'autre que tu puisses faire pour le moment. Rappelle-toi, tu as toi-même demandé à taire cette vérité. De toute façon, Rosernes Dal – la Vallée des Roses – n'a pas encore rendu son verdict à ton sujet. »

EXCURSION SUR LA CÔTE OUEST ITALIENNE : UN LIEU DE VILLÉGIATURE INTERNATIONAL SANS FIN

Salerne, 6-X

Nous ne sommes dans le Sud que depuis hier soir. Nous avons sciemment pris un peu plus de temps pour y parvenir afin d'éviter la forte affluence due aux « fêtes estivales ». Nous logeons au troisième étage de l'un des immenses hôtels de la Nouvelle Risette. Avec l'arrivée de six autres amis, nous avions réservé l'étage tout entier. Parmi eux, Diseny, qui faisait partie des jeunes médecins les plus célèbres, et le peintre Syld, l'ami d'Aria, un homme blond âgé d'une trentaine d'années à la fois calme, sympathique et modeste, dont les habits sombres faisaient ressortir le bleu de ses yeux rêveurs.

À en juger par la façon dont les autres se comportaient avec eux, le médecin et l'artiste devaient être considérés comme les « vedettes » du groupe, mais ces derniers n'avaient pas l'air de s'en douter. Ils échangeaient sur divers sujets avec simplicité et légèreté, sans jamais évoquer leur travail.

Vue d'en haut, il apparaissait que la côte occidentale italienne était à présent jonchée de gigantesques hôtels d'un littoral à l'autre, ce qui donnait l'impression d'une station touristique infinie. Les noms des lieux changent régulièrement et ils sont nombreux à avoir conservé leurs appellations d'autrefois, ce qui était étrange à l'oreille à côté des toponymes plus récents et plus poétiques : la Berge Écarlate, la Côte d'Allégresse, la Petite Blomsterfor, le Lys Bleu, le Diamant de Minuit, Resenfarvet. Pourtant, cette vaste région était de forme régulière et d'une parfaite homogénéité ; elle s'étendait indéfiniment vers l'horizon. Des milliers de palais titanesques pour voyageurs s'y trouvaient, mais pas la moindre trace de quartiers résidentiels, d'églises, d'établissements, d'écoles, ni même d'installations industrielles ou scientifiques – uniquement ces hôtels démesurés et des centres de jeunesse (appelés *larinteurs* et *civesheims*), construits entre des *quays* et des parcs, d'immenses plages de sable et des ports.

Chacun de ces palais pour *Cives* – les citoyens – formait un édifice rectangulaire distinct, dont le périmètre était délimité par des cristaux lumineux qui réfléchissaient les rayons du soleil emmagasinés tout au long de la journée. Et ils étaient si brillants qu'il était possible de les voir en pleine nuit.

En dépit de la multiplicité des styles architecturaux, l'ensemble était parfaitement harmonieux. Oui, en ces lieux, j'avais véritablement l'impression de me trouver dans l'une des plus grandes métropoles. Même lorsque je suis seul dans ma chambre, dans le silence le plus complet, j'arrive presque à entendre le tumulte et l'agitation des millions de voyageurs qui se rendent à cette gigantesque station balnéaire chaque jour.

7-X

Ici, s'il était possible de ressentir une joie de vivre sans mélange – par comparaison avec notre époque – leurs activités et la façon dont ils les pratiquent ne diffèrent pas tant des nôtres. Au lever du jour, j'ai vu des milliers de personnes demeurer devant leurs hôtels colossaux, avec de grandes tasses de cristal remplies d'eau et de fruits à la main, à admirer l'incroyable panorama. En bas, dans les terrains et les espaces prévus à cet effet, des jeunes s'adonnaient à des activités sportives et jouaient au ballon. Non loin de là, dans les parcs et sur les plages, les gens flânaient, nageaient et faisaient des pique-niques, tout comme nous le faisions.

Silvia m'a accompagné pour une longue promenade. Stéphane et Hilda avaient pris un peu d'avance sur nous. Elle m'a confié que ces derniers jours, pour la première fois, elle s'était révélée à elle-même dans toute sa profondeur. Elle avait trouvé en son for intérieur une sorte de quiétude qu'elle n'avait jamais pensé posséder. Ne sachant pas quoi lui répondre, je lui ai simplement pris la main alors que nous poursuivions notre chemin.

« Je peux enfin apprécier les chansons à leur juste valeur ! Leur sens m'apparaît enfin dans toute sa vérité ! a-t-elle ajouté. Même le passage des saisons me procure une sensation de joie intérieure. Je n'avais ressenti cela que jusqu'à l'âge de quinze ans. Puis plus rien. Jusqu'à aujourd'hui. »

Nous n'étions pas encore intimes, et je ne me représentais pas non plus son corps nu. Pour nous deux, il s'agissait encore de la première phase d'un amour sincère et véritable, lorsque les sentiments se manifestent exclusivement dans le cœur, et non dans la chair.

ESSENCE DU SAMITH ET DU « SAVOIR INTUITIF »

Toujours le 7-X
(Passé minuit)

Dans la soirée, l'ensemble du groupe a quitté les *linsens* pour poursuivre le trajet vers l'intérieur des terres à travers les pins. En tout, nous étions au nombre de quatorze. Vers minuit, une fois la marche achevée, les femmes du groupe ont suggéré que nous nous gagnions l'une des imposantes terrasses afin d'assister, d'en haut, à un spectacle de danse populaire. Silvia m'avait prévenu que nous n'aurions pas l'occasion de passer du temps en tête-à-tête ce soir.

Nous nous sommes mêlés au reste de la foule qui ne participait pas à l'événement et avons pris place au-dessus de la formidable piste pour observer les mouvements lents et spectaculaires de cette prodigieuse danse collective.

J'ai murmuré à Stéphane que cette représentation me rappelait une troupe de ballet en particulier, mais il secoua la tête en signe de dénégation. Peu après, il m'a expliqué la signification de cette danse symbolique et la prière silencieuse et communautaire qui lui succédait. Il m'a affirmé qu'en possession de la tenue adéquate, chacun d'entre nous pouvait s'y joindre. M'est avis qu'un spectacle d'une telle splendeur, si harmonieusement coordonné, serait le rêve absolu de nos plus grands chorégraphes. Mais à notre époque, ce rêve ne deviendrait jamais réalité.

Les danseurs portaient une tunique noire et les danseuses des couronnes de fleurs sur la tête, vêtues du traditionnel *kjole* drapé, confectionné en soie monochrome, qui tombait jusqu'au sol. Alors qu'ils passaient devant nous, chacun d'entre eux exécutait des mouvements chorégraphiés, comme un tout parfaitement synchronisé, et cela insufflait en mon être des émotions ineffables et nouvelles.

Ils ont même fait naître en moi un sentiment d'euphorie et de fierté en tant que spectateur de cet acte cérémoniel unique, qui n'était cependant pas affaire de culte officiel ni de contrainte religieuse.

La musique elle-même vous parlait, tout comme les sonorités et les mouvements de danse… À croire qu'ils étaient capables de sensibilité et de nostalgie, à l'image du cœur humain. Ils disaient l'amour authentique, celui capable de nous pousser au sacrifice… Ils parlaient également d'une autre forme d'amour, qui nous offre l'éternité en s'affranchissant des contraintes du temps, quand autrui éclipse jusqu'à l'intérêt personnel et la mort. Ils exprimaient cet amour de mille façons, à travers une infinité de mouvements délicats et de variations qui paraissaient être doués de langage !

De l'autre côté de la terrasse, qui ressemblait à une grande place, une immense foule en tenue traditionnelle d'*unge* – toujours aux côtés de notables – s'était réunie autour d'un homme âgé, qui, à ce qu'il m'avait été rapporté, se nommait Nichefelt, l'un des plus illustres peintres de l'époque. Le bruit courait qu'il venait tout juste de rentrer de la Vallée des Roses. Syld, le peintre de notre groupe, qui compta Nichefelt pour maître, a affirmé que le *Lorffe* avait radicalement changé depuis leur dernière rencontre.

Il était temps de partir. « Nous reviendrons demain, ai-je glissé à Silvia avant de nous séparer. Tout cela ne mériterait-il pas d'être vu une nouvelle fois, rien que tous les deux ? »

Elle me sourit et acquiesça d'un hochement de tête. Ô Seigneur, ce signe de la tête m'a ramené bien des années en arrière ! Çela me rappelait Anna ; chaque fois qu'elle acquiesçait, une douce brise venait souffler dans ses cheveux. Il m'est difficile de l'admettre, mais cette ressemblance soudaine et fortuite m'y a fait repenser. Elle représentait tant pour moi…

8-X

Aujourd'hui, Stéphane m'a fait sourire en s'attachant à une simple observation que j'avais formulée sur les mœurs modernes. J'étais très affecté par le départ solitaire de Silvia, qui m'avait pourtant assuré que nous passerions la journée entière ensemble. À la place, elle avait opté pour un bain de soleil avec les filles du groupe sur une autre terrasse. J'ai donc objecté qu'autrefois, nous étions davantage en contact avec la nature, à profiter tous ensemble de la douce caresse du soleil, de l'air et de l'eau – hommes et femmes confondus.

Stéphane n'a pas rebondi sur mon propos.

Allongé sur le dos, les yeux à moitié fermés et le corps détendu, il goûtait l'haleine de vent matinale comme si de rien n'était. Docteur Diseny, également présent, a attendu un moment que Stéphane réponde avant de prendre la parole.

« Cela est si vrai, mes amis… De nos jours, nous avons, semble-t-il, oublié que la nudité est une simple vérité de la nature. Si seulement nous pouvions revenir à cette époque bénie, où le monde était gouverné par les maîtres de la Science. Chaque fois que je me plonge dans ces vieux ouvrages, je me rappelle combien ces personnes étaient éclairées et uniques, celles-là mêmes qui nous ont légué ces lois et ces coutumes parfaitement adaptées. En ces temps, les jeunes gens considéraient la vie de manière positive et rationnelle, plutôt qu'avec romantisme. Aussi je m'interroge : est-ce pour nous la juste voie à suivre ? Devons-nous nécessairement envisager la vie à travers ce torrent de sensualité et d'émotion ? Je l'ignore… À en observer attentivement ces filles qui aujourd'hui nous fuient comme des bêtes sauvages, je suis certain que de plus près, leur beauté serait comparable à celle d'un tableau. Mais gardons-nous de faire part de ces réflexions aux professeurs de notre ami Syld et aux poètes valléens, eux qui sont parvenus à faire naître dans les esprits l'idée du "charme de la beauté cachée".

Et c'est sur ces paroles que Diseny nous quitta un moment. Un groupe d'adolescents, qui se trouvaient à proximité et ne nous prêtaient guère attention, s'accordaient une pause après une session de ski nautique. Des milliers de personnes avaient privilégié le bord de mer pour en savourer la délicieuse brise et s'y délasser. La plupart étaient des femmes, dont la majorité étaient couvertes de vêtements étonnamment chauds pour la saison.

« Je n'avais pas la moindre envie d'engager la conversation en présence du médecin, lança Stéphane, m'extirpant de mes rêveries. Il se pencha vers moi afin de faciliter la communication et ajouta : mais j'aurais pu lui demander si, à cette époque bénie dont il est nostalgique, les sentiments avaient une portée aussi profonde, s'ils pouvaient atteindre un degré aussi extraordinairement élevé qu'aujourd'hui. »

Il s'exprimait avec lenteur, sans croiser mon regard, et quelque chose me disait qu'il se gardait bien d'exprimer quoi que ce soit susceptible de faire allusion à ce que je ressentais pour Silvia.

J'étais persuadé qu'il avait compris ce qu'il s'était passé entre nous ; mais il était le seul, personne d'autre ne pouvait être au courant. Mais, comme je l'ai déjà dit, les gens ne se soucient guère des commérages ici, pas plus qu'ils ne trahissent ce qu'ils savent..

« Ce à quoi il répondrait, Stéphane, qu'un monde où le cœur ne connaîtrait ni souffrance ni peine ne serait pas nécessairement malvenu…

– Il ne dirait pas cela, déclara Stéphane. Quoiqu'il puisse raconter aux autres, au fond de lui, il sait ce qu'il en est vraiment, comme chacun d'entre nous. En véritable *Troende*, il croit fermement aux enseignements Volkic. Il ne pourrait donc réfuter que le *Lipvirch*, cette "douce maladie du cœur" – comme tu l'as un jour qualifié – est l'une des manifestations principales du *Samith*, à l'égal du sentiment religieux pur, de l'art, des grands idéaux et des valeurs spirituelles immuables. Tel est notre héritage de l'ancienne civilisation, il s'agit d'un rêve d'autrefois, celui d'un amour universel. Et alors que certains pourraient soutenir que la vue d'une femme nue ne saurait affaiblir le *Lipvirch*, "la souffrance du cœur", les données historiques et l'empirisme laissent à penser le contraire. Rappelle-toi les danseuses, Andréas, leurs formes et leur stature divines… Je connais la plupart d'entre elles et je sais que la divinité ne s'exprime pas qu'à travers leurs corps, mais également leurs âmes, et que ces dernières méritent d'être aimées autant qu'il est donné d'aimer. N'étaient-elles point renversantes dans leurs longues *kjoles*, au clair de lune ? Syld lui-même m'a avoué que cette scène avait ravivé un peu du bonheur qu'il avait éprouvé enfant à travers les contes de fées. Le charme et la présence majestueuse de ces femmes n'en seraient-ils pas diminués si elles étaient allongées ou qu'elles déambulaient parmi nous, nues ? »

Je n'ai rien répondu. Ses propos ayant trait aux « manifestations du *Samith* » me hantaient, ils évoquaient en moi une conversation similaire avec Silvia l'autre jour. Je me souviens lui avoir demandé : « Où tout cela nous mène-t-il ? Il est regrettable que notre amour soit vain, qu'il ne dure pas pour toujours… »

Sa mine réjouie me laissait sans mots ! C'était un mélange de joie et de fierté !

« Quelle que soit la suite des événements, garde ceci à l'esprit : tu as tort de dire qu'il serait regrettable que notre amour fut limité aux confins de la vie humaine, voilà toute sa raison d'être ! Il n'y a que dans ces conditions qu'il est véritablement possible de se considérer comme bienheureux ! À présent, cet amour est nôtre, quoiqu'il advienne. Il est impossible de nous en déposséder. Il fait désormais partie d'une autre vie, d'un autre monde ; il compose le *Samith*. »

Je me suis tourné vers Stéphane et lui ai demandé, plus fort que je ne l'aurais voulu :

« Alors, dis-moi, Stéphane. Ce vaste monde empli de vérité qu'a évoqué le médecin n'est-il qu'un microcosme ?

– Nul ne pense le contraire, me répondit-il calmement. Et son propos était juste, la nudité d'un jeune et magnifique corps est une simple évidence de la nature ; mais il ne s'agit guère de l'unique vérité, et certainement pas de la plus haute. Quand je t'ai expliqué que le *Lipvirch*, la souffrance du cœur, est une manifestation du *Samith*, la Réalité Suprême dont l'existence nous a été révélée ; il ne s'agit plus de suppositions, nous le savons ! Quant à la nature, elle est encore une autre manifestation du *Samith*. Mais le *Samith* est par essence superbe ; infiniment plus grand, plus puissant que toutes ses manifestations. Aujourd'hui encore, si quelqu'un venait à témoigner de sa grandeur suprême, nous serions bien en peine de l'appréhender. Mais cette connaissance ne nous a pas été délivrée ; elle s'est révélée à nous ! Et c'est là toute la différence. »

Nous étions suffisamment à l'écart des personnes alentour pour ne pas être entendus. Stéphane est resté silencieux un instant, le regard fixé sur le grand large. Il paraissait ému, mais finit par poursuivre :

« Elle nous est apparue, et c'est pourquoi un bonheur immense comble nos cœurs depuis lors, sentiment inconnu des anciennes générations. Elle s'est manifestée à nous grâce au *Nibelvirch* – l'ultime *Virch* – après une longue traversée d'affres, tant de larmes versées, bien des moments de faillite morale et de désespoir, et un conditionnement de plusieurs siècles par la Vallée des Roses. Et il est impossible d'assimiler Alexis Volky à un demi-dieu qui serait le seul possesseur, l'unique relais de ce formidable savoir intuitif. Il appartenait au commun des mortels, comme nous tous, à la seule différence qu'avant lui, l'*Oversyn* était encore inconnue de ce monde. Il a été le premier à même de supporter la “nouvelle vibration” qui s'était avérée fatale à beaucoup d'autres ; le tout premier à y survivre. »

Docteur Diseny se dirigea vers nous juste après que Stéphane s'engage à m'apporter des livres qui traitaient du *Nibelvirch*, du *Samith*, d'Alexis Volky et de l'*Oversyn*, et ce dès demain. Mon Dieu… Je ne revenais pas de toutes les choses incroyables que je venais d'entendre…

(De retour au manoir de Stéphane)
12-X
(Minuit)

Alors voilà. Fini la mer. Nous étions tous rentrés au manoir de Stéphane depuis hier matin, et brûlions déjà d'envie d'y retourner. Le groupe avait voulu partir de bonne heure afin d'éviter les chaleurs, et tout le monde était fatigué du voyage ; à part moi, maintenant que j'étais habitué à ne plus dormir la nuit.

En route vers la villa, Stéphane m'a confié combien le mode de vie inhérent aux grandes villes était harassant. Il semblait vouloir me faire comprendre quelque chose, bien que je ne sois jamais parvenu à saisir la retenue et l'air désolé qu'il lui arrivait d'adopter lorsqu'il s'exprimait. Était-ce une marque d'humilité ? Ou de culpabilité, du fait de son appartenance à cette majorité qui ne faisait que se « prélasser » une fois les deux années de service achevées ? Je l'ignore. Mais il m'a dit que d'autres, y compris les « employés *Cives* », désertaient également la ville afin d'aller vivre à la campagne pour une longue durée. Il ne s'agissait pas seulement d'un mode de vie propre aux « sans-emplois ». Personne, disait-il, n'était capable de vivre indéfiniment dans ces gigantesques métropoles modernes.

Regardez-moi ça ! Comment pourrais-je regretter ma chambrette ? Je suis tellement bien installé ici que j'en viens à aimer cette table qui m'était désormais familière, le petit meuble de rangement pour livres de couleur orangée, mes fauteuils profonds et moelleux, mes vases en verre et mes quelques autres fournitures – certes en petit nombre, mais qui étaient miennes.

Nous avons pris un peu de repos dans la matinée, puis, comme convenu et après avoir prévenu Stéphane et Hilda que nous allions faire un tour près des hauteurs des lacs, nous sommes partis nous promener l'après-midi avec Silvia.

Nous avons survolé le vieux Bignasco, avec une vue plongeante sur le gigantesque palais de forme rectangulaire et de couleur pourpre, le *Civesgard*, qui reposait sur le flanc ouest de la montagne. J'ai eu l'occasion d'admirer de nombreux édifices depuis le ciel, à divers endroits, mais celui-ci m'a particulièrement marqué, car la vivacité des couleurs qu'il arborait détonait complètement avec les tons pastel qu'il était habituel de trouver dans cette région.

Depuis la terrasse sur laquelle nous avions atterri, je pouvais voir les jardins suspendus. Leur présence était à la fois rafraîchissante et apaisante. Plus loin, à l'horizon, de jeunes hommes et femmes survolaient les montagnes d'en face à bord d'aéronefs monoplaces semblables à de grandes ailes mécaniques. J'ignore pourquoi je suis pris d'un tel bonheur aux côtés de Silvia. Même ce rapide changement de la mer à la montagne en l'espace de quelques heures, me remplissait de joie.

Un petit nombre de personnes, moins d'une vingtaine, occupaient l'énorme terrasse et le grand vestibule attenant qui abritait un immense aquarium. Cela marquait un contraste saisissant avec les milliers de visiteurs qui arpentaient les plages, avec leurs éclats de voix, leurs rires et leurs jeux.

Tout à coup, Silvia se tourna vers moi et déclara : « Je pense à ces lieux cachés derrière les montagnes, et aux nombreux lacs en leur sein, qui n'ont rien à envier à la beauté du nôtre. »

Mon cœur battait la chamade. L'endroit dont elle parlait n'était autre que la Suisse. Je n'ai pas décroché un mot ; je l'ai laissée terminer.

« Nous nous rendrons là-bas, n'est-ce pas ? Ce sera si beau. Je ne sais pas ce qu'il m'arrive, Andréas, je n'ai jamais éprouvé de joie particulière à voyager en Suisse. C'est toujours la même sensation. Mais c'est seulement lorsque j'observe ces terres de loin que je me mets à ressentir une certaine mélancolie, presque de la nostalgie… »

Je n'avais rien révélé à Silvia ni même à Stéphane à propos de l'amour que je portais autrefois à Anna.

Chaque fois que j'évoque ma vie passée, je suis tout particulièrement attentif à ne pas divulguer quoi que ce soit à son sujet, à l'image d'une formule magique que je tenais à préserver de tout contact étranger avec le cœur profane de l'homme.

Les dernières paroles de Silvia m'ont poussé à reconsidérer mon impression. J'ai le sentiment que mon secret de longue date, dont mon âme est la gardienne, reste impénétrable, qu'il demeure un mystère pour les autres.

« Alors, quels souvenirs cet endroit évoque-t-il en toi ? lui ai-je demandé.

– Aucun en particulier. C'est pourquoi je m'interroge quant à la source de cette mélancolie inexplicable. J'avais quatorze ans lorsque j'ai visité ces lieux pour la première fois, a-t-elle répondu en désignant les cimes enneigées à l'horizon. Au-delà de n'en avoir conservé aucun souvenir spécifique, je me rappelle avoir fait face à une foule d'inquiétudes et de problèmes dus à la période ingrate de l'adolescence.

– Et, qui te dit que dans une autre vie, de puissants souvenirs ne te lient pas à cette région ? lui ai-je lancé en détournant les yeux.

– Eh bien, nul ne le sait, répondit-elle sans paraître un tant soit peu surprise. Peut-être, peut-être pas… Dans l'univers du *Samith*, rien n'est impossible. Mais en tant qu'êtres humains, Andréas, certaines choses continueront à nous échapper. »

Elle paraissait égayée par la conversation. Comme elle ne semblait ni la trouver pénible, ni insipide, j'ai cherché à creuser davantage le sujet, ce qui m'a valu de perdre momentanément mon sang-froid. « Silvia, crois-tu qu'il soit possible de se souvenir d'événements appartenant à une vie antérieure ? As-tu jamais essayé de le faire ? »

C'était la toute première fois que je m'adressais à elle la voix tremblante d'émotion, mon regard plein d'amour et de sincérité plongé dans le sien, comme frappé par un éclair divin. Puis je me souviens avoir ajouté :

« Qui sait ? Peut-être nous sommes-nous retrouvés après plusieurs siècles de séparation… »

Elle parut d'abord quelque peu déconcertée par mes divagations sur « les souvenirs d'une vie antérieure », mais, agréablement surprise, elle a rapidement manifesté son approbation enthousiaste à travers un sourire.

– Tu penses, Andréas ? L'idée est plaisante… Cependant, je préférerais me rappeler l'entièreté de ma vie actuelle avant d'accéder à des réminiscences. Car j'ai le sentiment qu'une partie de mon enfance est toujours enfouie quelque part en moi. Ce sont ces souvenirs-là que j'aimerais pouvoir rappeler à ma mémoire en premier lieu… »

Assurément, ses mots ne m'ont pas convaincu. Ils étaient quelque peu hors de propos. Mais j'ai insisté.

– Que dirais-tu si quelqu'un pouvait, soudainement et avec une grande clarté, se rappeler d'événements vécus dans une vie antérieure ?

– Comment ça ? J'en dirais simplement qu'il s'agit d'un phénomène métapsychique rare.

Notre échange me laissait franchement perplexe, contrairement à Silvia qui, comme je le disais, abordait cette conversation avec une aisance naturelle, j'ai donc décidé de changer de sujet. Nous avons poursuivi notre promenade forestière, main dans la main.

J'ai l'impression que notre amour s'épanouit chaque jour un peu plus. C'était évident, pour elle comme pour moi. Nous ne pouvons plus passer une seule journée loin de l'autre. Séparés, nous sommes pris d'une insondable solitude. Comme j'ai pu le lire dans les bouquins que je m'étais procurés auprès Stéphane, l'un des principes fondamentaux du Volkisme est, pour les *Troendes*, « l'appel du *Samith* », « la souffrance du cœur », qui résulte de l'absence de la Réalité Suprême et qui régit l'existence humaine tout entière, sans que nous en ayons conscience. Pour notre espèce, cette nostalgie prend la forme d'une « noble peine », telle que la perspective d'un amour à la fois immense et authentique.

« Une voix intérieure – reprit Silvia, me tirant de mes pensées – m'a toujours soufflé qu'un jour, quelqu'un donnerait du sens à cette solitude et cette sensibilité qui m'habitent ; j'ai donc dû m'armer de patience. Il y a des jours où, apprêtée, je venais m'installer en face du miroir de bon matin et me disait "aujourd'hui, peut-être...", mais je craignais de ne pas le reconnaître, le remarquer. En fin de compte, je ne m'étais pas trompée ; c'était bien toi ! Comment n'ai-je pu m'en rendre compte plus tôt ? »

Elle a ensuite commencé à me poser des questions sur mon enfance, ou plutôt celle de Northam, auxquelles il m'était assez difficile de répondre. Elle se souvenait de sa première rencontre avec Northam, au Tebelen, à l'occasion de « La Prière des Anémones ».

Il s'apprêtait à inscrire son nom sur l'une des fenêtres embuées par son souffle et elle l'en avait empêché.

« À l'époque, tu m'étais complètement indifférent... Mais je pense que notre première rencontre a *vraiment* eu lieu à l'Institut Molsen, auquel je me suis rendue en qualité d'infirmière, lorsque je t'ai vu blessé, aussi vulnérable qu'un nouveau-né. Mais passons. Conte-moi l'un de ces anciens récits de princes charmants et de ravissantes princesses que tu aimes lire en compagnie de Stéphane... »

Je me suis mis à la taquiner, en lui disant qu'elle devait être mordue de *Reigen-Swage* et de spectacle en trois dimensions quand elle était enfant. Elle ne s'en est pas cachée. Quant aux histoires de princes et de princesses, elle les aimait depuis qu'elle était petite fille.

Je me suis rendu compte que les récits féériques, particulièrement datés pour l'époque, exerçaient une sorte de fascination sur le peuple de la Communauté Universelle actuelle. À mon sens, s'ils les interpellaient autant, c'était à travers leur façon de représenter la jeunesse et la beauté, le sort et le destin, l'idéal de « bonheur », le tout conjugué à l'envoûtement procuré par un éloignement temporel certain. Il est clair que le concept de « pouvoir politique », qui leur était complètement étranger, ne participait pas de cet enchantement.

J'ai évoqué certaines de nos figures éminentes avec elle, telles que Goethe et Pasteur, et il s'est avéré qu'elle en connaissait un rayon à leur sujet. Puis nous nous sommes interrogés sur l'état d'esprit de ces illustres personnages dans leur processus de création. Nous en sommes venus à parler du peintre Nichefelt, le *Lorffe* que nous avions aperçu quelques jours auparavant. Il m'a été rapporté que, alors enfant, habité par le feu sacré, il avait mythifié et idéalisé toutes les grandes personnalités des artistes de renom des générations précédentes. Il rêvait de devenir comme eux un jour et sa joie fut sans commune mesure lorsqu'ils l'acceptèrent en tant qu'élève. S'il lui avait été donné d'apprendre qu'il occuperait une telle place trente ans plus tard, il aurait été bien incapable de goûter le bonheur infini que cela représentait. Il a fait face au doute pendant de nombreuses années tant il jugeait ses travaux médiocres, quand bien même il en recevait d'excellents échos, insatisfait d'un travail qui ne parvenait ni à combler ses propres attentes, ni à étancher la soif de son cœur. Mais, après plusieurs décennies de labeur, vint le jour où son rêve le plus cher se réalisa.

Et c'est à un âge mûr qu'il se mit à fondre en larmes face à sa composition achevée. C'est cette œuvre d'art qui l'a fait connaître et qui lui a valu des éloges sans fin du « Boulevard du Palais ». Devenu *Lorffe*, il fut promu au même poste que ses maîtres avant lui, mais à un âge bien plus précoce.

Il était clair à sa façon d'en parler que Silvia admirait profondément ces sommités. Quant à Nichefelt, elle croyait fermement qu'il devait ce talent artistique inouï à l'appel et à l'attente du *Samith*. Elle affirme qu'il n'aurait jamais pu atteindre un tel niveau d'excellence artistique autrement. Tout paraissait être lié au *Samith*. Je ne suis pas encore complètement en mesure de comprendre ce dont il s'agit. Il semble que cela puisse se rapporter à leur Dieu, mais il n'en est rien. Il apparaît qu'il y va de la « source de toute chose ».

« Je m'interroge, lançai-je, lorsqu'il a foulé le Boulevard du Palais, sa quête de salut vieille de trente ans aurait-elle pris fin à la vue de votre Arche Sacrée ? Ou peut-être pas ?

– Absolument pas, répliqua-t-elle. Il voulait toucher du doigt ce qui par essence échappe à notre entendement… Mais il y a pris énormément de plaisir. »

De nos jours, il était communément admis qu'il fallait se réjouir et célébrer l'allégresse spirituelle dont cette ère abondait avec sincérité, parce qu'il s'agissait d'un don ! Il est nécessaire de se représenter les nombreux défis auxquels ce monde a été confronté, et la quantité d'obstacles et de terribles dangers qu'il a surmontés. Il n'est plus d'usage de croire que l'éloignement temporel permettait d'enjoliver quoi que ce soit, y compris les personnes et les situations, ou encore qu'il sache atténuer et nous faire oublier les difficultés et les problèmes. Toute lecture d'ordre psychophysiologique n'a plus place, ou, pour mieux dire, elles sont considérées comme hautement superficielles ; voire futiles. D'aucuns prétendent que c'est le « *Nibelvirch* » qui a apporté à l'être humain cet éclaircissement authentique et profond. À travers l'acquisition du « savoir intuitif », le *Samith* lui a été révélé, et par là même, la Vérité. Et c'est sans équivoque que l'homme a compris que cette nitescence venait d'ailleurs…

Elle s'adressait à moi comme si j'étais parfaitement à même de tout saisir, sans connaître la réalité de ma situation ; et cela rajoute à ma confusion. Tantôt je suis vraiment moi-même, tantôt je me fais passer pour Northam ; combien de temps encore ?

« Silvia, t'est-il déjà arrivé de penser que je pourrais te décevoir ? Qu'il soit possible que je ne me remette jamais tout à fait, que je ne puisse recouvrer ni la mémoire ni ma personnalité d'antan ?

– Tu sais mieux que moi que je ne portais aucun amour à ce Northam-là, glissa-t-elle avec un sourire. En ce qui concerne tes travaux de recherche, ils s'effacent devant la personne au grand cœur qui se tient face à moi, ici et maintenant ! »

Ses paroles ne ressemblaient en rien au message d'espoir et de réconfort qu'elle portait les premiers jours, quand elle n'avait de cesse de demander à Stéphane pourquoi je n'y mettais pas davantage du mien. Je me souviens de la fois où il l'a surprise en train de pleurer, seule, à la suite d'une discussion au cours de laquelle ils se sont demandé s'il ne valait pas mieux m'inscrire à Markfor afin que je puisse étudier auprès d'Astrucci, un homme fort simple et accessible, qui n'était autre que l'ancien élève d'un de leurs célèbres professeurs, Gunnar Bjerlin, auquel il avait succédé au sein de l'établissement d'enseignement. C'est, il me semble, le pendant des écoles spéciales de notre époque qui accueillent des personnes en situation de handicap mental, ce qui serait très dégradant pour le Northam d'avant. Stéphane m'a demandé d'aller voir ce qui lui prenait et, lorsque je l'ai trouvée, toujours en larmes, je lui ai pris les mains et lui ai donné un baiser, puis je lui ai dit : « Si tu ne souhaites pas que j'y aille, il n'en sera rien… La seule chose qui compte, c'est que tu ne pleures plus… Cela m'est insupportable. »

Nous sommes arrivés à la terrasse au coucher du soleil. À un moment, pour une raison qui m'échappe, tous ceux qui y étaient installés se sont levés pour se diriger vers la seconde terrasse. La foule s'était tu, seul le pépiement des oiseaux demeurait. À peine arrivés, Silvia me fit signe d'approcher. Nous nous sommes mêlés au groupe et la ferveur religieuse dont il était imprégné, alors même que nous étions à l'extérieur et non dans un lieu saint, me frappa. Soudain, une mélodie des plus familières retentit. *C'est la nôtre ! la nôtre ! de notre époque !* me suis-je dit. Puis je compris qu'il s'agissait d'un extrait de la Symphonie n° 9 de Beethoven. En dépit du temps écoulé, son œuvre avait traversé les âges ! Je fus pris d'une envie irrépressible de dire quelque chose à Silvia ; un mot, un nom, quoi que ce soit. Mais c'est à peine si j'ai pu étouffer le cri de joie qui me saisit. Seul un naufragé qui aperçoit au loin le navire qui s'en vient le sauver après une longue période d'errance pourrait ressentir ce que je venais d'éprouver : un sentiment salutaire, une fierté incroyable. J'aurais voulu que Stéphane soit là pour m'expliquer comment, si mon époque se caractérisait par un barbarisme aussi singulier, la culture moderne pouvait reprendre ses œuvres d'art et les transformer en prières. « Écoute, Stéphane ! lui aurais-je dit. Écoute cette création qui date d'une époque que vous désignez comme "préhistorique" ! »

La symphonie a joué un long moment. La nuit était déjà tombée lorsque j'ai remarqué les yeux embués de larmes de deux personnes qui se tenaient à proximité, plongées dans une écoute religieuse alors que les paroles prophétiques du refrain s'évanouissaient, paroles composées il y a plus de vingt siècles, qui appelaient la foi pour la grande destinée de l'humanité…

Froh,
wie seine Sonnen fliegen
Durch des Himmels prächt'gen Plan,
Laufet, Brüder, eure Bahn,
Freudig, wie ein Held zum Siegen.

(Radieux,
Tels Ses soleils qui sillonnent
Le plan coruscant des cieux,
Suivez, frères, votre course folle,
Comme un héros vers la victoire.)

Une fois le soleil couché, les alentours étaient complètement transformés. Tenus par la promesse que nous avions faite au groupe de nous joindre à eux pour dîner, nous étions sur le point de partir quand nous entendîmes les premières voix d'enfants et que nous vîmes les premiers feux de joie en provenance des pics montagneux et des clairières forestières situées sur les versants opposés. Les chants se sont peu à peu multipliés, de même que les feux, et chaque organe entonna : « Les nouveaux *Cives*… Les nouveaux citoyens ! » Nous avons appris que plusieurs milliers de jeunes gens venaient tout juste d'achever leurs deux années de service, et qu'ils séjourneraient aux « palais des étrangers » ce soir. Des tables et des chaises supplémentaires avaient d'ores et déjà été installées au rez-de-chaussée et au premier étage, et de nombreux préparatifs effectués sans même que nous nous en rendions compte. Tout autour, pas une seule âme malheureuse ou déçue, comme si le charme de cette ancienne et chère tradition avait pris possession de la communauté. Même les anciens fredonnaient quelques chants qui n'avaient pas quitté leur mémoire depuis l'époque de leur service. Les « Associés », futurs *Cives* qui n'avaient pas encore atteint l'âge adulte, trépignaient d'impatience à l'idée de savourer la joie du « grand jour » qu'ils ne connaîtraient que d'ici deux ans, mais cette journée avait au moins le mérite de rompre la monotonie de leur quotidien.

Les nouveaux citoyens brûlent leurs tenues de travail faites d'un tissu en soie vert foncé. Le rituel touche à sa fin et plusieurs de ces jeunes hommes et femmes passeront la nuit à notre *Civesgard*. Mais il est temps pour nous d'y aller. Au moment de partir, j'aperçois toute la chaîne de *gestels* pour la première fois ; l'endroit où nous nous trouvions devait compter plus d'une centaine de ces majestueux hôtels. De jour, je n'avais pas réalisé qu'il y en avait autant, mais maintenant que je les vois briller dans la nuit, depuis les hauteurs, ils étaient pareils à un empire qui s'étirait à perte de vue !

ESSENCE DU SAMITH ET APERÇU DE L'AU-DELÀ

14-X

Nous avons fait une promenade d'une heure avec Stéphane dans la forêt Albiel, rien que tous les deux. Une journée précieuse de plus à mon actif, et ce moment m'a rappelé les premières balades en compagnie du Père Jacob. À l'époque, j'étais envahi par un scepticisme amer, ma foi était vacillante. Combien d'expériences insolites ai-je pu vivre depuis ! Je ne pouvais désormais plus compter sur l'accompagnement d'un ecclésiastique particulièrement éclairé, toutefois, chaque membre de la communauté contemporaine paraissait beaucoup plus instruit que n'importe quel adulte – homme ou femme– cultivé de notre temps, et ce de façon bien plus précoce ; ils semblaient avoir été délivrés du doute.

« Stéphane, le moment venu, promets-moi que tu me conduiras à la Vallée des Roses, lui ai-je demandé d'un ton chaleureux. Je pense être plus que méritant pour m'y rendre à tes côtés. S'il te plaît, promets-le-moi ! Tu sais combien j'ai souffert… Il n'est que justice que tu accèdes à ma requête. »

Mes paroles l'ont laissé quelque peu pensif. Il évitait mon regard et ne daigna pas me répondre. Je poursuivis :

« Réfléchis-y ! Pas même Jaeger ne s'y opposerait. Je me rappelle ses mots, "Aie confiance en Stéphane ; il sera ton guide en toute circonstance." Puis il a souligné que je devais davantage explorer les voies spirituelles supérieures qui ont été révélées à l'humanité.

– Mais qui s'y opposerait ? demanda Stéphane en toute transparence. Je trouve simplement regrettable que tu persistes à croire que le *Nibelvirch* est une question de lieu, que la Vallée des Roses détient quelque pouvoir magique. Tu seras déçu. Crois-tu également être prêt ? Si seulement tu savais combien d'entre nous se pensent prêts, et combien le sont véritablement…

Puis il a changé de sujet.

As-tu jeté un œil aux livres que je t'ai donné ? »

Je me devais d'être sincère avec lui : je n'avais quasiment rien compris au Savoir Volkic.

Cela n'était pas dû à la complexité de leur langue universelle aux racines anglo-saxonnes et scandinaves – un mélange corrompu de danois et d'anglais américain, comme je l'appelais. Le problème était plutôt d'ordre sémantique et terminologique, car les ouvrages comportaient nombre de termes techniques sans la moindre explication, et parfois même des mots inconnus écrits dans la langue perdue des *Ilecteurs* valléens.

J'étais pris d'une vague d'enthousiasme et d'impatience à l'idée de pouvoir finalement accéder à ce « savoir », dont je connaissais à présent l'existence et qui avait largement infusé au sein de la population après tant de siècles. C'est pourquoi la déception à venir évoquée par Stéphane m'a remis les pieds sur terre. Il m'a d'abord regardé d'un air surpris, puis immédiatement après avec un sourire enjoué, tel un adulte frappé par la naïveté d'un jeune enfant.

« Je prends désormais la mesure de l'inutilité des livres que je t'ai donné à lire. Et il est tout à fait normal de ne pas avoir ressenti ou compris grand-chose à leur contenu. Croyais-tu sincèrement que nous avions conquis la quintessence de ces merveilles, que nous étions parvenus à nous l'approprier ? La Réalité Suprême te paraît-elle si insignifiante et médiocre qu'elle serait à la portée de nos capacités cognitives et intellectuelles ?

– Il ne s'agit guère d'une croyance que *je* nourris, ai-je répondu d'une voix évanescente, à l'image de mon espérance. De mon temps, cette vision était communément répandue. Et dire que les fervents défenseurs de cette pensée n'étaient autres que les plus grands esprits de cette époque, encore aujourd'hui cités et mentionnés. Chacun de ces guides spirituels a analysé la façon dont les questions incontournables qui portent sur le monde, la vie, l'origine de Dieu et la réalité pouvaient être abordées. Et ils étaient rarement du même avis. Chacune de leurs interprétations était unique. Mais il y a une chose sur laquelle ils s'accordaient unanimement : le fond et le caractère de la Réalité Suprême ne sont pas inaccessibles à la perception humaine. Les peuples indiens, chinois, égyptiens, grecs, et d'autres en Europe après la Renaissance pensaient avoir trouvé une explication à ce phénomène, ou pour le moins être sur le point de le faire. Naturellement, tous pensaient que leur théorie faisait foi.

– Cela est juste, déclara Stéphane. Il se tut un instant, comme s'il contemplait le passé. Tu dis vrai, c'est ainsi qu'il en était auparavant ; et pas seulement à ton époque, mais également bien plus tard, jusqu'à la toute première manifestation du *Nibelvirch*, il y a plusieurs siècles de cela. Le monde manquait alors cruellement de sagesse et d'enseignement. C'est seulement avec l'apparition de l'*Oversyn* et l'acquisition du savoir intuitif que nous avons pris conscience de l'immensité de la réalité et de l'incapacité de notre perception, de la structure organisationnelle de notre raison et de nos "antennes" en général à saisir son essence.

– Le *Nibelvirch* ne vous a donc pas véritablement permis d'accéder à la connaissance de la Réalité Suprême… ai-je murmuré.

– À celle de son essence, non – il faudrait jouir de capacités cognitives "surhumaines" pour pouvoir espérer la comprendre, ou ne serait-ce que la concevoir. Mais le *Nibelvirch* nous a permis d'en connaître l'existence de façon immédiate et manifeste, ce qui représente une avancée considérable sur les enseignements de ton temps. Et c'est justement ce qui nous a sauvés et libérés, mis un terme à nos questionnements métaphysiques. Il est certes possible de prétendre que quelque chose de plus grand que soi existe, et même d'essayer de nous en convaincre, mais voir la lumière briller à l'intérieur, en ressentir soi-même l'existence, c'est bien différent !

– Notre vision et nos enseignements étaient-ils alors complètement erronés, toutes ces années ? Notre savoir n'avait-il aucune valeur ?

– C'est tout le contraire ; nous nous les représentons comme les premières tentatives de l'humanité de s'approcher de la Lumière, et c'est en cela que nous les apprécions et les respectons grandement ! Mais tout cela est attribuable au *Nibelvirch* et émane de l'appel et de l'attente du *Samith*, tout comme les plus grandes œuvres d'art et prouesses de l'être humain.

Cette soif spirituelle et animique d'une destinée divine, d'un gage de nos origines surhumaines, voilà ce qui nous pousse à idéaliser et embellir des milliers d'aspects de notre vie quotidienne au sein de ce misérable environnement terrestre : la vertu, le pardon, l'amitié, l'humanisme, la jeunesse, la beauté, la justice, le bonheur, la liberté, l'affection. L'absence du *Samith* est la source la plus profonde de toutes les grandes œuvres de l'esprit. »

Et en vérité, à notre époque, l'homme était destiné à naître, aimer, souffrir et mourir. Tout au moins en apparence. Mais comme la conscience de l'être humain nourrissait de façon innée l'idée que les apparences masquaient quelque chose de plus grand ; cette explication lui était insupportable et elle s'est rebellée.

« Faute de pouvoir l'expliquer, fis-je, nous avons secrètement nourri l'espoir d'être nés machines, sans la capacité ni le besoin d'appréhender tout cela, toutes ces choses qui nous sont irrémédiablement étrangères et impénétrables, inconciliables avec la vie terrestre.

– Elles le sont seulement dans la misère de cette vie et de ce monde soumis à la finitude temporelle. Mais en l'absence de cette grandeur, aucune de nos pensées, aucun de nos concepts tels que l'éternité, l'infini ou le divin n'existeraient non plus. Le penchant inné de l'esprit pour la perfection ne serait point, tout comme le monde sensible et intelligible de Platon, le bouddhisme, et même le christianisme – en suivant tes références. L'acte de don de soi, avec Socrate qui refuse de fuir, les 300 de Léonidas ou encore la crucifixion de Jésus, n'aurait jamais pu voir le jour dans l'histoire de l'humanité. »

Je n'avais plus le cœur à parler ou à écouter. J'étais transporté dans une autre dimension, dans un monde différent, plus empirique, rempli d'interrogations et de répliques. Il y avait déjà bien trop de concepts auxquels il me fallait réfléchir. Cependant, j'avais la sensation qu'un vide venait d'être comblé en moi, que de nombreux questionnements avaient trouvé réponse et qu'une multitude de doutes s'étaient dissipés ; doutes dont les cendres avaient donné vie à un plus grand nombre d'entre eux.

L'INFINI, LA VIE APRÈS LA MORT ET LES ORIGINES DE L'ÉTERNEL ÉLAN VERS LE BIEN

Toujours le 14-X
(Tard dans la nuit)

La conversation d'hier avec Stéphane m'a permis de comprendre pourquoi les grandes questions « historiques » inhérentes aux altruistes les plus ordinaires étaient perçues comme une préoccupation actuelle : des inconnus qui n'avaient pas marqué l'Histoire, tels que des condamnés qui purgeaient de longues peines et qui ont sublimé leur monde intérieur, des parents ordinaires aux récits d'actes de sacrifice inouïs. Bien que tels actes n'aient pas marqué la mémoire collective de l'homme à travers l'Histoire, les générations actuelles pensent qu'une fois consignés, ils sont tout aussi importants que n'importe quel autre événement célèbre, et qu'ils n'ont pas été vains.

Stéphane m'a expliqué que le caractère sacré de la souffrance humaine était connu depuis l'ère du christianisme, et que le *Nibelvirch* avait simplement permis de révéler combien cette valeur morale était d'importance. Je lui ai demandé ce qu'il pensait du christianisme, et il m'a affirmé qu'il s'agissait d'une religion particulièrement rassurante qui a tenu lieu de savoir intuitif pendant plusieurs millénaires. Ses paroles m'ont été d'un grand réconfort, elles ont élevé ma foi rendue vacillante par tout ce que j'avais pu vivre ici depuis mon réveil.

« Ce n'est pas tant que nous avons aujourd'hui saisi le sens de la vie. Bien au contraire ; mais le fait de savoir objectivement à quel point la réalité est incroyablement vaste, et qu'elle existe pour tout le monde, tôt ou tard, est suffisant pour nous apporter délivrance et salut. Vois-tu, le continuum spatiotemporel n'est pas exactement tel que le conçoit la perception humaine. L'infini et l'éternité ne font qu'un. La réalité objective est multidimensionnelle. Les nombres, la matière, l'esprit, les individus, les idées ou l'infini n'existent point séparément, mais sur un seul et même plan. S'il nous était possible d'appréhender la véritable portée de chacun des aspects du *Samith*, la Réalité Suprême, nous connaîtrions le divin.

Nous serions en mesure de saisir la finalité, le caractère et le sens de la vie. Notre sagesse serait supérieure à celle de l'être humain. Mais cela est tout bonnement impossible, mon ami… Le savoir intuitif, le *Nibelvirch*, nous a montré que l'univers physique, la création, Dieu, l'infini et tous ces concepts ne sont que de simples aspects, de simples pans de la Réalité Suprême. Et les myriades de facettes qui la composent sont inconcevables pour l'homme. »

Selon Stéphane, après le *Nibelvirch*, les tentatives de l'espèce humaine pour réduire l'ensemble des phénomènes du monde et de la vie à un unique « fondement » ont largement diminué. À présent, de multiples aspects de la réalité sont considérés comme des éléments du *Samith*. Il répétait sans cesse que nos antennes ne pouvaient en percevoir qu'une infinité. Telles étaient les limites de nos « facultés cognitives ». *Je le sais, mon cher ami, et tu comprends combien cela complique ma vie. Mes propres antennes sont encore plus insignifiantes que les tiennes*, pensai-je.

Je trouvais néanmoins réconfort dans l'idée qu'au sein de la Réalité Suprême, rien n'est jamais vain, et rien ne se perd. Même si tout le reste est détruit, notre esprit parvient à se manifester – sans doute autre part – et c'est tout ce qui compte. Dorénavant, il est fait valoir que le sens de la vie n'est autre que la culture individuelle de l'esprit – plus particulièrement pour notre espèce et pour la vie sur cette planète – et c'est à peu près tout ce à quoi l'être humain peut prétendre. D'après Jaeger, la raison d'être de l'homme devrait se résumer à maintenir un cap ferme vers l'enrichissement de la culture spirituelle. Quoi que nous fassions, nous ne pourrions jamais pénétrer le sens large de la vie.

La grande différence tient à ce que, de nos jours, le héros anonyme, martyr de la vie ordinaire, n'est jamais oublié, et ce grâce à la révélation du caractère sacré de la souffrance humaine : les actes d'amour pour son prochain, le pardon, la patience, la sensibilité, la compassion et le sacrifice de soi permettent de nous rapprocher un peu plus du divin. Pour l'homme moderne, l'intériorité d'une personne est un tout nouveau monde. Il est en effet admis que le réel est dépourvu des secrets de la composition quasi symétrique de l'individu et de l'univers, du microcosme et du macrocosme, c'est-à-dire du caractère de la Nature, qui forme également le *Samith*.

Tout cela ne m'était pas complètement étranger.

J'étais cependant étonné de la façon dont Stéphane s'exprimait, comme s'il ne faisait pas partie du commun des mortels – à croire qu'il était de l'autre côté, celui des lois de la création. Un souvenir involontaire d'Anna qui datait de notre dernière rencontre sur la colline aux anémones refit une nouvelle fois surface.

« Stéphane, dans mon ancienne vie, j'ai déjà eu affaire à une personne qui s'exprimait de la sorte, comme si elle voyait la vie d'une grande hauteur, par-delà la masse. »

Il rétorqua, presque offusqué, qu'il n'adoptait pas une posture de supériorité lorsqu'il s'exprimait, mais que les normes humaines étaient simplement plus élevées, plus avancées qu'autrefois. Je me tus...

« Ça ne fait rien. Tu n'as pas à parler si tu ne le souhaites pas. Quel était le nom de ce "précurseur" que tu as rencontré ? Si nous nous rendons à la Vallée, peut-être pourras-tu y voir, parmi les autres, une statue à son effigie.

– Non, non, elle n'était guère célèbre... Elle n'était qu'un être élevé qui a quitté ce monde à un jeune âge, dans l'anonymat.

Cette fois, aucun d'entre nous ne décrocha le moindre mot. Stéphane fut le premier à briser le silence.

– Pourquoi ma façon de penser te surprend-elle autant ? Après tout ce qu'il nous a été donné de voir, comment notre pensée pourrait-elle être identique à la vôtre, celle des temps passés ? Nous avons à présent une raison valable de rasséréner notre âme.

Je n'ai pas pu m'empêcher d'intervenir :

– Tout à l'heure, tu as affirmé que rien ne se perdait. Cela relève-t-il également de ta propre expérience ou s'agit-il d'une simple hypothèse ? Peu m'importe la vastitude de la réalité si je ne suis plus là pour la vivre. Dis-moi, Stéphane, que peux-tu me révéler au sujet de la vie après la mort ? Existe-t-il un monde meilleur au-delà du nôtre ?

– Passé, présent, futur : telle était notre façon d'organiser et de délimiter notre existence, je sais. Mais cette division n'a plus cours. Maintenant, nous savons que la vie est unique, tout comme le monde ; une seule entité, une seule et même essence.

La réalité est souple et l'environnement de notre existence, nous y compris, n'est qu'une simple ramification du *Samith*. La réalité est toute chose, et aucun des éléments qui la composent ne sera jamais perdu ; et cette certitude, comme je l'ai mentionné, cette intégration au *Samith*, suffit à nous préserver de toute peine, à nous élever au-dessus du doute. »

Il poursuivit sur le retour volontaire à la vie organique, le dépassement de soi, le gain empirique, la remise en question, l'amour, la souffrance, le don inconditionnel de soi, le fait d'apprendre à faire le bien, non car il s'agit d'un devoir, mais d'une volonté animée par un élan intérieur. Avec toutes ces clés et ces sentinelles, nous sommes à même d'accomplir notre mission et de raccourcir la distance qui nous sépare de notre but sacré. « Dans une certaine mesure, nous créons notre propre destinée », a-t-il déclaré mot pour mot, comme l'aurait fait un théologien de notre temps. Il a également abordé « la barrière de l'oubli », qui isole l'existence des connaissances et des souvenirs de vies antérieures. Il m'a ensuite demandé comment mon époque pouvait être vierge de tout enseignement, de toute exégèse, qui pouvait ne serait-ce que s'apparenter aux fondements du Savoir Volkic. Je lui ai répondu qu'il y avait quelques positions et conceptions similaires en la matière, mais elles étaient relativement embryonnaires et trop rudimentaires pour s'exporter en dehors de certains milieux intellectuels.

C'est avec respect qu'il a évoqué les grandes figures du passé, qu'il décrivait comme des « précurseurs ». Il a mentionné les noms de Pythagore, Socrate, Platon, Aristote, Jésus, de plusieurs personnages d'Orient dont je n'ai pas souvenance, de Plotin, Saint Augustin et Origène, Bacon, Descartes, Spinoza et Kant. Pour ce qui est du XIXe siècle, il a nommé Engels et Kierkegaard, qui comptent aujourd'hui parmi les plus grands. En outre, il affirme que la période de près de cinq siècles qui suivit, unilatéralement vouée à la prospérité technologique, créa des conditions défavorables à l'avènement de personnalités et d'enseignements spirituels majeurs. Ses autres références étaient de grands intellectuels valléens, et plus particulièrement Chillerin de l'Institut Aidersen.

Je lui ai redemandé quelles étaient les principales différences entre l'ancien et le nouveau savoir – si ce que nous détenions alors pouvait être considéré comme tel.

« La première différence, assura-t-il, réside dans la dissémination des connaissances. La conception Volkic des questions majeures de la vie et du monde n'est en rien l'apanage du monde intellectuel, ou de quelques groupes ethniques. L'homme moderne est imprégné de ce savoir, porté à un si haut niveau de croyance qu'il est devenu partie intégrante de notre vie courante. »

En vérité, j'avais remarqué à maintes reprises que les fondements du Savoir Volkic étaient régulièrement intégrés jusque dans les occupations quotidiennes de la civilisation actuelle, ce qui témoignait d'une profonde compréhension.

« Ensuite, reprit-il, cela a trait à la méthode de transmission du savoir. Grâce au *Nibelvirch*, nous avons accès au savoir intuitif, qui se passe de tout enseignement extérieur. Enfin et surtout, comparé à la réalité qui s'est révélée à nous à travers l'*Oversyn*, tout ce que les grands mystiques religieux d'autrefois ont affirmé au sujet de la disparition dans notre propre esprit pour venir s'inscrire dans le divin nous est apparu comme des mots d'enfants. Nous honorons toujours leur mémoire, naturellement, car ils incarnent l'héritage spirituel de nos ancêtres. Ils étaient source d'apaisement pour la souffrance humaine avant le *Nibelvirch*. L'apparition du savoir intuitif s'est avérée nécessaire pour que comparaison soit faite, et que la différence criante se manifeste. C'est seulement par contraste avec le réel que leur naïveté infantile pouvait être démontrée, et c'est ce qu'il s'est produit. Mais maintenant, tout cela ne présente plus qu'un intérêt historique. »

Stéphane s'arrêta de parler pendant quelques minutes, comme s'il essayait de se rappeler ce qu'il avait vu ou lu, d'organiser ses pensées.

« C'est ainsi que tout éclata au grand jour. Et cela explique le choc terrifiant induit par le *Roisvirch* qui, s'il était perçu dans son entièreté sans préparation, pulvérisait son hôte de l'intérieur, raison pour laquelle il s'est initialement avéré fatal à plusieurs milliers d'esprits humains pris au dépourvu. L'âme humaine était inapte à absorber le flot torrentiel, à la fois soudain et furieux, d'un bonheur spirituel sans commune mesure. Il est dit que les générations passées étaient incapables de se représenter, croire en l'objectivisme contenu dans ce qui est dénommé "dimensions spirituelles". À cette époque, la pensée collective voulait qu'en l'absence de notre espèce sur Terre, la beauté, l'art, la religion, la poésie, la philosophie et autres valeurs morales n'existeraient pas. »

Il a de nouveau souligné combien les sciences de l'esprit se sont révélées métaphysiques. « Tout comme l'homme qui observe la poussière et la pierre ne pourrait s'imaginer la véritable composition et structure de la matière, l'univers spirituel se confond avec son pendant matériel de façon transcendante. Notre esprit est simplement trop limité pour le saisir, et notre système sensoriel est défectueux. Mais cela ne remet pas pour autant en cause son existence. »

Il fit de nouveau silence afin de se concentrer. « L'avènement du *Nibelvirch* a fait écho à un événement antérieur similaire, qui a trait à la conscience de monde naturel. Il y a deux mille ans, vers le vingtième siècle, le tien, les sciences naturelles et leurs applications techniques ont connu un formidable essor ; un bond en avant à la fois gigantesque et inouï, dans un laps de temps très court. Les inventions se sont succédé les unes après les autres, les connaissances de l'homme se sont considérablement développées, et d'une certaine façon, les limites du monde naturel ont été extraordinairement repoussées. En l'espace de quelques décennies, nos ancêtres se sont rendu compte que la Terre n'était en fait qu'insignifiance dans un amas de néant, et non plus le centre de l'Univers comme il était d'usage de le croire. Quelque chose de cet ordre-là s'est produit avec Volky – sans toutefois se borner au monde naturel – et nous avons alors pris conscience que la vérité était radicalement différente de la façon dont la tradition théologique et les sciences exactes l'envisageaient. »

Je me suis assis, je l'ai regardé, et j'ai songé à la force de croyance qui habitait ce peuple, à leur conviction inébranlable – qui n'avait rien des vues étroites et catégoriques de notre époque – que ce qui s'était révélé à eux était juste. J'ai sollicité son avis quant à la possibilité pour l'être humain d'acquérir un tel savoir en l'absence du *Nibelvirch*. Il en doutait fortement. Il m'a assuré que l'écart entre le savoir d'antan et celui d'aujourd'hui était tel que l'esprit humain n'y serait jamais parvenu seul. En admettant qu'un individu puisse en faire l'expérience ou en apprendre l'existence, il lui aurait été impossible de convaincre qui que ce soit d'autre.

Pour ce faire, il aurait d'abord fallu s'affranchir de la logique anthropocentrique et égoïste qui obscurcissait les consciences ; chose alors extrêmement complexe.

Il poursuivit.

« Mais comment se peut-il que des hommes aient cru que cette planète, un point dans le cosmos, était au centre de tout ? Qu'ils avaient été "choisis" par le destin parmi plusieurs milliers de milliards d'autres étoiles, d'autres points ? Était-ce donc si difficile de penser que, selon toute probabilité, il pouvait y avoir d'autres foyers abritant des formes de vie intelligente, et que la vie organique ainsi que le célèbre "concept d'adaptation" pouvaient exister sur un million d'autres planètes, plus anciennes, mais plus évoluées d'un point de vue biologique et éthique ?

– Et comment cette immensité prodigieuse peut-elle tolérer tant de souillure et d'injustice en son sein ? lui ai-je demandé.

– Précisément du fait de sa vastitude, qui englobe aisément cette petitesse. Ce que le genre humain recèle de plus mauvais n'a pas l'ombre d'une chance face à cette tempête de merveillosité, crois-moi. Sans oublier que cette part de douleur et de chagrin, directement liée à la finitude de notre destin biologique, constitue pour nous un fondement de la réalité sans lequel nous serions incomplets. »

Il a ensuite pris le temps de m'expliquer que, du temps du premier *Nibelvirch* et du *Roisvirch* qui s'ensuivit à travers le monde, Volky, accompagné de plusieurs de ses pairs, s'est lui-même mobilisé pour porter son discours, car ils croyaient que ce mode de vie évolutif était souhaitable et nécessaire, et leurs paroles, chargées de paix et d'espérance, sont parvenues à pacifier les foules en furie et mettre un terme à l'afflux massif, au déferlement des suicides collectifs.

Mais j'étais parfaitement incapable de saisir et d'accepter la teneur de ce qui m'était exposé. C'était inconcevable : comment un événement aussi fabuleux pouvait-il se traduire de manière sordide, hideuse et néfaste tout en se pérennisant ?

Il m'a demandé si j'avais eu l'occasion de lire l'œuvre de Tinersen : je lui ai avoué que non. Elle faisait partie des ouvrages que Stéphane m'avait récemment remis, et je n'avais pas encore trouvé le temps de m'y plonger.

Tout ce que j'en savais, c'est qu'elle datait du XIIIe siècle *(vers l'an 3600 apr. J.-C.)* et appartenait au lot des centaines de livres schématiques et vulgarisés portant sur le Savoir Volkic.

Après lui avoir répondu par la négative, Stéphane a entrepris de me conter un récit imaginaire, une sorte de parabole issue de cet ouvrage. Il l'a fait en des termes simples pour qu'elle me soit accessible. Voici l'histoire :

Des millions de formes de vie insignifiantes naissent et meurent dans un espace confiné, obscur et souillé. Cet endroit, qui à l'échelle d'un être humain ne représente rien de plus que l'intérieur d'une flûte, forme un monde à part entière pour ces petites créatures, il s'agit de leur univers, leur habitat naturel, et elles sont incapables de s'imaginer qu'il peut exister quelque chose d'autre en dehors. Supposons à présent qu'elles soient douées d'intelligence et conscientes de la laideur et du mal qui habitent leur monde. Leurs vies éphémères – environ dix-sept minutes pour notre espèce – s'écoulent de façon monotone, de génération en génération ; c'est une existence étriquée, d'un ennui sans fin.

De temps à autre cependant, résonne à travers leurs organes

sensoriels déficients une harmonie fort lointaine, dont elles n'auraient jamais soupçonné l'existence. Les petites créatures s'en étonnent, et s'interrogent quant à l'origine de cette eurythmie.

Au fil du temps, certaines de ces créatures, leurs « guides spirituels », parviennent à concevoir et ressentir que leur sombre prison n'a rien d'une fin en soi, et que leur espace de vie n'est qu'une infinité du « tout » qui existe. Seule une portion congrue de ces formes de vie fut initialement sujette à cette révélation, et cette minorité était considérée par la majorité comme démente. Mais en fin de compte, l'existence d'autres mondes et de réalités annexes fut communément admise et devint une croyance partagée. Ces minuscules créatures prirent alors conscience que ce qui est vraiment, la réalité objective, dépassait de loin leur monde de ténèbres.

D'après Stéphane, tel était le point central de son propos : « S'il leur était expliqué que l'environnement naturel dans lequel elles évoluent n'est qu'un fragment de cette Réalité Suprême, cette vaste harmonie, et qu'il est même indispensable à sa réalisation – écrit Tinersen – il serait impossible pour elles de le croire. Elles soutiendraient que ce fragment et cet endroit dans lesquels elles vivent sont tout sauf merveilleux, et qu'il est parfaitement impossible qu'ils puissent faire partie d'une telle magnificence, puisqu'ils l'entacheraient. Ces minuscules créatures ne comprendraient donc pas le sens, la visée, la finalité d'une vie qui se consacre au tout. »

Je me dis que ces personnes ont atteint un degré inédit de connaissance et de spiritualité, ou qu'il leur faudrait absolument trouver remède à leur comportement enfantin. Toutefois, je sais la joie et l'incroyable épanouissement spirituel qui inondent leurs vies. Comme Stéphane me le rappelle constamment : « Pour nous, il ne s'agit pas simplement d'une croyance ; nous en avons fait l'expérience ! »

Oh, comme je les envie ! Comme j'aimerais que le *Nibelvirch* m'apparaisse également ! Même si je ne me pense guère capable de préserver la pureté et l'intégrité d'un tel bonheur face à une réalité pleine de souffrance, peu importe la vigueur de la foi qui m'anime.

Il ne s'agit que d'une infime partie de mon échange avec Stéphane ce soir-là. L'épuisement et l'heure tardive m'ont poussé à y mettre un terme. Stéphane s'est montré particulièrement patient avec moi et ne m'a quitté qu'à minuit moins le quart. Après son départ, je me suis affalé sur mon fauteuil. Une fois encore, j'avais matière à réflexion ; et une fois encore, tard dans la nuit, je me remis à écrire…

LES TRAVAUX DE L'INSTITUT AIDERSEN ET LA VIE INTÉRIEURE SUPRÊME COMME MOYEN DE DÉVELOPPEMENT HUMAIN

16-X

Si je ne m'abuse, les théories et les principes qui émergent de la Vallée des Roses, la merveilleuse Rosernes Dal, portent l'empreinte d'une spiritualité nouvelle, sans commune mesure dans la civilisation moderne tout entière, une marque de supériorité par rapport au précédent apogée culturel. Et c'est particulièrement le cas de l'Institut Aidersen, également situé dans la capitale spirituelle, qui jouit d'une renommée internationale et d'un rayonnement unique à travers le globe.

Les générations d'autrefois ont également permis à l'esprit humain de connaître des avancées majeures. Cependant, aucune ne supporte la comparaison avec l'étape significative franchie par l'Institut Aidersen dans le cheminement intellectuel et spirituel de notre espèce. Les tournants historiques des millénaires précédents s'organisaient autour des capacités psycho-spirituelles d'un certain profil d'individu. C'est pourquoi jusqu'à la toute fin de l'*Eldrere* – l'ancienne ère – le parcours spirituel de l'homme se construisait sur un axe peu ou prou identique. Entre nos intellectuels et les leurs, tels que Runerborg de la Vallée des Roses, *Lorffe* Esterling d'Aidersen et surtout Chillerin, de loin l'homme le plus remarquable de l'Institut Aidersen, notre espèce n'avait pas évolué. L'esprit humain, malgré les différentes « écoles » et les différents courants, suivait alors le même cap, défini par le biopotentiel de l'espèce humaine – notre devenir en tant que tel.

La grande réussite de l'Institut Aidersen réside dans la découverte de nouveaux horizons liés à l'histoire de l'intellect humain, et, après de longues préparations, dans la dotation d'une nouvelle « antenne » pour notre espèce, marquant ainsi une étape décisive dans le passage de l'homme à un stade intellectuel supérieur.

Il va sans dire que nous ne sommes pas devenus des surhommes pour autant, mais des « êtres humains particulièrement évolués ».

Grâce à l'Institut Aidersen, l'*Homo Sapiens* a laissé place à l'*Homo Occidentalis Novus*, « l'homme éclairé » actuel du *Nojere*. Cette époque, appelée la Nouvelle Ère, a vu le jour le 6 septembre 3382 d'après notre système calendaire, ce qui correspond au jour où Volky a survécu au *Nibelvirch*. Une fois le Savoir Volkic intégralement acquis au sein de la population, vers l'an 3430 apr. J.-C, ce jour a été désigné comme « le début d'une nouvelle ère historique ».

Les Grands Valléens l'avaient annoncé lors de la fondation même de la Vallée, au cours des premiers siècles de son exploitation, au milieu de l'*Eldrere :* le développement de l'être humain ne sera pas fonction d'outils informatiques ou du savoir technologique. Il n'y a rien que nous puissions attendre d'appareils dénués de vie. Si une telle évolution devait se produire, disaient-ils, cela ne serait ni le fait ni le résultat d'un progrès technologique. Si l'humanité parvient un jour à transcender sa propre nature, elle le fera à la force d'une éducation spirituelle collective. Il n'y a que par ce biais que nous pourrons faire l'expérience d'une intériorité supérieure.

Les aspirations nobles et honorables de la première vague de ces grands hommes se résumaient à ce constat. Ils n'avaient guère plus d'ambition. Ils étaient aveugles à l'existence de réalités plus vastes, distinctes et indépendantes des religions, conceptions du monde, idéologies et découvertes d'inspiration humaine ; ils n'en soupçonnaient pas l'existence. La nouvelle ère, le *Nojere*, a révélé au monde entier qu'il était déraisonnable de penser l'homme comme une « version réduite de Dieu sur Terre ». La réalité pure existerait sans l'apport de notre propre espèce.

J'ai sollicité son avis au sujet de la version anthropocentrique qui dominait mon époque, à savoir que l'être humain, et plus particulièrement son esprit, incarnait l'unique espèce à la fois consciente de l'univers tout entier et de sa propre existence. Toute autre chose qui constitue le monde naturel, qu'elle soit animée ou inanimée, est incapable de se penser.

« Y accordez-vous la moindre véracité ? lui ai-je demandé.

– Absolument. Mais l'approche philosophique actuelle précise que cette vérité ne prévaut qu'à l'échelle de notre planète, qui, comme tu l'auras sans doute compris, ne représente qu'un épiphénomène une fois rapportée aux planètes habitées du cosmos. »

Qu'en pensent les Aidersiens ? Ils soutiennent que la réalité pure et objective existe indépendamment des capacités sensorielles propres à chaque espèce. À en croire Jaeger, Stéphane et les autres, son existence s'est révélée à l'homme à l'époque *Nojere* grâce au *Nibelvirch*, lorsque le savoir intuitif s'est manifesté non plus en dehors de nous, mais directement en nous. C'est ainsi que le *Samith* s'est avéré aussi merveilleusement grand que le décrivait l'enseignement Volkic. Nous avons alors fait l'acquisition de l'*Oversyn*, la « nouvelle antenne », et il fut établi que tout ce qui paraissait autrefois transcendantal était désormais à la portée de nos facultés humaines. Le champ de nos capacités cognitives s'est élargi, ce qui a permis à l'*Homo Occidentalis Novus* de percevoir le *Samith* et d'accepter son existence.

Quant à la dimension de spiritualité, elle n'existe pas qu'en notre sein. Elle est le fruit merveilleux d'une évolution biologique sur le long terme, décorrélée des forces de la nature. L'assimilation de ce caractère spirituel sert de lien entre des millions d'êtres vivants à travers l'univers, tous doués d'intelligence, de raison et d'émotions. Voilà ce qui unit les espèces destinées à posséder ces attributs et séparées par des distances astronomiques, qui se distinguent largement les unes des autres sur le plan biologique en raison de l'environnement naturel dans lequel chacune d'entre elles s'est développée sur plusieurs millions d'années.

C'est fort de cet élément de spiritualité que ces espèces pensantes, y compris la nôtre, s'émancipent des restrictions naturelles qui les entourent, pour, au fil du temps, s'élever et progressivement atteindre de nouveaux stades de développement.

Mes interlocuteurs du futur m'ont donné une description par le menu de l'évolution de notre espèce depuis la nuit des temps ; j'avais l'impression que l'histoire de l'humanité défilait devant mes yeux, à l'image d'un film. À l'origine, déclarèrent-ils, nous n'étions qu'un simple élément de la faune planétaire. Après avoir éradiqué la plupart de nos instincts sauvages, une vie intérieure et les prémisses de la civilisation ont commencé à poindre. C'est alors que la conscience de soi, qui nous différencie désormais du « reste de la faune », a fait son apparition.

Au terme de plusieurs stades de développement biologique et spirituel, le genre humain a commencé à se sentir submergé par un sentiment d'aliénation au monde extérieur et par une nécessité intérieure d'élucider ses origines, laquelle s'est d'ailleurs révélée être l'élément moteur de nos plus grandes réalisations culturelles et artistiques. Cette soif de l'âme s'est manifestée à travers le culte de forces invisibles, la découverte des secrets et des lois du monde physique, la représentation d'un idéal de beauté, l'établissement d'un ordre moral visant à organiser la vie en société, et la volonté de faire prévaloir la justice, l'humanité, la liberté et l'égalité. Il est aujourd'hui avancé que la victoire du bien contre le mal et de la moralité sur l'immoralité serait innée chez l'homme. Et c'est précisément parce qu'aucune de ces « lois naturelles » n'a été observée ou respectée que nous avons connu la souffrance. D'où la poursuite instinctive des formes terrestres du *Samith* ; dans notre environnement fini, nous rêvions d'infini…

Et c'est à l'occasion du *Nibelvirch* qu'il a été donné à chacun de comprendre pourquoi. La source de toute cette nostalgie, cette foi en quelque chose de meilleur et de plus lumineux, s'est alors dévoilée à l'humanité. La lutte et le sacrifice de milliers de personnes, motivés par des causes pourtant dénuées d'utilité pratique pour ces dernières, ont finalement trouvé explication. Autrement dit, si j'ai bien compris, l'ensemble des cultures de l'esprit qui ont marqué l'histoire de notre planète prennent racine dans la souffrance métaphysique de l'homme, l'amertume ultime de l'âme humaine causée par l'absence du *Samith* dans notre monde. De nos jours, telle est l'interprétation donnée aux conquêtes humaines : un effort visant à transcender les barrières physiques de la Nature et émanciper « l'être pur en nous » de cet environnement oppressant.

17-X

Je suis rentré ce matin. J'ai pris Stéphane avec moi. Il tentait de me dissuader d'y aller, mais j'ai réussi à le convaincre de m'accompagner jusqu'à ma vieille Suisse, l'endroit où j'avais grandi. Si seulement je l'avais écouté ; si seulement j'avais renoncé à cette escapade. Il n'y avait plus aucune trace de mon village natal. Des amoncellements de pierres et des ruines étaient présents là où ma maison aurait dû se trouver… Ni fumée ni lumière en vue, pas un pleur de bébé, pas une seule voix d'adulte.

Ils avaient laissé place à une infinité de pâturages, peuplés de milliers d'animaux, dont l'ensemble était supervisé par la Coopérative des Associés. Rien de plus. Une fois mes esprits retrouvés, j'ai pris place sur un rocher avec Stéphane face aux flancs de la montagne opposée, compagnons de mon enfance ; eux au moins n'avaient pas changé le moins du monde.

J'ai rapidement regagné ma chambre. Silvia m'avait envoyé un message. À présent, en plus de pouvoir l'entendre, je pouvais la voir à travers un écran ; ses yeux, ses lèvres. Elle était fâchée de ne pas m'avoir vu pendant deux jours, mais elle avait la fâcherie douce…

Nous ne sommes pas sortis de la soirée et nous avons écouté les *Rapsodies hongroises* de Liszt ainsi que deux autres magnifiques morceaux composés par un artiste contemporain du nom de Wesley. D'ici les deux prochains mois, j'espère avoir mon propre piano, un modèle d'époque ! Stéphane m'a assuré qu'il ferait tout ce qui est en son pouvoir pour en obtenir un. Hier, je l'ai entendu s'entretenir au téléphone avec le *Consumfiorinin* et les Associés, qui conservent les archives dans les grandes villes situées autour de Blomsterfor.

CONCRÉTISATION DE SA RELATION AVEC SILVIA

22-X

J'ai vécu une vie de rêve ces derniers jours. Nous avons consommé notre amour avec Silvia ! Je suis dans un état d'enivrement constant – c'est dire à quel point je suis heureux. Il y a tout un rituel qui s'articule autour du sitatska, un grand ruban violet en soie tendu au-dessus de dizaines de fleurs, dont une production intensive est assurée sur site. Comme il est d'usage de le faire depuis plusieurs siècles, Silvia a elle-même attaché le ruban d'apparat à l'entrée. J'ai jeté un dernier regard alentour avant que nous n'entrions dans la pièce ; j'avais l'impression de pénétrer un véritable petit éden. Ensuite… Mon Dieu, merci de permettre à ces mains de caresser ce corps divin sans que cela ne vienne gâcher la magie de notre relation ! Je n'aurais pas pu rêver mieux. Voilà l'accomplissement ultime ! Ne t'en fais pas ma bien-aimée, je ferai en sorte que tu ne regrettes jamais notre union !

Toujours le 22-X
(Tard dans la nuit)

Son hochement de tête, cependant, m'a de nouveau fait penser à Anna. Avec Anna, l'idée de passer à l'acte ne nous avait même pas effleuré l'esprit. Et je crois que si nous l'avions fait, elle aurait éclaté en sanglots et je ne l'aurais plus jamais revue. Elle aurait pensé que notre amour était souillé.

VIRÉE DANS LE NORD : LA MÉGALOPOLE DE NORFOR

5-X

Je n'ai pas su résister à la tentation d'une nouvelle excursion dans le Nord. Une fois rendus là-bas, j'ai demandé à Stéphane, qui continuait de faire preuve d'une grande patience à mon égard, à rejoindre la partie occidentale. J'étais attiré par les couleurs des localités. Dans toute l'histoire des civilisations, il me semble que ces lieux étaient ce qui se rapprochait le plus d'un rêve. De larges belvédères de marbre artificiel jetaient une lumière blanche le long des rives lacustres. Avec cette conception architecturale basée sur un principe d'uniformité et les ensembles de demeures réparties de façon homogène dans toute la zone, les décors qui m'étaient auparavant familiers étaient désormais méconnaissables. Il est devenu impossible de distinguer Vevey de Clarens ou de Montreux ; ils ne forment plus qu'un, ou, devrais-je dire, ils n'existent plus en tant que tels. Une Babylone moderne les avait supplantés, et d'après les innombrables demeures venant presque caresser les sommets montagnards, elle abritait des millions de personnes.

Rien ne subsistait du château médiéval de Chillon non plus. À la place se trouvaient des jardins suspendus, des toits écaillés, des terrains de balle, des auberges, des *Civesgards* et *Civesheims* qui s'étendaient sur une superficie parfaitement inconcevable à notre époque. En face, de l'autre côté de l'étang, des neiges éternelles ; le conditionnement artificiel de l'air qu'ils avaient mis au point n'était guère requis dans ce Nord lointain. Le lac avoisinant accueillait un interminable festin. J'ignore s'il s'agissait d'une scène quotidienne, mais, d'en haut, un magnifique spectacle visuel prenait vie avec les centaines de voiles colorées qui parsemaient les eaux des lacs.

15- XI

Cela fait maintenant trois jours que je suis de retour chez Stéphane, et je me suis remis à écrire après cette semaine sensationnelle. Ces derniers temps, nous entretenons de plus en plus souvent des échanges passionnants et riches en nouveautés. Ici, d'un jour à l'autre, il était impossible de savoir à quoi s'attendre.

Sans me concerter, le voyage à Norfor, prévu de longue date, était désormais repoussé jusqu'en début de semaine prochaine. Je ne revenais pas de leur empressement, qui s'apparenterait presque à une certaine forme d'indifférence. Sans doute avaient-ils mal évalué les répercussions qu'un dépaysement soudain pourrait avoir sur moi. Et, naturellement, compte tenu de leurs attentes à mon égard, cette expérience était vouée à l'échec. Ils m'ont rapatrié au bout de deux jours.

Les voilà contraints de venir me voir pour mener leur audition à la fois insolite et sans aucune portée. Ce fut le cas hier et avant-hier, lorsque Jaeger a convié deux des grands noms de la Vallée à notre villa, tard dans la nuit, alors que tout le monde dormait, simplement pour le plaisir d'avoir droit à un récit circonstancié du passé. Je me suis prêté à l'exercice uniquement dans l'intérêt de Jaeger, car je lui étais reconnaissant de l'aide qu'il m'avait apportée. En son absence, je n'aurais même pas accepté de les rencontrer.

Depuis que j'ai entendu parler de cette « mégalopole » décrite comme un « voyage en terre enchantée », je n'ai eu de cesse de rêver et d'attendre avec impatience cette excursion à Norfor. Tout ce que j'avais lu à propos de son positionnement en tant que quatrième plus grande ville mondiale, en sus de ce que Stéphane et Jaeger m'avaient raconté au sujet de l'influence considérable qu'elle exerçait à l'international en matière d'art de vivre, animait en moi un désir ardent de visiter la prétendue « Fleur du Nord ».

Il faut croire que renoncer aux forêts, aux lacs et à la clarté du soleil pendant quelques jours fut nécessaire pour mesurer toute la sérénité et la félicité qu'ils avaient à offrir, et prendre conscience que je ne voudrais pas m'en séparer pour tout l'or du monde. Cela paraissait évident ; mais il n'en était rien. La célèbre « Fleur du Nord », et même Skane et Artenfor, la nouvelle Helsingborg et Riehen, Tholosi et le Jardin des Lys, Svendoni et la ville trépidante de Sgelen, et plus au sud de Gran Torneo, la Voie de Leslie et l'Étoile Aurorale, la Nouvelle Göteborg et la majestueuse Enole avec ses rues et ses palais à la fois anciens et immenses : tous les états démesurés d'Europe centrale et méridionale dans lesquels j'ai voyagé avec Stéphane entre le six et le huit du mois ne sont pas faits pour moi. Je n'y ai pas ma place.

J'avais l'impression que mon âme étouffait dans ces espaces colossaux et surpeuplés, qui s'apparentaient davantage à des états que des villes avec leurs gigantesques artères au milieu desquelles, en dépit de leur largeur, il était quasiment impossible de trouver le moindre mètre carré inoccupé, ou de voir ne serait-ce qu'un morceau de ciel avec tous les véhicules volants ou de locomotion en milieu urbain qui planaient aux quatre coins de la ville. C'était l'apothéose du gigantisme : un vacarme continu qui vous épuise le cœur et vous assèche la bouche. Raison pour laquelle il m'arrivait de me recroqueviller dans le *linsen* sans vouloir en sortir, même lorsque nous étions arrivés à destination. Je ne pouvais pas m'en empêcher et je pense que cela n'a pas manqué de leur échapper également.

J'ai tout d'abord été déçu du trajet. Dans une grande avenue de Markfor, aux abords de la gigantesque cité-jardin contiguë, l'inquiétude m'a gagné pendant plusieurs minutes lorsque je me suis retrouvé au milieu des foules de voyageurs qui faisaient des allers-retours devant la file d'attente pour prendre le *daneur*. J'étais rempli de joie à l'idée de monter à bord de ce véhicule qui me conduirait au véritable cœur de la ville. J'attendais cette traversée avec impatience ! Imaginez mon dépit lorsque, seulement quelques minutes après le départ, Stéphane m'a annoncé que nous étions arrivés ! J'ai cru à un canular ! C'est tout ? Manifestement, oui.

Partout dans ce monde, béni de Dieu et de la nature, plus loin vous allez, plus il y a matière à découvrir. Ici, c'est tout le contraire : même confiné entre quatre murs de métal incolore, si le déplacement est de courte durée, le monde entier défile sous vos yeux. Cependant, si vous vous rendez un peu plus loin, la seule chose à voir n'est autre que votre lieu de destination. Pendant ce temps, il est possible de parcourir les installations du vaisseau : les jardins qui abritent des fleurs atypiques du monde entier, les piscines, les terrains de lancer de poids, les vastes salons et les immenses boutiques de cet aéronef de la taille d'une ville ; ou vous pouvez simplement profiter d'un moment de détente dans votre fauteuil, à consulter les actualités sur votre *Reigen-Swage*, ou encore admirer les jeunes gens qui dansent sous une lumière artificielle projetée depuis les parties latérales du véhicule, semblable à un rayon de soleil matinal qui étire les ombres sur le sol.

Norfor !

Depuis le plateau de Vikingaand, qui signifie l'esprit des Vikings, avec ses énormes *quays* où nous avons fait escale, devant mes yeux éblouis se tenait pour la première fois un océan interminable de grands boulevards, parcs, allées et places, ainsi que ces bâtiments titanesques qui m'étaient inconnus, et qui s'allongeaient indéfiniment jusqu'aux montagnes et à travers la vallée de Lyseblaa.

Agrippé au bras de Stéphane, en pleine crise de vertige, j'étais ébahi à la vue de cette région densément peuplée par vingt-huit millions d'habitants, dont vingt-trois étaient des résidents permanents, et son réseau de ponts noir de jais qui recouvraient la ville et sur lesquels se tenait tout ce petit monde. Bien au-dessus, à environ trois cents kilomètres d'altitude, je distinguais à peine les îles-observatoires qui flottaient dans l'air, presque dissimulées par les innombrables *linsens* qui allaient et venaient sans interruption. Stéphane essayait de me convaincre qu'il s'agissait non seulement d'une scène de tous les jours, celle d'une ville constamment engorgée à l'animation ubuesque, mais également que, sous nos pieds, dans les profondeurs de la terre, se trouvait une autre ville cyclopéenne et illuminée, semblable à celle-ci, pleine de vie et inondée d'une lumière vert pâle qui apaise autant le regard qu'elle soulage l'esprit. Ma foi, je n'y croyais guère !

Un fleuve de citadins, des foules infinies affichaient cette même expression guillerette qui me faisait immanquablement me demander s'ils venaient de recevoir un présent ou quelque chose de ce genre. Effrayé et désorienté au milieu des passants, j'ai saisi Stéphane par la chemise afin qu'il ne m'entraîne pas vers l'artère principale. À dire vrai, j'étais complètement déboussolé ; mon cœur battait aussi fort que celui d'un oisillon effarouché. Fort heureusement, Stéphane s'est une fois encore montré d'une patience extraordinaire avec moi, et j'ai pu me contenter d'observer tout cela de loin.

Dans cette masse humaine se trouvaient un grand nombre de jeunes gens qui arboraient des insignes universitaires cousus sur leurs vêtements. Peu de temps après, enhardi, je me suis joint à eux et j'ai saisi cette occasion pour les observer de plus près pour la première fois. Qu'en serait-il à la place du véritable Andréas Northam ? Ces étudiants faisaient peut-être partie de mon entourage… Je brûlais d'excitation à cette seule pensée !

Les plus jeunes d'entre eux, début vingtaine, n'étaient pas encore empreints des codes et de la douce ingénuité qui animaient les autres, ce qui deviendra tout aussi habituel pour eux d'ici quelques années. Ils donnaient l'impression d'être encore grisés par l'accomplissement de leur « devoir » et l'acquisition de leurs « droits de *Cives* », tous deux de fraîche date. Leurs expressions faciales paraissaient figées par une fierté contenue qui céderait bientôt sa place à la joie sans mélange qui se manifeste entre vingt-trois et vingt-cinq ans.

Par groupes de deux ou trois, vêtus de leurs uniformes universitaires flambant neufs, ils paraissaient crispés, mal à l'aise, incapables de voir plus loin que le bout de leur nez alors qu'ils s'entretenaient de leurs domaines d'études ou du nouveau professeur – qui, comme l'a découvert Stéphane, était un expert de renom venu de l'autre bout du monde à l'occasion d'une session estivale de cours. Sans surprise, cet isolement volontaire leur valait l'indifférence des filles qui passaient par là.

La plupart des adultes restaient entre eux, ou en compagnie de leur partenaire. Au sein de cet environnement pluriculturel, il était possible de trouver : des Tyroliennes, des Toscanes, des Espagnoles qui flânaient avec grâce dans les rues, parées de *skulderbind* ou de *skaerf* nordiques, et des Africaines au teint clair, car d'après ce que j'avais appris, le continent africain était désormais quasi exclusivement peuplé de femmes et d'hommes blancs originaires d'Amérique Latine, qui s'y était installés il y a plusieurs siècles de cela (des suites des guerres nucléaires qui ont éclaté vers l'an 2309 apr. J.-C. et du repeuplement qui en a découlé quelques années plus tard). Des enfants chypriotes et maltais étaient muets d'étonnement à la vue des publicités pour des excursions polaires affichées sur de grands panneaux auto éclairés. Tous alliaient pureté et bonté, qualités rares pour cette tranche d'âge à notre époque. À mon sens, cela devait être lié à l'existence de la « Source », couramment répandue à travers l'ensemble de la population actuelle.

Il m'a été dit que l'Histoire faisait partie de leur tronc commun et qu'ils étaient au fait de l'ensemble des croyances liées à l'amour qui régnaient dans la société d'autrefois. Ils avaient entendu parler de liberté sexuelle précoce, de l'éducation matérialiste dispensée aux enfants dès leur plus jeune âge et qualifiaient notre époque « d'obscurantiste ».

Ils pensent que tout ce qui avait jadis trait au domaine de la moralité sexuelle ne convenait plus aux mœurs actuelles. Ils s'étonnaient de la primitivité manifeste de notre ère, au point qu'elle puisse déshonorer l'amour et l'intimité en les réduisant à leur aspect animalesque et en les faisant passer pour de simples pulsions sexuelles. Ils ont le sentiment que la valeur des relations humaines a été profanée et que ces dernières ont connu un effondrement. Ils s'opposent aux programmes d'éducation sexuelle « pragmatiques » de notre époque, qu'ils considèrent comme superficiels et dénués de ces précieuses émotions qui se révèlent lorsque nous nous lions à autrui : l'amour et le chagrin.

Je crois que ces personnes ne survivraient pas une seule seconde dans notre monde ; ils s'y sentiraient oppressés. Ils sont bien plus émotifs et sensibles que nous ne le sommes, et ils abordent la vie avec davantage d'émerveillement et d'espérance. Ils regardent l'avenir proche avec joie, habités par une foi profonde. Et c'est principalement pour cette raison qu'ils seraient incapables de supporter l'intensité érotique de notre temps, l'existence de plaisirs artificiels comme la sexualité de groupe, et plus globalement l'ivresse sexuelle de nos ancêtres. Ils sont convaincus qu'il faut « vivre la vie à la manière d'un rêve », et notre mode de vie viendrait inéluctablement gâcher ce rêve.

Ce qui vous laisse sans voix à Norfor, ce sont les quartiers-villes qui se succèdent, séparés par d'immenses espaces verts. Chacun d'entre eux est plus vaste que la ville de Rome ou de Venise à notre époque. Là-bas, j'avais l'impression d'être un pair d'Aristote qui se retrouvait propulsé dans une métropole américaine. Une certaine harmonie, un certain équilibre demeurait néanmoins entre l'ambiance pittoresque du lieu et ses constructions architecturales qui dépassaient l'imagination humaine. Des campus, entourés de jardins, théâtres, musées, bibliothèques, et des milliers d'instituts qui m'étaient inconnus et qui s'étendaient sur des kilomètres et des kilomètres.

En dépit de tous mes efforts, je ne parviendrai jamais à saisir l'intérêt de cette vaste métropole, ni même à en capturer le sens profond, faute d'avoir la préparation et les repères spirituels nécessaires, qui se sont étalés sur plusieurs générations. Contrairement aux autres, les mots de leurs ancêtres ne résonnent pas en moi, pas plus que leur esprit ne m'habite.

L'ENTRETIEN : VISITE DU LIEU DE TRAVAIL DE NORTHAM

Pour une première fois à Norfor, la vue panoramique depuis la colline de Vikingaand caractérise mon souvenir le plus représentatif de cité colossale. Le peu de jours que je suis resté là-bas, Stéphane avait l'air confus et distrait par des discussions interminables avec Jaeger et quatre autres inconnus. Cela prenait d'ailleurs davantage la forme d'auditions que de conversations, puisque le pauvre Stéphane était tenu de répondre à chacun des points soulevés, de la manière la plus exhaustive possible, en plus de devoir fournir des éclaircissements concernant d'anciens « comptes rendus » qui se focalisaient sur moi et sur ma situation. Il n'avait même plus le temps de me faire découvrir la ville. J'ai l'impression que tout ce périple avait été organisé exclusivement pour ces messieurs, afin de satisfaire leur curiosité.

Ils m'ont faire passer la quasi-totalité du temps au laboratoire scientifique dans lequel Northam travaillait il y a quelques années encore. Au moins, je m'y sentais à l'aise et me suis habitué au lieu sans trop de difficulté, ce qui m'évitait d'être constamment sur les talons de Stéphane. Ils m'y amenaient lorsque les laboratoires attitrés des chercheurs étaient fermés et me laissaient un certain temps dans le bureau de Northam, abandonné de longue date, parmi les piles de ses anciens documents, dans l'éventualité où je me souviendrais de quelque chose.

J'ai passé de nombreuses heures confiné entre les immenses murs de l'amphithéâtre. Devant moi se tenaient des inconnus, une sorte de carnet à la main, qui prenaient des notes et essayaient de faire appel à ma mémoire. Et plus il devenait clair que ces endroits ne m'évoquaient absolument rien, plus le quadragénaire blond qui portait la toge officielle et la ceinture de *Tiltey* – en référence au rang intermédiaire qu'il occupait dans leur hiérarchie spirituelle – se montrait sceptique. Ni lui ni son confrère du nom de Stirlen ne parvenaient à masquer leur déception. Voilà qui offrait un contraste saisissant avec le sourire bienveillant et compréhensif de Jaeger et les visages sereins qui témoignaient de la confiance des autres personnes présentes.

Le dernier jour, quelques heures avant le départ, j'ai été présenté à un jeune homme mince, le teint pâle et les yeux verts, âgé d'une vingtaine d'années.

Il s'appelait Alex Wettel Smith et venait tout droit des pays baltes à la demande de Stirlen. Malgré la fatigue qu'il affichait, il est venu s'installer près de moi dès son arrivée, l'air souriant, sans prêter attention à qui que ce soit d'autre. Je ne suis pas près d'oublier son nom depuis que j'ai appris que sans lui, Northam n'aurait pas survécu à l'accident. Les séquelles auraient été bien plus graves si Alex n'avait pas été à ses côtés. Par anticipation, en une fraction de seconde, il s'était jeté devant Andréas afin de sauver le scientifique qu'il admirait tant. Il avait quitté le service de chirurgie orthopédique d'une clinique située sur les côtes de la Baltique quelques semaines auparavant, après une hospitalisation de plusieurs mois. Sa guérison relevait du miracle. Un de plus…

Dès la matinée, j'ai entendu que l'homme sage à la toge et Stirlen fondaient leurs espoirs sur mes « retrouvailles » avec Alex Wettel Smith. Ils s'attendaient à ce que sa présence me fasse l'effet d'un choc qui permettrait de raviver une partie de ma mémoire, puisqu'il s'agissait de la dernière vision de Northam avant l'accident. Il va sans dire qu'il ne m'évoquait rien… C'était la première fois que je voyais cette personne. Il a été invité à rester avec nous pendant plus d'une heure et demie afin de retracer des événements du passé et cette virée fatidique.

Puis, ils m'ont demandé si j'avais le moindre souvenir des autres passagers juste avant que l'accident ne se produise. Je les ai assurés que je n'avais aucun souvenir antérieur à mon réveil à l'Institut Molsen. L'autre point sur lequel ils faisaient une fixation était lié à mes insomnies. Ils affirmaient qu'il était impossible que je sois resté éveillé tout ce temps et m'ont demandé à maintes reprises si je ne m'étais pas assoupi, ne serait-ce que l'espace de quelques secondes. Ils me pressaient de faire de mon mieux pour me rappeler un rêve, n'importe quel rêve que j'aurais pu faire, même le plus ridicule, le plus anodin. J'ai calmement répondu que je savais pertinemment ne pas avoir dormi, pas même un instant.

Je me suis rendu compte qu'un plus grand nombre de personnes avaient été informées de ma situation depuis quelques semaines, bien que cela ne représente qu'une poignée « d'initiés » supplémentaires.

Si Stéphane disait vrai, la Vallée avait non seulement respecté ma volonté de ne pas devenir un objet de curiosité aux yeux du monde entier, mais elle ne tenait pas particulièrement à ce que des éléments ayant trait à ma situation soient divulgués publiquement, d'autant qu'ils n'étaient eux-mêmes pas encore parvenus à déterminer ce qu'il m'arrivait. De surcroît, ce cercle « d'initiés » était composé de personnages particulièrement sérieux et bienfaiteurs, avec un sens critique aiguisé et un jugement éclairé, prédisposés à se montrer sceptiques, et qui aimaient prendre leur temps, peser toute chose avec soin. Ces personnes très terre-à-terre avaient l'assurance qu'il ne faudrait que peu de temps à Jaeger et aux autres avant de pointer la faille de leur analyse à mon sujet.

Un homme rarement présent au cours des discussions soutenait même que mon accent n'avait aucun rapport avec celui d'une langue morte, tel que Jaeger l'avançait. Pour lui, il s'agissait de la conséquence d'un choc post-traumatique associé au traumatisme craniocérébral dont Northam avait souffert, et en aucun cas d'un « Suisse germanophone d'autrefois ».

À un moment, j'ai également surpris Stirlen affirmer à Jaeger qu'il fallait cesser de fouiller dans le passé pour faire la lumière sur ma personnalité, et commencer à se concentrer de manière constructive sur la façon de traiter mon amnésie afin que je puisse de nouveau révéler ma personnalité. « Nous savons qu'il s'agit de Northam, nous devons à présent le convaincre de quitter le monde dans lequel il s'est enfermé pour ne pas faire face à la réalité après l'accident. »

J'ai compris qu'ils évoquaient une éventualité semblable à ce que nous qualifierions de « dédoublement de la personnalité » ou « changement de la personnalité », et qu'ils prétendaient que Northam était toujours présent quelque part en moi. Ils pensent que ma mémoire est restée figée à l'époque de l'accident, comme une porte métallique qui ferait barrage à la logique et qui m'empêcherait d'invoquer en moi le moindre souvenir de cet événement, et, naturellement, de tout ce qui le précède.

Néanmoins, deux autres savants, Esterling et Erlander, parlaient inlassablement d'une sorte de « connaissance et d'expérience extracorporelles », je les ai entendus mentionner le terme « mémoire inconsciente ». Mais contrairement à Jaeger, ils avaient écarté la possibilité d'une réincarnation.

En revanche, un autre homme avisé, Valdemar Esklud, proposait une interprétation complètement différente. Il considère – et il m'a singulièrement provoqué et fatigué ces derniers jours – que si j'y mets véritablement du mien, il est possible que des souvenirs liés aux premiers jours de ma brève période d'alitement, en 1917, surviennent. J'essayais vainement de le convaincre que ma mémoire ne m'avait jamais fait défaut jusqu'à présent, et que je n'avais jamais conservé le moindre souvenir de ces deux semaines pendant lesquelles je suis tombé en léthargie pour la première fois.

Cependant, lui et Mme Coiral, aux cheveux argentés et à la lourde canne d'ébène au pommeau platiné, se trouvaient être les seuls à respecter mon accès de larmes sans m'invectiver lorsque je leur confiais être résolument convaincu qu'un jour, je retrouverai mon espace-temps, ne serait-ce que pour les quelques secondes qui précéderont ma mort.

Hormis cela, Esklud et Coiral penchaient davantage pour la version de Jaeger, c'est-à-dire, qu'ils avaient affaire à un phénomène parapsychologique – que d'autres qualifiaient de « phénomène métapsychique » – des plus inhabituels et des plus rares, dont la manifestation n'avait jamais été accompagnée d'une telle acuité de mémoire et d'un état de conscience aussi considérablement accru.

Quant aux informations qu'ils m'ont demandé de leur fournir, j'étais surpris qu'ils s'attachent davantage à connaître nos conditions quotidiennes de vie, notre mode de pensée, nos us et coutumes, nos institutions et nos croyances que les grandes guerres ou les événements politiques de notre temps, sans doute car ils étaient parfaitement au fait de ces derniers à travers l'étude de l'Histoire. De fait, ce qui revêtait un intérêt particulier pour eux se rapportait au XIXe siècle. Ils orientaient immanquablement la conversation dans cette direction. Et l'objet de leur curiosité n'était pas tant l'homme de 1921, mais l'adolescent de l'entre-deux siècle à qui l'instruction scolaire et la lecture avaient permis d'emmagasiner des connaissances sur son passé proche. D'après leurs explications, il se trouve que le XIXe siècle était qualifié de « siècle suspendu », tant il se distinguait des précédents et des suivants. C'était plus particulièrement le cas de la fin du XVIIIe et du début du XIXe siècle, perçus comme une ère unique, une oasis de figures pionnières et de travaux précurseurs qui pouvaient même être considérés comme équivalents à ceux d'aujourd'hui.

Le fait que les notions de liberté, d'égalité, de fraternité et d'amour pour la nature ont été introduites et mûries à cette époque les sidérait ! Ils parlaient avec le plus grand respect des mouvements populaires de libération et de liberté, au même titre, naturellement, que les accords de paix en Europe.

Les événements du XXe siècle ne semblaient pas les passionner plus que ça, ni même la Grande Guerre, qui je l'espère ne s'est jamais reproduite[1], ou les immenses pertes subies par les nations du monde entier. Ils ignoraient le nombre de personnes qui ont risqué – et perdu – leurs vies afin que leurs enfants puissent, eux, au moins, prétendre à une vie meilleure, à la liberté… Moi, non…

Manifestement, avec le temps, et tout ce qu'il s'est passé au cours des deux derniers millénaires, tous ces événements charnières qui ont bouleversé nos vies et le cours de l'histoire échappent à la mémoire des gens d'aujourd'hui. Les dirigeants d'autrefois passés à la postérité en tant que sauveurs de l'humanité et que nous jugions immortels sont désormais considérés comme des « petites gens », « chefs localistes indignes », « opposés au *Commonwealth* et fermés au progrès humain », « négateurs de la culture » et « antihumanistes ». Et je parle de dirigeants qui ont occupé un rôle historique majeur pendant des décennies. Lorsque je leur ai dit venir de Suisse, ils se sont contentés de me demander si j'avais connaissance d'une organisation mondiale de protection de l'enfance, située à Genève, et si j'avais déjà rencontré l'un des deux « Albert » connus de mon époque, Schweitzer et Einstein, ou Bertrand Russel et Bergson. Ce dernier était également réputé comme un précurseur, puisque c'est à travers ses considérations portant sur l'intuition que l'homme du futur est parvenu à « percevoir » l'inspiration du *Nibelvirch*. C'est aussi le cas de Maurice Maeterlinck et de « L'Oiseau bleu »… Les habitants du nouveau monde disent avoir perçu le véritable « Oiseau bleu »…

Mon dernier souvenir de Norfor fut également le meilleur.

J'ai fait mes adieux à la mégalopole en visitant la vieille ville de Blomsterduft, qui avait conservé ses instituts d'époque ainsi que ses terrains alternant espaces verts et rues bordées d'arbres, où il était presque possible de ressentir l'ancien esprit scandinave flotter dans l'air. Il s'agissait de l'un des rares endroits de la Norvège et de la Suède d'antan où des fragments de mémoire nationale avaient survécu à ce terrible creuset moderne de mondialisation…

---

[1] Dienach n'a pas connaissance de la Seconde Guerre mondiale, et il est fort probable que ses rencontres du futur en aient gardé le secret, pensant qu'il était possible pour lui de réintégrer son corps d'origine en 1921.

L'une des premières choses auxquelles s'adonnaient les jeunes étudiants, venus par millions à Norfor depuis le monde entier, était de rendre hommage à la vieille ville, foyer culturel de leurs ancêtres depuis 32 générations. Tous ses coins et recoins incarnent un souvenir de leur culture des siècles derniers. J'ai appris que deux illustres professeurs qui vivaient il y a deux à trois siècles de cela se nommaient Holberg et Eilensleyer, et que les traditions instaurées par ces deux figures spirituelles n'avaient guère connu l'usure du temps.

Si la Vallée des Roses – dont la population ne représente pas le quart de celle de Norfor à superficie égale – est aujourd'hui considérée comme le « Cœur de la Terre », Norfor, et plus particulièrement Blomsterduft, symbolisait selon Stéphane et Jaeger « l'Arche de l'Esprit » du fait de son lien direct avec le développement de la civilisation occidentale, ce qui a valu à l'Europe d'être appréciée à la hauteur des régions culturelles nord-américaines et sud-africaines, cœurs de la culture spirituelle plusieurs centaines d'années durant, de la Californie et la Floride à Boston et La Nouvelle-Orléans, Le Cape et Pretoria.

MOYENS DE TRANSPORT PRIVÉS ET RAPPORT AU TRAVAIL

17- XI

Sur le trajet retour, nous avons traversé les Alpes occidentales et les Alpes-Maritimes jusqu'à un état qui m'était inconnu, baigné d'une lumière artificielle et blafarde, d'où s'érigeaient des édifices palatiaux répartis en lignes symétriques qui s'étiraient à perte de vue jusqu'à la Méditerranée. Nous avons parcouru des avenues de près de deux kilomètres de large. J'ai à peine eu le temps de jeter un rapide coup d'œil aux environs avant d'embarquer dans nos moyens de transport individuels en direction des villas. Lors de notre descente, Stéphane m'a indiqué un vaste ensemble de bâtiments dont il semblait qu'ils avaient été assemblés avec des blocs de jeux de construction pour enfants avant d'être éparpillés à travers le pays tout entier. De prime abord, je n'ai pas saisi de quoi il s'agissait, mais je me souviens avoir pensé que ces ensembles devaient être absolument gigantesques. Stéphane m'a expliqué que nous étions en train de survoler les centres de production de Ragrilia : une ville industrielle à part entière, l'une des plus importantes d'Europe méridionale, avec des centres de productions colossaux où plusieurs millions de jeunes gens pleins de fougue travaillaient par roulement, sans interruption.

Les hommes d'aujourd'hui savent que la présence d'états industriels à l'image de celui-ci est une condition préalable à l'existence et à la préservation de Norfor, de la Vallée des Roses et des autres foyers spirituels. Ils sont parfaitement conscients que ces immenses unités de production étatiques et leur infinité d'appareils électroniques incarnent les assises de la culture spirituelle actuelle.

Stéphane le reconnaissait : pour eux, vivre dans un tel confort, profiter de tout ce temps libre pour cultiver leur intériorité et avoir la possibilité d'accéder à une liberté et un bonheur authentiques tenait à ces états.

Et tout comme Stéphane, ils étaient unanimement convaincus de l'irréversibilité de la condition actuelle de l'être humain. Ils pensent désormais être en voie d'écrire l'Histoire véritable, et qu'aucune génération ne laisserait jamais plus cet incroyable édifice social s'effondrer.

« Nous avons chèrement payé ces erreurs, nous ne nous y reprendrons plus. Des rivières de sang et de larmes ont été versées afin de nous extirper de la fange. Nous ne voulons plus jamais connaître la faim ni subir l'exploitation de tierces personnes. Peut-être n'avez-vous pas accordé assez d'importance à tout cela auparavant, mais un tel passé, fait de douleur et de honte, nous ne l'avons point oublié, et nous ne l'oublierons jamais. »

Je lui ai certifié que pareilles situations étaient alors exceptionnelles et que contrairement à ce qu'ils pouvaient penser, elles ne s'inscrivaient en aucun cas dans notre quotidien. Incrédule, il secoua négativement la tête et me dit que je devais reconnaître l'absence totale de rationalité dans la vie sociale et économique de « l'âge préhistorique » – mon époque *(l'homme du futur considère la période précédant l'Eldrere, c'est-à-dire antérieure à l'an 2396 apr. J.-C, comme étant la « Préhistoire »)*. Et il en savait beaucoup, tellement d'ailleurs qu'il me plaçait dans une position inconfortable, celle du défenseur qui devait se faire l'avocat du diable de notre temps.

Mais par moments, il s'exprimait également avec une grande naïveté, comme lorsqu'il racontait, plein d'emphase, des histoires avec moult rebondissements à propos de fabricants d'armes et de propriétaires terriens qui prenaient comme « butins » de grandes Européennes aux yeux bleus.

« À l'instar des anciens barbares nordiques qui ont un jour plongé l'Europe dans le sang, vos propres barbares étaient dénués de valeurs morales, spirituelles et esthétiques. »

Ce qui faisait la fierté des hommes d'aujourd'hui apparaissait clairement à travers les mots de Stéphane. « Ne crois pas que les *linsens* individuels ou le privilège de pouvoir s'arrêter de travailler passé l'âge de dix-neuf ans ont toujours été un acquis », déclara-t-il. Il m'a ensuite expliqué que tout avait commencé une journée d'hiver 427 *(l'an 2823 apr. J.-C)*, dans le vestibule situé au rez-de-chaussée du Palais Binengorg, sur la partie Est de la grande place centrale, où les quatre dirigeants de cette décennie furent les premiers à accepter les moyens de transport individuels et gratuits de l'époque, qu'ils ne cesseront d'utiliser dans leur vie professionnelle et privée par la suite.

C'est à cette occasion que l'un d'entre eux, Torhild, une personnalité éminente dans le domaine des sciences naturelles, qui devint gouverneur puis dirigeant, souleva un point symbolique : « Les personnes en situation de handicap ou sujets à d'autres difficultés n'en auraient-ils pas plus besoin que nous ? » Ses homologues l'ont ensuite assuré que chaque personne avait d'ores et déjà obtenu un moyen de transport attitré et qu'il n'y avait désormais plus aucune pénurie…

Stéphane, manifestement agité et ému, s'est arrêté l'espace d'une seconde avant de reprendre : « Tu n'as pas idée de la satisfaction morale dont il est possible de jouir en travaillant pour l'intérêt général, plutôt que d'accumuler des richesses et mettre de l'argent de côté isolément afin que tes descendants puissent savourer l'ennui et la monotonie de chercher vainement à donner du sens à leur vie. »

Que pouvais-je rétorquer ? J'admirais cette structure épatante qui leur permettait, en seulement deux années de service, d'assurer leur existence pour le restant de leurs jours. Je lui ai demandé pourquoi, toutefois, la durée du service n'était pas fixée à cinq, dix ou quinze ans, ce qui leur permettrait de vivre encore plus confortablement.

« Car nous n'aspirons guère à nager dans l'opulence, assura-t-il. La sagesse, c'est de savoir se fixer des limites. Et crois bien que la frontière entre suffisance et confort, absurdité et extravagance est parfois ténue… La démesure nous est étrangère. Notre objectif, c'est que nous ne puissions jamais nous reprocher de faire obstacle à la voie spirituelle des *Cives*, les citoyens. Le travail d'un ouvrier industriel, par exemple, ne satisfait à aucun besoin inné de l'âme humaine. Le labeur n'a rien d'une exigence du cœur ; il ne ressemble en rien à la création scientifique, artistique ou intellectuelle. Nous estimons qu'offrir de la tranquillité aux scientifiques, artistes ou philosophes nés, leur permettre de créer sans entrave, relève des nouveaux droits individuels.

– Ce n'est guère une raison, fis-je remarquer, pour confier les *glothneurs* à ces enfants, surtout en sachant à quel point la production serait supérieure s'il s'agissait de personnes plus mûres.

– Inutile de se tracasser à ce sujet. Pour leurs âges, les Associés actuels sont bien plus adultes que tu ne pourrais le croire. »

Ses dernières paroles firent écho à quelque chose que j'avais remarqué dès le premier jour, quel que soit l'endroit où je me trouvais. Ces jeunes gens semblaient effectivement faire preuve d'une maturité remarquable, que j'aurais aimé trouver chez l'adulte d'autrefois. En revanche, les hommes et les femmes d'aujourd'hui ressemblaient et se comportaient parfois comme de « grands enfants ».

Je me disais que si je réussissais à apprendre par quels moyens ils étaient parvenus à bénéficier d'un si grand nombre de biens de consommation et de moyens de déplacement, si je pouvais connaître en détail la façon dont la sélection et le service étaient organisés, en sus du fonctionnement de la confédération universelle des syndicats, de la communauté des *Cives* et des institutions rationalistes, il serait possible de mettre en place un système équivalent à mon époque, si tant est que je la retrouve un jour. Mais il faudrait d'abord nous réinventer, recréer l'espèce humaine de toutes pièces. En effet, le monde moderne n'a plus connu le moindre cas de rapports humains basés sur l'intérêt personnel depuis plusieurs siècles déjà. Ce phénomène est désormais complètement étranger à leurs relations interpersonnelles. Et j'ai honte de l'admettre, mais, au début, même *moi*, j'ai profité de leur naïveté dans le but de faire du troc à mon avantage. En manifestant un enthousiasme excessif pour quelque chose qu'ils possédaient et en jouant de leur amicalité et de leur bienveillance, il ne me fallait pas deux minutes pour procéder à n'importe quel échange exactement comme je l'avais envisagé. Il n'a jamais traversé l'esprit de quiconque que je puisse être malhonnête. J'ai fini par arrêter de le faire.

Leur causer des préjudices irréparables était chose aisée si vous profitiez de leur naïveté, mais le pire, c'est qu'ils ne faisaient même pas mention de l'atteinte qu'ils avaient subie après coup, pas plus qu'ils n'essayaient de désigner un responsable ; ils se demandaient simplement comment le monde pouvait être le foyer de tant de rouerie, et comment une telle malveillance pouvait résulter de leur amour et leur honnêteté.

Un jour, j'ai demandé à obtenir un second *Reigen* (écran 3D) au Département des moyens techniques du Bureau des Associés, prétextant que j'avais perdu le mien. Ils me l'ont envoyé le lendemain, sans même chercher à savoir si ce que j'avançais était vrai, et sans procéder à la vérification de la commande ou au contrôle du numéro de série.

La Vallée des Roses donne elle-même des directives aux *glothneurs* afin de garantir profusion et variété des biens de consommation et permettre aux *Cives* de jouir d'une liberté de choix, mais seulement pour la marchandise standard. S'agissant des responsables de la hiérarchie spirituelle, au même titre que les *Tilteys*, ils ont droit à des produits personnalisés et peuvent passer des commandes particulières. La production de marchandises en quantité suffisante repose quant à elle sur une approche statistique de la demande ; la typologie, la variété et la quantité à produire sont déterminées sur la base des données statistiques de l'année précédente, recueillies auprès des consommateurs.

TROENDE : LE NOUVEL HOMME

Stéphane ignore tout de ma conduite précédemment évoquée alors que mon séjour ici ne faisait que débuter, et quoi qu'il en soit, cela appartenait au passé. L'innocence enfantine de cœur et d'esprit dont ils font preuve est tellement touchante que cela vous donne envie de leur ressembler. Leur pureté et leur probité sur le plan moral et intellectuel a une telle vertu relaxante et apaisante sur moi que j'en viens parfois à ressentir de l'amour pour le monde entier… Ils ne soupçonnent pas quoi que ce soit de mauvais en vous, ce qui, en retour, vous fait ressentir la nécessité d'éliminer la moindre trace de laideur intérieure. L'image de soi qui se reflète en eux est tellement plus belle que ce qu'elle est véritablement, et c'est ce qui vous pousse à vouloir devenir meilleur. Ils perçoivent tant de sincérité, d'amour et d'altruisme en vous que cela déclenche un élan intérieur, qui cherche à donner raison à cette vision projetée autant qu'il est donné de le faire.

C'est une réalité : le *Troende* actuel, l'homme de la nouvelle ère, est l'être social et psychologique qui succède à l'homme-robot, « l'homme pragmatique », dont l'esprit rendu étroit par la lutte quotidienne pour sa survie était constamment en proie à l'angoisse, dénué de toute vie intérieure et privé de temps libre pour se préoccuper de sa propre condition ou de celle de la nature ; l'homme-produit d'une technoculture dépourvue d'âme, l'être matérialiste d'une époque dont la philosophie mécaniste était parfaitement déconnectée de tout fondement spirituel.

De plus, ils sont désormais capables de distinguer l'intellect de l'esprit. De nos jours, et plus que jamais dans toute l'histoire de l'humanité, la culture spirituelle détermine la conscience de l'homme contemporain, indépendamment des avancées sur le plan intellectuel, cognitif, scientifique et technologique.

Mais le contraste le plus saisissant entre l'histoire sociale ancienne et moderne est d'ordre arithmétique ; la *Troende* est actuellement le type d'homme social le plus répandu au monde. Ici, le commandement qui préconise « d'aimer son prochain » incarne un mode de vie prépondérant – il s'agit de la règle, non de l'exception. Ces personnes ont fait de « l'impensable » et de « l'impossible » une perspective, une réalité. Ils suivent les préceptes du christianisme sans être chrétiens.

SEXE, MATERNITÉ, RELATIONS ET ESSENCE DE L'AMOUR

25-XI

Dernièrement, il semble que quelqu'un ait jeté le mauvais œil sur notre groupe et deux des quatre couples se sont séparés. Axel et Juliette, qui paraissaient encore plus amoureux que Stéphane et Hilda, après beaucoup de plainte et d'incompréhension, ont décidé de se quitter. Personne ne sait exactement de quoi il en retourne puisque ce genre de sujet n'est jamais soulevé ici. Ils étaient sans doute trop jeunes pour s'engager dans la durée. Après une fête d'adieu de courte durée, entre les sanglots et les rires, elle est partie en direction du nord. Peu après, Axel s'en est allé à son tour. Il a d'abord rejoint la Sicile, où il comptait séjourner pendant deux mois avant de reprendre ses études de violon.

Une semaine plus tôt, Aria s'était séparée d'Éric avec un aplomb à la fois inattendu et remarquable, pour aller vivre avec ses parents dans sa seconde patrie, Norfor. À l'évidence, cette séparation était brutale. Pendant longtemps, il n'a fait aucun doute que leur cohabitation et leur vie de couple n'allaient pas durer. Ils se sont séparés de façon tout à fait civilisée, en quelques mots.

Le soir même où Aria quitta le groupe, nous sommes allés à la rencontre d'Éric afin de lui tenir compagnie pendant plusieurs heures. Il était attristé de ne pas avoir pu la garder, et il a confié avoir toujours su que s'ils se séparaient, ce serait à l'initiative d'Anna, comme cela a fini par se produire. Il acceptait néanmoins son choix avec décontraction, quoiqu'il fût légèrement désolé et faisait preuve de peu d'entrain.

« J'aurais voulu la rendre plus heureuse » furent ses dernières paroles.

Quant à moi, j'étais toujours logé chez Stéphane et Hilda, et à leurs côtés, je faisais l'expérience quotidienne de ce qui avait le plus manqué à ma vie : l'amour fraternel.

Même après le départ de nos deux couples d'amis, les rassemblements avec notre entourage plus éloigné ne se sont guère raréfiés.

Tout au contraire, les récentes chaleurs ont poussé Stéphane à se couper de ses occupations matinales pendant un moment, et il organisait fréquemment des excursions journalières où il nous conduisait aux piscines de Mendrisio, aux jardins floraux de Verbania, au Lac de Lugano, à Bellinzona, et parfois sur les côtes de la Riviera italienne à l'ouest de Gênes.

En ce qui concerne Silvia, elle avait déserté nos rassemblements depuis longtemps. Elle a déclaré vouloir se rencontrer uniquement en tête-à-tête. Stéphane et Hilda se rendaient tous les deux compte de ce qu'il se passait entre nous, je me suis donc ouvert à eux les yeux embués de larmes.

Ils étaient heureux pour nous et trouvaient que nous formions un merveilleux couple. J'ai informé Stéphane que nous prévoyions de partir pour les Pyrénées pendant quelques jours et il soutenait pleinement notre projet.

Nous avons ensuite parlé du nombre de fois où « l'amour » se présentait à eux dans leur tranche d'âge, et il m'a répondu que la majorité ne l'éprouvait qu'une seule fois au cours d'une vie, ou même jamais, à de plus rares occasions. J'ai cherché à savoir s'ils pensaient que faire l'amour sans sentiments était jugé contraire à l'éthique. Il m'a affirmé que cela n'était absolument pas le cas, mais qu'un tel acte ne pouvait soutenir la comparaison avec une véritable union amoureuse, qui est semblable au *Lipvirch*. Du temps jadis, tout au long de l'*Eldrere*, alors que la notion de *Lipvirch* était encore inexistante, les relations physiques étaient simplement fondées sur l'attirance entre les sexes et l'appréciation de la personnalité. Mais même à cette époque, comme aujourd'hui, le changement fréquent de partenaires sexuels n'était pas encouragé. Puis la personnalité a primé ; la tendresse et le lien spirituel venaient après l'attirance naturelle et les qualités humaines, alors que de nos jours, et depuis plusieurs siècles déjà, la Vallée des Roses soutient – à l'inverse d'une partie des *Ilecteurs* – que l'abstinence, particulièrement lorsqu'il s'agit d'une volonté consciente, renforce la spiritualité, ce qui n'était pas sans rappeler les principes ascétiques de notre temps.

Somme toute, l'amour n'était plus considéré comme une lutte où les plus roués l'emportent sur les plus naïfs, mais comme une alliance d'égal à égal, sans dissimulation ni arrière-pensée, source de la tranquillité d'esprit nécessaire pour mener sa vie.

« Le sens moral actuel condamne donc uniquement le fait de changer trop fréquemment de partenaire, déclarai-je.

– C'est à peu près ça. Il ne s'agit pas d'une pratique répandue ni encouragée de nos jours. Un équilibre est toujours possible. Mais les questions éthiques ne se limitent pas toujours à ce seul phénomène. »

Il m'a demandé ce que je penserais de Juliette si, par exemple, elle trouvait de nouveau l'amour et partait vivre avec cette personne après avoir rompu avec Axel.

« Je ne fais guère allusion à quelques cas fortuits, rétorquai-je. Quel serait *ton* sentiment si elle passait l'entièreté de sa jeunesse à changer de partenaire tous les six mois ?

– Même dans ce cas, fit-il, elle ne serait pas considérée comme dévoyée et son statut social n'en serait guère affecté. Elle pourrait être qualifiée d'imprudente, malchanceuse, frivole ou incapable de maîtriser ses envies. D'autres avanceraient qu'elle pourrait tout aussi bien choisir d'embrasser sa liberté et vivre seule. Quoi qu'il en soit, si elle n'avait nullement l'intention de duper qui que ce soit, son mode de vie ne serait pas qualifié d'antisocial ou d'inconvenant. Et puis, il n'y a qu'à voir tous ces jeunes gens qui vivent seuls, vraisemblablement célibataires – *Cives* depuis plusieurs décennies. Sait-on ou ne leur a-t-on jamais demandé à quelle fréquence ils passent d'un partenaire à l'autre ? Ils ont beau se fréquenter et s'entretenir publiquement avec le plus grand respect comme s'il n'y avait rien entre eux, ce n'est pas toujours le cas. Et naturellement, je serais le dernier à le leur reprocher. Cela n'est point affaire d'hypocrisie, mais d'avantage moral au profit des personnes qui ne commettent pas de mauvaises actions, et qui par essence demeurent incapables de construire une union durable. Ici, personne n'irait dévoiler ses secrets. Mais je ne puis prétendre que chacun et chacune d'entre nous se réserve patiemment au *Lipvirch* pendant des années et des années.

– Que jugez-vous contraire à la morale ? Le concept d'immoralité vous est-il familier ?

– Bien sûr ! Et ce qui est véritablement immoral est puni de façon exemplaire. Dans le cas d'espèce, aucune souplesse n'est de mise. Mais cela ne survient quasiment jamais. La probité apporte une certaine satisfaction à l'homme d'aujourd'hui, sans pour autant faire l'objet d'un effort particulier. Contrairement à ton temps, où, si mes souvenirs sont bons, "le fruit défendu est toujours le plus agréable".

– Facile à dire, répliquai-je un brin contrarié, puisque fondamentalement, rien ne vous est interdit.

– Tu te fourvoies, répondit-il calmement. Certaines normes morales composent également notre société. Si, admettons, Juliette avait rencontré un autre homme en secret alors qu'elle vivait avec Axel, c'eût été considéré comme de la malhonnêteté. Mais ni Juliette ni quelqu'un de beaucoup plus volage n'agirait de la sorte. Il lui faudrait tout simplement se confier à son conjoint. Pourquoi devrait-elle le dissimuler ? Il est d'usage de se dire ce que nous ressentons, et quoiqu'il advienne ensuite – l'acceptation ou la séparation – la vérité l'emportera. En réalité, la plupart du temps, de tels actes sont pardonnés, surtout s'il s'agit d'une toquade, d'un moment de passion ou d'une perte de contrôle. Mais s'ils sont celés, la situation se complique et la culpabilité se met à ronger notre conscience, ce qui est difficilement soutenable à notre époque.

Je me demandais où il voulait en venir et j'étais extrêmement curieux de le découvrir.

Jamais une femme ne se mettrait avec un homme – ou inversement – par intérêt, pour en profiter ultérieurement et non par amour ou du fait d'une forte attirance physique, déclara Stéphane. La malhonnêteté est inexcusable et impardonnable. La tranquillité du cœur et de l'esprit, voilà ce à quoi nous aspirons le plus, à l'abri des incertitudes morales que sont la jalousie, la suspicion ou la peur. En revanche, nos dirigeants ont tracé des limites éthiques plus rigoureuses pour la jeunesse. D'ordinaire, ils ne sont pas autorisés à avoir des rapports sexuels avant de devenir des *Cives*. Et il est à la fois formidable et remarquable de voir à quel point les *Ilecteurs* sont parvenus à établir la notion d'abstinence sexuelle dans les esprits des jeunes gens à l'âge tendre et difficile de dix-neuf ans. De nos jours, un associé est tenu d'honorer la franchise, l'amour, l'honnêteté et d'observer certaines valeurs morales – même si cela s'accompagne de privations.

Le service est donc à la fois une épreuve visant à se discipliner et à faire preuve d'abstinence sexuelle. Seuls quelques cas d'inobservance sont recensés chaque année et, naturellement, ils ne font pas l'objet de sanction. »

Je lui ai demandé à quelle étape de leurs vies les femmes décidaient d'avoir des enfants.

« Je serais bien incapable de t'apporter une réponse précise. Exactement comme à ton époque, parfois plus tôt, parfois plus tard. C'est une question de tempérament et de chance… De nombreux facteurs interviennent. Notre situation avec Hilda est somme toute classique. La plupart du temps, il faut avoir fait l'expérience de trois à quatre relations, nées du *Lipvirch* ou d'un fort attrait, avant de trouver "l'Élu(e)". Les premières relations sont plus courtes et ne durent généralement pas plus d'un an. Puis elles gagnent en stabilité. Avec un peu de chance, trois ou quatre séquences de concubinage et de liberté suffisent à acquérir la maturité et emmagasiner l'expérience et la connaissance requises pour se réaliser pleinement, et potentiellement transformer une relation ultérieure en un lien durable. »

Il s'est ensuite mis à parler de notre époque et ses « valeurs » avec beaucoup de mépris : l'adultère, le manque de sincérité et de loyauté, la malhonnêteté ordinaire, les perversions, la violence, les crimes « d'honneur » et les passions malsaines. Je ne savais plus où me mettre. Il jugeait même nos cérémonies de mariage indécentes : les grands rassemblements, les réjouissances, les remarques, les taquineries et… bon… ce qui s'ensuivait : les moments plus intimes du couple.

« Notre conscience et notre sens moral inné comblent avec une grande efficacité les lacunes des institutions avec lesquelles nous avons rompu, et c'est ainsi que chaque relation et concubinage repose sur la fierté et l'honneur, ils en sont tous deux l'expression. Que ces liens puissent être rompus par une grande déception, un nouvel amour, voire des différences infranchissables de croyances ou de caractère n'a aucune importance. Et puis, conclut-il, ces choses-là n'avaient-elles point cours à ton époque, en dépit du cadre juridique qui existait alors ? » Je n'avais rien à objecter.

Je l'ai ensuite interrogé au sujet de la première nuit des Associés en tant que citoyens-*Cives*.

Je me disais qu'il devait s'agir d'une soirée de débauche, à juste titre d'ailleurs, après tant de privations. Je me trompais.

« C'est en effet ce qui se produisait… Il y a déjà plusieurs siècles de cela. La part belle était alors faite à l'attirance physique, et cet événement était perçu par la jeunesse comme un appel de la nature. Mais cela fait déjà fort, fort longtemps que ce n'est plus le cas. Les choses ont changé. Je ne dis point que personne ne couche avec personne cette nuit-là, mais il s'agit habituellement de couples formés pendant le service qui ont décidé de consommer leur amour le premier jour de leur citoyenneté. Ce n'est pas le cas de la plupart d'entre eux. Certains attendent plusieurs mois, sinon des années, avant de trouver le partenaire idéal, bien après avoir brûlé l'étole blanche, symbole de leur pureté, la nuit où leur service prend fin. »

Stéphane regardait dans le vide comme s'il interrogeait le passé.

« Tu sais, j'ai moi-même fait l'expérience de cette fameuse nuit... fit-il. Quel enivrement ! D'une part, c'est l'univers tout entier qui s'ouvre à soi ce soir-là, de l'autre, il est enfin possible de prétendre à la magie du plaisir de la chair. Des années inoubliables... »

Ses yeux se remplissaient de larmes. J'étais surpris. Il reprit, manifestement ému.

« Même le chant que nous entonnons à cette occasion compte énormément pour moi... pour nous... Tous les habitants de la Terre le célèbrent depuis plus de mille trois cents ans. Nous l'apprenons tous à l'école, garçons et filles. Je sais que les paroles n'ont rien de spectaculaire, mais quand même, sais-tu à quel point cette mélodie ancestrale, simple et plutôt monocorde, résonne à nos oreilles et notre âme ? Y as-tu prêté attention ? “Passé dix-neuf printemps, les hirondelles s'en viennent et le débourrement des boutons floraux se fait plus précoce”. Ou encore “La vie est un rêve doré qui commence maintenant. Chante-la”. »

Il s'exprimait à présent avec le plus grand enthousiasme. Il va de soi que je l'ai laissé poursuivre sans l'interrompre.

« Seulement quelques générations après la tienne, alors que les mouvements puritains étaient en voie de disparation et qu'un remède à ta terrible maladie avait été mis au point par Flessing et Kirchof, le cauchemar prit fin et l'approche parentale des sujets liés à l'amour et au sexe a commencé à évoluer. Il n'était plus nécessaire de parler de risques et de précautions. À la place, les parents s'adressaient à leurs enfants en évoquant une grande source de joie en devenir, dont ils pourraient profiter – avec modération – pour le restant de leurs jours s'ils étaient suffisamment patients pour attendre le bon moment et la bonne personne. Au fil des générations, l'idée qu'il fut préférable de goûter ce bonheur sobre, moral et immaculé après l'accomplissement du devoir s'est inscrite dans la conscience sociale. Cela intervint après la réduction drastique de la durée du service, ce qui coïncide avec l'apparition des étoles blanches données aux adolescents. De fait, ils se sont entendu dire : “Personne ne vous forcera à effectuer les deux années de service au sein des *glothneurs*. Aucune sanction n'est prévue en cas de refus. Ayez simplement à l'esprit que la Communauté Universelle a besoin de vous.” »

Et en effet, d'après Stéphane, personne ne fit désertion. C'est ainsi que fut réparée l'injustice de notre temps qui consistait à associer

« accomplissement du devoir » et retraite, qui survenait à un âge auquel le bonheur ne saurait être acheté avec l'or le plus fin.

La quinzième année de vie d'un individu était considérée comme une étape clé. À cette période, la pensée moderne voulait que de nouveaux horizons poignent dans le champ de l'ésotérisme humain. C'est à ce moment-là qu'une révolution s'opère, car l'esprit prend le relais et voit son prisme de perception changer. Il a d'ailleurs affirmé que « les larmes commencent alors à venir plus rapidement ».

Je lui ai fait savoir qu'ils se trompaient lourdement s'ils pensaient que ce phénomène n'existait pas à notre époque. Ce à quoi il a rétorqué qu'il faisait référence à la règle, pas l'exception : « Les exceptions ne sauraient matérialiser l'essence de toute une ère… la règle, oui. »

« Certes, mais tu viens de déclarer qu'à mon époque, les restrictions étaient nécessaires, sans quoi la situation échappait à tout contrôle et virait au vagabondage sexuel. Tu as toi-même affirmé que nous en avions besoin, du fait de notre "quasi-incivilité".

– J'ai parfois l'impression qu'il nous est impossible de communiquer tous les deux, que nous ne parlons pas le même langage. Quoi de plus normal puisque nous avons connu des temps, des cultures, et des modes de pensée différents. Je me demande à quel point tu es à même de véritablement saisir ce que je te livre. Tu évoques ce qui est "justifiable" et "nécessaire", sans songer aux répercussions que cela a pu avoir sur l'humanité, indépendamment de leur bien-fondé à l'époque. C'est un monde au ciel gris, habité par des âmes mortes, qui a été créé pour vous. N'as-tu jamais considéré le nombre d'innocents minoritaires qui ont constamment – et ce pendant des millénaires – fait les frais des lois conçues par la majorité, simplement parce que vos dirigeants étaient incapables de promulguer des lois individuelles ? Et as-tu la certitude que vous auriez connu le véritable bonheur en l'absence de lois et de contraintes ? Ou se pourrait-il que votre malheur soit dû à autre chose ; quelque chose de plus profond, d'enfoui, qui serait en fait la raison pour laquelle les lois se sont avérées nécessaires dans un premier temps ? »

Il m'en a révélé plus, toujours plus : comment l'amour n'avait rien d'une besogne ou d'une insignifiance, combien il était supérieur à notre médiocrité, et sa magnificence, sa grandeur, inaccessible à notre petitesse. « De même que les œuvres de Valmandel et de Larsen ne perdront jamais de leur prestige, même si des temps sombres survenaient et que plus personne ne pouvait comprendre ou apprécier la poésie et la musique. »

Et il n'en resta pas là.

« Le pire avec vos garants spirituels – à savoir vos enseignants, parents, législateurs, prêtres et écrivains – c'est qu'ils n'hésitaient guère à condamner les sources de votre véritable allégresse spirituelle. Et sais-tu ce que cela signifie, Andréas ? Sais-tu que ces "élans" (il employa le mot grec) sont des manifestations, des aspects du *Samith*, presque aussi importants que l'art ? Que dirais-tu d'une personne qui détruirait l'*Hermès* de Praxitèle ou notre propre *Nostalgie de la Dame aux Yeux Verts* de Nichefelt ? Il existait une tendance systématique à réprimer toute forme de joie à ton époque.

Je m'efforçais à ne pas sourire face à la façon enfantine qu'il avait de raisonner.

– Si seulement il s'agissait là de notre seule difficulté, mon cher Stéphane… Nos ennuis étaient légion, nous assumions tellement de responsabilités, nous faisions face à tant de privations, de tracas inutiles : la dépendance, la pauvreté, les addictions, l'incertitude face à l'avenir… Des millions de problèmes insolubles et tout autant de besoins qui ne pouvaient trouver satisfaction à la simple senteur des fleurs et à la vue des étoiles. Peut-être disposez-vous de tout le temps du monde pour observer, penser et analyser la moindre chose, mais jadis, nous n'étions même pas en mesure d'apprécier leur manque…

Mais il n'était pas de cet avis.

– Ne dis pas ça, se plaignit-il. Et ne dis pas non plus que vous n'y avez pas pensé et que vous étiez incapables de remarquer leur absence. La joie incarne la nourriture de l'esprit. En as-tu seulement conscience ? La répression violente et quotidienne de tout penchant spirituel ou affectif, même sans se rendre compte de son caractère pernicieux, a peu à peu et de façon cumulative brisé chaque note de joie en vous. Alors non, laisser son esprit dépérir avant l'heure, petit à petit, est inacceptable. Ce vieillissement intérieur, artificiel et prématuré qu'était le vôtre fut une perte à la fois grande et indue pour notre espèce, bien plus grande que tu ne pourrais l'imaginer. Les conditions dans lesquelles vous viviez au quotidien et les conventions sociales qui prévalaient dépossédaient carrément l'être humain de ce qu'il tenait de la création, dont le sens complet s'est révélé à notre cœur et notre conscience : le sourire de Dieu. »

Il a une nouvelle fois fait allusion aux observations du Savoir

Volkic et à la « timide lueur » du *Samith.* Aussi curieux que cela puisse paraître, telle est l'idée qu'ils se font du *Lipvirch* : il s'agit de l'expérience d'une dimension spirituelle supérieure et d'un accès au divin – sur la voie du *Samith* – mais par un tout autre biais que celui de la méditation, de la religion, de l'art ou de l'idéologie.

« C'est pourquoi, de nos jours, une personne âgée ne pourrait jamais considérer les idéaux de la jeunesse avec mépris ; nos aînés nourrissent les leurs et ils ne souhaiteraient pas que qui ce soit les insulte ou les bafoue.

De plus, nous savons en définitive que l'ensemble des idéaux partagent la même origine, la même source, en dépit des immenses – bien que superficielles – disparités entre eux. »

Plus tard, toutefois, il admit que la richesse spirituelle de leur jeunesse n'était pas seulement du fait de l'hérédité ou de la tradition, et qu'elle n'était pas complètement intrinsèque non plus ; une éducation et un encadrement adéquats transmis par la famille, le milieu scolaire et les *glothneurs* apparaissaient comme une aide précieuse.

D'UN AMOUR À UN AUTRE : LEUR FAÇON DE SE SÉPARER

26-XI

Parfois, je me demande si les perceptions actuelles et les nouvelles conditions sociales sont réellement capables de préserver le cœur humain de la souffrance, et si notre espèce a effectivement réussi à accéder au bonheur véritable à travers elles. De ce que j'ai pu observer, non seulement l'homme moderne n'a pas acquis la « sérénité d'âme et d'esprit » longtemps désirée, mais il apparaît qu'il se retrouve encore trop souvent confronté aux mêmes tracas de vie sur le plan émotionnel, à la même douleur profonde, aux mêmes dilemmes tragiques et conflits intérieurs dont nous souffrions en notre temps. Et admettons que je me fie aux dires de Stéphane, en l'espèce, que les passions ardentes et les « terribles réponses » de notre époque ont entièrement cessé d'exister. De mes propres oreilles, j'ai entendu parler de situations où un amour, intense et nouveau, est entré en conflit avec des relations de longue date et des liens affectifs puissants, portant atteinte aux sentiments, aux souvenirs, aux rêves partagés et à la vie commune d'un couple.

Que se passe-t-il ensuite ? Il n'existe ni règle, ni sanction, ni solution apparente. Il semble que dans ces cas-là, aucune obligation et aucune interdiction ne tienne. Les larmes et les émotions sont présentes de chaque côté. Puis chacun s'assied et se demande ce qu'il est en train de se passer. Stéphane soutient que lorsque de tels événements se produisent, chaque partie invite généralement l'autre à prendre une décision. Mais s'agit-il alors d'altruisme ou d'une tentative de se dérober à ses responsabilités au nom du bonheur de l'être aimé ? Stéphane affirme que la plupart du temps, dans pareille situation – et cela serait merveilleux si c'était vrai – les compagnons éprouvent pour leurs moitiés ce qu'un parent ressent à l'égard de son enfant : le même amour et la même émotion. En se mettant, eux et leurs sentiments, de côté, ils essaient de percevoir ce qui serait le mieux pour leur partenaire et agissent de telle sorte qu'ils ne fassent pas obstacle à leur bonheur.

« Nous sommes à présent dotés d'un sentiment de bienveillance et de compréhension particulièrement développé vis-à-vis des nôtres, déclara-t-il. Cela constitue l'une des caractéristiques les plus prégnantes de notre mentalité. Tout le contraire, donc, de l'égoïsme et des instincts inhérents aux temps primitifs. »

Mais si la Vallée était sondée à ce sujet, il en ressortirait que le plus important, c'est la stabilité d'une relation. Ils réfutent complètement que des liaisons amoureuses et des passions ardentes puissent mettre un terme de façon brutale et précipitée à des liens affectifs durables et purs. Cependant, ils recommandent aux « amours de longue date » de ne pas redouter l'apparition potentielle du véritable, authentique *Lipvirch*... Il ne peut nuire aux personnes civilisées et douées d'amabilité spirituelle qui se respectent, par-dessus tout et plus que n'importe qui d'autre. Ils leur préconisent de l'accueillir et de voir où cela les mène. Naturellement, l'issue d'un tel tiraillement, dans lequel interviennent plusieurs milliers de facteurs différents à chaque coup, diffère selon les cas. Il arrive que le nouvel amour ne serve finalement qu'à éprouver la force et la durabilité de l'ancien et qu'il s'en trouve rapidement vaincu.

Plus rarement – particulièrement lorsqu'il s'agit de relations de vieille date avec des enfants déjà adultes – il se trouve que le nouvel amour et l'attachement d'antan s'accordent et se concilient sans se supplanter. Chacun d'entre eux occupe une place spéciale dans le cœur de la personne, ce qui les fait durer et évoluer simultanément pendant de nombreuses années.

De temps à autre cependant, le jeune amour s'avère plus puissant et met fin au lien plus ancien. Et tandis qu'un dénouement de cette nature n'est pas porté aux nues, dans la mesure où cela ne génère pas davantage de discorde dans la relation – puisqu'en temps normal, la phase d'expérimentation d'une relation vise à révéler ce type d'incompatibilité latente, et non à donner lieu à de nouvelles aventures – la situation prend une tournure similaire à celle de notre époque.

Généralement, ils arguent que les relations actuelles, parce qu'elles sont entièrement libérées et étrangères aux conventions de l'ancienne ère et qu'elles se fondent sur un choix sans contrainte, sur un amour mutuel et la volonté absolue d'un lien pour la vie – sans les obstacles juridiques de notre temps – devraient être infiniment plus fortes et plus stables que les nôtres.

Ces rares séparations, ainsi que les cas d'amours déçus, constituent vraisemblablement l'un des plus grands, sinon le plus grand mal de leurs vies modernes, insouciantes et heureuses.

« Nous sommes-nous pleinement affranchis de la souffrance ?

Non, nous n'y sommes guère parvenus… me signalait Stéphane hier. Il n'existe aucune pauvreté, dépendance, violence ou difficulté de cette nature, mais les peines de cœur, qu'importe leur vivacité, sont les bienvenues. Elles nous rappellent la nostalgie et la soif du *Samith*. Nous souffrons toujours à l'heure actuelle, et même plus intensément qu'autrefois, mais, au moins, nous savons pourquoi… »

J'ai pu observer la façon dont ils souffrent, en silence et avec dignité, dont ils masquent la peine de la perte d'un être cher, d'un amour déçu, avec une persévérance qui traduit l'ancienne conception chrétienne de souffrance intérieure… Ils pensent que cette dernière permet une élévation de l'âme telle que cela aboutit à quelque chose de plus précieux encore que l'amour lui-même ! Alors que l'un est passager, l'autre ne peut jamais vous être dérobé…

Dans un ouvrage écrit par un auteur de leur temps, Jonas Geerlud, j'ai lu que dans le contexte d'un véritable *Lipvirch*, qui était cependant unilatéral et sans espoir jusqu'à la fin, la personne à prendre en pitié n'était pas celle en proie à la peine de la solitude, mais celle qui n'était jamais parvenue à atteindre ce niveau de souffrance quasi métaphysique. « Puisque le premier se tient plus haut et voit des choses uniques sur lesquelles les yeux du dernier ne se poseront jamais. »

Un autre écrivain, Alex Rogen, formule qu'en notre for intérieur, rien ne se perd jamais. Les apparences peuvent être trompeuses : « Tout ce dont vous avez rêvé et tout ce pour quoi vous avez versé des larmes vous est réservé quelque part et ne saurait être oublié, vieilles âmes charitables… » a-t-il écrit, renvoyant à l'immuabilité de la Source et à l'enseignement béatifique du Volkisme qui proclame l'universalité du *Samith*, gardien de toute chose…

Ici, tout le monde prétend que « le passé n'est pas aussi révolu qu'il n'y paraît… », ce qui faisait écho à ma propre destinée. « Ce que *vous* qualifiez auparavant de bonheur n'a d'existence que dans nos rêves, avait déclaré Stéphane.

Notre but sur Terre n'est pas de parvenir à un bonheur tangible, chose impossible, mais de saisir le sens profond de ce dernier pour pouvoir révéler sa source et le reconnaître lorsque nous en faisons l'expérience ! »

Il récita alors un vers de l'un de leurs poètes : « Pourquoi naître, pour quoi vivre, sinon pour expérimenter la vanité de notre propre existence ? » Ce qu'il voulait dire par là, c'est que la noble soif de l'âme qui se prolongeait tout au long de leurs vies incarnait la preuve douloureuse de la supériorité de cette espèce évoluée, qui s'escrimait à chercher le *Samith* dans ses formes les plus banales (l'art, la religion, les préoccupations métaphysiques, le sacrifice de soi et ainsi de suite), sans jamais renoncer ni céder face à la frustration des obstacles et des déceptions qu'elle rencontrait sur son chemin…

« Donc, admettons qu'Hilda trouve quelqu'un avec qui elle se sent plus épanouie. Cela ne te dérangerait-il pas ? demandai-je à Stéphane.

– Cela n'aurait certainement rien d'agréable, mais ce n'est pas comme si je pouvais l'en empêcher. L'amour est une dynamique interne et sauvage qui nous rend meilleurs. Au début de notre relation, j'ai moi-même été sujet à une grande souffrance ; la lueur qui brillait dans ses yeux lors de nos premiers échanges, comme je n'en avais pas vu depuis fort longtemps, était également présente lorsqu'elle était en compagnie d'un autre. Je me suis préparé au pire, mais il ne s'est rien passé. C'était là quelque chose de parfaitement fugace. Mais je m'inquiétais davantage de savoir si elle connaîtrait le bonheur là où elle s'en irait, si cet homme serait à même de la combler en tant que personne, que je ne l'étais à l'idée qu'elle ne me quitte. Une amie à moi a pardonné son compagnon lorsqu'il lui a confié son infidélité, simplement parce qu'elle se rappelait combien il semblait heureux à cette période, et combien elle était enchantée, elle aussi, de le voir ainsi. En réalité, à cette époque, elle lui avait dit : « Quel que soit l'objet de cette grande force, cette joie et cette créativité, cela ne peut qu'être positif. »

Voilà donc une nouvelle illustration du *Troende*, l'être Volkic d'aujourd'hui, détenteur de la sagesse moderne, pas si stable et pas tout à fait mesuré à nos yeux…

Pour ce qui est de notre institution du mariage, ils ont préservé les notions d'affection, d'intérêt pour l'autre personne, de fidélité, de réciprocité et d'altruisme et les ont intégrées à la vie moderne. Mais ce qui leur échappe, c'est la dimension de dessèchement intérieur précoce et brutal induite par celle-ci à notre époque. D'après eux, la société nous incitait à nous marier tôt, ce qui nous empêchait de mener notre propre vie en amont et de connaître la joie, qu'elle soit spirituelle ou de toute autre nature. Les convenances d'ordre politique et social exigeaient un tel sacrifice.

Je lui ai répondu que les difficultés à venir, à travers la lutte pour la survie, se manifestaient à nous dès le début de notre existence et qu'il était plus facile de s'adapter en cédant aux usages et en ayant un seul et même partenaire tout au long de notre vie. Il nous fallait partager tous ces soucis, toutes ces inquiétudes avec quelqu'un…

« Heureusement que cette asepsie soudaine et contrenature n'a pas, à votre insu, donné vie à un sentiment de haine véritable envers vos partenaires », répliqua-t-il.

Que pouvais-je ajouter ? En tout état de cause, ils parviennent à conserver une jeunesse d'esprit inaltérable, alliant d'un côté le bonheur du foyer et son caractère purement humain, de l'autre de nouvelles passions et une profonde allégresse spirituelle d'origine divine. J'ignore comment ils s'y prenaient…

EUROPE MÉRIDIONALE

Loikito, 30-XI

Arrivés aux Pyrénées, nous avons été accueillis par trois jours de pluie incessante et des canyons gigantesques semés de sapins qui surgissaient du brouillard. Avant-hier cependant, le soleil est revenu et il n'était visiblement pas près de disparaître. La vie ici est calme, paisible et tranquille, elle s'apparente beaucoup à celle de Bignasco et des plages de Salerne, découvertes quinze jours auparavant. Cet endroit s'avère néanmoins nettement plus peuplé ; chaque soir, à l'heure du dîner, il est impossible de trouver une table libre dans un restaurant. Les Associés vêtus de leurs toges satinées d'un blanc immaculé travaillent toute la journée – autrement dit à rebours de ce que nous avions observé à Bignasco.

1-XII

J'étais à présent en tête-à-tête avec Silvia, et je me réjouis de chaque journée passée à ses côtés. Aujourd'hui, j'attendais patiemment qu'elle sorte de son sommeil pour voir ses premiers battements de paupières à la lumière du matin. Quand elle s'éveilla et me vit en train de la contempler, elle se mit à rire. J'ignore ce qu'elle a pu penser de moi à ce moment-là.

Je crois avoir commis une énorme bévue hier alors que nous étions installés à l'un des *Civeshostels* de la Nouvelle Tarragone situé de l'autre côté des montagnes, où nous nous sommes rendus avec tout un groupe de personnes pour y passer une bonne partie de la nuit. Alors que Silvia était ma cavalière depuis le début de la soirée, il nous a été annoncé que le ruban qui nous avait été remis déterminerait notre prochain partenaire. Il se trouve qu'il s'agissait d'une femme au profil particulièrement inhabituel à cette occasion : une blonde parmi une multitude de têtes brunes et châtain clair. J'ai commis l'erreur de lui demander précipitamment son nom au beau milieu de notre danse, puis je me suis rappelé qu'il était désormais coutumier de s'adresser à autrui comme si vous le connaissiez de longue date.

Nous avons commencé par parler de mille choses, tout en dansant. Elle était d'une très grande simplicité, sans prétention. J'ignore ce qui m'a pris lorsque je lui ai demandé son nom.

« Stella Cadens », avait-elle répondu du tac au tac. De toute évidence, il s'agissait d'une plaisanterie, je me suis alors mis à rire avant de changer de sujet. J'ai cependant remarqué qu'à partir de ce moment-là, elle répondait de façon monosyllabique. J'ai pensé que lui avoir demandé son nom l'avait contrariée, mais je me trompais. Elle s'est rapidement remise à faire des blagues et lorsque je l'appelais « Madame… » elle poursuivait ma phrase avec le nom qu'elle m'avait donné auparavant, avec la même spontanéité. Sans doute son esprit était-il focalisé sur son conjoint, un homme de grande taille au teint foncé, qui ne semblait pas particulièrement ravi d'avoir pour cavalière désignée une femme rondelette, et qui avait le regard fixé sur sa copine.

Je viens juste de me souvenir d'une autre singularité. Il y a deux jours de ça, lorsque la pluie a pris fin et que nous sommes tous partis en promenade forestière, j'ai surpris un grand nombre d'hommes et de femmes en train d'observer les fourmis pendant des heures, sans raison apparente ! Ils disaient se plaire à les regarder vivre et s'activer à la lueur du jour. Leurs regards étaient rivés sur deux énormes colonnes de fourmis, l'une en direction de l'ouvrage tandis que l'autre en revenait, chargée. Les observateurs ont même précisé que lorsqu'une fourmi n'était pas capable de supporter sa charge, elle allait en quête de trois ou quatre autres membres de la colonie pour leur demander de l'aide en touchant leurs antennes. D'autres personnes se sont mises à glousser à la vue des premiers raisins de l'année ! Et si vous leur demandiez : « S'agit-il de votre première expérience en la matière ? », c'est *vous* qui passiez pour un étrange personnage. Mais c'est ainsi que les gens se comportent ici ; je commençais à m'y habituer. Ils s'enthousiasment des choses les plus banales : la lune qui émerge de la frondaison, le bruit des animaux dans une nuit silencieuse, un salut cordial.

Une scène pleine de beauté naturelle n'a rien d'une simple vision pour eux ; elle ne satisfait pas que leurs yeux, ils la vivent comme un élément vibrant d'une joie créatrice pure. Contrairement à nous, leurs antennes ne se contentent pas de voir, elles « ressentent » ! De surcroît, la possibilité de se déplacer où bon leur semble grâce à leurs véhicules individuels – les *vigiozas* et les *linsens* – est un véritable enchantement pour eux. « Il te suffit de penser à un endroit pour t'y envoler », disaient-ils, et c'était littéralement le cas… Ils ont leur propre façon de ne pas laisser « l'enivrement » d'expériences nouvelles s'évanouir.

Même les variations climatiques leur font forte impression et sont devenues un sujet de conversation à part entière. Un phénomène aussi ordinaire que le changement de saison représente une grande source de bonheur pour eux. Et si vous dites à Stéphane que les hommes d'aujourd'hui sont quelque peu déconnectés de la réalité, il refusera de l'admettre. « C'est incroyable, m'a-t-il confié, à quel point notre monde intérieur recèle de bonheur potentiel. Vous en ignoriez tout à ton époque, mais ce n'est guère parce que nous ne pouvons l'appréhender qu'il n'existe pas. Notre système de détection animique est déliquescent et n'a plus rien d'un récepteur adéquat. Tous ces phénomènes que vous qualifiez d'étranges, qui peut affirmer qu'ils relèvent du puéril, et non du divin ? »

À force d'évoluer parmi eux, l'influence de leur mode de vie commence à se faire ressentir malgré moi. J'y vois comme une sorte de cure psychique que j'estime bénéfique. Stéphane pense qu'il s'agit d'une nécessité ! Ils parviennent à conserver leur jeunesse d'esprit pendant de nombreuses années. Ils s'efforcent de préserver le fleurissement de leur âge tendre et leur âme d'enfant intacts et la Vallée les encourage, dans la mesure du possible, à maintenir les yeux de l'esprit ouverts jusqu'à qu'ils deviennent vieux et grisonnants.

Toujours le 1-XII
(Dans la nuit)

Aujourd'hui, Silvia m'a avoué qu'à mes côtés, sa famille ne lui manquait guère. Puis elle m'a affirmé avoir toujours su qu'il était impossible de connaître le bonheur seul, en l'absence d'un être cher à aimer et choyer.

Elle a ensuite déclaré : « Mais si je ne t'avais pas trouvé, j'ignore si j'aurais pu m'imaginer à quel point l'amour peut être merveilleux. » Elle a ajouté qu'elle voulait un enfant de moi, qui hériterait de mon cœur, de ma manière de penser et de percevoir le monde autour de nous.

Que désirer de plus ?

Avant notre rencontre, une créature comme elle, dotée d'une si grande force d'âme et d'esprit, d'une telle richesse émotionnelle, n'existait que dans mon imagination.

Je me souviens avoir pensé que le simple fait de constater qu'un tel être habitait cette Terre serait plus que satisfaisant pour moi. Mon songe s'arrêtait là… Sa seule existence était pour moi la plus grande gratification jamais reçue sur le plan moral et affectif. Et cette découverte suffit à me rendre heureux ; à présent, ma vie n'a plus rien d'une torture…

Du 2 au 3-XII
(Tard dans la nuit)

Combien de fois n'a-t-il pas été question de la souffrance comme essence première de la vie et du monde ? J'y ai moi-même cru pendant longtemps, j'en ai fait l'expérience plus que quiconque, et maintenant que j'en suis guéri, que je mène une existence plus éclairée et intense, je me redécouvre complètement !

Ne vous empressez point de soutenir de façon inconsidérée que l'essence véritable de la vie est uniquement pure et palpable à l'âge de l'adolescence, et que la psyché se retrouve ensuite inexorablement altérée, vous privant des joies passées indépendamment de la proximité que votre quotidien entretient avec votre passé. J'ai passé d'innombrables heures à m'agiter dans mon fauteuil la nuit, en pure perte, chaque once de mon corps inondé de joie et d'excitation à la perspective des millions de merveilles à venir, qui toutes deux, sans relâche, me maintiennent éveillé et me dérobent à toute tentative de me concentrer ou de méditer.

Ô destin ! Le rêve le plus cher qui puisse nous être donné n'est rien comparé à *ta* puissance ! Savoir que ces êtres sont baignés d'une lumière infiniment plus grande que la nôtre m'éblouit ! Un sentiment de gratitude envahit mon cœur. Je pense à la certitude qu'ils portent à la « multiplicité de la vie », leur foi en la « vie après la mort », leurs réflexions sur les existences successives d'une même personnalité, leur concept selon lequel les défauts de la conscience sont temporaires et assez rares, et que l'éloignement, et plus généralement le continuum espace-temps, ne constituent pas une entrave à l'esprit. Enfin, je pense à leur ferme conviction quant à l'avènement final de l'âme humaine et je déborde d'enthousiasme comme si j'avais été témoin de tout cela !

J'ai également en mémoire ce que Stéphane m'a révélé il y a quelque temps, au sujet des réalités qui dépassent notre entendement.

« Il est impossible pour nos esprits de percevoir ce qui se produit au-delà de ce qu'il est convenu d'appeler la "mort". Il s'agit là de l'une des facettes du *Samith* dont je t'ai parlé, impénétrable à la connaissance de l'homme et à la rationalité. Souviens-toi de ce que Matjei Svanol a déclaré au sujet des aspects les plus grands et les plus sacrés de la psyché humaine après avoir fait l'expérience du *Nibelvirch* : « Naturellement, tout cela n'était qu'imposture. Mais qui aurait pu soupçonner la Vérité supérieure que recelait cette "tromperie"… »

La tradition Aidersienne se veut, comme je le découvris, prudente, et elle ne s'étend guère au-delà du *Roisvirch*. Elle n'expose rien de plus que ce que l'*Oversyn* a manifesté. Cependant, de multiples expériences intérieures et personnelles, recueillies auprès d'un grand nombre de milieux différents, ont démontré que l'esprit du *Troende* présente une multitude d'existences superposées en plusieurs couches. Il arrive même qu'ils évoquent une multiplicité homologue entre les vies modernes et parallèles – qui transcende la nature humaine – jusqu'à ce que l'Ego atteigne la pleine conscience, un sentiment d'unité, la perpétuation indissoluble de l'individualité. Quatre vies entières respectivement consacrées au savoir, à la richesse émotionnelle, aux expériences d'un amour profond et enfin aux œuvres de l'esprit…

« À ton époque, me dit Stéphane, vous désiriez et rêviez d'éternité, quand bien même un après-midi pluvieux suffisait à provoquer ennui et solitude chez la plupart d'entre vous. » J'ai une fois de plus remarqué le ton condescendant qui était d'usage lorsque l'époque de la « technoculture unilatérale et de la vie mécaniste » était évoquée, celle-là même qu'il me faudrait peut-être un jour retrouver…

En l'expliquant au mieux de mes capacités, c'est ainsi qu'est perçu l'attrait émotionnel de l'esprit humain pour « l'infini » et « l'éternité » : à travers un prisme « spatial » ou « temporel », quoiqu'il s'agisse de quelque chose sans commune mesure avec cela.

Voilà qu'Anna surgit de ma mémoire… Tu as tant souffert ! M'entends-tu ? Écoutes-tu ? Tout ce que nous nous étions représentés, tout ce dont nous rêvions, ma chère Anna, tout ce qui remplissait nos yeux de larmes, tout cela existe ! Tout cela est réel ! Il ne s'agissait pas du fruit de notre imagination ! Toutes ces choses sont présentes, ici, dans la réalité !

LA VIE URBAINE EN EUROPE OCCIDENTALE : COMPARAISON AVEC LE XXe SIÈCLE

9-XII

Ce soir, j'ai de nouveau savouré l'air frais des hauteurs après notre escapade sur les côtes océaniques cette semaine. Une excursion côtière de quelques jours dans l'ouest de la France, qui ne ressemble en rien aux immenses centres de production et aux bords de mer luxueux du Sud, suffit à vous donner une image fugace mais typique des états – désormais uniformes – de tous horizons : ininterrompus, cyclopéens…

Pour un voyageur du XXe siècle, l'endroit est méconnaissable. La vie portuaire, les vues pittoresques des flux commerciaux et maritimes, la couleur locale caractéristique de cette partie du terroir français, jusqu'à l'ensemble lagunaire qui embellissait jadis la région : envolés ! Même le climat diffère ; il est plus doux, plus clément et plus… méditerranéen si je puis dire, sans l'humidité marine, l'air y est plus… hyalin. La langue vernaculaire, que j'avais quasiment appris à l'oreille lorsque nous étions dans les villas et à Salerne, lors de mon bref séjour en direction des villes d'Europe centrale et de la grande capitale du Nord, a désormais remplacé l'illustre langue « universelle ». Contrairement aux abords de Salerne, ici aucun des toponymes d'autrefois n'a été conservé, pas même les plus célèbres.

Seules leurs vignes fertiles ne sont pas sans rappeler la vieille époque. Toutefois, pas une seule parcelle de terrain n'était laissée en jachère à travers le pays. Peut-être la densité de population pouvait-elle faire l'objet de débats, et d'aucuns soutiennent que certaines localités pourraient être moins, ou plus densément peuplées, mais c'était tout. Les marécages avaient été transformés en de prodigieuses cités-jardins. Ces zones rurales, qui laissaient jadis de marbre, étaient à présent dotées du charme et de l'apparence d'une mégalopole tentaculaire, elles étaient encore plus saisissantes que le vieux Paris ! Mais la misère et la beauté ne se mélangent pas… Aucune œuvre d'art à observer, à part dans des lieux où elles ne requièrent pas d'entretien. Ils ne supportent guère la moindre laideur ou détérioration.

L'esthétisme et le sentiment d'uniformité qui se dégagent de part et d'autre de la région donnaient l'impression qu'elle avait été conçue artistiquement par un esprit rationnel. Naturellement, cela n'était autre que la résultante des conditions économiques actuelles et des incroyables moyens technologiques dont ils disposaient.

À environ soixante kilomètres de la côte, dans les terres, se trouve un lieu dénommé le Nid Fleuri, qui s'étend tout le long de la grande ville de Denia Vallia et de ses nombreuses terrasses pourpres et fleuries, qui comptait un nombre incroyable d'espaces dédiés aux plantes et aux fleurs. Ces dernières étaient légion : sur chaque colonne, chaque balcon, chaque toit, chaque arcade, et également sur les façades palatiales… Je me souviens m'être demandé comment ils s'y prenaient afin de cultiver et préserver autant de fleurs tout au long de l'année pour qu'elles aient l'air aussi fraîches et incroyablement belles, et surtout, je m'interrogeais sur les raisons de cette surabondance florale, qui, en fin de compte, ne profite guère aux locaux – en majorité d'anciens étudiants.

Autre fait marquant : la présence de grands papillons scintillants, qui d'après Silvia avaient cet endroit pour habitat naturel, et comptaient parmi les espèces les plus imposantes et les plus belles d'Europe. Par moments, il arrivait que des essaims de plusieurs centaines de papillons bleu clair surgissant de massifs de roses blanches effraient les passants !

Mais j'étais davantage charmé par les statues. Dès que j'en voyais une, je me précipitais pour l'examiner. Je pouvais voir le piédestal et lire l'inscription, mais, à mon grand dam, les noms ne représentaient à l'évidence rien pour moi. Ces hommes avaient sans doute infléchi le cours de l'Histoire, et j'ignorais jusqu'à leur identité. C'est dans ces moments-là que la distance et l'écart qui me séparaient de Silvia, Stéphane et des autres se faisaient le plus sentir. Je suis et resterai à jamais cet homme d'un autre temps.

Je chasse ces mauvaises pensées et m'aventure dans la foule avec la sensation d'en faire partie de nouveau, comme si j'appartenais à ce monde. Tout au moins, c'est ce que mon apparence physique laisse penser – sans jamais trahir ce qu'il se passe à l'intérieur de moi – et cela me remplit de fierté ! Je me suis néanmoins demandé si la joie et le bonheur que je ressentais n'étaient pas que chimères, s'il ne s'agissait pas plutôt de simple enthousiasme.

Plus loin, j'ai vu des enfants déguisés en coquelicots et en cyclamens en train de jouer sur les parterres de fleurs, ils couraient dans tous les sens et ils chantaient faux, chacun à un rythme différent. La prospérité et la bonhomie de ces petites têtes ébouriffées, qui ne manquaient de rien et pouvaient si facilement laisser libre cours à leur joie sans mélange à travers le chant, le rire, le jeu et les voix drôlettes, étaient renversantes.

En apparence, la vie urbaine matinale était peu ou prou la même qu'à l'époque. Les gens inondaient les rues par milliers, avec chacun une destination différente. À la seule différence que ceux dont le service avait pris fin après que les *glothneurs* s'en séparent prématurément ne connaissaient guère la crainte de la monotonie et de l'ennui, propres à notre époque. La plupart arpentaient les terrains de jeux et les centres de remise en forme, certains peignaient et d'autres étudiaient, mais je n'ai encore jamais vu d'ouvriers couverts d'un béret, d'employés portant un col blanc et raide ou d'hommes d'affaires en costume avec une serviette sous le bras.

CLASSES SOCIALES, HIÉRARCHIE, USAGES ET EFFONDREMENT DU MONSTRE BUREAUCRATIQUE

Sur le plan social, la conception moderne du Nid Fleuri était celle d'une région prolétaire, autrement dit l'opposé de Waren, du Jardin des Lys, de la Nouvelle Göteborg, de Soonval dans le Sud, et par-dessus tout, Norfor. J'ai eu une pensée pour Aria, qui disait avoir choisi cette ville pour son atmosphère de spiritualité et son attractivité globale.

Le Nid Fleuri, par exemple, n'accueille que très peu de guides spirituels, ils ne vivent ici que provisoirement. Les locaux s'instruisent en se conformant aux orientations spirituelles et idéologiques qui émanent des grands foyers nordiques.

D'anciens étudiants des écoles de Norfor vivent également ici, des personnes avec un enthousiasme débordant, des amateurs d'art passionnés qui, sans être de grands artistes, savaient distinguer ce qu'une création artistique avait de bon et de beau. De véritables percepteurs, capables de fondre en larmes à la vue d'une œuvre.

Notre époque comptait si peu de personnes comme celles-ci. Il y en a désormais infiniment plus. De surcroît, rares sont ceux qui, dépourvus de tout ésotérisme, se contentent d'accumuler des connaissances pour pouvoir en faire l'étalage lorsque la situation s'y prête. Ce genre d'individu confond savoir et instruction, et dénote en vérité d'une réelle inaptitude à suivre un enseignement.

Et pourtant, cette majorité de gens de culture dotés d'une délicatesse intérieure exceptionnelle, qui seraient particulièrement appréciés et salués à notre époque, est à présent assimilée à un milieu relativement populaire, et j'ai souvent entendu dire qu'ils étaient blâmés pour leur oisiveté. Le plus médiocre des physiciens ou la plus humble des infirmières jouissent d'un statut social supérieur à celui de Stéphane, d'Hilda ou du reste du voisinage qui habite les villas, dès lors qu'ils sont eux aussi à même de « profiter » de la nature et de « s'émouvoir » du grand art, ce qui s'avère être le cas d'à peu près toute personne issue de la génération Volkic et au-delà.

C'est pourquoi le regard actuel de la société sur le peuple remet en cause le bien-fondé du droit à passer des décennies à étudier, participer à des concerts, des spectacles, des cours, des conférences et des expositions, voyager, s'adonner à des pratiques sportives et tout autre loisir qui ne laisserait pas le temps de faire quoi que ce soit pour son prochain.

Et tout cela est complètement décorrélé du service. Je me remémore les premiers jours de ma nouvelle vie à l'Institut Molsen, qui était lui-même un microcosme sociétal : une communauté entière, à petite échelle, avec toutes les caractéristiques de la structure sociale d'aujourd'hui. Les Associés y effectuaient leur service. Je me souviens encore de leur chef, un jeune homme de dix-neuf ans au teint mat qui s'inclinait devant chaque patient, autrement dit devant chaque *Civis* hospitalisé à cet endroit, comme s'il s'attendait à recevoir un pourboire de leur part.

Le rang social des infirmières était supérieur à celui des *Cives* et, naturellement, à celui des Associés, dont le travail consistait à les assister dans la tenue des registres et dans toute autre tâche de nature administrative. Par conséquent, les infirmières n'effectuaient pas leur service ; elles étaient adultes et tout le monde les traitait comme des prêtresses.

À ma sortie de l'Institut Molsen, je me suis familiarisé avec les différentes strates de la hiérarchie sociale actuelle. Et voilà comment elle s'articule : les *Lorffes* valléens, tous types d'*Ilecteurs*, les « dirigeants » de l'Institut Aidersen et de l'ensemble de ses services, et en dernière instance les grands Maîtres de Norfor étaient de ceux qui gouvernaient. Ce sont eux que les masses idolâtrent. Conformément aux représentations méritocratiques de l'an 3906 apr. J.-C., ils détiennent les postes qui, un millénaire plus tôt, étaient occupés par des scientifiques, alors désignés par les grands hommes de notre ère – de CC à D *(des années 200 à 500 d'après leur calendrier, soit entre 2600 et 2900 apr. J.-C.)* – qui étaient comparables aux magnats américains, aux juges de la Cour suprême, aux éminents hommes politiques, aux opportunistes, aux généraux et aux aristocrates de notre époque. Qui plus est, j'avais pu vérifier en toute autonomie que les rares postes administratifs existants étaient pourvus par des Associés en service. Et dire que des *Cives* ordinaires tels que Stéphane étaient jugés supérieurs à eux.

De fait, l'exemption des *Cives* qui les dispense de toute interaction avec le corps administratif des Associés – comparable à nos fonctionnaires – ou qui consiste tout au moins à réduire ces dernières au strict minimum, était un droit définitivement acquis il y a plusieurs siècles par la Communauté Universelle. Ce droit était d'ailleurs considéré comme l'un de leurs accomplissements les plus précieux et les plus remarquables, un peu à l'instar de notre acquisition des droits civils et des libertés individuelles. Naturellement, un tel droit n'a pas été obtenu du jour au lendemain, mais progressivement, sur plusieurs centaines d'années. Et il est encourageant de savoir le monstre bureaucratique tombé en ruine, vaincu par la logique.

Les autorisations administratives obligatoires sont particulièrement rares de nos jours – elles ont surtout trait au domaine scientifique – et les Associés les préparent volontiers afin de décharger les *Cives*. La volonté de servir est un des éléments fondamentaux de leur culture.

Le contrôle démographique et la réglementation de la circulation sont toujours effectués d'une façon particulière, et ils sont communiqués directement aux *Cives* afin qu'ils puissent en prendre connaissance. Rien d'autre. Il n'existe aucun type d'infraction, et même si c'était le cas, l'intervention des Associés dans les affaires individuelles ne serait pas justifiable. Par exemple, le *linsen* de Stéphane fait constamment l'objet de révisions, mais il n'est pas tenu de mémoriser ni de garder trace de quoi que ce soit. Il incombe aux Associés de tenir un registre des dates et des événements, et ce sont eux qui s'enquièrent de savoir quand ils peuvent passer récupérer le *linsen* et le retourner une fois réparé, sans importuner son propriétaire ! En outre, ils ont même appris à adopter une attitude respectueuse non seulement envers Stéphane, mais également n'importe quel autre *Civis*. Et cette déférence tient au simple fait que ces derniers ont rempli leur « devoir social » ; leur service.

Si nous prenons le cas des *Cives* en particulier, il est à noter une autre différence avec notre époque : les distinctions de classe, des *Lorffes* au reste de la population – c'est-à-dire le grand public – n'entrave guère l'accession de l'ensemble des classes sociales à une même culture incorporée, à une même impression de « vie mondaine », une même joie de vivre. Et c'est une chose à laquelle nous ne sommes jamais parvenus, pas même pendant la Révolution française.

Ce peuple a réussi à faire en sorte – et j'ignore de quelle façon – que la masse devienne un réceptacle authentique, qu'elle fasse preuve de la même amabilité, développe les mêmes usages que les plus grands intellectuels de Rosernes Dal. Et, d'après ce qu'il m'a été expliqué, tous se considèrent comme des descendants de l'ancienne classe ouvrière !

Il apparaissait impensable pour cette dernière d'avoir connu une telle évolution depuis ce moment historique charnière – il y a plus de 1200 ans, vers l'an 2600 apr. J.-C., lorsque les technocrates et les naturalistes prirent les rênes du gouvernement mondial – où l'autorité politique a été délaissée au profit des Marie Curie et des Max Planck de l'époque. Et je me rappelle ma stupeur lorsque Stéphane m'a annoncé que les illustres ancêtres des *Ilecteurs* d'aujourd'hui étaient des ouvriers industriels.

Pour un observateur de la société de notre temps, se promener à travers les rues et les jardins du Nid Fleuri constituerait une expérience inéluctablement précieuse, pour voir de ses propres yeux la façon dont tout un chacun, sans exception, avait le goût de s'habiller, était disert, savait pénétrer un nouveau groupe, maîtrisait sa démarche et sa tenue en toute circonstance. Il peut sembler surprenant qu'une civilisation si développée ne considère point cet attachement aux « bonnes manières » comme quelque chose de superficiel, trop formel ou conservateur, quelque chose qui, en tant que convention sociale, serait indigne d'être observé par les « puissants ». Mais il est d'usage de penser que ce qui traduit une véritable richesse émotionnelle ou morale ne peut être qualifié de trivial ou d'épidermique.

Les voir s'adonner à chacune de leurs activités avec cette nuance de joie et de bonheur est un véritable plaisir. En les observant nouer des liens sociaux, la conception actuelle, transmise de génération en génération dès le plus jeune âge, s'impose à nous : c'est cet amour innocent et altruiste mêlé à la courtoisie et aux bonnes manières : un véritable chef-d'œuvre !

Et je m'interroge : est-ce le fait de l'individualité de chacun et chacune d'entre eux, ou l'un des succès remarquables de leur éducation et instruction actuelles ? À mon sens, il ne s'agit pas exclusivement de l'un ou de l'autre, mais plutôt d'un mélange des deux. Leur délicatesse et leur politesse sans fard, leur fébrilité caractéristique, leur moralité, leur modestie et leur parfaite indifférence à l'humour facile, à l'ascendant de l'instinct ou au fait d'avoir recours à des ressorts stratégiques dans leur vie sociale au quotidien ne sont guère le fruit du hasard ou d'un exercice répété.

Il en va de même pour leur salut face aux anciens complexes d'infériorité qui avaient pour habitude de se manifester à travers l'égoïsme, l'arrogance et la vanité. Ils se sont progressivement approprié le climat d'amour et de véritable noblesse qui régnait dans la vie d'un grand nombre de générations avant la leur, si bien que cela est devenu un mode de vie inné qui ne nécessite aucun effort particulier.

Je me représente la gêne de ces personnes en présence de certains professionnels habiles de notre temps, essentiellement destinés à conclure des ventes lucratives, qui ne portaient pas le moindre intérêt à la délicatesse des manières, à la subtilité du style ou de l'expression. Ils seraient d'emblée plongés dans le désarroi le plus complet. Ils en concluraient qu'ils ont affaire à des rustres, des sauvages. Et ils auraient raison. En revanche, à notre époque, peut-être auraient-ils pu communiquer avec un homme de « bien » pendant quelques minutes. Et je dis quelques minutes, car après un certain temps, notre homme de « bien » s'ennuierait, pensant qu'il n'y a rien à tirer de cette conversation, et il s'en irait, comme j'avais moi-même initialement été tenté de profiter de leur naïveté et de leur crédulité.

Il est aujourd'hui possible de constater que les hommes et les femmes ne tolèrent pas le moindre « artifice » ou la moindre convenance dans leurs interactions sociales, et ce jusqu'à la poignée de main. Tout comportement intéressé – si tant est qu'ils le remarquent – déclenche une réaction négative. Ils font de l'art pour l'amour de l'art et jamais pour en dégager du profit, sinon cela cesse d'être de l'art. Ils nouent des relations d'amitié désintéressées, car elles sont source d'apport spirituel, à l'écart de toute fin utilitariste.

LEUR RENAISSANCE ET L'ÉVOLUTION DE L'HOMME AVANT LE PREMIER NIBELVIRCH

Toujours le 9-XII (Tard dans la nuit)

En ce qui concerne leur raffinement intérieur, Stéphane m'a appris il y a quelque temps, « Nos enseignants ont leurs méthodes. Avant même d'atteindre l'âge de l'adolescence, les enfants connaissent une période où émerge en eux un intérêt si prononcé pour la culture moderne que lorsqu'ils y sont initiés à l'école et parviennent progressivement à mieux la saisir, les voix de la génération de 876 *(l'an 3272 apr. J.-C.)* se manifestent dans leurs esprits ! Cette même année, jour et nuit pendant plusieurs mois, des millions d'hommes et de femmes ont pris place dans une file d'attente interminable afin de découvrir le "Temple de l'Amour et de la Paix" alors nouvellement érigé à la Vallée des Roses. Ils furent frappés d'une telle admiration qu'ils remercièrent Dieu de ne pas être nés à une autre époque. C'est avec le même émerveillement et la même nécessité intérieure que nos jeunes se présentent face à l'édifice spirituel de notre civilisation. »

Comme il m'a été donné de l'apprendre, cent dix ans avant le premier *Nibelvirch*, Alicia Neville a inscrit le Temple de l'Amour et de la Paix à la foule des chefs-d'œuvre valléens, et ce dernier est considéré comme la plus belle création artistique en marbre jamais réalisée. Ils ont eux aussi connu leur propre Renaissance, au début de ce qu'ils considèrent être le septième siècle *(vers l'an 3100 apr. J.-C.)*, dont les bases ont été jetées par la construction de la Vallée des Roses. Ce siècle est passé à la postérité comme étant infiniment supérieur au Ve siècle av. J.-C. d'Athènes ou au XIXe siècle de l'Europe occidentale.

Un soir, j'ai parcouru le *Reigen-Swage* en quête de cet édifice incroyable situé dans la périphérie de Markfor, dont j'ai remarqué qu'il alliait la symétrie et l'harmonie de l'architecte antique Ictinos à la façon majestueuse dont l'âme se manifestait à travers les chefs-d'œuvre architecturaux des peuples nordiques.

Parfois, il m'arrive d'être perdu et dépassé en raison d'un trop-plein d'informations qu'il me faut digérer.

Je passe sans cesse d'un sujet à un autre, de telle sorte que j'oublie souvent d'en relater les éléments principaux. Je m'évertue à en mémoriser un maximum, le plus fidèlement possible, mais je n'y parviens pas à chaque coup.

Voilà que je me souviens d'autre chose, de moindre importance : le premier à avoir anticipé l'évolution de l'humanité n'était qu'un biologiste valléen sans prétention du nom de Jansen. Il ne comptait guère parmi les meilleurs dans son domaine, mais il s'est avéré plus chanceux que ses aînés. Après plusieurs siècles d'histoire au sein de cette immense capitale spirituelle, et un long processus d'initiation à l'autodidaxie continue sur de nombreuses générations, grâce auxquels le genre humain et notre psyché ont pu connaître une évolution favorable – et tout le monde ici le confirmera, les instituts biologiques valléens n'ont jamais procédé à la moindre intervention sur un enfant – Jansen fut le premier à annoncer avec certitude à la Terre entière, depuis son labo, qu'il détenait la preuve que des changements anatomiques, hautement significatifs bien qu'à très petite échelle, s'étaient manifestés dans les neurones les plus sensibles et les plus déterminants du cerveau, des modifications en lien direct avec la qualité de vie spirituelle des Valléens. L'existence de ces changements était communément admise, mais il n'avait encore jamais été prouvé qu'ils étaient le produit de la qualité de vie spirituelle, ou inversement.

Indépendamment des divergences d'opinions et des différentes formulations du fait de périodes distinctes, un autre homme avisé, Jacobsen, a évasivement fait référence à la possibilité qu'une culture nouvelle et éminente se développe. Si ma mémoire est bonne, vingt-cinq ans plus tard, l'esthète et philosophe Close, avec Lélia Nopotkin, ont signalé à leur génération qu'il était nécessaire de faire preuve d'observation, d'avoir confiance et de se préparer à connaître un événement inattendu et grandiose : un « siècle de révélations » sur ce qui « demeure invisible ».

Les spécialistes de chaque domaine avaient leurs propres théories et avis en la matière. Dans les divers observatoires des facultés valléennes, dont la taille et la structure étaient celles d'une ville modeste, le père et le fils Ferids (astronomes et penseurs), accompagnés de nombreux autres fidèles disciples du vénérable Ancien, grand amateur de l'Univers, étaient en quête d'influences et de messages spirituels émis par des êtres distants et bienveillants.

Avant l'an 830, Aloisius Nilson, un intellectuel reclus qui vivait à Flambia, écrivit du fond de sa solitude au sujet des « événements majeurs qui tapissent les entrailles du futur », en déclarant « qu'ils n'étaient peut-être pas aussi lointains que nous pourrions le croire ». Il affirma : « Le jour approche où les dialogues de Platon pourraient être réécrits, des nouveaux Parthénons construits et de nouvelles

Symphonies n° 9 composées. »

Aucun d'entre eux n'a cependant pu prédire – à cette époque ou plus tard dans l'Histoire – l'avènement du *Nibelvirch* un siècle et demi après leur temps.

Ces discours prometteurs et remplis d'espérance se sont répétés à travers les décennies. D'ailleurs, au cours des dernières années qui ont précédé le *Nibelvirch*, une poignée d'*Ilecteurs* – notamment Bearen, Tatiana Baclyn et un individu prénommé Gunnar dont j'ai oublié le nom – ont évoqué plusieurs éléments connexes, d'ordre général ou plus spécifique, à leur génération, éléments qu'ils ont eu la chance de voir se matérialiser par la suite.

L'humanité était dans l'expectative de « ce qui devait se produire » pendant des dizaines d'années. Les conditions de vie avaient connu une telle amélioration qu'il était devenu possible d'émettre des prédictions. Mais nombreux étaient ceux qui soutenaient qu'il valait mieux ne point être en mesure de prédire avec une telle assurance une révolution spirituelle appelée à survenir soixante ans plus tard, comme il était déjà possible de le faire pour un phénomène naturel tel que l'arrivée d'une comète. Leurs cœurs étaient si assoiffés qu'ils ne tenaient plus en place.

Ceux qui adoptaient une approche plus philosophique réussissaient davantage à s'en accommoder et accepter leur sort. Beaucoup en étaient cependant incapables, et ceux-là maudissaient leur malchance d'être nés trop tôt et de ne pas avoir l'occasion de faire l'expérience de ce qui allait advenir. Ils croyaient que « celui dont la vie le quittait à cette période souffrait mille morts ». Rater l'avènement d'une réalité future si imminente était vécu comme une grande perte. Ils finissaient par trouver réconfort à l'idée que leurs enfants auraient de fortes chances d'être présents lorsque cela se produirait, et qu'ils verraient cet avenir glorieux à travers leurs yeux.

En effet, quelques décennies plus tard, l'essor culturel tant attendu fit son apparition.

Son influence gagna d'abord les nations européennes, qui étaient tombées dans l'oubli pendant plus de mille quatre cents ans, prises dans une guerre entre deux géants. Et la raison pour laquelle ce nouveau mouvement de civilisation spirituelle s'est initialement instauré en Europe était l'établissement de Norfor en tant que capitale spirituelle mondiale depuis l'an 450 *(vers l'an 2850 apr. J.-C.)* et, naturellement, la création de la Vallée des Roses.

Du point de vue de sa durée, cet essor artistique, littéraire et intellectuel partage de nombreuses caractéristiques avec le « miracle grec », mais sur le plan géographique, ce nouvel élan européen ne s'est pas limité à son point d'origine. Nonobstant son apparition en Europe, il s'est rapidement propagé à travers le monde entier.

Des dizaines de localités, de régions et de grands personnages de la nouvelle civilisation sont recensés dans les récits historiques : des grands sages, guides spirituels, artistes, enseignants, philosophes, chercheurs, héros du génie humain et apôtres de l'humanisme, qui ont œuvré et enseigné de génération en génération, tout au long de ces soixante à soixante-dix années mémorables, à Gran Torneo et Gled, à la Voie de Lesley et Blomsterfor, à Ossen et Vikingegnist, à Leag-Aud et la Nouvelle Upsala, à Roselukin et, surtout, à la Vallée des Roses.

L'histoire contemporaine dit de cette période – leur IXe siècle – qu'elle fut la toute première à représenter avec une telle précision nos idées et nos rêves, et à leur donner vie. Il m'a été rapporté qu'à l'époque de ces deux générations, ce fut comme si la planète avait reçu une bénédiction. Ces années furent semblables à un rêve pour la population mondiale : avec ses innombrables œuvres d'art immortelles et impérissables, son lot de secrets du monde physique déchiffrés, ses morceaux uniques de littérature, ses idées encore jamais développées et ses mélodies qui surpassaient celles des Allemands d'autrefois.

Mais indépendamment des différences majeures avec la Grèce antique dans la manière d'être et la moralité, la conscience esthétique collective égalait sensiblement celle de l'époque classique d'Athènes. À la seule différence que cela représentait 10 000 personnes à l'époque, contre plusieurs millions aujourd'hui…

LES PILIERS DE L'ART : LARSEN ET VALMANDEL

Je me souviens du nom de quelques œuvres. J'espère ne pas les écorcher : les *Galons de Marbre* de Melsam, érigée en haut du mont du Printemps, le célèbre tableau de Dora Vilen *Retour sur les Vieilles Sentes*, et le très cité *Parmi les Roseraies* de Svansen. Mais les véritables déités de l'art étaient au nombre de deux : Larsen et Valmandel, assimilés à Homère et Beethoven.

Larsen, le « Homère de la poésie lyrique », qui en compagnie de sa lyre enchantée a composé « le plus grand chef-d'œuvre poétique de tous les temps » avant de quitter ce monde en 857 à Scanie, a atteint une renommée sans limite au sein de sa communauté, inondé d'amour par ses concitoyens. Ils furent deux millions et demi à se tenir près de son bûcher funéraire, hexagonal et parfumé – j'ai pu visionner ses funérailles sur le *Reigen-Swage*. Je me rappelle les vivats interminables de la foule pleine de reconnaissance qui s'écriait « Larsen, Larsen ! » à l'unisson après la crémation, alors que ses cendres étaient rassemblées.

Et trois ans plus tard, l'un des premiers jours d'été, pendant un concert de l'oratorio de Valmandel *Prière Parmi les Sphères d'Or Stellaires* donné au Jardin des Lys, une chose inattendue et inouïe dans l'histoire de l'art symphonique se produisit – quelque chose que personne n'aurait pu soupçonner : les compositions de sommités telles que Bach, Beethoven, Mozart et Wagner avaient trouvé leur maître !

À mon grand dam, je n'ai souvenance que de quelques noms, événements, concepts et œuvres d'art qui ont bouleversé le cours de l'histoire culturelle de l'homme. Un jour, il me faudra prendre le temps de coucher sur le papier tout ce dont je me rappelle. Je vais me creuser les méninges à cette fin, c'est promis !

COMPARAISONS AVEC LE XXe SIÈCLE

Stéphane m'a également signalé quelque chose qui fit ma joie : il était admis que ce monument spirituel et intellectuel n'était pas seulement le fruit des quelques dernières décennies. Ses fondements trouvaient leur source dans notre ascendance, il y a quatre mille cinq cents ans de cela ! D'abord en Méditerranée puis aux quatre coins du globe, chaque génération, en sa force et sa capacité et à petite ou plus grande échelle, avait contribué à accomplir cette prouesse sans commune mesure que la race humaine considérait désormais comme son plus précieux fleuron. De l'abnégation des dirigeants-héros et de la prédication hors pair du Christ aux millions de cœurs humbles et anonymes imprégnés de bienveillance et d'altruisme : tous ont permis de réaliser ce miracle ! Telle était leur croyance.

À présent, la plupart de ceux qui ne possèdent aucun talent artistique dans quelque domaine particulier que ce soit donnent un sens à leur vie en sentant et ressentant, aussi intensément que possible, les acquis culturels les plus significatifs de leurs temps. Ils ont à cœur de se les approprier et sont obnubilés par le développement personnel.

Logiquement, ils ont porté leurs valeurs et leurs idéaux à un niveau nettement supérieur. Ces derniers représentent littéralement un objet d'adoration pour eux : la religion, la planète, la liberté, la famille, l'humanité, l'éducation et la justice résonnent dans leurs cœurs telles les trompettes de l'Apocalypse ! Et en sus des anciens, ils possèdent leurs propres principes moraux : la conception actuelle de la beauté, les discours spirituels des siècles passés, les courants idéologiques novateurs, leurs institutions, les nouvelles croyances fondées sur le mérite et les avancées incroyables dans les principes humanistes. C'est de là qu'ils tirent leur grande sensibilité, et je crois que c'est ainsi qu'ils ont gagné le crédit, la fidélité et la confiance de leurs semblables.

Je suis convaincu que chacun d'entre eux donnerait volontiers sa vie afin de défendre la fraternité mondiale et sauvegarder la cohérence de la Communauté Universelle. Il m'est avis que le concept Volkic et le sens à la fois merveilleux et nouveau qu'ils ont insufflés à la moralité profondément humaine qui dit : « Toute cette souffrance ne peut et ne saurait être vaine ; elle finira par trouver une justification » constituent la pierre angulaire de leur mentalité.

Ils « éprouvent » la joie de la nature, l'exaltation du voyage, de l'amour, de la musique et de la danse, de la gentillesse, de l'amitié et l'excitation de contempler le beau. Ils jouissent du plaisir, inimaginable à notre époque, de travailler conformément à leurs attentes, en phase avec l'aspiration de leurs âmes, sans subir de pression extérieure ! Ainsi, leur monde intérieur s'enrichit. Ici, il est dit qu'en suivant ses inclinations, l'aversion pour le mal prend naturellement forme en soi. Et à mesure que l'ascension de cette montagne spirituelle se poursuit, notre vision de la vie s'éclaircit.

S'il fallait adhérer aux propos de Stéphane, il apparaît que le haut degré d'excellence intérieure acquis par la population actuelle via cette magnifique civilisation pourrait même justifier l'enthousiasme enfantin auquel j'ai fait référence à plusieurs reprises à travers mes écrits.

Ils disent qu'il n'y a rien de plus accessible, de plus facile que ce bonheur. La vie en regorge. La Création s'est prodigieusement répartie en tout lieu : dans le rayon de soleil qui émerge après la tempête, la couleur et le parfum des fleurs, le blanc des nuages, la pureté de la pensée, le chant des oiseaux, les nobles intentions, les bonnes actions… La vie est un don inestimable et divin ! Chaque aspect de notre existence déborde de grâce et d'une joie pure.

« À qui la faute si vous avez déchiré vos âmes de vos propres mains ? » m'a demandé Stéphane.

C'est seulement maintenant que je m'aperçois combien nous faisions fausse route, combien cette dernière différait de la véritable voie, simple et directe, qui mène au bonheur. Notre façon de vivre au XXe siècle revenait me hanter sous la forme d'un chant funèbre qui résonnait en moi. Les activités et les corvées quotidiennes qui anéantissaient l'esprit, la routine qui assombrissait notre humeur, la soif égoïste du profit, la lutte pour la supériorité, la peur éternelle d'une catastrophe à venir, les belligérants, l'inquiétude, la privation et la prégnance de ce désordre économique, politique et social. Elles nous ont tant porté préjudice ! Elles ont fini par nous empoisonner l'âme, continuellement, jusqu'à l'atrophier, jusqu'à qu'elle devienne progressivement frappée d'incapacité. Et c'est ainsi que nous avons cessé de nous réjouir des trésors que le cœur recèle.

Stéphane poursuivit. « Au fil des années, vous l'avez amèrement regretté, mais il était déjà trop tard.

Les manifestations de la Réalité Suprême, du *Samith*, avaient alors cessé d'exister dans votre vie. Elles étaient tombées dans l'oubli. L'anxiété de votre quotidien vous mettait à bout de nerfs, et en réprimant ce qu'il y avait de plus merveilleux en vous pendant tant d'années, vous avez laissé votre monde intérieur s'épuiser. »

Je lui ai affirmé que notre personnalité et notre caractère fougueux avaient du bon, au même titre que la rivalité et la guerre pour le pouvoir, puisqu'eux seuls permettaient de voir poindre un jour nouveau, d'aller de l'avant, de prétendre à une vie meilleure. « Ces batailles ne se résumaient guère au sang et à la souffrance, elles étaient également création », lui déclarai-je. Il ne voulait même pas écouter ce que j'avais à dire…

« Du progrès et de l'amélioration dans votre cadre de vie étroit, oui, sans doute, mais pas au regard du *Samith*, répondit-il. La Création perçoit la vie comme une alternance entre activité créatrice, joie, inspiration et amour. La vie est un parcours rempli de voyageurs charmants et joyeux. »

Leur ressenti diffère du nôtre ; ils ne partagent pas notre sentence « on ne vit qu'une fois ». Ils n'estiment pas que la répétitivité émousse les impressions. « À chaque jour ses nouvelles joies » était leur devise. Ils se réjouissaient de tout, de chaque petite chose, sans s'attendre à en tirer le moindre profit. Une simple conversation avec des interlocuteurs intelligents et agréables suffit à les rendre heureux.

Je me souviens d'un matin, il y a environ deux mois de cela, où s'est tenue une danse qui réunissait plusieurs milliers de participants dans les montagnes, simplement à l'occasion du solstice d'été. Et je ne parle pas seulement de fermiers ou de jeunes enfants. Depuis les villas d'Orta, de Varez, d'Arona, de Streza et Luino, des foules de femmes et d'hommes notables s'y sont attelés au petit jour, en habits anciens et traditionnels, dénichés Dieu sait où pour l'occasion : des bas rouges et des bandeaux colorés pour les filles, des gilets tricotés, des chemises blanches amples ainsi que des chaussures avec des lacets de couleur pour les garçons. Je les ai vus installer des poteaux ornés de guirlandes de fleurs fraîchement coupées et se mettre à danser autour, au rythme de leurs chants séculaires et ancestraux, célébrant le soleil et le beau temps, comme s'il s'agissait de quelque chose d'extraordinaire sur la côte méditerranéenne.

J'avais même appris que certaines personnes, avant de mourir, remerciaient Dieu de leur avoir donné la chance de passer les nuits de mai à marcher sur les Routes du Jasmin sous le ciel étoilé, ce dont j'ai moi-même fait l'expérience à Norfor, et je dois dire que c'était splendide.

Par rapport aux adultes d'aujourd'hui, je pense que les jeunes de notre époque passeraient pour de vieilles âmes et de vieux esprits. Ici, même une personne âgée est considérée comme jeune. L'adulte moderne, en plus de rester en phase avec les aspects essentiels de sa vie, parvient remarquablement à préserver son âme d'enfant. Tel est leur secret. Et ce n'est point un hasard si l'un des principes fondamentaux de leur psychisme se résume à cette expression : « Retour aux premières joies de l'enfance ! »

Si vous leur parlez de repos, ils se moqueront de vous ! Être témoin de tout cela vous fait vous demander : n'ont-ils donc rien appris ? Ne se sont-ils point rendu compte de la facticité de ce monde ? Continuent-ils à voir la vie en rose ? Les années passées ne leur ont-elles pas ouvert les yeux ? Une excitation et un enthousiasme constants de vivre et de voyager, des espoirs et des rêves d'enfants comme s'ils étaient toujours adolescents. Et pourtant, oui ; leur passion est durable ! L'âge n'a aucune importance à leurs yeux. La perspective de la mort ne crée aucune amertume ni aucun chagrin en eux.

Je me rappelle avoir vu la construction du nouveau Planétarium, il n'y a pas si longtemps, à la Nouvelle Göteborg, un état-forêt à part entière. Il paraît qu'en pénétrant ce qui serait le plus grand édifice du genre à travers le monde entier, il était possible de voyager vers l'infini, si loin de notre système solaire que notre soleil ressemblait à une étoile. Avec un modèle spécifique de *Reigen-Swage*, il était donné de voir d'authentiques paysages d'autres planètes, avec deux et trois soleils de couleur orangée, bleue et verdâtre. J'ai entendu bien d'autres choses au sujet de cet espace féérique en devenir, pour lequel le qualificatif de planétarium ne convenait plus, mais était toujours employé pour y faire référence.

Il était principalement conçu à des fins éducatives, pour les enfants comme pour les adultes, et sera prêt d'ici une vingtaine d'années. Un projet colossal !

À l'occasion du planétarium, j'en ai conclu que, tout comme les adolescents âgés de douze à quinze ans, qui attendaient avec impatience le jour où sa construction serait achevée, la même joie habitait les personnes âgées qui n'avaient absolument aucune chance de connaître cet événement ; une joie insouciante et authentique, comme s'ils n'avaient jamais vieilli.

Jaeger et Stéphane associent principalement cette nouvelle

mentalité et ce nouveau tempérament à l'enseignement Volkic, et pas tant à la prospérité matérielle de leur époque, puisque, comme ils me l'ont dit, l'ensemble de leurs problèmes d'ordre économique avaient été réglés à l'âge de l'*Eldrere*, et pourtant, leur bonheur était alors loin d'être assuré. La jeunesse s'empressait de saisir ce qu'elle pensait être une circonstance opportune pour parvenir au bonheur à un stade très précoce, avant de s'apercevoir que cela n'aboutissait guère au résultat escompté. Car le véritable bonheur ne saurait exister en l'absence de valeurs morales essentielles, qui servent de fondations à l'équilibre intérieur d'une personne, donnent un sens et un but supérieur à la vie. Jaeger et Stéphane assimilent l'*Eldrere* à une longue ère millénaire en l'attente d'un sauveur – son propre Confucius, Christ ou Socrate – pour finalement le trouver à l'Institut Aidersen.

UN CONCERT UNIQUE

Majorque, 13-XII

Avec Silvia, nous nous sommes rendus à Majorque à l'occasion du concert d'Olaf Ledestrem, le grand maestro de la Nouvelle Loria, qui avait fait tout le chemin depuis Norfor dans ce but précis. L'événement est prévu demain soir au Temple de l'Idée, à minuit, alors que l'ensemble de la région sera assoupi.

Sept mille couples sont venus des côtes méditerranéennes environnantes afin d'écouter ce virtuose. Nombre d'entre eux sont déjà présents, mais il y en a encore bien d'autres à venir. D'ailleurs, Hilda et Stéphane vont également se joindre à nous.

J'ai ouï dire que Ledestrem avait choisi la seconde partie – la plus courte – de la glorieuse *Messe* de Ruthemir, ainsi que la Symphonie n° 9 de Beethoven dans son entièreté.

En attendant, Silvia et moi avons vagabondé à travers le pays, ses jardins floraux perchés sur les toits et ses balcons aux rambardes ouvragées caractéristiques qui, sans que je ne sache pourquoi, faisaient ma joie. Ici, les fleurs étaient cependant beaucoup moins présentes que dans les villes côtières situées le long du golfe de Gascogne, sur la côte ouest française, qui s'étend en direction du nord de l'ancienne ville de Biarritz jusqu'à Bordeaux. Mais ce qui m'a le plus touché et laissé sans voix, ce n'étaient ni les fleurs ni les foules, mais l'existence de calèches, visiblement différentes des nôtres, mais toujours tirées par des chevaux ! Une fois à bord, les Associés de ce consortium de transports romantiques vous font visiter de superbes coins insulaires avec des palmiers, des plages et des orangeraies, comme si rien n'avait changé depuis l'époque de ma jeunesse.

LE REGARD DE SILVIA SUR LE MONDE

Toujours le 13-XII
(Tard dans la nuit)

Silvia a indiqué à quel point nous étions chanceux que notre planète, un caillou insignifiant au fin fond de l'Univers, se trouve être habitée par des espèces douées de spiritualité. Lorsque je lui ai affirmé que la beauté était indissociable de la vie, elle a rétorqué que je me fourvoyais, car ils savaient à présent que seule une poignée de planètes étaient habitées, mais que toutes étaient magnifiques…

Elle a ajouté que cela ne se limitait pas à la simple présence de vie, mais d'un pourcentage, un infime pourcentage de la vie organique présente dans l'univers, qui connaît des stades supérieurs d'évolution biologique et de développement spirituel. À un moment donné de cette étape de l'évolution, la « soif de l'âme » émerge et se matérialise à travers une propension à atteindre et accomplir ce qui relève pour beaucoup de « l'impensable, l'inexistant et l'infaisable ». « S'ensuit alors la période charnière de n'importe quelle forme de culture spirituelle, fit-elle. Autrefois, nous pensions qu'il s'agissait du produit de l'esprit humain, mais nous savons désormais que ces manifestations viennent d'ailleurs et qu'elles existeraient autre part – probablement sous diverses formes – indépendamment de la présence humaine sur Terre. Des types analogues de vie psychique auraient fait leur apparition sur d'autres planètes que la nôtre. »

Elle a également déclaré que l'une des particularités de ce bouleversement réside dans le fait qu'il crée une « conscience collective et une foi commune pour les besoins de la vie individuelle », qui se soustrait aux contraintes de la réalité prosaïque et rationnelle. Elle m'a parlé de sensibilité, d'altruisme, de sentimentalité et de sacrifice volontaire, de la disposition de l'âme qui peut pousser jusqu'à l'autodestruction biologique, ce qui n'a rien d'une création humaine. Elle compléta son propos en disant : « Auparavant, l'étendue de la profondeur du Volkisme échappait à l'homme en tant que récepteur. »

Ce qu'elle voulait m'exprimer était plus ou moins ce que Stéphane et Jaeger passaient leur temps à essayer de m'expliquer. Lorsque je le lui ai demandé, elle a reconnu qu'elle ignorait évidemment le sens profond et la finalité de la vie, mais elle estime que le dessein immédiat de cette dernière, pour chaque espèce biologique douée de spiritualité, est de bâtir, de son vivant, la culture personnelle la plus aboutie qui soit. Et c'est ce qui fait la valeur de notre existence. « En vérité, dit elle, il vaut la peine d'être né humain. Il est certain que cela nous a initialement valu bien des épreuves, mais en fin de compte, je pense que le jeu en valait la chandelle. »

J'ai l'impression que son seul but était de m'impressionner, lui prêter davantage attention et peut-être même prouver combien tout ce qu'elle avait appris à l'école était encore frais dans son esprit. D'ailleurs, je tenais déjà de Stéphane que cela faisait partie de leur apprentissage scolaire : la perfection morale prime sur la prospérité matérielle, et pas seulement à une échelle individuelle, mais à celle de l'espèce tout entière. En définitive, notre raison d'être s'avérait étrangère au fait de dominer la nature, révéler ses secrets ou se l'approprier, au développement technologique, aux richesses ou à l'assurance d'être prospère. Ils soutiennent qu'il s'agit là de moyens, et non de fins.

Silvia a ajouté qu'ils étaient conscients que l'humanité n'avait rien d'éternel, qu'elle disparaîtrait à un moment ou à un autre. Et ils croient que c'est uniquement en empruntant « l'une des voies du *Samith* » que nous n'aurons pas vécu inutilement.

« Quoi que nous accomplissions dans la vie, l'unique valeur associée sera de nous rapprocher un peu plus du *Samith ;* notre volonté de le ressentir, d'y toucher. Ainsi seulement quelque chose subsiste après la disparition ou la mort. C'est l'unique raison pour laquelle rien n'est jamais perdu. Sans le *Samith*, les institutions idéales, la Communauté Universelle, l'abondance et les commodités dont nous jouissons resteraient sans valeur. »

Pour finir, elle m'a affirmé qu'en l'absence de cette capacité à aimer qui nous caractérise, nous aurions été privés du « savoir magique » que nous partageons tous aujourd'hui. C'est sa nature et non son intensité ou la puissance de l'attrait physique qui nous a aidés à approfondir nos relations de cette façon. Et une telle connexion de cœur à cœur se trouve être en net contraste avec une passion farouche. Elle a ensuite précisé – si j'ai bien compris ses mots et que je les relaie correctement – que l'amour véritable est comparable à une expérience religieuse ou une intuition. Une puissance incroyablement créative !

Elle m'a parlé de bien des choses, telles que d'autres cultures, leurs forces et leurs aptitudes, du fait que les valeurs suprêmes issues du développement intérieur ne connaissent aucune différence d'une planète à l'autre ; elles sont identiques, indépendamment de la supériorité intellectuelle ou spirituelle d'une culture. La même étincelle divine demeure.

POÈTES DU NOUVEL ÂGE

14-XII
(À l'aube)

Il était une heure du matin lorsque Silvia ouvrit le recueil de poèmes et se mit à me les réciter. De Larsen à Goethe, Schiller et Sulsnik, dont elle connaissait les vers par cœur :

Poètes, ne pleurez point vos inspirations perdues de longue date,
Elles ont connu le plus digne des destins.
Leur pureté, leur authenticité et leur vérité demeurent,
Telles qu'elles étaient dans votre cœur.
Sans connaître la trahison de l'expression
Ou de l'extériorisation,
Ni même l'affaiblissement de la parole humaine…
Poètes, ne pleurez point vos inspirations perdues de longue date,
Car rien ne se perd au sein du *Samith*…

Puis elle s'est remise à lire au hasard. Je me rappelle un poème ancien qui parle du vent et de deux poèmes de Munsven à la suite, qui avaient été composés il y a près de trois siècles et demi dans un français parfait, une langue qu'il était assez rare de trouver dans la tradition orale à l'époque du poète. Tous deux étaient inspirés de l'enseignement Volkic.

Je me souviens de deux vers du premier d'entre eux :

Déchira le voile du Temps et fit prêter
L'Oreille des siècles étonnés du Passé

Ils relatent le *Nibelvirch* et le « cri d'extase et d'émerveillement ».En employant le mot « étonnés », ils cherchent à souligner que chacune des différentes religions, théories et philosophies a annoncé et « prédit » un grand nombre de choses, sans qu'aucune d'entre elles ne soupçonne que les attentes de l'humanité puissent s'étendre aussi loin, que cette envie vieille de plusieurs millénaires, les espoirs et les désirs qui habitent le cœur de tout homme, trouvent un jour leur justification.

Du second, j'ai retenu ces vers :

De diverses lueurs fuyantes de la même
Réalité suprême

En ce qui concerne Pradelli *(IIIe siècle selon leur chronologie) :* il m'a été dit qu'il ne faisait pas partie du haut du panier. En effet, son époque est associée à une phase de stagnation artistique et créative. Son nom et son œuvre ont longtemps demeurés dans l'oubli, mais, au début de la nouvelle ère, l'ère *Nojere (l'an 986 pour eux, soit en 3382 apr. J.-C.)*, la chance a voulu que les habitants de cette époque soient obnubilés par la recherche de « prédictions inconscientes » chez les intellectuels d'antan. Et la raison principale de cette obsession réside dans le fait que la « Grande Révélation » dont ils ont été témoins leur a rappelé que les générations précédentes avaient maintes fois prédit et exprimé – quoique faiblement et vaguement – suffisamment d'éléments et d'indices pertinents dont l'importance et le sens, inaccessibles à leurs contemporains, ont échappé à ces derniers.

Il est possible d'observer cela dans les vers que j'ai entendus ce soir – les seuls à lui avoir survécu jusqu'à aujourd'hui :

Passai la mia vita qui piangendo
Da nostalgia di Qualche Cosa
Che on questo mondo non existe

(J'ai passé ma vie à pleurer
Nostalgique de Quelque Chose
Absent de ce monde)

Leur survivance ne tient pas à leur valeur, mais au fait qu'ils aient été écrits 700 ans avant le *Nibelvirch*.

Silvia les récita tous d'une traite, pieusement, la voix enjouée et pleine d'enthousiasme, même si sa prononciation écorcherait les oreilles d'un Parisien.

Qui aurait pu savoir, cependant, vers quoi tendaient les vieilles espérances et les souffrances anciennes de ces êtres sensibles ? Qui aurait pu imaginer à quel point toutes ces attentes pouvaient être ordinaires en comparaison de ce qui « est véritablement » ?

Il me semble avoir déjà relevé que, de nos jours, il existe une ferme conviction que le seul et unique fondement de la culture historique du monde est l'aspiration au *Samith*, cette soif sacrée du cœur et de l'âme, cette « souffrance métaphysique », telle que désignée par les générations précédentes. Ils prétendent qu'en son absence, notre vie s'apparenterait à celle d'un animal ou d'un robot.

Parmi les Volkis puristes, les plus célèbres n'étaient pas nécessairement les plus grands. Selius, de l'époque des premiers *Nibelvirches* – ou de la période qui a suivi – en est la parfaite illustration : il s'est fait connaître grâce à son « vers-pleur », dans lequel il rend magnifiquement la stupéfaction qui régnait au cœur de « l'effroi divin », et redonne vie avec brio au cri d'extase qui a précédé l'arrivée du miracle. « *Samith efir* ! *Samith ves gret efir!* » Tel fut le cri entendu dans la Vallée, et plus précisément depuis l'Institut Aidersen, avant que le torrent effréné du *Roisvirch* ne vienne conquérir la vie de l'homme. Silvia connaît tous ces vers par cœur. Une fois tombée sur la page, elle les récite presque sans regarder le texte, ses yeux humides l'empêchant de lire.

Le voilà ! Ce magnifique brasier,
par lequel tout devint étincelle !
Depuis là-haut, il nous apparaît enfin !
Après une ascension séculaire,
passé bien des épreuves,
nous voici rendus au sommet,
et nous le voyons depuis les hauteurs !

C'est ce qu'il s'est produit à cette époque-là dans la Vallée – aujourd'hui considéré comme « le plus grand événement de l'histoire de l'humanité ». S'en est suivi une proclamation inédite : « Il est une chose, une chose si grande qu'il nous est impossible de l'appréhender par l'esprit, si grande que sa seule espérance suffit à baigner le monde d'un bonheur infini ! »

Silvia poursuit sa lecture. Je suis assis à côté d'elle et je l'observe. L'ouvrage sautille dans ses mains tremblantes. Elle tente de contenir son émotion. Les derniers mots qu'elle est parvenue à prononcer, avant de fondre en larmes, étaient, il me semble, de notre Lamartine :

Deux mille ans sont passés, je te cherche aujourd'hui ;
Deux mille ans passeront, et les enfants des hommes
S'agiteront encor dans la nuit où nous sommes.

Il sembla que son existence tout entière opposait un « non ! » à travers un hurlement.

Sa voix, chargée d'émotion, s'évanouit à la lecture de la dernière phrase. Elle marmotta le nom de Volky et de la Vallée puis déclara que sans lui, la prophétie alarmiste du poète se serait confirmée. Elle s'essuya les yeux et se leva.

« Il est temps de partir, Andréas », glissa-t-elle.

GRETVIRCH AARSDAG

(Pendant la nuit)

Silvia et moi étions au temple lorsque, passé minuit, Olaf Ledestrem dirigea l'une des plus belles parties de la glorieuse *Messe* de Ruthemir. Stéphane et Hilda, arrivés deux jours plus tôt, étaient assis près de nous.

La première partie de cette œuvre magnifique fut jouée dans un silence absolu, sans que les 14 000 âmes présentes ne fassent le moindre bruit !

Je me souviens avoir écouté avec ferveur et dévotion, comme si je flottais quelque part entre ciel et terre, à penser combien l'oreille humaine était désespérément impuissante à comprendre un tel miracle, et espérer qu'il ne prenne jamais fin !

En même temps, j'étais fier d'être né homme, que l'un de mes pairs soit parvenu à parler à Dieu de la sorte, dans sa propre langue. L'esprit et le regard rivés sur les étoiles, j'écoutais religieusement les voix en parfaite harmonie qui, à ce moment-là, en moi, paraissaient identiques aux rapports harmonieux qui régissent l'univers.

Il s'agissait de ma première écoute de ce morceau et j'ai véritablement ressenti qu'il s'adressait à la partie la plus pure et la plus douce en moi. J'ai ressenti une foi profonde inonder mon âme après avoir écouté leur Bach du XIe siècle. Et je reconnais qu'ils avaient raison : il avait surpassé le nôtre…

La représentation avait désormais pris fin, mais personne parmi le flot de spectateurs ne quitta sa chaise avant un long moment. Pendant ces quelque dix minutes, je me suis demandé ce qu'ils attendaient. Peut-être étaient-ils pétrifiés, ou que Ledestrem n'avait pas mérité la moindre salve d'applaudissements aujourd'hui… Et ces couleurs crépusculaires… Toutes les femmes, qui étaient au nombre de sept mille, portaient un manteau de soie dans différents tons clairs, et les hommes étaient habillés de noir, vêtus des costumes traditionnels de la Vallée des Roses. Il nous avait même été demandé de porter des pantalons courts avec des jambières en soie de couleur noire qui remontaient jusqu'au genou.

Les femmes, qui arboraient une coupe standard, stricte et uniforme pour l'occasion, étaient pareilles à de magnifiques plantes fleuries d'une même famille, d'une beauté égale ! Je m'avisai que, dans l'auditorium situé à l'intérieur de l'enceinte se tenaient quelque sept mille histoires d'amour différentes !

J'ai fini par me demander si la *Messe* de Ruthemir pouvait être entendue depuis les cieux, ou plutôt si une véritable Messe avait secrètement cours à la place, dans le clair de lune qui illuminait l'immensité du ciel.

(Une demi-heure plus tard)

Après le concert, lorsque nous nous sommes retrouvés seuls avec Silvia, elle a sorti sa bague préférée de ses affaires, celle qui était sertie d'une pierre verte – l'une des rares pièces de joaillerie qu'elle possédait – et après y avoir déposé un baiser, elle l'a placée sur mon doigt « afin de célébrer notre prière commune de ce soir », pour reprendre ses mots. Elle demeura silencieuse, encore vraisemblablement imprégnée de ce qu'elle venait d'entendre. À ce moment-là, j'ai remarqué qu'elle portait à son poignet gauche son seul et unique bracelet, orné de joyaux colorés. Des émeraudes, des rubis, des saphirs, des diamants et des améthystes, dix au total, répartis de façon éparse et sertis d'or.

Finalement, je lui ai demandé : « À quel moment crois-tu que le destin nous ait rassemblés ? »

Mais elle demeure, malgré sa profonde sentimentalité, une femme instruite, cartésienne, avec un esprit critique et optimiste.

« Ne penses-tu pas que le destin ait des choses plus importantes à planifier que notre union ? » lança-t-elle avec un sourire.

Je n'ai guère souhaité poursuivre la conversation. Je n'ai jamais révélé la moindre chose au sujet de mon passé, mon autre moi. Bien entendu, elle ignore également l'existence d'Anna. Elle ne sait rien de sa vie, de la nôtre…

J'ai demandé à Stéphane si les gens âgés et célibataires avaient également leur place à cette grande commémoration du *Bigvirchstag*. Sans compter que je n'avais pas non plus vu d'*Ilecteur* supérieur ou de *Lorffe*. Il m'a assuré que cette nocturne avait trouvé l'humanité à genoux. La Terre entière avait prié la nuit dernière.

Mais le Temple de l'Idée était exclusivement réservé à ces sept mille couples. Le reste du monde priait autre part, et les Grands Dirigeants organisaient leur propre rassemblement dans la Vallée.

C'est là que les premiers *Nibelvirches* couronnés de succès – appelés *Biglys* et *Storlys* dans leur propre langue – eurent lieu, affirma-t-il, il y a cinq cent vingt-trois ans de cela, à minuit. Volky fut le premier à en faire l'expérience et à y survivre, ou plutôt à y avoir survécu après en avoir fait l'expérience. C'est alors que l'existence humaine a connu la rédemption. Un tel salut n'aurait pu avoir lieu sans que l'humanité ne prenne conscience et ne devienne maître de son existence.

(Très tard dans la nuit)

La rencontre avec Stéphane et Hilda en amont du concert – une poignée de main chaleureuse et les filles qui s'embrassent et s'enlacent – m'a donné l'occasion de faire le point sur les événements des vingt derniers jours où nous étions séparés. Entre autres choses, j'étais frappé par le franc succès qu'ont rencontré les cours d'Aria à Norfor, où elle a fait salle comble ! Il n'y avait plus de places debout, sans parler des places assises, bien que des bruits fâcheux disaient que les sièges étaient davantage réservés par des admirateurs de sa beauté que des amateurs d'esprit.

Stéphane tenait tout cela des visiteurs nordiques. Il m'a également révélé que les meilleurs archéologues et historiens lui avaient rendu hommage et qu'un grand savant – dont le nom m'échappe – initialement en désaccord avec elle, a reconnu son erreur et admis qu'*elle* avait vu juste. Cela n'a fait qu'accroître sa popularité au sein du public. Aria a annoncé à deux de ses amies à Norfor : « À son grand regret, il m'a fait parvenir la chaîne de rubis dont il était propriétaire depuis quatre ans, à son grand regret, mais également très enthousiaste à l'idée de s'en débarrasser ! »

Ses travaux ont-ils tant d'importance ? Je savais sa personnalité hautement singulière, mais du peu d'interactions que j'avais eu avec elle, elle ne m'avait guère donné l'impression d'être si exceptionnelle que ça. Bien entendu, elle n'a jamais évoqué son travail. Elle n'avait jamais fait la moindre allusion à la supériorité écrasante de son métier par rapport à Stéphane et sa faible implication.

Je venais d'apprendre de la bouche d'Hilda que ses camarades de classe se moquaient de ses « histoires d'amour avec les Incas » et de sa manie de noter ses idées n'importe où : dans les marges de ses cahiers, sur son bureau, et même sur ses genoux une fois, et ce afin de ne pas laisser filer son inspiration !

Il est dit qu'elle est systématiquement escortée par une personne différente depuis sa séparation avec Éric, car nombreux sont ceux qui se réjouiraient de lui attribuer un fiancé, quel qu'il soit. Il faut croire que ce genre de pratique populaire qui consiste à ne pas s'immiscer dans la vie personnelle d'autrui ne vaut que pour le commun des mortels. Dieu soit loué, Andréas Northam en faisait partie.

Quoi qu'il en soit, cette affaire avec Aria et ma première impression erronée d'elle ont remis en cause ma capacité à percevoir et comprendre ce qui m'entoure avec sagacité. Aujourd'hui marque la cent-trentième journée et la cent-trentième nuit de ma nouvelle vie, et je continue à me demander à quel point j'ai su appréhender les concepts, croyances et habitudes de ce nouveau monde. Il va également de soi qu'une grande partie de ma vie et de mon attention s'articule autour de Silvia…

Je m'interroge sur le fait de percevoir mon environnement avec justesse, et donc de le saisir correctement…

Ce midi, je me suis entretenu avec Stéphane à propos du concert. Il ne tarissait guère d'éloges au sujet du maestro, de l'orchestre et du chœur qui l'accompagnaient depuis Norfor. Les solistes comptaient parmi les meilleurs de Blomsterfor, Norfor et de la Nouvelle Göteborg. Désormais, seul le nom du soprano aux yeux bleus me reste en mémoire, Hilda Diran. J'ai orienté la conversation vers notre propre Beethoven, puisque la n° 9 avait été entièrement jouée hier soir, immédiatement après la deuxième partie de la composition de Ruthemir.

J'ai enfin eu la possibilité de lui exprimer ce qui m'avait traversé l'esprit il y a quelque temps, mais que je n'avais jamais trouvé le courage de lui livrer : « Notre époque devait être empreinte d'une drôle de "barbarie" pour que vous vous empariez de nos œuvres et les transformiez en prières… » fis-je, impatient d'entendre sa réponse. Hier soir, malgré sa discrétion, j'ai remarqué qu'il m'observait lors de la Symphonie n° 9.

Lorsque les tambours sont arrivés pour jouer leur partie et que mes yeux se sont emplis de larmes, il m'a fermement agrippé la main. J'étais ému et fier tout au long du morceau, un sentiment légèrement différent de celui que j'avais éprouvé pendant la composition de Ruthemir. Cette fois, il s'agissait de quelque chose qui « m'appartenait », quelque chose de chez moi !

Mais Stéphane ne paraissait pas le moins du monde ébranlé par mes propos. D'après ce que j'ai entendu, j'en conclus qu'ils considèrent Beethoven comme « l'un des leurs », de même qu'ils estiment que le Christ et Socrate sont « leurs frères qui vaguaient dans les ténèbres de la Préhistoire ». Il a affirmé que nous ne comprenions goutte de ce qu'ils ont avancé et essayé de véhiculer à travers leur entreprise, et qu'ils n'avaient guère mérité de naître en ces temps. Pour finir, il a demandé de manière rhétorique comment nous étions parvenus à épargner la vie de Beethoven, à ne pas l'empoisonner ou le crucifier à son tour, avant d'ajouter que la culture ne relève pas de certaines personnes et de leurs travaux, mais de l'incidence qu'ils ont sur le monde qui les entoure…

Il a aussi énoncé quelque chose de particulièrement intéressant au sujet de la surdité de Beethoven : aujourd'hui, ce personnage et sa déficience étaient associés à Prométhée, puni par les Dieux pour avoir volé le feu. À l'instar de ce dernier, il avait été sanctionné pour avoir offert cette musique divine à une humanité primitive, immature et désorientée, condamné à un monde sans son !

Pour eux, Beethoven et Ruthemir sont des précurseurs et des évangélistes, et ce n'est pas un hasard si leurs œuvres ont été jouées ensemble.

De nos jours, la n° 9 est perçue comme une sorte d'hymne national et universel qui prêche amour et fidélité à l'humanité et à sa destinée divine. Ils jugent d'ailleurs déplacé de l'écouter assis…

MARKFOR *(EX-ROME)* : LA MÉGAPOLE
Visite du Palais du Reigen-Swage

16-XII
(À nos villas peu avant l'aube)

J'écris ces quelques mots à la hâte au point du jour : les nouvelles d'hier soir m'ont rempli de joie ! Ce soir nous partons pour Markfor, où nous resterons tous les quatre pendant l'automne, peut-être même l'hiver ! En tant que résidents réguliers, dans une grande ville avec tous ses charmes ! Marcher sur les Routes du Jasmin ! Je suis emballé !

(Au lever du jour)

J'ai trépigné d'impatience la nuit entière dans mon fauteuil. Je me remémore ma toute première visite de Markfor avec Stéphane, tard dans la nuit, il y a environ trois mois ; j'en ai gardé une impression merveilleuse, similaire à celle suscitée par la découverte de Paris, avec sa joie fiévreuse et ses lumières, et cela a ravivé dans mon subconscient les souvenirs et la fraîcheur de ma jeunesse ! Stéphane n'était pas d'humeur à dormir cette nuit-là, il est donc venu dans ma chambre alors que je lisais un ouvrage historique. « Pourquoi diable voudrais-tu rester assis à lire à une heure pareille ? » demanda-t-il avant de m'amener jusqu'à la fenêtre pour me montrer l'éclat magique des étoiles…

Ainsi débuta le voyage, s'il était possible de le qualifier ainsi. Cela s'apparentait davantage à une plongée dans l'infini, si silencieuse et expéditive que je ne me suis rendu compte de rien. L'espace de quatre minutes, nous avons eu l'impression d'être dans le vide !

La Lombardie se dévoilait sous nos pieds, l'actuelle Lombardie, autrement dit cette ville-pays imposante et peuplée de millions de Scandinaves, ou plutôt, de leurs arrière-petits-enfants aux cheveux foncés, qui avaient toutefois conservé le même gentilé qu'autrefois. Elle ressemblait à une gigantesque ruche humaine qui s'étirait indéfiniment ! Il faut s'imaginer l'entièreté de la plaine, de Gallarate et au-delà, transformée en une immense agglomération qui s'étend à perte de vue, sans interruption !

J'ignore ce qui a pris Stéphane, mais il a soudainement – pour la seconde fois – donné au véhicule une trajectoire verticale. Mon instinct et mes réflexes m'ont aidé à tenir bon en m'agrippant à lui.

En réponse à ma réaction, j'ai lu dans son regard que nous étions presque arrivés…

Vint un moment où j'ai cru voir ma dernière heure arriver, mais, à dire vrai, la confiance que je voue à leur progrès technologique a permis d'atténuer cette peur au fond de moi.

De là-haut, il était possible de voir des projecteurs qui diffusaient une lumière de couleur laiteuse en provenance du Sud. Nous nous rapprochions de plus en plus de l'un d'entre eux, au point qu'il ressemblait à un morceau de lumière vespérale plongée dans la pénombre de la nuit… Cette lueur froide dont ils sont à l'origine et qui n'aveugle pas est, à mon sens, l'une de leurs plus grandes réussites.

« Regarde ! Regarde ! Voilà Markfor ! » s'écria Stéphane, pointant le doigt en direction de la ville. Et la « Région des Temples » se révéla aussitôt en contrebas : une mégalopole de toute beauté, cœur de la littérature et de l'art modernes, dont j'ai tant entendu parler par *Ilecteur* Jaeger.

Nous avons ralenti pour rejoindre la file de circulation régulière avec les autres oiseaux mécaniques qui se croisaient en silence, amassés dans cette partie du ciel. Quelques instants plus tard, nous nous posions en plein dans la vive lueur blanche.

Face à mon enthousiasme débordant, Stéphane m'a avoué qu'il aurait souhaité que son univers mental fasse table rase comme le mien, prêt à accueillir des impressions nouvelles sans être influencé par les souvenirs.

Ici, aucune maison à observer – uniquement des palais, des parcs et des temples. Plusieurs terrasses aux dimensions incroyables et de nombreux chefs-d'œuvre architecturaux, à mon avis grandement influencés par l'Ordre romain. D'immenses jardins et places, et moult sculptures, dont une énorme statue en marbre à l'effigie du Christ avec une auréole sur la tête, qui elle n'était pas du même matériau puisqu'elle avait été réalisée avec une source de lumière invisible !

J'ai eu droit à de nombreux « un autre jour » de la part de Stéphane ce soir-là…

Sa grande étroitesse d'esprit l'empêchait de comprendre que pour moi et mon impatience, il n'était pas question « d'un autre jour », je voulais tout voir et tout de suite ! Entre autres somptueux paysages, j'ai observé un arbre extrêmement feuillu, à mi-chemin entre le sapin et le cyprès, à la taille démesurée et très différent des nôtres.

Un peu plus tard, au Palais du Reigen-Swage, les Associés nous ont ouvert la voie à travers le bâtiment. Ces jeunes femmes charitables et ces jeunes hommes volontaires, tous arborant la coupe au carré typique, vêtus d'uniformes blanc et vert clair ceinturés d'un fil argenté, firent leur apparition derrière d'immenses colonnes afin de nous accueillir, avant même que nous ayons terminé notre ascension du grand escalier extérieur en marbre. Je me souviens avoir demandé à une jeune fille blonde aux yeux gris de dix-sept ans, qui se trouvait être notre guide, si se voir dans l'obligation de rester éveillée si tard n'était pas fatigant pour elle.

« Mais, pas du tout ! » m'assura-t-elle avec un sourire hésitant, comme étonnée – par ma question ou mon accent, nul ne le sait. Chacun d'entre nous doit seulement rester éveillé une nuit par mois, mais il n'empêche que nous nous relayons au bout de quelques heures. »

Stéphane s'est rendu à l'Institut du Reigen-Swage en quête d'informations et, pendant un certain temps, j'ai attendu seul, un peu perdu, à observer des séquences de l'histoire moderne représentées sur de grands panneaux muraux. Il n'y avait aucune inscription sur les parties inférieures et je n'ai donc jamais su de quels sujets ils traitaient ou ce qui y figurait. D'un coup d'un seul, Stéphane sortit et mon cœur bondit d'émoi. Il est étonnant de constater que la seule vue de cet homme me rend aussi jouasse, étant donné que j'ignorais jusqu'à son existence il y a quelques mois de cela. Mais que lui est-il arrivé ? Il n'a pas l'air très enthousiaste.

« Une autre fois, annonça-t-il, nous serons à même d'observer des choses plus intéressantes et pertinentes pour toi. Aujourd'hui, nous sommes venus sans préavis et tu connais déjà ce qui est exposé. Que souhaiterais-tu voir ? »

Pour le moment, cela m'importait peu, du moment que j'avais quelque chose à voir. Je l'ai enjoint à se rendre à l'intérieur malgré tout, car je ne pouvais plus attendre ; je brûlais d'impatience !

Ils nous ont conduits jusqu'à l'un des portillons situés le long du couloir. Nous l'avons ouvert pour nous y engouffrer…

Ô mon Dieu ! La sensation de pénétrer un lieu avec une espérance secrète de joie, entendre la porte se refermer derrière vous – comme à jamais séparé du monde – et faire subitement face au néant est spectaculaire ! Ce n'était pas une pénombre absolue qui se présentait à nous : je ne craignais guère l'obscurité. Quelque chose d'étrangement infini s'étendait autour de nous et me donnait la très nette impression qu'un précipice incolore nous enveloppait de toutes parts… Abasourdi, le souffle court, j'ai empoigné Stéphane qui, a contrario, se trouvait être d'un calme rassurant.

« Tu n'as aucune raison d'avoir peur, m'assura-t-il, ne t'arrête pas. »

Je fis un premier pas hésitant. Effectivement, il était possible de se tenir debout et de marcher en toute sécurité à travers ce chaos. Stéphane m'a patiemment guidé le long de cet espace exigu et m'a fait tendre la main jusqu'à toucher les murs afin que ma première fausse impression – cette épouvantable illusion d'optique – soit corrigée. Je m'avisai que nous étions simplement dans une pièce tout à fait banale, avec un plafond, un sol plein et des murs d'un métal incolore. J'ai également remarqué que faire deux pas en s'éloignant du mur suffisait à être de nouveau pris d'un sentiment de chaos absolu.

Vers le centre de la pièce se trouvaient des sièges confortables dans lesquels nous nous sommes enfoncés.

« Alors écoute, me murmura-t-il, reste tranquille, car à partir de maintenant nous ne pourrons plus communiquer. Là… fit-il en me saisissant la main, je serai juste à côté de toi… je te tiendrai la main… »

Je vis alors de mes propres yeux des choses qui semblaient impossibles. Je me suis soudainement retrouvé à la campagne avec Stéphane et une lueur a commencé à s'élever depuis l'horizon, une lumière énigmatique qui devenait de plus en plus vive. J'ai d'abord eu du mal à distinguer des formes précises, mais tout s'est peu à peu dessiné et a commencé à prendre forme, comme une création originale ! Et finalement, tous les éléments se sont animés : la campagne, les prairies, les troupeaux en pâturage et le moulin à eau, les cigognes qui planaient au-dessus des montagnes environnantes.

En un clin d'œil, un univers tout entier s'était créé autour de nous.

Sans bouger le petit doigt, nous sommes devenus des spectateurs, non pas externes, mais intégrés à ce monde ! Nous nous sommes retrouvés sur une colline, assis sur un rocher, alors que nous étions en réalité toujours lovés dans nos sièges.

Tout autour de nous, le village : les rues, les fontaines, les traditionnelles maisons à colombage avec les anciennes toitures triangulaires et la place sur la droite. Par-delà cette dernière, les chevaux des malles-poste étaient en train d'être relevés. D'un autre côté se tenait un rassemblement de fermiers vêtus des tenues caractéristiques des villages français du XVIIIe siècle. Ils étaient amassés autour d'une personne qui, debout sur une table, s'adressait à eux avec animation en faisant de grands gestes.

Il ne s'agissait pas d'une simple représentation d'époque ! C'était réel ! La véritable vie d'antan, tirée des pages de l'Histoire !

Ce que j'observais et vivais était si vraisemblable que j'en avais oublié où je me trouvais réellement. C'était si réaliste que cela maintenait votre intérêt éveillé en permanence et dans une mesure incroyable ! Il n'était pas possible d'entendre quoi que ce soit si vous tentiez de vous exprimer, indépendamment de la force ou de l'intensité du cri. Si vous essayiez de vous lever et de marcher, alors le miracle tout entier prenait brutalement fin et vous vous retrouviez englué dans les ténèbres. La séquence reprenait si vous regagniez votre place, mais avec une partie de l'histoire en moins.

Tiens ! Un homme s'en venait au loin, haletant. Il se dirigeait tout droit vers la mairie. Peu après, une grande nouvelle fut annoncée sur la place. Il s'agissait du maître de poste Drouet et il avait aperçu une berline aux abords du village qui venait dans leur direction. Il s'étonnait de la ressemblance frappante de l'un des passagers avec l'homme dont l'effigie était représentée sur la pièce qu'il tenait dans sa main. Je comprenais à présent !

« Nous étions à Varennes ! N'est-ce pas, Stéphane ? Il s'agit de Varennes au moment de la grande Révolution française ! Le lendemain de la fuite du roi, le jour de son arrestation ! Voilà ! Les citoyens courent prendre les armes ! Mon Dieu, tout semble si réel ! Tellement, tellement réel… »

Au retour, je n'eus de cesse d'exprimer mes impressions à Stéphane avec grand enthousiasme. Mon esprit s'affairait sans relâche. Je savais que pour les autres, tout cela était d'une grande banalité, mais c'était ma première fois.

Je savais qu'avec les *Reigen-Swages*, il était possible de remonter le temps de façon virtuelle et de visionner le déroulement d'événements d'autrefois comme dans un incroyable et gigantesque spectacle, mais je n'avais jamais imaginé que cela puisse être d'un tel réalisme !

Je me rappelle que, même bien après avoir quitté l'Institut du Reigen-Swage, alors que nous faisions route vers le Parc Stella Maris afin de regagner nos *linsens* et rentrer chez nous, j'étais si troublé que ma naïveté m'a poussé à demander à Stéphane à quel point tout ce que nous avions vu était authentique.

« Comment cela se *pourrait*-il, puisqu'il s'agit d'une époque si lointaine ? » fit-il en me regardant avec un air visiblement perplexe.

Il a également déclaré – si j'ai bien compris et que je relate ses dires convenablement – que ce que certains scientifiques cherchaient à prouver demeurait à l'état de rêve inachevé, à savoir que nous autres êtres humains serons un jour à même de recueillir des images qui auraient depuis fusé vers un espace infini avec célérité. Aujourd'hui cependant, le progrès technologique avait amorcé un déclin, et il n'y avait aucun projet ambitieux de cette nature comme c'était le cas par le passé. Leur culture avait par conséquent commencé à décroître. Il m'a expliqué qu'il ne s'agissait là que d'une représentation, mais qu'à partir d'une certaine époque, ce phénomène était avéré.

Nous sommes arrivés très tard à la villa et Stéphane, qui, guère habitué à une heure si avancée, paraissait éprouvé et exténué.

« Me voilà un soir de plus coupable de ton manque de sommeil… », lui glissai-je.

Il me répondit très gentiment qu'il se sentait bien et que la brise du soir l'avait revigoré.

Markfor, 27-XII

Je n'ai pas écrit le moindre mot en l'espace de onze jours et onze nuits. Difficile de trouver le temps, de créer une atmosphère propice à l'écriture, à la réflexion ou même à une courte méditation sans se laisser distraire.

Dernièrement, je suis rarement à demeure, un grand appartement neuf et confortable situé dans l'une des six villes qui composent Markfor, lequel nous a été attribué à nous quatre dès notre arrivée. D'ailleurs, nos hôtes nous ont affirmé qu'il était beaucoup plus spacieux que celui qu'occupaient Stéphane et Hilda dans la vieille ville l'année dernière.

J'ai passé l'entièreté de notre première nuit ici aux abords de la ville, à me promener dans les quartiers voisins, principalement en quête de monuments et de statues avec des cartels. Stéphane essayait sans relâche de me convaincre de rester quelques heures à la maison pour me reposer, mais je me montrais inflexible.

À présent, je sillonne cet immense pays chaque jour du matin au midi, puis de nouveau le soir, seul ou accompagné de Silvia. Depuis le commencement de cette nouvelle vie, je n'avais encore jamais été autorisé à sortir seul aussi souvent et aussi longtemps, mais Jaeger a décrété qu'il n'était désormais plus nécessaire de m'en empêcher. D'ailleurs, ce dernier séjournait également ici, dans son propre palais, et je lui ai rendu visite avant-hier.

La joie que me procure cette liberté de mouvement, le fait de pouvoir emprunter le chemin et la destination de mon choix et explorer ce pays de rêve comme je l'entends, est indescriptible ! Je m'arrête et reste en contemplation aussi longtemps que je le souhaite, sans personne pour me presser et me traîner çà et là. Et croyez-moi, c'est une chose de venir ici en tant qu'invité, une autre d'y séjourner en permanence pour un certain temps. Cela m'a permis de prendre énormément confiance en moi, si bien que je peux parcourir les rues de Markfor, voir des milliers de regards se poser autour de moi et non plus *sur* moi et affirmer : « Je suis des vôtres. J'appartiens à votre univers. Je fais partie de vos milieux. Telle une énième goutte au cœur de cette rivière ! »

Ils possèdent d'étranges bicyclettes qu'ils nomment *velos*, très différentes des nôtres, que tout le monde ou presque utilise pour se déplacer à défaut de marcher.

Ce que je tiens à souligner, c'est qu'en étant à l'image de Stéphane ou du reste de notre groupe, soustrait aux ambitions démentes d'ascension sociale ou de notoriété, délivré de toute volonté individuelle ou collective de se démarquer, de toute obsession pour une occupation originale, créative et spirituelle – la seule façon ici de se mettre en avant, ce qui correspond à notre notion de « réussite » – il devient possible d'être heureux et de se sentir épanoui. Dans ce monde aux allures d'entonnoir, les rêves, les aspirations, l'individualité, les besognes et les sacrifices sont abolis.

STATUES DU FUTUR

28-XII
(Midi)

J'ai perdu toute la matinée à la maison aujourd'hui. Silvia a sollicité l'avis et l'aide de tout le monde – moi y compris – afin de trier la foule de fournitures destinées au nouvel appartement qui nous avaient été livrées hier avec les tapis et le mobilier. Cette distribution devait couvrir l'hiver entier et il n'y en aurait aucune autre. Parmi la multitude d'objets utilitaires se trouvait également un grand nombre de curiosités en ivoire de synthèse, récupérées par Silvia à l'occasion de l'Exposition des Associés à Monza, et autres figurines de petite taille faites d'une matière similaire à de la porcelaine, en provenance de la Nouvelle Christiana.

Aujourd'hui, j'ai passé des heures à observer ces dernières. La matière qui les compose ressemble grandement à notre porcelaine, mais le style, les couleurs, et ce qu'elles représentent – ce qu'il m'a fallu demander pour le découvrir – étaient en tous points différents.

Ces objets et d'autres semblables avaient été envoyés aux quatre coins du globe. De nos jours, seuls les *Tilteys* ont le privilège de « l'unicité » dans le domaine de l'art. *Eux* seuls ont droit à des productions artistiques de caractère, sans intervention de la machine. *Eux* seuls peuvent se les « approprier », quoique de façon limitée dans le temps et en un nombre d'exemplaires restreint, si tant est, naturellement, qu'ils passent commande à temps.

(De nuit)

Rien à voir avec la première fois. Plus d'affolement lié à la circulation ni d'atmosphère de catastrophisme qui imprégnait l'air et se répandait en moi lorsque je ne sentais pas Stéphane à mes côtés. Il est aisé de trouver ses marques dans cette interminable cité-jardin grâce à sa remarquable organisation, son agencement urbain impeccable et son dispositif d'autoroutes méthodique – il n'existe aucun autre type de route ici. L'élément le plus frappant et le plus caractéristique de cette ville, ce sont ses immenses parcs et espaces verts, ainsi que ses temples monumentaux, beaucoup plus imposants que tous ceux que j'ai pu croiser dans mes voyages à travers le monde actuel.

La circulation et l'engorgement sur les autoroutes et dans le ciel ne sont insupportables qu'à l'heure de pointe du début de matinée et de fin de soirée, mais même alors, tout se meut calmement et silencieusement, sans générer d'inquiétude ou de nuisance sonore inutilement. Une formidable symétrie préside aux nuées des rangées de véhicules volants, fusiformes et sans ailes, qui, franchement frappés par la lumière naturelle, revêtent tous la couleur de l'herbe en sus d'une épaisse bande vert olive foncé à leur base. Il était possible d'observer une infinité de ces véhicules circuler dans la même direction sur des voies parallèles, survolant les dômes et les arches de Santa Virgo, dans l'est de Markfor.

Les visages des personnes en transit affichent une incroyable sérénité, tout l'opposé des voyageurs pressés dans les files d'attente des *daneurs* au *quay* de l'aéroport de Norfor, la « Fleur du Nord ».

Ils sont tellement apaisés que c'est à se demander s'ils ne partent pas tous quelque part pour prier en groupes. Peut-être font-ils route vers l'un de leurs indénombrables temples : le temple de l'Esprit Universel, le Socrate, le Temple de l'Histoire, Ars Poetica, Sagesse Divine, Miséricorde, ou le Temple du Cœur de Jésus. Ce dernier, avec ses clochers jumeaux à l'avant, me fait beaucoup penser aux tours de notre propre cathédrale de Zurich, bien qu'ils soient beaucoup plus grands. Leurs temples sont immenses et peuvent accueillir près de 40 000 personnes chacun. J'ai le sentiment que quelqu'un de plus expérimenté pourrait mieux ressentir et apprécier leur histoire, leur style, avoir une compréhension plus profonde de leur véritable signification. Je ne pense pas être la personne toute désignée pour ce faire…

Je vais essayer de transcrire quelques noms gravés sur les statues que j'ai pu observer, ceux de contributeurs distingués de la nouvelle ère : Inge Borksen, Spinelli, Rodersen, Axel Jenefelt, Tinersen *(celui de la parabole)*, Felix Torquai, Erlander, Rudelin (un amas de laurier frais entourait son monument), le célèbre critique culturel Anerholm, l'historien Esterling, l'esthète Nimotti, Dimagia, Larsen et Marie-Léa Volky, dont la statue était positionnée à l'horizontale dans le sable doré, l'air extatique, les cheveux mouillés par la mer et le front luisant sous les rayons du soleil. Élève d'Alexis Volky, elle a failli être canonisée à son décès.

Quant à nos figures connues, j'ai vu les statues des écrivains Friedrich Schiller et Victor Hugo, des poètes Edward Young et John Keats, Saint-François d'Assise, les philosophes Jean-Jacques Rousseau et l'homme d'État Laurent de Médicis. Il semblait que leurs statues apportaient un nouveau charme spirituel à leurs visages. Tous étaient représentés avec un léger sourire, comme s'ils savaient pertinemment ce qui attendait l'humanité…

(Une demi-heure plus tard)

Parfois je me demande si un genre de sort a été jeté sur cet endroit, sort qui emplirait les gens de bonheur rien qu'en respirant l'air qu'il contient, rien qu'en regardant le soleil qui le surplombe ! Onze jours que je suis ici et je n'ai fait que flâner d'un endroit à un autre, une carte à la main, assoiffé d'exploration. Musées, palais, galeries d'art – je ne m'en lasse pas ! Il me faut toujours plus de temps pour en profiter. Je pourrais passer ma vie entière dans cette ville, à étudier jusqu'à la fin de mes jours. J'aurais tout donné pour grandir ici et y faire l'expérience immédiate des joies de l'enfance…

Et puis il y a ce charme des toponymes : le célèbre Parc Stella Maris, la Petite Anolia, Rosenborg (un simple quartier de Markfor, sans lien avec le grand état d'Europe centrale), les deux Fiammes – de l'est et de l'ouest – Fiammarosa et Fiammazzura, les sept voies des Routes du Jasmin (des autoroutes parallèles et numérotées), l'ancienne Magenta… Je m'enivre à leur seule évocation… Et aussi étrange que cela puisse paraître, j'ai ressenti une pointe de jalousie en entendant un enfant de dix ans, croisé dans la rue il y a deux jours de cela, parler naturellement avec sa mère de leur retour de Smirilud, dans la partie ouest de la ville. Je l'enviais, car il était né ici, et qu'il parlait avec tellement d'aisance de tout un tas de sujets, il a évoqué « Smirilud » avec un tel naturel, il vit parmi eux, il connaît ces noms depuis son plus jeune âge. Quant à moi, qui sait combien de temps cela prendra pour que ces endroits m'acceptent comme « l'un des leurs » ?

(Plus tard)

Cette impatience, cette soif, cet enthousiasme et cette « fièvre » qui m'habitent, tout cela semble normal aux yeux de Stéphane. Il s'agit de cette même chose dont m'a parlé Jaeger il y a cinq mois de cela : si je parvenais à me faire à l'idée de ma destinée singulière et enfin laisser mon cœur respirer, des images et des expériences incroyables et inaccessibles à toute autre personne de mon époque m'attendaient. Et il avait raison. Je n'oublierai jamais combien cet ami réfléchi m'a permis de dompter mes nerfs, apprivoiser ma détresse, m'apaiser et regarder mon destin droit dans les yeux.

PERSONNALITÉS DE MARKFOR

Toujours le 28-XII
(Pendant la nuit)

L'Eldorado spirituel n'en finit pas ! À un moment donné, lorsque vous sortez de l'agglomération et que vous pénétrez les grands espaces, cela donne l'impression de vous retrouver dans les régions reculées de ce gigantesque pays. Et soudainement, derrière les rideaux d'arbres d'un grand parc, une nouvelle ville surgit de nulle part et l'attrait de l'inconnu se réaffirme de plus belle.

« Markfor est destinée à tous ceux qui ont vu le jour dans cette ancienne terre d'Italie et qui partagent sa fierté et sa joie, me déclara Stéphane dans la soirée. C'est la preuve que, indépendamment du nombre de malheurs qui ont touché l'Europe en raison de la naïveté criminelle de ses propres enfants, l'esprit humain ne s'est jamais évanoui sous le ciel méditerranéen. »

Puis, je lui ai demandé ce qu'il se passerait si des personnes de mon époque et de ma génération venaient en ces lieux. Cet endroit les transformerait-il ? Il m'a répondu que cela dépendait de leur état d'esprit. Arriveraient-ils avec une mentalité des temps anciens ?

Il considère ce sujet comme étant essentiellement d'ordre interne. De son point de vue, il s'agit de préparation. Puis il a exprimé quelque chose – j'ignore s'il l'a fait pour me réconforter – qui m'a donné du courage : « À bien des égards, ton cœur était tout à fait prêt pour nous. Et pourtant, pense au temps que cela a pris à quelqu'un comme toi pour se purifier des poisons de son temps. »

Sa façon de penser m'a fait sourire.

« Il ne s'agit guère d'un compliment, dit-il avec gravité, Jaeger est le premier à l'avoir fait remarquer à son entourage proche à Norfor. Et tu sais bien qu'il n'en fait jamais. »

Je lui ai alors ouvert mon cœur et lui ai raconté tout ce que j'avais vu dans les forêts de Filiatura avec ses pins clairs et fraîchement balayés par la pluie, des foules qui affluaient vers les *quays* de la Coopérative des Transports, où les gens buvaient de l'eau minérale glacée et sucrée à l'ombre, du bonheur qui emplissait mon cœur chaque fois que je voyais des couples dans la rue. Je lui ai confié que j'avais le sentiment d'avoir trouvé le climat propice au développement de mon âme.

« J'ai l'impression que tout cela m'appartient également », ai-je fait à Stéphane avec un gloussement. Je riais de moi-même car je m'exprimais avec la naïveté d'un enfant, les yeux fuyants.

Stéphane, qui essayait de croiser mon regard, a saisi mes mains puis m'a affirmé : « Bien sûr que tout cela est tien ! Si tel est ton ressenti, alors c'est le cas ! C'est ainsi que tu *devrais* te sentir. Tu es devenu l'un des nôtres ; c'est pourquoi je tiens tes mains en cet instant. C'est exactement ce à quoi renvoie la richesse du cœur : être digne de se réjouir de toute chose et les vivre. Les paysages, le ciel, les chants et tous les messages célestes du *Samith.* Telle est la véritable richesse de l'existence, il ne s'agit pas de suer sang et eau inutilement afin de tout posséder ! Malheur à ceux qui attendent d'acheter quelque chose et de le posséder à leur nom avant de pouvoir en profiter et se l'approprier.

– C'est ainsi que cela fonctionnait à mon époque.

– Je sais… Vous aviez même des "cadastres" individuels, éclata-t-il d'un rire moqueur. Comment êtes-vous parvenus à accabler vos vies d'une telle misère ? Vous aviez une sacrée image du bonheur à l'époque !

Je me souviens qu'à ce moment précis, il a levé la main en désignant quelque chose de l'autre côté de la fenêtre.

– Comment ces jardins et ces parterres de fleurs pourraient-ils nous apporter davantage de bonheur en étant nôtres ? En quoi différeraient le réconfort visuel et la paix intérieure qu'ils nous confèrent ? Crois-moi… La grandeur réside dans le fait de les apprécier ; et non de les posséder. »

Quant à la fierté qu'ils éprouvaient pour Markfor, il m'a affirmé que cela était aussi bien lié à la beauté et à la richesse de cette mégapole qu'à son esprit ; Markfor s'était développée du seul fait de son animation intellectuelle.

D'ailleurs, je me rappelle l'avoir entendu dire que les centres de production de Ragrilia, une ville voisine située dans le sud de la France, étaient beaucoup plus peuplés. « Mais il s'agit de centres de production », avait-il précisé.

« Il te suffit d'imaginer la ville d'Oxford de ton époque aussi peuplée que celle de New York ou de Londres. »

J'ai remarqué que Stéphane évitait toute comparaison entre Markfor et les grandes villes septentrionales, également prédestinées à l'intellect. Mais l'histoire du Nord était datée et différente. Markfor était née *de* l'intellect, elle n'avait pas été bâtie sur les ruines d'une ville d'industrie et de commerce.

Il existait cependant une différence notable entre Markfor et Oxford qui faussait le parallèle de Stéphane : à notre période, Oxford était essentiellement convoitée par des étudiants, alors qu'aujourd'hui, ceux qui partaient pour Markfor étaient des gens normaux et ordinaires. Ils ne font guère l'étude de l'esprit et de l'entendement ; ils en font l'expérience !

Cela fait plus d'un mois que les résidents permanents sont rentrés de leurs vacances d'été, en même temps que des milliers de voyageurs venus des états méridionaux, et tous les auditoriums, les salles, les lieux de spectacle et les musées avaient réouvert afin d'accueillir des concours de poésie, des expositions de sculpture et de peinture, des festivals et des séminaires pour les amateurs d'art ainsi que des événements musicaux. Tel est leur quotidien !

J'ai ouï dire qu'aucune nourriture n'était consommée pendant les réunions et les colloques, et que les musiques jouées dans les festivals ne ressemblaient aucunement à la musique italienne du XIXe siècle. L'opéra n'est pas vraiment leur tasse de thé… En ce qui concerne les représentations théâtrales cependant, lesquelles sont innombrables, tout s'y jouait : de Shakespeare, Schiller et les grands dramaturges de la Nouvelle Göteborg, à Evelyn Cornsen et la trilogie des *Voies Célestes* de Borodin, inspirée par le travail remarquable de Valmandel, *Prière Parmi les Sphères d'Or Stellaires*. J'ai entendu de nombreuses personnes évoquer l'oratorio avec respect, qui est présenté à lui seul comme un « univers musical » à part entière.

Les penseurs étrangers ne viennent désormais quasiment plus à Markfor pour enseigner.

Ce gigantesque pays compte ses propres maîtres, dont la moitié est née et a grandi dans la ville, ce qui fait leur plus grande fierté. Il est possible d'en croiser certains dans la rue, en train de marcher, seuls, paisibles, sans personne pour venir les déranger avec un trop-plein d'enthousiasme. Le bon vieux concept de discrétion régit cette ville, dont les habitants savent reconnaître et observer les moments intimes d'autrui et ne pas se montrer importuns en se contentant d'adresser un salut cordial. Et je parle de personnalités qui nous sont inconnues, mais particulièrement célèbres de nos jours, de véritables vedettes ! Des protagonistes qui ne sont pas encore entrés dans l'histoire de notre sombre époque…

C'est ici que le philosophe des mathématiques, Axel Engelmeier, a travaillé sa vie entière et enseigne encore à l'heure actuelle à un âge très avancé. C'est ici que Kershey dispense ses cours d'hiver sur l'approche philosophique de la culture. Chaque soir à Altona, des milliers de personnes se rassemblent au temple de Lysborg à l'occasion du sermon du bien-aimé Knut Dieter, aux cheveux couleur neige et à l'âme enfantine, pour l'entendre réciter avec tant de délicatesse le commandement « Tu aimeras ton prochain comme toi-même » et écouter son discours sur le mont des Oliviers. Et cette liste est très longue ; Rudelin, Brigita Luni, Lestrem et Kirsten Nymark. Cette dernière est connue dans le domaine de l'histoire de l'art. Son calendrier annuel est ainsi fait : quatre mois à voyager et étudier, quatre mois en vase clos à écrire et mener des recherches, et quatre mois à donner des conférences. Elle affirme que cette alternance de temps et d'activité lui suffit pour se reposer.

Jaeger, mon professeur de longue date, est l'unique « interprète » des travaux d'Alex Jenefelt, désormais valléen. Quelle ne fut pas ma déception cependant, lorsqu'un jour j'assistai à son intervention. Je n'ai pratiquement rien compris. Il est vrai que Jaeger m'avait lui-même recommandé de me rendre uniquement aux cours de Lain et d'Astrucci, qui étaient davantage à ma portée.

Je comprenais les phrases et les expressions, car je me suis parfaitement fait à leur langue anglo-saxonne corrompue, mais j'étais dans l'incapacité totale de leur donner le moindre sens. Fort bien, j'assisterai au cours d'Astrucci afin de découvrir ce que cet enseignant du futur a à transmettre. Mieux encore, à celui de Lain. Voilà ce que je vais faire.

Je dois simplement m'assurer que Silvia n'en apprenne rien, au risque qu'elle se mette encore à pleurer face à l'effondrement d'Andréas Northam…

D'après Stéphane, Koralsen, un très bon ami de Jaeger, avait depuis longtemps pris de la distance par rapport à ses travaux, en raison d'un grand amour. Lorsque Jaeger lui a demandé s'il aurait mieux valu passer à côté de cet amour, il lui a répondu : « Si cela ne sortait guère de l'ordinaire, alors oui, peut-être, mais lorsqu'il est question de quelque chose d'aussi beau et unique, la richesse d'esprit que son souvenir vous laisse vaut la peine de renoncer à toute autre chose. » Koralsen était expert dans l'analyse et l'interprétation des compositions de Larsen, et plus particulièrement un certain type de musique.

Dalia Keetly est aussi célèbre pour la beauté de ses cheveux soyeux que pour son procédé de classification de l'histoire de la musique.

D'interminables foules faisaient la queue pour participer à la série de conférences dispensées par Felix Diemsen et Duilio Markmatt qui portent sur le XIXe siècle, auxquelles j'ai moi-même assisté ! Je suis également allé écouter le critique Oaken, que nous avons rencontré en personne quelques jours plus tôt, alors qu'il donnait une conférence sur le grand dramaturge de leur IXe siècle *(l'an 3300 apr. J.-C.)*, Inias Valmin. Lucifero avait lui aussi conçu tout un ensemble de cours, axés sur le célèbre tableau de Nichefelt, *Nostalgie de la Dame aux Yeux Verts*.

Et il y a pléthore d'autres personnalités éminentes dans tous les domaines ; l'étude de l'éthique, de la philosophie et de l'histoire, la critique culturelle, la philosophie de la nature et des sciences, dont je n'ai même pas essayé de retenir les noms puisque j'estime que cela s'avérerait vain et stérile, étant donné que je ne comprenais même pas les sujets de leurs domaines d'études, qui englobent l'ontologie Volkic, l'épistémologie, la nouvelle approche cosmologique et des sciences spirituelles qui me sont inconnues.

D'autres s'attaquent à l'analyse d'œuvres majeures à travers les siècles : Shakespeare, Dante, des dramaturges antiques tels que Virgil, et des poètes lyriques de la Renaissance tels que Victor Hugo et Alessandro Manzoni.

Leur analyse porte également sur des livres comme *Faust*, *Les Frères Karamazov* de Dostoïevski, des romans de Dickens – principalement *Les Grandes Espérances* – *Faim* de Knut Hamsun, *Guerre et Paix* de Tolstoï, *La Montagne Magique* de Thomas Mann, ainsi que d'autres œuvres des auteurs de notre temps.

Je remarquai cependant combien les créations de notre époque étaient négligeables, par comparaison avec les grandes œuvres de leur IXe siècle : un écart considérable.

À dire vrai, l'esprit d'antan n'a pas été balayé par le progrès scientifique ou spirituel de la nouvelle ère. Au contraire, je dirais que leur IXe siècle l'a plutôt ravivé, lui donnant un nouveau souffle de vie. De même que les préceptes Volkic n'ont pas empêché la survivance des valeurs du temps jadis et du christianisme, ils leur ont davantage donné une nouvelle interprétation, une autre profondeur, un sens différent. Liberté, justice, honneur, démocratie, amour, souffrance, patrie, idéaux, la lutte pour l'éternité, la soif de connaissance… Plus ou moins les mêmes concepts, mais sous des formes nouvelles, mieux assimilées.

Voir la statue des *Frères Gracques* de Feinrich, la sculpture en marbre de la *Prière de Jésus à Gethsémani* de Levertin, et *La Morale* de Gutorp Nilsen dans le centre de Markfor à quelques kilomètres les unes des autres n'avait rien d'un hasard. *La Morale* était une œuvre en ivoire de synthèse d'une beauté incomparable, elle parvenait à capturer et représenter, artistiquement, l'indissociabilité de la souffrance et du bonheur psychique. Il en va de même pour le chef-d'œuvre *Vers la Lumière* du sculpteur Pradelli, dont il est dit qu'il figure un lointain descendant du poète du IIIe siècle. Il se trouve que je les ai vues toutes les quatre le même jour et dans le même secteur ; au cœur de la ville.

Ce que je tenais également à évoquer, c'est le respect que tout le monde voue ici à la vieille Rome, qui existe toujours, mais occupe seulement un cinquième de Markfor en plus d'être une tout autre ville, entièrement reconstruite à la suite du Grand Ravage de l'an -87 *(l'an 2309 apr. J.-C)*, qui aurait manqué d'anéantir chaque temple d'Europe. Je n'ai pas encore trouvé le moindre détail à ce sujet.

C'est donc ainsi que je passe mes journées. Nylienborg, Almetta, Aurizio, Aarl, Rho, Legnano, Arona, Notiburg et Sesto Calende sont les prochaines destinations sur ma liste. Et je les visiterai toutes !

Je suis si heureux. En réalité, j'ignore ce que j'ai fait pour mériter un tel bonheur…

ART ET LANGAGE

29-XII
(Pendant la nuit)

L'amélioration quotidienne de ma maîtrise de la langue constitue l'une des raisons pour lesquelles je me sens si joyeux. Lorsque nous étions aux villas, je ne faisais pour ainsi dire jamais usage des connaissances acquises lors des cours de langues et de prononciation qui m'avaient été dispensés par Jaeger et Stéphane à mon arrivée ici. Markfor, en revanche, représente pour moi un espace qui offre des possibilités infinies de perfectionnement oral. Il est particulièrement aisé d'y élargir son cercle d'interlocuteurs, si tant est que vous sachiez passer pour l'un d'entre eux et enfouir profondément toute trace de « vie passée », de pensée sur la vie antérieure et sur la vie après la mort.

Ayez des propos neutres : parlez-leur de la météo, des progrès technologiques et de nouvelles installations en matière de transport urbain aérien, la messe de la veille à Santa Virgo, des maquettes des jardins floraux de l'année passée, jardins dont la construction avait pris énormément de retard... Voilà la meilleure façon de s'exercer à l'oral, et c'était véritablement efficace.

Par suite du mode de vie à la fois moderne et collectif et de son caractère universel, les langues anciennes de notre époque ont disparu de la vie courante. Elles sont toujours d'actualité sous leur forme écrite et dans le domaine de la recherche, mais ne font plus partie des dialectes communs.

Le sentiment d'appartenance mono-ethnique règne sur la terre entière : « notre pays » comme ils l'appellent. Pourtant, la mémoire historique a survécu, au même titre que le sentiment d'obligation morale envers les grands d'autrefois.

La culture intellectuelle s'est unifiée à l'échelle de la planète, mais il existe encore des formes individuelles de littérature, de musique, d'histoire des sciences et de philosophie de la conscience.

D'après ce qu'il m'a été dit, au fil des ans, l'ensemble des langues que nous connaissions avait cessé d'exister en raison des mariages interculturels entre les différents peuples.

Elles ont notamment disparu lorsque les nations d'Europe se sont retrouvées impliquées dans une terrible guerre civile au cours de laquelle elles ont failli être anéanties *(guerre nucléaire de moyenne ampleur qui a éclaté en Europe en l'an 2309 apr. J.-C)*. La population avait d'ores et déjà connu un déclin inquiétant en raison des conflits incessants, en amont de la création de la Communauté Universelle, et l'humanité était alors en péril. Mais le principe de l'Histoire demeure : le progrès survient immanquablement, en dépit des rétrogradations, des ténèbres et de la ruine. Pourtant, selon eux, le « Nouvel Âge de l'Obscurantisme » – époque qui débuta en 1914 – n'aura pas été vain. Grâce à ce dernier, l'humanité a connu une évolution positive. Comme l'avait prédit Sören Kierkegaard, un homme avisé de notre temps, ces années noires furent nécessaires au progrès qui s'ensuivit.

D'après leur théorie, chaque chose a sa raison d'être, et chacun a un rôle bien spécifique à jouer dans le cours de l'Histoire. Rien ni personne n'est inutile ou superflu. Même les personnes les plus insignifiantes se révèlent d'une manière ou d'une autre utiles, car le tout est constitué de simples individus et que ce dernier est au centre du progrès et de l'évolution.

ENTRETIEN À DOMICILE

30-XII

Je ne suis pas rentré tard aujourd'hui car Stéphane m'avait cueilli très tôt dans la matinée et il était porteur de nouvelles inquiétantes. Sabba, le blond circonspect aux théories loufoques et âgé d'une quarantaine d'années, qui n'était autre que le compagnon de Stirlen, venait me rendre visite et je me devais d'être à la maison à une certaine heure, car il était très occupé et ne pouvait attendre trop longtemps.

À peine arrivé, il s'est mis à me poser des dizaines de questions au sujet de ma vie à Markfor, de mes impressions, cherchant à savoir si je me rappelais être venu ici auparavant. Il était accompagné d'Alex Wettel Smith, le jeune sauveur de Northam au moment de l'accident, dont j'ai particulièrement apprécié le comportement à mon égard. Il affichait une expression sereine et paraissait plutôt indifférent aux pensées qui venaient perturber l'esprit du professeur. Une lueur d'ironie dans ses yeux laissait comprendre qu'il n'approuvait guère ses méthodes. Son regard exprimait quelque chose comme : « Si tu l'avais cru dès le début, les choses seraient plus simples… » En l'absence de Sabba, je lui aurais serré la main et l'aurais remercié.

Ces « savants » du Nord étaient véritablement injustes envers eux-mêmes. S'ils pouvaient s'affranchir de leur égoïsme et revoir leurs préjugés de ce qu'ils estimaient être un simple « dédoublement de la personnalité », ils n'en seraient que plus humains, capables de comprendre et d'admettre leur erreur…

J'ai passé l'après-midi enfermé. Je ne suis allé nulle part. Je suis resté assis à méditer à la place. Je me demandais combien d'aurores il me restait à voir avant de mourir. Personne ne le sait.

SAINT-SYLVESTRE

(Tout juste de retour de Santa Virgo à Markfor)

Ce soir, nous allons tous veiller jusqu'à minuit afin de célébrer le Nouvel An.

Je me tiens près de la fenêtre, le regard rivé sur cette ville merveilleusement illuminée. C'est le seul moment de l'année où toutes les lumières sont allumées le soir. Les yeux au ciel, je prie Dieu de me rendre digne de retrouver mon propre univers, car j'avais visité Rome dans mon ancienne vie et c'est là que Markfor avait été bâtie. Je sens les larmes monter. La nuit était tombée pour de bon.

Trois heures avant minuit, Stéphane, les filles et moi-même nous sommes rendus à une messe à la fois courte et particulièrement émouvante à Santa Virgo. Dans les rues, j'ai remarqué que tout le monde portait une bougie comme pour le dimanche de Pâques. Leur devise était : « Nouvelle année, nouvelle page de vie ». N'est-ce point ce que *nous* avions également l'habitude de dire ?

Markfor incarne la ville la plus imprégnée de l'esprit chrétien, et toutes les églises restaient ouvertes et étaient en activité jusqu'à minuit afin de satisfaire pleinement les millions de visiteurs. Le dernier jour du calendrier, chaque personne repense à l'année écoulée sous l'angle de la moralité et d'autres considérations intérieures. Tous s'y prêtent, sans exception, et sans y être contraints. Tel est leur réveillon du Nouvel An. Des bougies blanches, de la dévotion et du silence. Pas de ballons colorés ni de feux d'artifice ou de festivités. Et pourtant, il est impossible de s'imaginer tout le bonheur que cette journée a à offrir.

MORT ET ESPRIT

1-I-MDX

Je le compte comme le premier jour de l'année, mais il s'agit en réalité d'hier. La veille, même si je l'avais voulu, il m'aurait été impossible d'écrire. Personne n'en aurait été capable. Ils passent la journée à réfléchir, méditer et prier. Je n'ai pas vu Stéphane ou Silvia depuis lors, et en vérité, je me suis lassé de rester seul. Je ne parvenais même plus à lire. J'étais encore stimulé à l'excès par l'ambiance de la soirée solennelle d'hier soir.

Il semble que la croyance moderne est complètement différente de la nôtre. Prenons l'exemple de la mort, nous avions pour habitude d'affirmer : « Chaque chose a une fin. Il faut savoir faire preuve de renoncement total. La vie est quelque chose d'unique et d'irremplaçable. Jamais plus vous ne la connaîtrez. Vous n'emportez rien avec vous. »

De nos jours, ils estiment qu'en quittant ce monde, nous laissons derrière nous tout le bien et le travail accomplis, et que la seule chose qui nous accompagne est la culture et l'amélioration de soi, en fonction, naturellement, du cheminement de chaque vie spirituelle.

Avec ce raisonnement et cet état d'esprit, et grâce à cette croyance, ils n'ont rien contre porter le poids d'une nouvelle année sur leurs épaules.

Leur foi métaphysique diffère également en tous points de la nôtre. Nous n'imaginons naître qu'une seule fois, alors qu'ils croient, même en l'absence du corps humain, que l'esprit parviendrait à se manifester dans un autre univers.

Quoi qu'il en soit, Stéphane m'avait demandé d'être présent à l'étage à temps, juste avant minuit. C'était chose faite. Alors que je regardais dehors à travers ma fenêtre, toutes les lumières de la ville s'éteignirent et les cloches se mirent à tinter ! Au même moment, la lumière artificielle – cette fois bleu clair et non blanche – s'est peu à peu mise à envelopper chaque quartier de la ville, sans exception. Ce qui était magique, c'est qu'elle lumière émanait de la terre ! Il semblait que la ville voyait le jour comme par enchantement !

L'Heptagone avec ses statues et ses arcades, les huit avenues parallèles de Lambarene, les dômes de Grazie Dei, les interminables jardins de Serinaio à Acthe, Chilisprin, Gretatria, les pelouses d'Alexiad, les cloîtres de Novum, les Routes du Jasmin, la Galerie

Centrale, Santa Virgo, le temple du Gretlys, le Parc Suspendu de Tuplin, la Colline Artificielle de Noghera, le lac artificiel de Viborg avec ses cerisiers japonais réputés – où que le regard se porte, il était possible d'observer des arcs en plein cintre disposés à la verticale émettre une lumière telle qu'ils paraissaient la puiser de l'intérieur. Nimbée de cette lueur transparente, bleue et étincelante, la ville a accueilli le début du Nouvel An le temps d'une demi-heure. J'étais ravi !

3-I
(Tard dans la nuit)

Aujourd'hui sonne mon 150e jour et mon cœur déborde de joie et d'excitation. La matinée fut magnifiquement ensoleillée après dix heures de crachin pendant lesquelles j'ai dû garder mes fenêtres fermées. Ce soleil me rappelle ma ville, ma mère. Mère, laissez-moi appuyer tendrement ma tête contre votre épaule comme avant… Vous souvenez-vous ? Laissez-moi vous raconter mon histoire, vous parler de ce grand bonheur que j'ai trouvé, si grand que je ne sais toujours pas ce que j'ai pu accomplir dans ma vie pour le mériter…

4-I

Retour aux premières joies de l'enfance ! À l'époque où même les choses les plus insignifiantes étaient exultation ! C'est une belle et radieuse matinée, et nous partons pour la modeste demeure de Jaeger située en bord de mer !

ÉTUDIER
Leçons des professeurs Lain et Astrucci

Toujours le 4-I
(Midi)

Un peu plus tôt, Stéphane et moi sommes rentrés de chez le Professeur Lain, où nous sommes restés près de deux heures ce matin. Jaeger s'est joint à nous pour la première fois. Je prenais plaisir à revoir cet affable professeur aux cheveux blancs et aux yeux clairs près de trois mois plus tard, et tous ces petits enfants qui, curieusement, l'appelaient Père. Il est accessible et facile à comprendre, j'aime sa façon de parler et il est possible que j'aille le voir enseigner quand je n'aurai rien d'autre à faire. De surcroît, Silvia avait fini par composer avec la condition d'Andréas Northam. Et Jaeger a parlé de moi à Lain et Astrucci. Je crois que nous sommes en train de devenir bons amis avec le vénérable *Ilecteur*.

6-I

M'est avis que lorsque les gens de notre époque atteignent l'âge adulte, ils se retrouvent prisonniers d'une routine dont ils deviennent progressivement esclaves. Ils donnent alors l'impression d'être « instruits » et « terre-à-terre », ils se mettent à marcher tête baissée à cause de la pression et du stress de la vie quotidienne et ils n'ont plus aucun intérêt pour la couleur du ciel automnal, comme celui que je suis en train d'observer. Non, Mère, ce n'est pas un mensonge ! Croyez-en mes mots, « le formidable pays avec ses arbres aux feuilles dorées » n'existait pas seulement dans les rêves du cœur à la fois simple, naïf et crédule d'un enfant.

9-I

Voilà trois matins de suite que je m'en vais écouter Lain. En plus d'avoir une manière bien à lui de transmettre des connaissances, cet homme sait s'adresser directement à votre cœur. Et comme il maîtrise l'art de l'explication et de la simplification ! J'ai absolument tout compris de ce qui avait été dit ces trois derniers jours.

Cet après-midi, je me suis rendu sur le grand boulevard qui longe le parc central. Je n'ai pas cherché son nom, mais il est parallèle à la voie intermédiaire entre les Routes du Jasmin et, selon moi, il s'agit de la plus belle partie de tout le territoire. Sur ma droite se trouvait ce parc gigantesque avec le lac artificiel évoqué auparavant, et sur ma gauche, de l'autre côté du boulevard, une rangée de palais qui s'étendait sur 130 mètres, édifices qui donnaient l'impression d'être habités par des Titans.

La pluie fine qui tombait sur moi rebondissait sur mes chaussures, et je me souviens avoir pensé que dans ma vie d'avant, un temps pareil aurait déjà engendré une certaine mélancolie en moi. Mais maintenant je suis heureux ! Je sais que je le répète inlassablement, mais ce parallèle psychologique me surprend et je ne peux m'empêcher de le faire remarquer encore et encore.

LEURS MOIS ET LEURS FESTIVITÉS
Enseignements de Lain

9-II

Nous sommes encore le neuf, mais le neuf du mois suivant. Je n'ai pas écrit le moindre mot trente jours durant cette fois-ci. Je suis tellement absorbé par les cours du matin dispensés par Lain, par mes promenades incessantes à travers la ville le soir et le *Reigen-Swage* la nuit, que je n'ai guère trouvé le temps de composer.

Actuellement, les mois comptent exactement trente jours. Ils sont désormais désignés par des chiffres romains, et non plus par les noms anciennement utilisés afin de les distinguer. Le début de chaque nouvelle année est marqué par l'équinoxe d'automne. Il en est ainsi depuis que les plus grands savants prirent la place des responsables politiques et qu'ils se virent conférer le pouvoir de légiférer et de prendre à leur charge l'ensemble des affaires politiques de la vie courante.

Chaque année se compose de cinq jours fériés intercalaires : le Nouvel An, Noël, un jour consacré à l'altruisme et deux autres à des commémorations. Le premier, en mémoire du 5 mars 2396 apr. J.-C., l'*Aarsdag* du *Retsstat*, correspond à la commémoration du jour où le monde entier s'est organisé en une Communauté Universelle gouvernée par l'ordre public. Le second célèbre le 6 septembre 3382, l'*Aarsdag* du *Gretvirch*, le jour où Alexis Volky a accédé au savoir intuitif, ce qui lui a permis de conduire l'espèce humaine à la prochaine étape de l'évolution.

Ils ont un sixième jour férié tous les quatre ans, qui a eu lieu l'avant-dernière année, en MDVIII *(l'an 3904 de notre chronologie)*. L'ancienne division de la semaine n'est plus d'actualité, peut-être en raison du service de deux ans, sans aucune exception et sans aucun jour de congé, qui a mis fin à la distinction entre les jours ouvrables et les dimanches. Quant aux citoyens, les *Cives*, tels que Stéphane et les autres, ils accordent leurs emplois du temps individuels en fonction de leur humeur et du travail auquel ils se consacrent, s'il en est…

Venons-en à Lain et à ses cours. En classe, il n'est pas simplement donné d'écouter des choses destinées aux enfants. Même des adultes pourraient y parfaire leur éducation.

Il enseigne quasiment tout, de la philosophie et de l'histoire aux sciences sociales, en sus de leurs propres sciences, majoritairement spirituelles : un éventail de domaines sans grand approfondissement, mais il n'empêche qu'à notre époque, les années d'enseignement fondamental ne pourraient jamais offrir cela. C'est ainsi que ces adolescents mûrs, âgés de seize et dix-sept ans, acquièrent une parfaite maîtrise du socle de connaissances élémentaires dans chaque discipline une fois diplômés et qu'ils peuvent, dès leur service de deux ans dans les *glothneurs* achevé, choisir de se spécialiser ou simplement de bénéficier d'une formation dans le domaine de leur choix.

De nos jours, les sciences spirituelles sont particulièrement appréciées et mises à l'honneur, non celles qui permettent de décrire et d'interpréter le monde extérieur et la vie, mais celles qui accordent une attention toute particulière à l'intériorité et pénètrent le sens profond de tout ce qui existe. Il est également avancé que ces sciences ne sont pas tant liées aux capacités cognitives de l'être humain qu'aux sentiments et aux émotions. Et ce qui sert de « moyen pour saisir et interpréter » cette partie de l'existence humaine n'est autre que les expériences et les plaisirs qui agitent l'âme dans son essence même.

Cet homme s'exprime d'une manière tout à fait étrange, et cela devient d'autant plus intéressant lorsqu'il enseigne les grands hommes et des grandes femmes de l'Institut Aidersen et de la Vallée.

« Personne ne pouvait s'attendre, affirme-t-il, à une telle justification, une telle catharsis de la tragédie humaine. » Les personnes « intelligentes » ou les « sachants » des époques précédentes, les « experts » de l'*Eldrere*, laissaient les gens sous un bombardement constant de valeurs morales uniquement dans le but de faciliter leurs propres vies. Plus ils étaient soumis à des principes et des sentiments éthiques, plus il leur était difficile de transiger avec la conscience et plus les « spécialistes » en profitaient. Ils ont tiré parti des hésitations sincères d'hommes ordinaires et respectables.

Et les puissants de ce monde ont déclaré la même chose ; les dirigeants politiques, sociaux et ecclésiastiques ont prôné le maintien de ce « code de conduite et de déontologie », car cela nourrissait leurs desseins.

C'est ainsi que les mêmes idéaux étaient recyclés au fil des ans et qu'ils continuaient immanquablement à se révéler sous des formes identiques ou similaires, portant à maturité le mode de vie évolutif de l'être humain, tout en servant des intérêts individuels et collectifs. La promesse d'une vie après la mort comme récompense de la vertu constituait tout particulièrement l'un de leurs principes fondamentaux !

« Les Préhistoriques – indique Lain – et même l'homme de l'*Eldrere*, vouaient une fascination à l'avènement incoercible de grands idéaux en tant qu'attachement à la liberté, à la justice sociale et l'humanisme. Cependant, la véritable Raison qui les motivait était inconnue de tous avant le *Nibelvirch*. Ils les nommaient idéaux, rêves, protestations de foules opprimées qui s'élevaient contre l'avilissement de la dignité humaine et de la vie. Puis ils ont pu voir l'immense vérité qu'ils dissimulaient… »

13-II

« Jusqu'à la génération de Marie-Léa, – fit observer Lain aujourd'hui – l'une des disciples de Volky, tout ce qui relevait du champ transcendantal et métaphysique était considéré et traité comme une forme de croyance, et non comme un savoir. Il a fallu du temps avant d'identifier l'origine de cette simple distinction entre le bien et le mal et de comprendre qu'il ne s'agissait pas seulement de règles de pragmatisme élaborées par l'homme, uniquement au service du bon fonctionnement de la société. »

ESSENCE DU SAVOIR AIDERSIEN : UNITÉ DU MONDE MATÉRIEL ET SPIRITUEL ET ÉVOLUTION DES RELIGIONS

14-II

Aujourd'hui, Lain a de nouveau déclaré que les plus grandes réalités sont celles que nous ignorons. Nos yeux sont incapables de les discerner et notre intellect de les concevoir. Il n'existe aucun mot connu de la raison humaine pour décrire leur essence divine. Il nous a peut-être été fait don du pour soi, mais, tant que nous demeurerons de simples êtres humains, l'essence et la structure de notre existence resteront transcendantes et dépasseront notre entendement. Puis il a exprimé quelque chose que je n'ai pas tout à fait saisi : la voie vers la connaissance est un « concept relatif ». Il nous est possible de l'aborder, parfois avec plus ou moins de succès, mais elle nous est à jamais inaccessible.

C'est seulement après que l'Institut Aidersen fasse la lumière sur ce sujet que nous avons pris conscience du caractère entièrement subjectif et artificiel de la distinction entre monde physique et univers spirituel. Ni l'un ni l'autre n'existe ; il n'y a que des genres d'êtres vivants, des espèces organiques, rationnelles, biologiques, certaines avec de meilleures antennes, d'autres avec des capacités cognitives moindres. La Réalité Suprême est unique et uniforme et cela a été prouvé et démontré par les grands esprits visionnaires de l'Institut Aidersen. La « cognition » de notre race s'est alors éveillée et ses limites ont été considérablement étendues, chose que personne n'aurait jamais pu soupçonner ou espérer du temps de l'*Eldrere*, pas même les ancêtres de l'*Homo Occidentalis Novus*, le stade d'évolution supérieur de l'*Homo Sapiens*.

Lain a poursuivi en indiquant que le miracle et le surnaturel ne sont pas ; que rien ne transgresse les lois de la nature. Tout ce que nous qualifions de surnaturel n'est autre qu'un ensemble de lois inaccessibles à la connaissance, à la logique et au schéma de pensée de l'homme.

Leur Histoire et leur chronologie ne se composent que de deux époques : l'*Eldrere* et le *Nojere*, l'ancienne et la nouvelle ère.

La première est l'authentique héritière de nos XIXe et XXe siècles, imprégnée de l'esprit de la culture technicienne et des réalisations de la science, aveuglée par les avancées technologiques de l'homme, de la science, de la raison et de l'esprit. La seconde, le *Nojere*, a révélé la véritable étendue et signification de l'existence, en sus d'apporter une juste interprétation aux inclinations de l'esprit humain. Il en va de même pour l'origine et le dessein divin du monde et de la vie, entièrement distincts de la destinée humaine, étriquée et limitée. Les sciences naturelles ne constituaient ni n'offraient de véritable savoir. La science était pratique, fort utile à nos vies, mais elle ne renfermait guère la vérité absolue. Seule la nouvelle approche de l'*Oversyn* ou *Oversynssans*, son autre dénomination, conjuguée au *Nibelvirch*, offre à l'homme une connaissance pure et lui permet de se délivrer de la souffrance, du doute, et de mettre un terme à son angoisse métaphysique. Cette « expérience singulière » incarne le miracle de l'Institut Aidersen.

Le simple fait d'écrire tout cela me donne la chair de poule. Chaque fois que j'en entends parler ou que j'y pense, je n'en reviens pas. Toutes les connaissances issues de la science et des croyances métaphysiques de l'ancien temps – pour eux – ont été concentrées, adaptées et repensées afin de créer quelque chose d'unique et d'uni : l'enseignement Volkic. Le dogme de la foi – ou plutôt l'aspect dogmatique inhérent à toutes les religions – a été évincé, sans toutefois altérer son essence. Au contraire, puisque les religions se soustrayaient au fardeau ancestral de détails primaires, qui, en tout état de cause, étaient inspirés par l'esprit humain. En conséquence, la dimension et les richesses morales et émotionnelles de toute religion se sont alors dévoilées, pour être finalement mises en lumière. Ici, donc, la religion ne fait plus l'objet de critiques, elle n'est plus remise en cause à l'issue du moindre progrès, de la moindre percée scientifique. Elle n'est point « réfutée » par intermittence et ne connaît plus la nécessité de se défendre constamment et désespérément elle-même.

Il poursuivit, en citant en exemple la prévalence actuelle de la crémation et le fait que les vivants ne nourrissaient plus l'espoir d'être « tous ensemble enlevés avec eux sur des nuées, à la rencontre du Seigneur dans les airs ». Il citait la Bible mot pour mot ! Je fus incapable de contenir mon rire lorsqu'il a prononcé ces mots… Cet homme a ses méthodes…

Il affirme que maintenir l'aspect réflexif de l'ego est désormais suffisant pour sauver l'homme de la menace incarnée par l'ancienne conception d'un destin biologique étriqué et limité. Ainsi, la mort et la décrépitude du corps ne leur importent plus.

Il s'interrogea : « L'homme des années révolues et obscurantistes a-t-il prêté l'oreille aux travaux de recherche biologique qui démontraient que, tous les sept ans, rien ne subsistait du soi matériel grâce au renouvellement intégral de nos cellules ? » À ce moment-là, même les jeunes gens se mirent à rire.

Il a mentionné des noms familiers, comme celui de Nietzsche, qui, d'après Lain, s'est tenté à « détruire toute valeur spirituelle et porter atteinte à la validité de l'ensemble des succès antérieurs de l'esprit », et Darwin, qui avait le tort « d'avoir une confiance excessive dans les capacités cognitives de l'être humain ».

« Le darwinisme est effectivement compatible avec le don divin de la vie, déclara-t-il, mais uniquement en tant que perspective indépendante et individuelle, et non en vérité absolue. Autrement, cela revient à ne pas tenir compte des millions d'espèces différentes d'êtres vivants doués de raison, qui habitent des millions d'autres planètes. Mais j'imagine que c'est ainsi que vont les choses... Tout comme l'*Homo Sapiens* a vécu plusieurs millénaires avant d'acquérir la conscience, il en va de même pour le stade d'évolution supérieur de l'être humain : le monde de l'homme fut ébranlé par des centaines de manifestations de cette soif inouïe de l'âme et de l'esprit, mais le genre humain ignorait que tout cela provenait du *Samith*. Nous étions alors dépourvus de conscience et de connaissance. L'avènement du *Nibelvirch* a été nécessaire afin de s'éveiller à nous-mêmes et au monde, et interpréter, tardivement, toutes les émotions que nous ressentions en tant qu'espèce. »

Il a également indiqué que grâce à cet élément divin dont le caractère reste inconnu, les espèces de l'Univers tendent à s'élever toujours plus haut, sur le plan spirituel et intellectuel, en parvenant à créer un ensemble d'histoire culturelle depuis un état primitif de matière organique. Vers la fin du cours, il a de nouveau fait allusion à « la culture individuelle de l'esprit », qui va de pair avec l'évolution biologique dans sa globalité.

LE GUIDE DE VIE DU PROFESSEUR LAIN
Observations sur la Préhistoire et l'unité du temps

16-II

Je me remémore les dires de Lain hier, chaque époque a connu de jeunes gens assoiffés d'idéaux, car il s'agit de la conception même d'une âme fraîche. Lors de son adresse au public juvénile, il a émis une distinction entre « les idéaux d'un peuple » et leurs propres idéaux. En ce qui concerne le premier cas de figure, il a signalé qu'ils avaient pour objectif d'assurer et d'enrichir le processus historique de l'humanité et de la civilisation spirituelle. Il ajouta que la culture, en tant qu'idéal, ne connaissait ni début ni fin, et qu'elle ne se limitait guère à notre planète.

Quant aux idéaux personnels, il me revient qu'il soutenait que le plus élevé de ceux qu'un être humain puisse nourrir est celui de liberté, soit la tentative de tout un chacun, autant que possible, de devenir une personne libre sur le plan moral et spirituel. Mais également que la véritable éducation ne se définit pas tant par la connaissance que par la culture de soi, et le besoin psychique d'agir selon des principes moraux élevés.

« Débarrassez-vous des passions, des vices, de la vulgarité et de la bassesse. Libérez-vous des chaînes de la nature matérielle de l'homme. Soyez des personnalités libres et morales, et essayez d'illuminer vos vies avec tout ce qui relève du beau et du vrai. »

Ses dernières paroles me faisaient penser à plusieurs de nos sermons religieux. Il exprima également l'idée que lorsque la jeunesse n'est plus, nous nous éloignons des manifestations du *Samith* et que cela se solde par de la souffrance morale et de l'angoisse, entraînant une forme de dépression qui touche souvent l'esprit après l'adolescence.

« Mais vous, fit-il, ne laisserez point l'ardeur de votre jeunesse s'évanouir. À l'inverse des générations précédentes, vous ne serez pas brusquement enchaînés à la terre. Vous ne deviendrez guère "savants", qu'importe le nombre d'années qui s'écoulent. Car heureusement, en ce qui nous concerne, peuple du *Nojere*, l'Aidersen nous a précédés… »

En effet, il a souligné que par le biais de l'Aidersen, il est prouvé que l'humeur et la disposition d'esprit à l'âge de la puberté ont toujours été beaucoup plus raisonnables que celles d'une personne d'un âge plus avancé ! Les jeunes antennes s'avéraient davantage aptes à saisir le monde d'aujourd'hui.

« Regardez-moi, dit-il, s'assurant une attention sans partage. Vous autres, jeunes gens, avez toujours été de meilleurs percepteurs de la beauté et de l'importance du printemps, d'une pleine lune, de l'amour et de la liberté véritable ! »

Il a par ailleurs précisé que les habitants de l'*Eldrere* pensaient que « laisser filer ses rêves » était le produit du vécu et de la sagesse et une preuve de ceux-ci, et que s'ils voyaient l'homme avisé d'aujourd'hui, ils le qualifieraient et le traiteraient comme un « enfant monté en graine ».

« Mais nos hommes sages n'en sont pas moins des percepteurs compétents, bien plus éclairés que les générations précédentes, car ils n'abandonnent jamais leurs rêves, pas plus qu'ils n'ont renoncé à leurs idéaux face à une croyance d'origine douteuse. »

Il s'est ensuite exprimé au sujet des différentes formes « d'états locaux » – à savoir nos nations – qui ont précédé l'*Eldrere*, puis il a survolé toute la période de leur propre Préhistoire : notre présent et notre futur immédiat, c'est-à-dire jusqu'à la fin du XXIVe siècle. Si je retranscris correctement sa parole, il a déclaré qu'en matière d'organisations étatiques, en tenant compte des réalités sociales afférentes à chaque époque, trois d'entre elles ont marqué un tournant décisif dans la « Préhistoire » : l'époque de la démocratie athénienne, la fin du XVIIIe siècle (à l'image des états nord-américains et français) et la moitié du XXe siècle (avec l'émergence des États-providence d'Europe du Nord et des États scandinaves de paix sociale, d'assurance et de prospérité). Il a ajouté que, tandis que les Athéniens possédaient leur propre type d'institution politique, ils avaient également Platon et Socrate pour les parachever.

Il a néanmoins précisé que nos ancêtres considéraient le fait d'assurer et de garantir un niveau de vie élevé au sens matérialiste du terme, soit en supprimant la pauvreté, le chômage et l'incertitude de ce qui sera, comme la réponse à tout problème d'ordre social.

Mais une telle mentalité et de telles méthodes ne tenaient nullement compte du facteur humain et de sa trame interne, car apporter des solutions à l'ensemble des difficultés économiques d'un peuple, le soulager de toute considération et de toute responsabilité inhérente à la vie quotidienne, s'avère plus dommageable qu'autre chose en l'absence de foi en des valeurs et des idéaux éternels, sans dimension morale centrale ni perspectives. L'équilibre intérieur de l'être humain s'en voit alors menacé.

Il a de nouveau réitéré son propos au sujet de la distinction entre le bien et le mal, le bon et le mauvais, qui n'est point l'œuvre de l'homme ; elle renvoie davantage à une signification éternelle qui va bien au-delà de nos croyances, elle reflète et correspond à des réalités supérieures dont nous connaissons désormais l'existence. Même si la vie n'avait plus cours ou qu'elle n'était jamais apparue sur Terre, cette distinction continuerait d'exister, elle demeurerait intacte. D'autres planètes connaîtraient la vie. D'après lui, la source de moralité d'un honnête homme, qualifiée d'intrinsèque, est d'une profondeur insoupçonnée : elle n'est ni fortuite ni héréditaire.

« Cette perception nous a permis de prendre conscience de la finalité de la vie humaine, qui est purement Aidersienne et dont l'homme de la Préhistoire ou de l'*Eldrere* ne savait rien, puisque l'attention était alors unanimement portée sur la culture économico-industrielle de l'époque. Le savoir était lacunaire et biaisé. Il n'existe ni ici ni ailleurs, ni maintenant ni avant. La réalité est unique et multidimensionnelle, elle contient tout en elle. »

Je me souviens notamment l'avoir entendu dire que la durée de cette vie ou le bonheur qu'elle recèle étaient moins importants que la recherche d'expériences précieuses, les plus hautes manifestations du *Samith* (l'art, le sacrifice, l'amour). Son fil conducteur, d'après ce que j'ai compris, était l'affirmation des notions de Grandeur, de Divin et de Merveilleux, sous toutes leurs formes. Il cherchait à exprimer son culte des nobles idéaux de toutes les manières possibles.

« Ils ont valorisé leur existence », expliqua-t-il, mettant l'accent sur « ils » et « valorisé », « et ce même si la vie de celles et ceux qui ont connu la transition de la mortalité à l'immortalité fut courte et marquée par des épreuves.

Leur lutte et leur sacrifice ne furent guère vains, quand bien même leurs accomplissements n'étaient pas à la hauteur de leurs espérances. Et il ne s'agit pas tant des difficultés et du sacrifice, mais de ce qu'ils représentaient dans ce cadre de vie en particulier. De fait, les insignifiants et les humbles, ceux qui n'étaient pas promis à la grandeur, se sont avérés plus valeureux que celles et ceux à la vie facile, car ils ont relevé avec brio les défis du quotidien contre vents et marées. Et lorsque je dis "avec brio", je fais référence à la sphère morale, non aux bénéfices. Le bonheur concret, bien que nous en reconnaissions l'existence, offre moins de mérite que d'être confronté à la misère. Ainsi, ici-bas, ce ne sont point les heureux et les chanceux qui sont méritants, mais ceux qui conservent une attitude morale correcte en temps d'épreuve comme de joie. »

Il ne pouvait davantage mettre en exergue que le bonheur n'existait qu'à l'état de « potentialité », terme Aidersien consacré dont j'ai fait la découverte. Soit dit en passant, j'ai également appris que Lain avait perdu son unique enfant…

Ce qui m'a également frappé dans ses dires, c'est que l'essentialité de l'affection et des bonnes œuvres en notre for intérieur puisse donner du sens et de la valeur à notre vie, et même à celle des plus isolés, des plus défavorisés et des plus esseulés. C'est pourquoi, dès le plus jeune âge – et il a insisté sur cette partie, comme une recommandation adressée à ses élèves – nous devons être capables de distinguer l'apparence de l'essence. Il a alors souligné la nécessité pour l'homme moderne et éveillé de livrer bataille contre l'envie instinctive d'un bonheur à portée de main et d'une longue vie, car ces derniers ne sauraient exister en l'absence d'une intensité et d'un niveau de spiritualité équivalents.

Pour finir, à propos de la vie dans le contexte que nous lui connaissons aujourd'hui, il a exposé qu'elle était transitoire et temporaire, caractères fondateurs de sa brièveté et de sa moindre qualité. L'individualité morale et spirituelle poursuit en ce monde une triste aventure, pleine de frustrations, une expérience dramatique de vie en terre étrangère, régie par l'impression constante d'être absente de son véritable foyer ; un sentiment de nostalgie, une sensation de soif et de manque d'épanouissement.

CRÉATION ARTISTIQUE : ARTISTES OU PROPHÈTES ?

19-II

Hier, nous sommes revenus sur la culture et la création artistique, qui ne sont plus considérées comme de simples projections de l'esprit humain vers le monde extérieur. Il estime que tout ce qui a été conçu dans le domaine de la culture et de l'art à travers l'histoire humaine ne relève guère de la création, mais de la révélation – incomplète de surcroît – d'un dévoilement du merveilleux qui tient de l'a priori, c'est-à-dire décorrélé de l'apparition de l'homme sur Terre.

Et, au fond, a-t-il déclaré, tout le monde prônait la même chose ; Platon et le Christ, Praxitèle, de Vinci, Michel-Ange, Goethe, Wagner, Einstein et Henri Dunant, Agni et Menestrem, Valmandel et Larsen. Mais tous l'ont exprimé dans leur propre langage ; certains à travers l'enseignement, d'autres au moyen de tableaux, ou encore de sculptures, de paroles et de découvertes. Tous étaient des prophètes qui s'ignorent et qui ont manifesté, bien que modestement et imparfaitement, le comment et le pourquoi de la vie – et plus généralement du monde – d'une manière des plus fidèles et des plus sacrées qui soient.

Les moments vécus par un amateur d'art cultivé, c'est-à-dire un receveur doué de sensibilité, face à un chef-d'œuvre d'art visuel ont beaucoup en commun avec les heures de prière ou de rêverie de l'homme pieux et du philosophe, ou encore la période d'inspiration du poète. Il s'agit là de la même « aperception de la lueur du *Samith* » qui se révèle de bien des façons différentes, sous diverses formes, à un receveur apte et digne ; il s'agit de ce « sentiment de libération » des confins de la banalité, cruelle fatalité de la vie.

Il a indiqué qu'une fois le *Nibelvirch* acquis, les rêves et les idéaux se sont avérés beaucoup plus réels et tangibles que toute chose contenue dans la réalité matérielle seule. Et les grands poètes, auparavant considérés comme fous, se sont soudainement changés en prophètes ! Les créatures issues de leur imagination ont fini par se manifester dans le monde réel !

Il a aussi évoqué la religiosité, en affirmant que l'homme d'autrefois se reposait entièrement sur les principales religions formées à travers les âges.

Mais ce qui importe plus que les différentes religions, c'est le sentiment religieux, inné chez l'être humain du fait de certaines étapes charnières dans son évolution biologique et spirituelle, cette « soif de l'âme » qui fait que nous n'envisageons pas la vie sans l'existence de « puissances supérieures » ou de « l'élément divin ».

Auparavant, l'homme admirait exclusivement les théories, les lois et les découvertes scientifiques de *son* temps : Copernic, Kepler, Newton, Einstein, Aström, Jorgensen, Sioberlef ; qui avaient trait aux mécaniques célestes et universelles. De nos jours cependant, affirmait Lain, nous savons que tôt ou tard, les « vérités » d'hier laisseront place à celles de demain, qui viendront les réfuter et les supplanter.

D'après lui, il en va de même pour la vie sociale. Dans le passé, une grande importance était accordée aux règles, aux codes de conduite et aux bornes qu'ils fixaient. À présent, ce qui compte le plus est la connaissance innée qui vit en chacun d'entre nous, celle qui aspire au règne de la justice et de la moralité, et qui s'agace à la vue de l'iniquité.

Toutes ces formes de nécessités intérieures ne sont autres que cette « soif de l'âme et de l'esprit » pour le *Samith*, qui relève du type psychologique propre à chacun. Certains trouvent le salut dans l'art, d'autres dans la religion. Telle est la croyance actuelle. C'est ce qui nous guide aujourd'hui ; la souvenance de la Réalité Suprême, du *Samith*, dont chaque personne a fait l'expérience.

20-II

Au sujet de la création artistique, je me souviens l'avoir entendu dire que vers la fin de l'*Eldrere*, les théoriciens pensaient l'art comme un processus de création d'un monde merveilleux qui transcende le réel, un univers idéal et illusoire, de l'ordre du rêve. Mais ce n'était guère le cas. Le but principal de l'artiste n'est pas de délivrer des connaissances, mais des expériences supérieures, de léguer à ses contemporains *cette* expérience, créatrice et vecteur d'émotion artistique. Le travail de l'artiste ne consiste pas à révéler, mais à toucher le cœur.

« À l'instar d'un compositeur de génie, d'un grand philosophe ou d'un poète inspiré, d'un digne savant, d'un noble fondateur de religion ou d'un dirigeant qui fait don de sa vie pour le bien de son peuple, le maître de l'art acquiert lui aussi les caractéristiques d'une modeste déité qui nous donne une vision fugace et imparfaite de ce qui existe véritablement : le *Samith*. »

22-II

Aujourd'hui, dans la matinée, il répéta que « avant l'arrivée de ces esprits Aidersiens, puissants et visionnaires », une personne sur deux s'accordait à dire que la vie était unique, irremplaçable et que nous étions chanceux de pouvoir la connaître ne serait-ce qu'une seule fois. L'autre moitié soutenait que venir au monde était une autre expérience de l'existence biologique consacrée à l'esprit. Ce type d'expérience s'était également manifesté sur notre planète. L'existence peut être de courte durée – quelques décennies seulement – mais elle est désormais dotée du plein potentiel des biens moraux et spirituels, d'un « savoir étendu », car l'homme est capable d'observer le cours de la vie et de la culture sur cette planète en seulement quelques années, phénomène qui s'étendait auparavant sur un millénaire.

Mais maintenant, nous le savons : les formidables expériences de la vie ne relèvent guère de l'intériorité ; leur source est extérieure. Les anciennes générations se sont laissé entraîner dans une interprétation psychophysiologique hâtive et superficielle – plate du reste. L'existence biologique sur Terre est représentée comme une « voie emplie de souffrance et de gloire qui abrite un sens subtil et caché » pour la personnalité spirituelle des êtres humains évolués.

En fin de compte, conclut-il, les hommes apprennent à aimer leurs corps – une chose qui paraîtrait invraisemblable si elle leur était révélée au commencement – l'enveloppe charnelle, car il s'agit d'un fragment de leur ego auquel ils ont été étroitement liés. Avec lui ils vieillissent, ressentent la peine, l'amour, la souffrance, le désir et les belles passions. Avec lui, ils traversent des milliers de péripéties organiques inéluctables, dangers, douleurs et maladies. Pour finir, ils en sont séparés dans les larmes, car il faisait partie intégrante de leur identité…

24-II

Je n'ai pas pu assister à l'entièreté du cours d'aujourd'hui. D'après ce que j'ai saisi, en référence à la parabole de la pomme des terres tropicales de Tinersen, « le grand mystère du monde et de la vie » qui avait piqué la curiosité des Kiils, les créatures qui habitaient la pomme, était la troisième dimension, à savoir quelque chose dont l'existence même était inconcevable pour leurs antennes psychiques. De la même façon, nous sommes incapables de nous représenter la distance qui sépare notre monde du *Samith*.

LES « MONSTRES » DE L'HISTOIRE ET LA VALEUR DE LA VIE HUMAINE

Par le biais d'une autre digression au cours de sa leçon, qui évoque la mégalomanie et les tendances destructrices d'un grand nombre de « bêtes sauvages de l'histoire », comme il les appelait, Lain a déclaré que « le grand coupable des crimes contre l'humanité, plus encore que les malfrats sévissant sur Terre ou les bêtes de l'Apocalypse à l'image de Clarissa Leyton et l'oppresseur Tebrief, dictateur assoiffé de sang d'une époque à la promiscuité étouffante et insupportable, et autres « bêtes sauvages », était le cadre de vie de ces temps sombres[2]. Car les malfaiteurs, seuls, n'auraient pu commettre de tels crimes si la vie et la société avaient eu la prévoyance de se structurer différemment.

Pour ce qui est d'un individu paranoïaque, il vaut mieux le canaliser et le maîtriser que de s'y opposer. La clairvoyance ne faisait guère défaut à ces dirigeants, défenseurs d'une doctrine qui dictait « d'agir et non de réfléchir », mais ils se sont davantage établis sur l'intellect et le climat spirituel et moral de leur époque. C'est ce qui a empêché l'organisation et le bon fonctionnement des instituts.

Les habitants de cette époque ont failli au maintien de l'ordre juridique dans un contexte plus vaste que les seules frontières d'un pays, ce qui aurait permis de constituer un « véritable état de droit » qui ne ressemble pas à un château de sable. Le facteur humain n'était pas apprécié à sa juste valeur, l'homme étant perçu comme une simple donnée numérique plutôt qu'une richesse morale et spirituelle.

« Aujourd'hui, ajouta-t-il, de tels forcenés vaniteux seraient méprisés, car, guidés par leur soif de pouvoir, dissimulant leur propension au crime sous couvert de puissance matérielle et sous prétexte de vouloir créer un monde nouveau et meilleur, ils ont piétiné d'innombrables âmes qui incarnaient toutes un monde à part entière comme si elles étaient des feuilles mortes. Et nous connaissons désormais la valeur de chaque être ; nous ne les considérons pas comme du matériel vivant ou de la simple matière organique, mais comme des personnes morales et intellectuelles.

---

[2] Lain a utilisé le nombre 666. Peut-être faisait-il référence à Adolf Hitler, mais il s'est empêché de mentionner son nom à Dienach afin de le préserver de ce savoir, au cas où il reprendrait possession de son corps originel.

Mais autrefois, les “maîtres courroucés du monde” et les dirigeants politiques locaux avaient leur manière bien à eux de faire passer les grandes vérités et réalités actuelles pour des contes de fées, des didactiques outrancières et des enseignements moraux creux. »

Puis, si j’ai bonne mémoire, il a indiqué qu’à présent, personne n’était en droit de « penser au nom de son semblable, le contrôler ou agir comme une force aveugle de la nature qui déciderait de sa durée de vie sur Terre ». Mais la vie était ainsi envisagée avant le *Nojere ;* la croyance ancestrale voulait qu’un aspect modeste du *Samith*, notre univers physique, la matière et l’énergie qu’il contient, conjointement avec les lois de la nature, étaient tout. L’étendue de l’impénétrabilité du monde nous échappait alors. Nos ancêtres étaient sous le joug de la même illusion que celle des Kiils dans la parabole de Tinersen et de la pomme des contrées tropicales…

27-II

L’institut du Reigen-Swage à Markfor peut vous proposer d’inoubliables nuits d’hiver. Depuis le début du mois de novembre, il y a environ trois semaines de cela, je viens ici quotidiennement, dès les premières heures du jour. Il est possible de s’y divertir et de s’y laisser transporter, comme si vous viviez dans d’autres mondes, à d’autres époques.

Ici, l’art du divertissement a pris des trajectoires inouïes, inimaginables en notre temps, il a donné lieu à d’étonnantes formes d’art, complètement différentes de nos représentations antiques et de notre théâtre d’ombres. Les créations modernes donnent à vivre un spectacle saisissant sur fond sonore !

Veuillez excuser ma plume maladroite et médiocre, elle qui ne saurait décrire ou illustrer le moindre miracle dont j’ai été témoin de mes propres yeux. Pardonnez-moi, vous qui tiendrez un jour mon récit entre vos mains. Je n’étais pas digne de les voir, encore moins de les restituer… J’aurais aimé que vous puissiez les lire directement depuis mon cœur, avant que l’expression ne les trahisse, avant que mes mots d’homme ne gâchent la magie de leur beauté…

La mer a une odeur bien à elle à bord du vaisseau trois-ponts l’Océan, en date du dernier quart du XVIIIe siècle, assis au sommet du mât le plus haut à écouter les grands oiseaux de mer, dont les bruits se mêlent aux ordres des officiers. Une même émotion était véhiculée dans la clairière du versant tyrolien ; ou encore au pays des aurores boréales, voire face à l’authentique image paysagère de la planète rouge, dont il est dit qu'elle nous serait parvenue de nos semblables il y a plusieurs siècles de cela. Tout paraissait si réel ! On croirait y être !

Mais l'Histoire était ma plus grande passion, à l'instar de nombreux adolescents inscrits à l'Institut Lain. Ici, les événements d'époques révolues se jouent face à nous.

Encore plus pressante – cela va sans dire – est ma soif de connaître l'histoire de l'Europe et du monde depuis le XXe siècle. Or tout cela est aujourd'hui archivé avec une précision remarquable et une grande minutie, et l'état des connaissances en la matière est bien supérieur au nôtre à différence temporelle équivalente.

Les catastrophes et la perte de documents précieux qui en a découlé – plus particulièrement au moment du terrible désastre de l'an -87 *(vers l'an 2300 apr. J.-C. de notre calendrier)* – étaient d'une tout autre échelle que ce que nous avons pu connaître auparavant. Toutefois, un grand nombre d'écrits subsistent. Visiblement, l'afflux torrentiel de la surpopulation, l'explosion démographique inattendue, les conflits et atrocités qui s'ensuivirent ainsi que les nouvelles armes de destruction massive n'ont pas tout balayé sur leur passage. Aussi les chercheurs d'aujourd'hui détiennent-ils bien plus de connaissances sur les époques qui ont précédé leur XVIe *(notre XLe)* siècle que nous, mettons, au sujet de l'Empire romain et des modèles de vie politique et sociale. C'est particulièrement le cas de leurs représentations, moins fournies en éléments imaginaires et artistiques que les nôtres, et bien plus authentiques car fondées sur davantage de documents, lesquels ont fait l'objet d'une meilleure sélection.

DÉCLIN DU XXe ET DU XXIe SIÈCLE
Émergence de la surpopulation

28-II

Le XXe siècle a été témoin de la fin de l'hégémonie européenne à travers le monde, pas seulement en ce qui concerne la puissance et l'influence militaire, politique et économique, mais également vis-à-vis de l'établissement de l'autorité et de l'éthique. À en croire Lain, le siècle tout entier s'était écoulé de cette façon, avec la triste chute de la civilisation européenne, une technoculture dont les principales caractéristiques étaient une abondance de produits industriels normalisés, essentiellement destinés à la consommation, une admiration inconditionnelle et sans bornes pour les applications techniques des sciences naturelles – et globalement pour toutes les valeurs économiques – le besoin impérieux de commodités matérielles, l'indifférence au fait de cultiver son intériorité et, par conséquent, une âme humaine et une intelligence émotionnelle particulièrement lacunaires.

Dans le domaine artistique, le primitivisme et l'abstrait ont le vent en poupe, et ce qui était autrefois considéré comme incohérent et illogique est à présent perçu comme un style nouveau. En architecture, l'heure était aux formes cubiques. « Le signe annonciateur d'un déclin sans équivoque, affirmait Lain, ne tenait pas tant à la production de telles "œuvres d'art", mais au fait que ces dernières, à peine présentées, étaient immédiatement accueillies par le public sans questionnement ni objection. » Le grand avilissement reposait notamment sur cela.

Au XXe siècle, les valeurs morales du XIXe siècle ont peu à peu cédé le pas à une attitude matérialiste face à la vie, son « amélioration » concrète à travers l'essor des éléments de confort et la satisfaction généralisée d'intérêts « prosaïques ». Les niveaux de vie se sont élevés et la consommation de produits alimentaires industriels s'est accrue à un point auparavant inimaginable. « L'appât du gain » est alors devenu l'une des motivations premières de l'acte créatif et de la vie quotidienne. La sensibilité était désuète, dépassée. La conscience de l'homme ne lui permettait plus de remettre en cause sa condition et sa capacité à se rebeller – prévalente par le passé – était franchement obérée.

« L'esprit occidental » s'est développé du point de vue territorial, mais il a aussi grandement perdu en spiritualité. Il s'est disséminé aux quatre coins du monde, écrasant progressivement les particularités propres à chaque nation, telles que l'ethnie ou la langue, jusque dans les pays d'Extrême-Orient. De manière générale, les Anglo-Saxons sont parvenus à s'imposer à l'échelle internationale grâce à leurs devises et leur langue, et la confédération nord-américaine s'est retrouvée à contracter des responsabilités en matière d'influence politique partout dans le monde, à un degré que personne n'aurait pu imaginer au début du siècle. Mais ils n'y étaient guère préparés ; la tradition et l'expérience leur faisaient défaut.

Outre la culture économique, politique et technologique émanant de l'autre côté de l'océan, l'Europe a été submergée par une culture américaine immature qui a réussi à s'imposer dans presque tous les domaines de la vie intellectuelle sans connaître la moindre résistance : l'esthétique, la danse, la musique, les arts visuels, l'architecture, les fondements de la jeunesse, l'approche de la vie. Partout ! En matière d'éducation, l'enseignement des « classiques » a considérablement reculé au profit de l'apprentissage technique et d'une éducation « plus pragmatique ».

Les actes de violence, de terreur et de subversion, les manifestations de posture et de mentalité nihilistes se produisaient régulièrement, en tout lieu. Face au nouveau discours à la fois fort et égoïste du « chacun pour soi », les principes établis de longue date tels que la solidarité, l'assistance et la compassion pour les faibles et les pauvres ainsi que le respect de la dignité humaine ont commencé à s'effondrer les uns après les autres, même au sein des familles.

En prenant également en compte « l'automatisation du travail » dans les nouvelles industries de grande échelle, qui privait le peuple du temps, de la réflexion et de la maîtrise morale de soi dans la vie courante – élément primordial pour les habitants de l'époque – il est alors possible d'appréhender la pauvreté de la vie intérieure et du moi, l'une des caractéristiques principales du XXe siècle avec un train de vie angoissant et de nombreux épisodes de « luttes violentes pour la survie », tels qu'ils sont qualifiés de nos jours.

La prépondérance d'un certain type de réalisme, d'après lequel le progrès technique n'est pas un moyen mais une fin en soi, était la source principale de cette crise intellectuelle et spirituelle.

C'est pourquoi l'époque du Moyen-Âge refit surface en Europe et partout ailleurs dans le monde, sans que personne ne sache comment ni pourquoi. Ils affirmaient que c'était comme si cette dernière avait jailli de la lumière des « téléviseurs », depuis ce blizzard de lueur et d'images blanches.

Les idéaux démocratiques furent remplacés par la « concurrence des autocraties ». La préoccupation première du XXe siècle était de déterminer si les institutions totalitaires devaient adopter une idéologie de droite ou de gauche, ce qui engendra de nombreux conflits.

Plusieurs affrontements ont également eu lieu, quelques décennies plus tard, lorsque les peuples et leurs classes dirigeantes indignes se sont trouvés dans l'incapacité totale de faire face à une surpopulation irréfrénable. Et lorsqu'il est apparu que les mesures préventives nécessaires au contrôle de l'indicateur démographique avaient trop tardé, les sempiternelles exigences d'ordre éthique et revendications politiques en matière de « libertés individuelles » et de « droits civils et humains » ont connu un effondrement tel que plus personne ne les considérait.

Le Moyen-Âge avait refait surface en toute discrétion. Camouflé, il s'est répandu dans la société par le truchement de danses pleines d'insouciance et de joie, de boulevards illuminés… Tel était le siècle du matérialisme, une époque dénuée de toute sensibilité, dépourvue de sentiments nobles et sans aucune préoccupation pour les valeurs humaines. Une ère de progrès unilatéralement technologique, à laquelle il manquait la maturité morale analogue.

Les hommes ne se préoccupaient que d'eux-mêmes. L'amour, la franchise, la commisération et le pardon furent évincés. Dans un contexte difficile et sauvagement concurrentiel, la valeur accordée ou l'indifférence prêtée à la façon dont une tierce personne accédait à la richesse étaient uniquement fonction du résultat et de l'efficience ! Les réserves de la conscience étaient assimilées à un « manque de bon sens » ! Étaient prônées la soif de pouvoir, de domination, et la volonté d'étouffer l'apparition de toute réaction ou émotion par n'importe quel moyen.

Les jeunes gens, soustraits aux valeurs morales fondamentales, ont proclamé « qu'ils ne croyaient en rien » et, naturellement, les adultes qui les avaient laissés pour compte, sans guide pour « trouver leur propre voie », en étaient les seuls responsables.

Parallèlement survint un phénomène qui sera plus tard qualifié de « vanité de l'idolâtrie », observation selon laquelle, partout dans le monde, la jeunesse se mit à admirer des « idoles » – acteurs et mimes, boxeurs, joueurs de foot, musiciens chevelus à l'apparence négligée, courtisanes et hommes d'affaires impitoyables – plutôt que les véritables héros !

L'absence de croyance en un *minimum* d'idéaux a rompu l'équilibre intérieur des êtres humains. Cette déliquescence a laissé un vide épouvantable. Soudainement, nous nous sommes retrouvés incapables d'appréhender une conception supérieure et de prôner une interprétation plus poussée de la vie et du monde. La sphère religieuse a volé en éclats. Un certain nombre de physiciens ont avancé que le savoir scientifique était venu se substituer à la « foi naïve » dans le bien.

Mais placer une confiance excessive dans la toute-puissance de la science n'a pas permis de surmonter les difficultés auxquelles l'humanité était confrontée, tout au moins pour les êtres qui méritaient d'être qualifiés d'humains, précisa Lain. En somme, ils affirmaient qu'aucune difficulté ne se posait véritablement et que les questions soulevées étaient vaines puisqu'aucune réponse ne pouvait leur être apportée. « Les choses sont ce qu'elles sont » était leur devise. À leurs yeux, la vie était un flot irrationnel d'événements séquencés, un processus biologique complètement aléatoire sans objet, sans plan ni raison.

Et il est arrivé que cet évanouissement de toute forme de croyance et de refuge métaphysique, associé au rythme de vie éreintant de l'homme-robot, déclenche l'apparition de séquelles psychiques alarmantes à grande échelle : c'est ainsi que des troubles neuropsychiatriques sévères, des vagues de suicide puis une phase nihiliste d'abandon de soi ont prévalu pendant de nombreuses années.

8-V

« De nos jours, nous enseignons les événements de la Préhistoire à des fins d'information, mais ils constituent également un moyen d'illustration et presque un instrument d'intimidation », a indiqué Lain. Ainsi, à travers l'enseignement et le *Reigen-Swage*, passer en revue les faits et périodes historiques joue aussi un rôle d'éducation. Tout y est exposé de façon objective, tel que ça s'est produit, et les étudiants sont appelés à en tirer leurs propres conclusions.

Mais un homme du XXe siècle, comme moi, s'apercevrait que l'examen rétrospectif des aspects problématiques de notre temps est largement excessif. Quoi qu'il en soit, d'après mes observations, ce qui règne aujourd'hui n'est autre qu'un « sentiment de libération », en vertu de la garantie que « le pire est enfin derrière eux » et que les âges obscurs sont entièrement révolus. Cette époque se caractérise par une « âme exaltée », un moral d'aplomb et une foi profonde qui les maintiennent moralement armés, parés au combat et prêts à se sacrifier pour défendre leur modèle actuel si un tel risque venait à se représenter.

LE « SPECTRE DU NOMBRE » ET LA RÉGULATION DES NAISSANCES QUI EN RÉSULTA

9-V

Des conflits dévastateurs ont eu lieu, en particulier après le XXIe siècle de la chronologie chrétienne. Ils furent sans lien avec le commerce international ou la production industrielle mondiale, le domaine portuaire, la domination des mers, les « hauts lieux du capitalisme » ou les « sources d'énergie » jadis très convoitées – qui, jusqu'au XXe siècle, constituaient le principal objectif des politiques extérieures et économiques des grandes puissances. La cause de ces affrontements trouvait sa source dans les critères qui seraient retenus et appliqués parmi les différentes tribus et nations quant au contrôle des naissances et de la population, aux « taux de remplacement » qui devraient être attribués à chaque race, et également à la formulation des textes législatifs afférents votés par les assemblées parlementaires internationales avant que les institutions mondiales du pouvoir ne les mettent en œuvre.

Bien entendu, la discrimination raciale n'était pas tolérée par le peuple, tout au moins sur ces questions, c'est pourquoi il n'a pas été nécessaire de continuer à mettre en évidence les principes d'humanité et « d'égalité » dans la construction spirituelle de l'homme. Cependant, ce qui existait autrefois et qui s'appliquait en temps de « confort spatial et numérique » devait dorénavant faire l'objet d'une lutte désespérée. En effet, il était clair que les temps avaient changé et qu'il s'agissait à présent d'une question de survie ou d'extinction. Une situation terriblement dangereuse survint alors : de grandes famines sévissaient, principalement parmi les nations les plus pauvres d'Asie et d'Afrique, et des millions d'enfants étaient affamés et mourraient, tourmentés par la pauvreté. Le spectre de la malnutrition commençait même à gagner les pays industrialisés d'Europe, ce qui engendra des soulèvements politiques et sociaux récurrents à travers le monde.

Les peuples baltes, accompagnés des Slaves, des Scandinaves, des Allemands, des peuples d'Europe latine, des Wallons, des Flamands, des Anglo-Saxons et d'une partie des Indiens et des Israéliens firent front commun contre les griefs précités en rapport avec « l'humanisme » au profit d'un « besoin impérieux d'agir » pour l'humanité, ébranlant ainsi l'édifice de la civilisation que leurs ancêtres avaient fondée avec soin.

Cette question était devenue des plus pressantes, aussi tendue qu'un nœud coulant, un nœud de plus en plus rigide et oppressant, ce qui créa un terrible paradoxe entre la théorie et la pratique. Au fil des décennies, il devint évident qu'il ne s'agissait plus simplement d'un problème de sécurité alimentaire, mais également de manque d'espace, et le « spectre du nombre », cet effroi d'une ampleur inédite, a rapidement déprécié, corrompu la valeur de l'être humain avant d'éliminer à sa manière – à savoir la baisse sensible de qualité qui accompagne toute « inflation » – l'ensemble de nos acquis.

Par moments, l'ancienne loi de la jungle fit échec aux principes des premières civilisations. À chaque affrontement, les peuples de couleur, infortunés et en dépit de leur supériorité numérique inégalée, se retrouvaient dans une position défavorable, car ils avaient jadis placé leur confiance dans les lois internationales et abandonné leurs plus puissantes armes, alors mises en réserve dans les entrepôts d'une autorité fédérale centrale, essentiellement à disposition des Blancs, qui ont toujours détenu la majorité des votes au sein des institutions internationales. Autre facteur de ce désavantage : leur incapacité à réagir efficacement aux récentes découvertes dans le domaine des armes de destruction massive et au cadre « scientifique » de la conduite de la guerre. Par conséquent, un renouveau d'antiques pulsions et d'instincts primitifs a pu être observé, fût-ce provisoirement.

Nous, habitants des XIXe et XXe siècles, sommes dans l'incapacité de nous représenter l'ampleur et l'insolubilité du problème auquel nous serons confrontés, cette impossibilité future de trouver notre place et notre stabilité au cœur de cet « organisme humain » appelé planète Terre, de nous y intégrer pour y mener nos vies.

Ce grand fléau s'est mis à déferler à la vitesse d'un torrent et à une échelle que personne n'aurait pu prédire. Chaque mesure adoptée donnait immanquablement à croire qu'il était déjà trop tard.

Les nombreux scientifiques qui avaient engagé des travaux sur les tendances démographiques furent alors accusés d'incompétence et de faiblesse d'anticipation. Puis la colère de la population a pris pour cible l'Église protestante et catholique, car à force de « vivre dans les nuages », d'imposer de vieilles conceptions et de porter des jugements négatifs, ils avaient contribué à l'échec de la légifération des institutions pour mettre en œuvre un contrôle effectif des naissances et surveiller les données démographiques en temps opportun.

Et l'époque où les Blancs voyaient un être humain au-delà d'une peau noire ou jaune, où ils enseignaient que « tous les hommes naissent égaux », le temps où ils partirent en guerre civile pour défendre les principes d'humanité et de respect pour la vie et la liberté de chaque homme et de chaque femme, sans distinction de couleur, faisait l'effet d'un rêve…

PÉRIODISATION MODERNE DE L'HISTOIRE

12-V

Comme je l'ai mentionné auparavant, le cours de l'histoire est à présent segmenté en deux grandes périodes : la « plus ancienne » *(Eldrere)* et la « nouvelle » *(Nojere)*. Les cinq cent vingt-quatre dernières années sont attribuées à la « Nouvelle Ère », celle de « l'esprit éclairé », époque à laquelle l'*Homo Occidentalis Novus* fit son apparition. Elle remonte au premier *Nibelvirch* et à la survie d'Alexis Volky. Ils y font parfois référence en grec : « *Nea Epoche* ».

Antérieurement figure l'*Eldrere*, « l'époque la plus reculée », qui s'étend sur une période de neuf cent quatre-vingt-six ans à compter de l'an 1, l'instauration du *Retsstat* (« *l'État International de Droit et d'Ordre* »), qui coïncide avec la création de leur nouvelle chronologie. Dans un passé plus lointain encore figurent, selon leur propre et curieuse perception, « les temps obscurs de la Préhistoire ». Il est dit que plusieurs millénaires durant, « le peuple luttait pour survivre au triptyque des affres de l'anarchie : l'économie, la politique et la démographie ».

Dans les écoles contemporaines se brosse un portrait plutôt caricatural et sombre de notre époque, désignée comme « préhistorique » : une vision de chaos, de brutalité, d'extermination mutuelle, un monde « enténébré » de scélératesse et de perversion, avec une « avidité de plaisirs de la vie et une indifférence à l'égard de l'acte moral », poussée par un matérialisme généralisé et un mépris pour la dignité.

D'ailleurs, leur conception des ébats amoureux était celle d'un acte superficiel et dépourvu de sentiment, un plaisir purement biologique sans aucun contact spirituel, sans aucune émotion ni qualité intérieure. L'influence de « la famille et de l'école » était réduite au strict minimum. Le jeune était en quête de « vie » et « d'agitation » ; toute forme de « dynamisme » préférablement à la pensée. Les heures de méditation paraissaient depuis longtemps oubliées, envolées.

Le moins que l'un d'entre nous aurait pu objecter à cela était qu'ils « outraient les exceptions » de façon systématique, chose que j'ai moi-même remarquée et fait savoir à Stéphane dès que je suis rentré du cours de Lain ce soir-là.

Il a souri et répliqué que le processus de production des « biens économiques » était arbitraire et entièrement dépourvu de coordination. Par ailleurs, il existait un trop grand nombre de puissances politiques dominantes et rivales, de modèles en matière de relations internationales, comme des sortes d'États dans l'État, et, enfin et surtout, les indicateurs démographiques ne faisaient pas l'objet d'un suivi suffisant. Il a de nouveau esquissé un sourire…

Ils ont eux aussi leurs propres historiens, et des méthodologies de recherche historique et d'historiographie spécifiques. Avec une distinction caractéristique, la délimitation entre l'Histoire et la Préhistoire n'étant pas marquée par l'invention de l'écriture, comme elle l'est pour nous. Pour eux, il s'agit de la prévalence de l'ordre public. Quant à ce dernier – l'ordre public et son instauration définitive – ils le considèrent comme une condition préalable à toute civilisation authentique et spirituelle.

J'ai appris que les tentatives d'imposer une limitation des naissances remontaient aux « temps préhistoriques », et ce à grande échelle, mais sans « institutions unifiées à travers le monde ». Cette lacune avait conduit à des injustices historiques d'une gravité extrême. Il va sans dire que tous les efforts pour établir des organisations politiques, et plus particulièrement des unions économiques, ou toutes sortes de groupements d'intérêt économique avant le *Retsstat* – la mise en place de la Communauté Universelle grâce à l'ordre public – ont eu exactement le même effet sur la société.

Ils disent que plus de 450 années de « Préhistoire » furent remplies « d'établissements expérimentaux » de ce type et de plusieurs « coups d'État séparatistes », engendrant immanquablement des crises et des bouleversements mondiaux avant la proclamation définitive de l'Assemblée Universelle d'Unification le 5 mars 2396 apr. J.-C., qui s'est avérée triomphalement légitime.

La majeure partie de ces institutions expérimentales étaient régionales et prenaient la forme d'un rassemblement de groupes ethniques nationalement ou idéologiquement voisins, avec pour seul but « l'équilibre des puissances ».

Et bien que l'utilité intrinsèque de ces dernières fût pratiquement négligeable du fait de leur configuration initiale, elles constituent le socle fondateur de la Communauté Universelle actuelle. Cela s'est produit vers l'an 2390 apr. J.-C., soit 477 ans après la Société des Nations. Sa figure de proue, d'après ce qu'il m'a été dit, était un Britannique du nom de John Terring, la première personne à être placée à la tête de la Communauté Universelle.

ELDRERE : QUATRE CENTS ANS DE LUTTE POUR UNE VÉRITABLE MONDIALISATION

Premiers militants du nouveau monde et problèmes alimentaires planétaires

13-V

Comme énoncé précédemment, « l'illustration par l'exemple » et « l'intimidation », de même que la transmission d'informations et de connaissances, étaient aujourd'hui mises en œuvre dans les écoles, les leçons et le *Reigen-Swage* en tant qu'outils pédagogiques afin d'enseigner la Préhistoire. Comme nous exposerions à *nos* enfants la façon de vivre et les conditions de vie d'un esclave romain dans un galion, les mœurs et traditions de l'époque féodale et l'étendue des droits seigneuriaux tels que le formariage dans les villages des serfs, ou encore les bûchers de l'Inquisition espagnole…

Et pourtant, ils tiennent en estime les habitants du XXIVe siècle et des siècles précédents à bien des égards, aussi effroyables les événements de ces époques fussent-ils. À leurs yeux, ces personnages de notre temps sont les « premiers militants », qui ont lutté, livré bataille et souffert afin de permettre aux générations futures de mener une existence normale d'être humain. Ils incarnent les « ancêtres vénérés », les « pionniers qui ont ouvert la voie ». Ils regardent notre époque avec gratitude ! Ils la qualifient « d'épique », « d'héroïque », et ont la ferme conviction qu'elle était indispensable au cours de l'histoire ; l'ordre public et la rationalisation de la vie n'auraient jamais pu voir le jour autrement.

Lain affirme que chaque époque soulève ses propres questions, auxquelles les anciens sont appelés à répondre pour les plus jeunes. Et chaque période historique présente des caractéristiques propres. Il a déclaré, par exemple, que le XXe siècle se distingue par les prodigieux efforts déployés par l'homme pour contrôles les forces, telles que l'énergie électrique, nucléaire ou solaire. La domination humaine de la nature avait commencé. En sus, l'automatisation du travail, par suite des appareils électriques et électroniques, a posé un problème de prime abord imperceptible : l'augmentation du temps libre dont disposait la main-d'œuvre !

En réalité, l'autonomie conférée à ces derniers, et plus particulièrement aux ouvriers industriels, était l'une des principales causes de cette évolution de l'histoire de l'homme et de la civilisation !

Car ce surplus de temps libre au profit du travailleur était chargé de spectacles et plus largement de divertissements de piètre qualité, comme les jeux d'argent, la prostitution, les courses de vitesse, les événements sportifs et les moyens de communication de masse, populaires et vulgaires. La musique était réduite à de banals rythmes et mélodies, les chefs-d'œuvre littéraires étaient diffusés sous forme de résumés illustrés et la pensée était perçue comme une perte de temps ! Cette période s'illustre également par l'incapacité de l'homme à distinguer le bon du mauvais, le beau du laid, dans l'art et la création…

Au XXIe siècle, l'économie rurale a été reléguée au second plan. Comme si les difficultés démographiques ne suffisaient pas, une nouvelle problématique de premier ordre émergea : un espace de terrain cultivable de plus en plus réduit, continuellement rongé par l'expansion de gigantesques zones urbaines, l'urbanisation.

Il était alors avéré que les produits alimentaires n'étaient plus adaptés, ce qui a motivé la recherche de sources et d'alternatives alimentaires loin du cadre industriel, centrée essentiellement – d'après Lain – sur les mers et les océans qui semblaient être une réserve de nourriture inépuisable.

Grâce au progrès scientifique de l'époque, il était possible d'extraire des substances nutritionnelles et comestibles du plancton ainsi que de la flore et de la faune sous-marine. La photosynthèse artificielle n'était cependant pas encore venue au secours de l'humanité.

Mais l'élément le plus tragique demeurait le « spectre du nombre ». C'est à cette période de l'histoire qu'il a été fait état pour la première fois de « l'hostilité des années à venir ». Les hommes vivaient dans des endroits extrêmement confinés, regroupés dans de vastes quartiers résidentiels, et ils devaient fréquemment se déplacer en portant un masque pour se protéger de la pollution atmosphérique.

Dans un tout autre domaine, le XXIe siècle fut marqué par les premiers essais de vols à destination des planètes les plus proches…

(Des notes égarées figuraient dans cette partie)

Du même pas, des actions concrètes et constructives à l'échelle internationale ont été déployées afin de terrasser le monstre de l'anarchie, qui tourmentait les sociétés humaines depuis plusieurs siècles de bien des façons : désordre politique, conflits de souveraineté, rivalités militaires, pillage des économies nationales, chaos démographique… Ainsi débuta une lutte farouche qui s'étendit sur près de quatre siècles avec de nombreuses oscillations et transitions, mais également une opposition entre les croyances d'antan, aux fondations solides, et les idées nouvelles en matière d'organisation et de rationalisation de la vie.

La révolution qu'a connue l'organisation politique, basée sur le pragmatisme et l'humanité, s'inscrit exactement dans la même optique et le même développement chronologique que ceux des deux autres grandes révolutions, en France en 1789, et en Russie en 1917. Avec en premier lieu les philosophes, les intellectuels et théoriciens du nouvel ordre mondial, qui affirmaient que le modèle d'organisation des XIXe et XXe siècles et ses États-nations dominants et lourdement armés – qui a très certainement entraîné des exterminations de masse et mené à l'annihilation – ne pouvait perdurer, puis, après une longue période, les activistes politiques, les orateurs et réformateurs de société.

L'élite intellectuelle, essentiellement en Europe continentale et en Grande-Bretagne, a exhorté les dirigeants politiques des grandes et puissantes nations à mettre un terme à leur « cheminement obsolète et asynchrone ».

Ils ont prêché la prudence et le bon sens et ont fait savoir que l'époque où « les hommes devaient se battre pour leurs droits » était depuis longtemps révolue, et que les incitations et les devises d'antan, telles que « le prestige national », « aucun compromis, aucun repli » et « la voie héroïque de la nation » avaient perdu une grande partie de leur intérêt en raison des nouvelles conditions de vie.

Ils évoquèrent un « système de valeurs éternelles » que leurs ancêtres européens avaient légué aux nouvelles générations et avertirent les décideurs qu'ils devaient se poser en gardiens de cet héritage sacré, qui était bien plus vaste et profond que n'importe quelle racine ethnique ou différence de langue.

Ils ont signifié que l'héritage culturel, les traditions séculaires, le mode de vie et les destins historiques étaient communs à chacun. « Unissons-nous dans une vie et une conscience collectives ! »

Nul besoin de grandes révolutions pour bâtir le nouvel ordre mondial sur les ruines des anciens régimes. Dans une large mesure, des traités internationaux fondamentaux ont été signés, et cela était suffisant, tout au moins dans un premier temps.

Le nouvel ordre public a suivi des voies plus démocratiques depuis l'époque de la Pax Romana, même si beaucoup de temps et de nombreuses tentatives furent nécessaires à son instauration. Les attentes des partisans du Nouvel Ordre furent souvent déraisonnables. Nombre d'entre eux ont été persécutés à maintes reprises avant que ce dernier ne finisse par l'emporter.

Alors que les petites nations ne manifestaient pas de telles « inquiétudes à l'égard de l'avenir » au XXIe siècle, les grandes puissances ont connu l'avènement de nouvelles alliances politiques, dont les programmes gouvernementaux intégraient certaines particularités des fédérations européennes ou universelles. D'ailleurs, il a même été fait mention de l'incorporation de plusieurs exigences des temps nouveaux dans les programmes des partis traditionnels socialistes et démocrates-chrétiens.

Au fil des décennies, ces idées et perspectives nouvelles ont trouvé un terrain de plus en plus favorable, en particulier dans le cœur des jeunes gens et au sein des couches populaires. De sorte que, le temps aidant, la scène politique a commencé à accueillir pour la première fois à travers l'Histoire de « grands hommes au rayonnement mondial », par opposition aux dirigeants locaux auxquels nous avions été habitués.

Le progrès technologique avait réduit les écarts et grandement rapproché les individus les uns des autres. Le monde donnait l'impression d'un territoire unique, encore sujet au désordre politique, en attente de « législateurs » et de personnages politiques influents dont l'autorité universelle fixerait invariablement les règles relatives à « l'organisation » de la planète. Du même coup, l'homme disposait à présent d'armes de destruction massive, auparavant inconnues et inexistantes.

L'atteinte rapide de l'apogée technologique, en revanche, ne s'harmonisait guère avec la maturité morale et la rationalité de l'époque. Il n'y avait aucune « loi intérieure », de code propre à la spiritualité comme il en existe aujourd'hui, porteuse de l'ordre public.

De notre temps, nous pensions que s'assurer du respect de la loi dans chaque pays isolément suffisait. La guerre constituait pour nous un moyen naturel de mettre fin à de graves conflits entre nations. Tel était notre état d'esprit avant le XXIe siècle.

L'avènement de ce dernier fut nécessaire à l'être humain pour s'apercevoir qu'il était suspendu au-dessus d'un vide effroyable dans le domaine public, à l'échelle de la planète, et que ses institutions étaient parfaitement obsolètes. C'est pourquoi, peu à peu, les états autrefois dominants ont commencé à céder – de façon délibérée ou non – une partie de leur omnipotence passée, en particulier dans les domaines de la politique extérieure, des relations internationales et de l'armement, à une organisation politique centrale et fédérale. Ils ont conservé leur mémoire historique, leurs us et coutumes, leur langue, leurs légendes et institutions nationales, mais ils ont pris conscience qu'une nouvelle guerre ne connaîtrait ni vainqueurs ni perdants. Ils devaient rester solidaires pour ne pas courir à leur perte. Ils ont alors commencé à percevoir la nature du véritable ennemi : l'absence d'institutions mondiales solides et efficaces avec pour mission préventive la maîtrise de toute forme de conflit. Ils comprirent enfin que ce qui les unissait – un destin biologique commun et la responsabilité partagée de la préservation culturelle – était plus important que ce qui les séparait.

Les nations plus modestes se satisfaisaient de leurs formations sociales traditionnelles et devaient composer avec leurs propres problèmes intérieurs, elles furent donc les dernières à adopter de nouvelles formes d'organisation. Les « grandes puissances » toutefois, qui s'étaient imposées au cours du XXIe siècle, peinaient à se comprendre entre elles. Les processus et les critères de répartition du revenu universel faisaient l'objet de plaintes et de récriminations en permanence. La part qui revenait à chacun et chacune ne semblait jamais équitable…

De tels « agissements » au XXIe siècle laissaient augurer l'arrivée de « mouvements séparatistes », qui apparurent de façon répétée, poussés par les mêmes « noyaux politiques » qu'auparavant ! et avec les mêmes revendications : régulation démographique et intérêts financiers… Quatre siècles durant, parfois les Français ou les Anglo-Saxons, d'autres les Allemands ou les Slaves, ont mené une révolte pour « l'indépendance » avec un objectif commun : prendre en main, dès lors, le cours historique de l'humanité.

« Cette fournaise passera », déclarèrent-ils, en référence à la conflagration qu'ils avaient eux-mêmes amorcée. « Quoiqu'il advienne, c'est dans votre propre intérêt. Les démocrates sont incapables de vous apporter l'ordre idoine… »

Et, souvent, les guerres économiques précédaient les conflits armés. Concernant ces derniers, seules des armes conventionnelles y étaient employées, car les séparatistes n'avaient pas accès aux « armes interdites », mais cela n'a pas empêché ces affrontements d'évoluer, à plusieurs reprises jusqu'au XXIVe siècle, vers de véritables guerres majeures qui faisaient d'innombrables victimes et manquaient de marquer l'effondrement total de la fédération universelle à chaque coup.

Une organisation convenable a fini par voir le jour, et celle-ci, sous sa forme finale, a duré plusieurs décennies, en sus de préparer le terrain au terme de la préhistoire, la nouvelle chronologie, la venue de John Terring et les débuts de l'*Eldrere*. Cependant, des tentatives séparatistes ont également émergé au cours des premiers siècles du nouveau calendrier, quasiment jusqu'à la fin du XXVe siècle comme l'a indiqué Lain, mais elles furent franchement insignifiantes et vouées à l'échec. Surtout, comme expliqué, elles furent condamnées par l'esprit populaire de l'*Eldrere*, qui ne tolérait plus le chaos politique, les coups d'État et la loi du plus fort.

Pendant le dernier siècle et demi de leur préhistoire *(du XXe au XXIVe siècle pour nous)*, le flux migratoire a été réduit au minimum et la population a été répartie équitablement à travers le monde, plus seulement en Europe centrale et septentrionale, mais également sur les autres continents.

Les Scandinaves n'étaient pas encore engagés à rejoindre les régions méridionales désertées jusqu'à la Méditerranée en vue de les recoloniser à la suite de la déroute qu'ils avaient subi 87 années auparavant, avant l'implantation définitive de la *Retsstat* et le début de la « nouvelle chronologie ». Les Blancs avaient désormais conquis les cinq continents… Et parmi les peuples sémitiques, près de cent-vingt millions d'Israélites – alors pour la plupart christianisés – étaient aux commandes sur le plan culturel et économique en Asie du Sud-Ouest, où ils bénéficiaient d'un haut niveau de culture technique, toujours avec la Terre sainte pour élément central.

Les populations latino-américaines, en grande partie d'Amérique du Sud, avaient colonisé presque toutes les zones centrales du continent africain – il était rare d'y voir des Noirs. Les régions arctiques, à présent chaudes grâce à l'air conditionné, étaient principalement habitées par une union fraternelle de Russes, de Norvégiens, d'Anglo-Saxons, de peuples baltes et de Finlandais, Polonais, Danois, mais aussi de Canadiens, alors que l'Antarctique – qui présentait un climat beaucoup plus tempéré avec l'intervention de l'homme – était essentiellement colonisé par des Sud-Africains blancs (probablement des descendants des Boers), et l'Est par des Australiens et des Néo-Zélandais.

L'Asie orientale était quasiment exclusivement occupée par les Slaves venus du Nord, des descendants des Nord-Américains des états occidentaux, et un mélange d'Européens, qui purent s'établir confortablement au sein de ces vallées fertiles, alors que plusieurs millions d'Indiens habitaient les hauts plateaux au centre du continent et au Tibet. En Méditerranée, les Ottomans s'étaient retirés au niveau du lac de Van et les Grecs avaient réinvesti l'Asie Mineure à la suite de l'évacuation de leur pays et de la côte nord-africaine. Dès que la vie y a de nouveau été possible, cette dernière fut en grande partie repeuplée, principalement par des Italiens. Cela résume ce que j'ai pu retenir et recopier de mes ouvrages.

Tel était le statu quo territorial observé au XXIIIe siècle et, de fait, son maintien avait été assuré – notamment par les Blancs, grands vainqueurs des confrontations – dans les conseils œcuméniques de la démocratie fédérale transnationale mise en place à cette période, qui comptaient des représentants civils et gouvernementaux des pays membres.

D'ailleurs, j'étais surpris d'apprendre que « le sens civique » de celles et ceux qui servaient dans les forces armées de l'autorité universelle actuelle était façonné par une formation et un enseignement spécialisés de longue durée. Extraits de leur environnement social et de la vie de leur pays dès l'enfance, ils sont soumis à un entraînement spécifique visant à faire d'eux des citoyens du monde avec un niveau d'instruction générale élevé. Ils manient les nouveaux dispositifs électroniques de l'ordre juridique universel avec brio et leurs effectifs sont incomparablement plus faibles que ne l'étaient ceux des forces armées à la Préhistoire, bien que la durée de leur service soit nettement supérieure. Il n'y a donc rien d'étonnant à ce qu'il y ait davantage de jeunes scientifiques et de jeunes techniciens que d'officiers et de soldats.

Ils étaient également conscients qu'ils ne seraient jamais contraints d'utiliser leur puissance de feu incontestablement supérieure, puissance dont ils détenaient le monopole et qui avait pour seule utilité la garantie qu'elle offrait. Néanmoins, ils avaient une confiance aveugle dans le congrès universel, et apprenaient dès la naissance à oublier leur origine ethnique et se plier consciemment aux diktats des deux Parlements et des instances dirigeantes de la fédération.

Un sens du devoir similaire à l'égard de l'humanité s'est également répandu au sein de l'armée et des membres du Cabinet collectif et des deux Parlements (le premier élu par le peuple, et le second nommé par les gouvernements). Ils se voulaient dévoués à la cause de l'unité. Je me souviens les avoir entendu se faire appeler « agents diplomatiques de l'unité », constamment « au service de l'humanité ». La fonction représentative qui incombait à leur nomination ou à leur élection n'était que secondaire à leurs yeux. Un dirigeant existait toujours à l'échelle locale, mais ses pouvoirs étaient limités depuis que la loi internationale primait sur la législation nationale.

L'instauration de la « citoyenneté unifiée » avait déjà été présentée à l'ensemble de la population mondiale au XXIIe siècle par les Anglo-Saxons Verchin et Milstone. Le façonnement d'une conscience nationale collective n'a, en revanche, ni eu lieu d'emblée ni été directement conforme aux moutures toujours plus perfectionnées des institutions fédérales. Au contraire, ce développement s'est étendu sur plusieurs siècles et il fut un processus psychologique extrêmement lent.

Bien plus tard, au terme des deux premiers siècles de l'*Eldrere*, un nouveau « sens universel d'appartenance ethnique » commença à se forger. L'homme finit par appréhender son appartenance à une communauté universelle, nationale et politique unique. Bien que la mémoire historique n'ait naturellement pas disparu, comme cela m'a été raconté, des idéaux plus universels ont commencé à prendre forme. « Cette patrie est *nôtre* », ont déclaré les représentants de la nouvelle génération, les yeux rivés sur le ciel de notre planète bleue !

Au terme du deuxième siècle de leur chronologie – environ deux cents ans après l'époque de John Terring – les responsables politiques furent dégagés de leurs prérogatives gouvernementales et remplacés par les meilleurs techniciens et autres personnalités du monde des sciences naturelles, qui devinrent dépositaires de l'exercice du pouvoir politique à travers le monde. Les nouveaux dirigeants ont alors mis en place ce qui avait été initié il y a fort longtemps : l'instauration d'une fédération mondiale des organisations du travail – au titre d'institutions politiques et non plus de syndicats – et, conformément à des procédures pleinement légales, ils ont fait de ces nouvelles sociétés coopératives le point de départ de la vie économique sur Terre. J'ajouterai qu'elles furent également le fondement de la vie politique, puisque le peuple devait postuler et s'engager dans les *glothneurs* (leurs structures industrielles) pour y effectuer une activité professionnelle de longue durée avant de pouvoir obtenir le droit de vote. À cette époque, l'ordre public l'avait emporté avec force, et sans retour. La peur d'un regain séparatiste n'était plus d'actualité.

Toutefois, les premiers siècles de l'*Eldrere* – même après l'an 486 et la création de Rosernes Dal – symbolisèrent une période de civilisation technique à sens unique dans laquelle il est dit qu'un véritable être spirituel, au sein d'un tel environnement « mécanocratique » et matérialiste, n'aurait guère été à son aise. La Vallée des Roses, Rosernes Dal, a mis un certain temps avant d'aboutir, et nombre de philosophes à travers l'Histoire soutiennent que le IXe siècle, celui de la grande création intellectuelle, ne découle pas directement des orientations de la Vallée, pas plus qu'il n'est le fruit de ses influences spirituelles. La Renaissance des valeurs de l'esprit a émergé tardivement ; vers l'an 700 de leur chronologie.

La caractéristique première de l'*Eldrere*, époque ancienne de leur histoire, est la prévalence d'un ordre mondial conforme et définitif : « la politique de la boussole » comme ils l'appellent. Cette dernière a débouché sur la voie rationnelle de la vie mégalopolitaine, d'une gouvernance et d'une administration adéquates, d'égalitarisme et d'universalisme dans les valeurs politiques telles que le suffrage universel, l'égalité des droits, la justice sociale, la liberté individuelle, le sens d'appartenance ethnique unifié et la plus haute sécurité personnelle.

À tout cela s'ajoutaient une production organisée à l'échelle mondiale, une abondance en nourriture et plus généralement la profusion de tous types de produits industriels, ainsi qu'une répartition généreuse de ces biens au profit des *Cives*, qui n'était pas fonction de leur contribution individuelle à la production, mais des besoins de chacun. Un contrôle scrupuleux des naissances avait été mis en place dans l'intérêt de la dignité humaine. Pour la première fois, depuis lors, la population entière jouissait d'un niveau de vie élevé, sans exception, et tout un chacun participait à la mise en valeur des biens de la culture matérielle !

Et moi, ébloui par le nombre incroyable d'images visionnées sur le *Reigen-Swage*, captation vidéo du confort et de biens matériels en abondance, je préférerais mille fois passer ma vie à voyager entre Paris et Vienne après les guerres napoléoniennes… À choisir, j'échangerais bien volontiers une existence paisible de « maître de l'*Eldrere* » sans désordre psychologique ou social contre ces décennies d'histoire. Je renoncerais avec joie à une telle vie de « sûreté et de certitude pour l'avenir ». Les six premiers siècles de l'*Eldrere* me paraissaient extraordinairement mornes, à en juger bien sûr par ces tranches de vie que j'avais pu observer sur le *Reigen-Swage*.

Mais Stéphane et les autres personnes présentes partagent plus ou moins le même avis : au cours des premiers siècles de l'*Eldrere*, la capacité des peuples à faire l'expérience d'une vie intérieure et d'une plus grande spiritualité a largement été affectée, sinon anéantie. Bercée par le sentiment de satisfaction procuré par la profusion et la qualité des richesses matérielles, et par l'illusion du bonheur – pour reprendre leurs propres termes – la « soif de l'âme » s'était considérablement éteinte.

C'est pourquoi ils soutiennent que la contribution de l'*Eldrere* à l'élaboration d'une véritable « culture incorporée » était extrêmement limitée.

Cette époque ne s'enorgueillissait que de la norme de qualité des produits industriels et de leur production en quantité plus que suffisante. Les êtres humains étaient rapportés à des nombres dans des études statistiques, au détriment de leur personnalité et de leur qualité spirituelle. Le « progrès » était uniquement déterminé par le développement économique et technologique. Le bonheur se concevait à travers le prisme du confort et d'une répartition adéquate. Il s'agissait alors de vivre une existence facile, agréable, à faible teneur ésotérique. Les prophètes et les artistes avaient disparu. Ceux qui discouraient de la souffrance métaphysique de l'homme étaient qualifiés de morbides.

En résumé, l'*Eldrere* incarnait l'apothéose de la culture technique et économique, la détérioration de la culture intérieure, comme l'affirmait Cornelius aux enfants de l'Institut Lain quelque temps auparavant.

L'*Eldrere*, a-t-il déclaré, fut une extension de la Préhistoire – après le XXe siècle jusqu'en l'an 2396 apr. J.-C. – une période de prospérité technique et économique. Ces dernières formes d'organisation et de vie couvrent la période de mon époque jusqu'au VIIe siècle de la nouvelle chronologie. Il est dit que les générations passées étaient conscientes qu'aucune spiritualité ne pouvait se maintenir indéfiniment avec de nouvelles avancées. Après avoir atteint son apogée, le phénomène commence à décliner, les fondements spirituels et moraux fléchissent et, *in fine*, seule subsiste la carcasse de la technoculture. Je pense que Cornelius ne faisait que reprendre l'analyse d'Oswald Spengler, essayiste du déclin de l'Occident de notre époque.

Ainsi se fondait la vision de l'existence pendant l'*Eldrere*, en tout cas d'après ce que j'avais visionné sur le *Reigen-Swage* et entendu de la bouche de Lain, Cornelius et Stéphane ; et tout cela avant la consolidation définitive du *Retsstat* le 5 mars de l'an 2396 apr. J.-C.

Les grands travaux et le précieux legs intellectuels du passé n'étaient pas perdus. Ils perduraient, mais rares sont ceux qui y souscrivaient. Ils étaient délaissés dans les bibliothèques et les entrepôts, et leurs vieux charmes ne séduisaient guère plus les foules…

Pour ce faire, leur propre Renaissance entre les VIIe et IXe siècles s'est avérée nécessaire, suivie par les siècles qui marquèrent le grand et célèbre aboutissement de la civilisation. C'est à ce moment-là que les vieux trésors de l'intellect et de l'esprit ont refait surface…

SUSCITER LA PEUR CHEZ LE JEUNE CITOYEN COMME MOYEN PÉDAGOGIQUE

2-VI

L'Institut Lain a pour habitude – et peut-être non pas seulement pour habitude, mais pour méthode pédagogique à travers le monde – d'exacerber les faiblesses de notre période historique et d'aller jusqu'à effrayer les enfants, provoquant chez eux une sorte d'anxiété nourrie par toutes ces images épouvantables qui leur sont imposées. L'effet recherché est de planter et favoriser la croyance et la dévotion des jeunes esprits aux institutions actuelles, à la patrie universelle et à la nouvelle époque à un âge précoce. Je pense que le but est d'écarter toute possibilité de menace future envers l'organisation universelle des aspects politiques, sociaux et économiques de la vie, en force depuis plusieurs siècles maintenant.

J'ignore dans quelle mesure ce processus est efficace et fructueux sur le long terme, mais les moyens mis en œuvre pour atteindre cet objectif se distinguent, à mes yeux, par un acharnement inouï, une cruauté intolérable ; force est de reconnaître qu'il s'agit de quelque chose d'assez effrayant.

« Vont-ils revenir ?? Vont-ils revenir ?? » s'écrièrent les enfants des plus petites classes hier à la vue du « déferlement de bombardements » et de la destruction d'un état qui m'était inconnu par des bombes détonantes et incendiaires datant du XXe siècle, comme je l'ai appris par la suite.

L'horreur qui se lisait sur leurs visages alors qu'ils nous posaient des questions avec Cornelius et Stéphane était indescriptible. Ils avaient l'impression que la lave verte qui déferlait sur les rues, l'effondrement épouvantable des bâtiments et le torrent de feu qui recouvraient les blocs d'immeubles de flammes – des images que j'avais vues de mes propres yeux sur le *Reigen-Swage* avec ces jeunes gens – étaient des armes détenues par des extraterrestres venus envahir notre planète, armes que nos défenses n'étaient pas parvenues à neutraliser !

Le lendemain, lorsqu'il leur a été expliqué qu'il ne s'agissait non pas d'une invasion extérieure, mais d'autodestruction, que leurs ancêtres avaient littéralement détruit leurs propres villes et tué leurs semblables, les enfants en étaient bouche bée. Ils n'en revenaient pas !

« Ne soyez pas surpris ! fit Cornelius, au vu des conditions de vie de l'époque, il n'y avait pas d'autre moyen… La mentalité prédominante était : "tuer ou être tué". L'atrocité était de règle, l'annihilation des autres, le mot d'ordre.

– Quels autres ? s'enquit un garçon.

– Les défenseurs de la partie ou de l'opinion opposées, en fonction des événements. L'amitié n'avait rien de naturel ; au contraire, elle était régulièrement bouleversée selon les circonstances et les intérêts. Un seul ordre suffisait à ce que les alliés d'hier deviennent des ennemis, et vice-versa. Ne jetez point la pierre aux citoyens ordinaires. Déjà, à l'époque, ils étaient intrinsèquement humbles et bons. Ils étaient disciplinés et joyeux, à notre image. Ils ne se haïssaient point. Ils aimaient les inconnus et les étrangers, ils étaient hospitaliers et adoraient les animaux. Mais parfois, le pouvoir économique et politique tombait entre les mains d'êtres misérables, et c'est ainsi que des guerres ont éclaté. Elles n'avaient rien d'instinctif. Elles ont été créées de toutes pièces par des dirigeants mauvais et indignes, et par les fabricants d'armes, pour la plupart asiatiques, affirma-t-il. Ils incitaient les peuples à la haine et les poussaient à s'exterminer entre eux. C'est une chance que notre espèce en ait réchappé. Le risque était mortel. »

Je me suis maintes fois demandé si ce que Lain enseignait aux enfants était objectif et juste. À l'entendre, les peuples asiatiques et africains, quasi-inexistants aujourd'hui et sans aucune légitimation historique, étaient véritablement les seuls responsables de tout cela.

« Est-il exact que la guerre était une nécessité biologique ? demanda un enfant plus âgé. Comment une population aussi importante aurait-elle pu tenir sur cette petite planète en l'absence de guerres ?

– Oui, il s'agissait en effet d'une nécessité biologique, affirma Cornelius. Mais c'était aussi le cas de la loi de la jungle parmi les primitifs en des temps sauvages. La loi de la sélection naturelle et du plus fort… »

Il a poursuivi en indiquant que les lois de la physique ont un mépris caractéristique pour la connotation morale d'une action, quelle qu'elle soit.

C'est pourquoi toutes ces atrocités ont disparu à jamais de la civilisation humaine. La poursuite de ces événements et d'un tel déferlement de brutalité témoignait de l'échec de l'homme à établir une procédure de réglementation visant à trouver une « manière humaine de résoudre le conflit ».

Il a ensuite expliqué que quelques décennies avant l'ère de John Terring, la guerre était déjà perçue par tous les peuples comme « une situation d'anarchie, de rébellion nihiliste contre les institutions, de violence criminelle, de débâcle générale des valeurs et d'autodestruction ».

Cet enseignant contemporain et célèbre a exprimé d'autres choses à ce sujet, dont je n'ai malheureusement pas souvenance. Et je crois qu'aucun professeur du passé, pas même le plus doué et le plus instruit du XXe siècle, n'aurait pu ne serait-ce qu'effleurer le niveau de spiritualité et la mentalité d'un professeur du *Nojere*.

Quand bien même leur profession et leurs spécialités les rapprocheraient, un certain nombre d'éléments les différenciaient : leurs milieux culturels, leurs périodes historiques, et surtout leur réalité sociale. Cornelius n'est pas seulement un enseignant, il est « un enseignant du *Nojere* ». L'écart était considérable entre nous.

Je suis parvenu à une autre conclusion, à propos des dirigeants de notre temps – particulièrement les plus âgés – qui, d'un point de vue psychanalytique, étaient souvent sous le coup d'une humeur maussade, chose assez répandue dans cette catégorie de la population, et une amertume profonde, inconsciente, du fait de la loi naturelle du déclin. Je pense également qu'ils avaient le jeune en horreur, et que cela se traduisait couramment par de la malveillance, raison pour laquelle il était extrêmement rare de voir de jeunes gens occuper des postes de pouvoir à cette époque, même si cela leur aurait permis de mettre à profit leur enthousiasme et leur amour pour la vie et le peuple. Voilà un point de vue fort intéressant !

LA NUIT DES « GRETLYS » *(la Grande Lumière)* Les événements du mois de septembre qui a changé le cours de l'humanité et de l'Histoire

3-VI

Ce même soir, Stéphane m'a annoncé : « Dorénavant, ne te rends plus à l'Institut pour y suivre des cours d'histoire. Afin de faire l'expérience profonde et véritablement comprendre l'aurore du *Nojere*, il te faut t'isoler, te concentrer et méditer. Sois sûr de réviser tout ce que tu as appris lorsque tu es seul. »

Je lui ai raconté les images délirantes auxquelles les enfants étaient exposés, des scènes de guerre aux événements qui s'étaient produits avant l'*Eldrere*, et qui les faisaient crier d'effroi, je lui ai confié qu'il était à la fois injuste et inutile de les traumatiser de la sorte.

« La guerre est révolue, ai-je déclaré, quinze siècles se sont écoulés depuis le début de votre époque et il s'agit là de la meilleure garantie que la guerre n'a plus lieu d'être ! Les temps ont incontestablement changé ; la guerre appartient à la Préhistoire ! »

5-VI

J'ai consacré la journée entière à méditer pieusement et avec attention toutes les merveilles que j'ai été digne de voir de mes propres yeux la nuit dernière. J'ai fait savoir à mon entourage que je voulais être seul aujourd'hui. De toute ma vie, je n'ai jamais ressenti une telle excitation, ou plutôt, une telle admiration et une telle sainteté. Seul, enfermé dans ma chambre, je songe à tout cela et remercie Dieu de m'offrir la chance d'en avoir été témoin dans cette vie.

Par moments, je ressens le besoin de me mettre à genoux et de prier. La nuit dernière, vers minuit, je me suis surpris à visionner les jours glorieux de 986 *(3382 apr. J.-C.)* sur le *Reigen-Swage* et je ne revenais pas de ce destin qui s'est présenté à *moi*, un malheureux vermisseau du XXe siècle, et qui m'a donné la chance incroyable de voir l'aurore du *Nojere* prendre vie ! J'ai vu les saintes morts de ce mois de septembre dans la Vallée, Alexis Volky se tenant face à moi au cœur du Grand Instant, le torrent du *Roisvirch* qui a suivi et tous les événements majeurs qui peu de temps après esquissèrent de nouvelles pages de l'histoire et de la vie spirituelle.

Installé dans mon fauteuil, je pense à tout cela les yeux embués de larmes, débordant de reconnaissance.

J'ignore quelle force fut suffisamment puissante pour que ces visages blancs baignent dans une lumière aussi céleste ! Quelle merveille, si inaccessible à nos yeux, avait bien pu se révéler à ces personnes dans leurs derniers instants sur cette Terre ? Il est dit que tous les hommes et toutes les femmes qui ont succombé au « choc divin d'une clarté insoutenable » durant ces six premiers jours dans la Vallée des Roses étaient des êtres d'une beauté intérieure et d'une grandeur supérieures. Qui aurait pu s'imaginer que même leur apparence en eut été embellie, comme si la magnificence de leurs âmes avait subitement ruisselé sur leurs visages ? Et ces derniers étaient pour la plupart juvéniles. Je les ai observés un par un. Une sorte d'extase et de triomphe se lisait sur chacun d'entre eux. Pourquoi se disait-il aujourd'hui que ces personnes avaient péri ? J'ai été témoin du contraire : chacune d'entre elles semblait avoir été transformée en une personnification de la victoire, comme si Dieu les avait soudainement appelées !

Après cette vague initiale de morts subites, rien ne préfigurait les prodiges que l'avenir réservait. La vie dans la Vallée avant le *Roisvirch* s'écoulait paisiblement, les institutions se développaient et prospéraient. Mais les fruits d'une réflexion et d'une méditation sur le long cours, des découvertes de milliers d'instituts et de centres de recherche, aussi satisfaisants fussent-ils, n'auraient jamais permis d'anticiper une telle réussite intellectuelle. Même après cinq siècles d'autodidaxie, d'enrichissement intérieur de l'intellect et de la personnalité à travers de nombreuses générations d'anachorètes talentueux, cela semblait tenir du miracle !

Pour le monde extérieur, les deux faits majeurs de début septembre furent, en premier lieu, les grands préparatifs de l'Exposition Universelle à Blomsterfor, qui a rencontré le plus de succès en matière de participation mondiale et d'affluence, puis l'élection du nouveau *Lorffe* de l'époque, dont le nom m'échappe. Tels étaient les principaux sujets qui animaient alors les foules.

Et l'époque ne semblait pas dissimuler quelque besoin messianique que ce soit, pas plus qu'il n'existait de conditions préalables à l'avènement de ce type de psychologie des foules sur notre planète.

Au contraire : les hommes menaient une vie agréable aux quatre coins d'un monde sûr, avec un ordre public et une organisation politique stables, des biens et des agréments en quantité suffisante, et un équilibre moral et psychologique.

L'essor phénoménal de la littérature, des arts et de l'intellection, gravé dans l'esprit de l'homme comme étant « l'âge d'or de la culture intellectuelle et spirituelle », avait eu lieu il y a une centaine d'années à peine, lors du grand siècle, leur IXe siècle. Le peuple respirait encore l'air frais de la belle époque, période de prospérité, et avait intégré toutes les créations qu'elle recelait dans son propre quotidien. La crise morale et la détresse collective en étaient complètement absentes.

Et pourtant, malgré cet esprit parfaitement équilibré et chaleureux, l'un des premiers jours de septembre, le monde extérieur apprit brusquement que des événements étranges se produisaient dans la Vallée, événements dont la portée ne pouvait être expliquée, mais dont l'Histoire, cependant, se souviendra comme d'un bouleversement – s'il était effectivement prouvé que leur teneur et leur signification fussent bien celles que de nombreux grands noms valléens leur prêtaient.

Trente-six heures avant le *Gretlys* et la survie d'Alexis Volky, quatre occurrences similaires avaient eu lieu en dehors de la Vallée des Roses, à des endroits très éloignés les uns des autres : un à la Voie de Lesley, un aux Baléares, et deux autres en mer du Nord. Les habitants de cette époque se tournèrent alors vers Dieu et commencèrent à prier en groupes, renonçant à leurs occupations et responsabilités !

Cela me rappelait ces périodes où nous fîmes l'observation d'une comète en approche menaçant de détruire la vie telle que nous la connaissions, et où tout le monde se mettait à chercher refuge dans la religion. Mais cette fois, ce n'est point la peur de la mort qui suscitait l'inquiétude de l'homme partout dans le monde. Une espérance secrète avait surgi, celle d'une sorte d'illumination imminente, de la découverte d'un grand secret, entièrement distinct du monde naturel, qui était l'objet d'étude des sciences exactes.

Il est impossible d'affirmer ce qu'il s'est véritablement produit à ce moment-là. Était-ce lié aux assertions futures de plusieurs scientifiques, à savoir, une lumière bienfaisante projetée de loin, très loin sur nos terres par des êtres superhumains inconnus mais néanmoins bienveillants ? Personne ne pouvait l'affirmer avec certitude. La majorité refusait catégoriquement d'accepter l'existence de telles forces spirituelles, extérieures et étrangères, et se limitait à la commémoration des « 200 » et au rabâchage des noms de Miliotkin, Joël Letonen et Gunnar Nelbarn, les chefs des premiers anachorètes, pionniers et colons, qui, il y a 486 ans, furent les instigateurs et les fondateurs de la Vallée des Roses. Il est dit que l'Institut Aidersen a « pris la relève » des descendants des « 200 ».

Les nuits qui suivirent, la quasi-totalité de l'humanité resta éveillée. Les cloches tintaient constamment pour inviter les gens à se préparer à ce qui s'annonçait.

Dans la Vallée, nombre de personnes passaient nuits et jours dans les parcs et les places des immenses campus de l'Institut Aidersen. D'ailleurs, en plus de persévérer malgré la fatigue accumulée à la suite du *Gretlys*, les foules ne faisaient que se *densifier* depuis le 7 septembre. Depuis plus de 250 ans, cet institut de renommée mondiale était le seul à apporter un appui moral et émotionnel aux habitants d'une époque dont les masses se prélassaient dans les joies de l'ignorance et estimaient que le goût pour le questionnement métaphysique relevait de la tyrannie, goût qui était autrefois considéré comme un honneur et un privilège d'une poignée de personnalités spirituelles triées sur le volet.

À travers le monde, ils étaient des milliards à avoir placé leurs espérances spirituelles dans les grands sages que recelait cette ville fabuleuse – l'Institut Aidersen. C'est à cet endroit, sous les hauts plafonds de la grande place centrale, dans les auditoriums, près de l'ensemble semi-circulaire de statues à l'effigie des personnalités prestigieuses de la vieille tradition, Pythagore, Plotin et Kant, Blaise Pascal, Socrate, Platon et Maeterlinck, Riset, Gustavsen, Rasmathy, Plioskin et tant d'autres, que le grand Chillerin passa la plus grande partie de sa vie. Il intégra l'Aidersen en tant qu'apprenti à un très jeune âge, au début du IXe siècle, là-bas, dans ces auditoriums, où il enseigna par la suite…

Malgré la finitude de notre savoir, Chillerin pensait que l'homme d'autrefois ne s'était pas donné assez de mal et qu'il n'avait opté pour la bonne approche méthodologique en vue d'acquérir des connaissances. Son raisonnement était alors embryonnaire, mais il avait foi en la capacité de l'être humain à lever le voile sur les mystères du monde en dépit du caractère imparfait de l'esprit et des sens, et il croyait que ce jour était proche.

Plongé dans mes pensées, j'observe sur le *Reigen-Swage* l'Institut Aidersen rester à l'affût pendant ces longues nuits, avec tout autour des milliers de personnes agenouillées en train de surveiller le campus, à attendre que leurs guides spirituels – les arrière-petits-enfants de Chillerin – se fassent jour avec une réponse, une explication, mais en vain, car ils n'étaient pas encore en mesure d'analyser ce qui était en train de se produire.

Dans la grande salle : une nuée de sages, privés de sommeil, surmenés et contrariés, vêtus de l'habit Aidersien classique avec une rayure bleue, l'hermine et l'insigne. L'Aidersen tout entier traversait une période de confusion et de détresse, et plusieurs autres personnes issues d'instituts connexes de moindre envergure arrivaient en continu, même depuis l'autre bout de la Vallée ! Des réunions se tenaient successivement, sans interruption et sans déboucher sur des résultats concluants. Les hommes avisés de l'Aidersen attendaient eux-mêmes de recevoir des informations de l'extérieur sur les événements actuels.

Oui ! La situation a finalement commencé à s'éclaircir et nombre d'entre eux échangent au sujet d'une sorte de salut. L'émergence d'un nouveau *Virch*, incomparable aux autres, était désormais au cœur des discussions, et le nom du doyen Alexis Volky, ce pair qui les avait quittés plusieurs années auparavant afin de devenir moine, circula à voix basse et avec déférence au sein des groupes de sages les jours qui suivirent. Personne n'était encore entré en contact avec lui. Ils s'étaient *contentés* de désigner les ambassadeurs qui seraient dépêchés pour aller le trouver. Ils ne savaient même pas exactement dans quelle partie de la vaste Vallée le vénérable Ancien s'était retiré après « ce qu'il avait vu », cet ermitage secret où il passait jours et nuits à jeûner, méditer et prier.

Alors que les foules patientaient religieusement dehors, les sages, le regard baissé devant les bustes de leurs prédécesseurs, les *Lorffes* et *Ilecteurs*, et plongés dans une infinité de piles de livres miniatures qui renfermaient la quintessence de l'intellect humain depuis la nuit des temps, poursuivaient leurs conversations et leurs délibérations fiévreusement. Mais cela ne donnait toujours rien…

5-VI
(Tard dans la nuit)
« Mais Dieu a choisi ce qu'il y a de fou dans le monde pour confondre les sages »

Les *Nibelvirches* avaient commencé à se multiplier et à devenir plus fréquents, à la fois dans la Vallée des Roses et dans les régions lointaines, et presque aucun ne s'est avéré fatal après la survie d'Alexis Volky. Au fil des jours qui ont suivi, son cri d'extase et ses discours de paix ont incité d'autres voix et esprits triomphants à s'exprimer.

Mais seul l'Institut Aidersen était reconnu et gagnait la confiance des foules. Elles avaient appris à le respecter et à l'écouter en s'appuyant sur une longue tradition transmise de père en fils pour venir y placer tous leurs espoirs séculaires. Pourtant, l'Aidersen demeurait silencieux et prudent. Il en sera ainsi pour les semaines à venir.

6-VI

De nos jours, le lieu saint n'est plus du tout clôturé. Je l'ai vu dans le *Swage*. Seule une ficelle de marbre sculptée dans de petits anneaux rectangulaires le protégeait d'un pas distrait. Même un enfant aurait pu sauter par-dessus si l'envie lui en prenait. Mais personne ne la franchissait. Les visiteurs la contournent dans le sens contraire des aiguilles d'une montre, en partant des bouquets de cèdres de petite taille. Ce chemin débouche sur une grande cour blanc vif – c'est en tout cas l'impression que donne le *Reigen-Swage* – avec quelques colonnes et quelques murs qui, jusqu'à une certaine hauteur, semblent être en ivoire. En arrière-plan, à proximité de l'ancien mur blanc, sous la coupole avec le *Novotronium* de Nikorski, il est possible de distinguer les sept lumières sacrées et les bannières voleter dans une lueur azur. Le sanctuaire tout entier est pavé d'une unique dalle immaculée semblable à du marbre, et les environs sont recouverts des célèbres rosiers bleu clair, tout comme au Panthéon.

Et là j'observe le même endroit sous sa forme passée. Il est à l'identique ! J'y ai vu Alexis Volky, sous les étoiles, la barbe grise, vêtu d'une tunique blanche, se dresser de toute sa hauteur – comme ce septuagénaire l'a toujours fait – tandis qu'il faisait l'expérience de son majestueux et divin Grand Instant.

Je ne compte plus les fois où Jaeger et Stéphane m'ont décrit cet endroit, et avec quelle émotion ! Je vois clairement l'élève de Volky, Marie-Léa, assise sur les marches aux pieds du grand Maître, blessé, et maintenant promis à l'Au-delà, loin de la laideur de cette vie. Je peux la voir pleurer de joie. Elle ne cache pas son visage ; au contraire, elle garde la tête haute, comme prise d'une grande extase, en pleine inspiration.

Le vieil homme se tient debout, immobile, la tête droite et le regard porté sur la vaste région. Il n'est que blancheur. Le ravissement, la stupeur et « l'horreur sacrée » des premiers moments sont gravés sur son visage et y ont laissé une traînée de lumière, une brillance ineffable. Il ne tremble plus et sa métamorphose est manifeste : il est devenu maître de ses émotions. Il sait que la vantardise n'est pas de mise ; il s'avère simplement que, d'entre tous, il s'est révélé être le mieux préparé. Rien de plus… Il fait partie de nos semblables, à la seule exception que lui fut capable d'endurer cet « éclair de lumière foudroyant » qu'il n'avait pas vécu aussi subitement que les autres. Cette fois, la « grande étincelle divine » avait frappé un véritable rocher !

Toujours droit et ferme, il contemple l'horizon, une larme coulant sur son visage blême et ascétique. Je me demande ce qu'il pense… Entrevoit-il l'aurore d'une nouvelle ère spirituelle, là-bas, à l'horizon ? Ou est-il en train de songer au passé, de méditer le dénouement extraordinaire de l'histoire de l'humanité ?

Voyez-vous, il avait passé tout son temps à l'Institut Aidersen depuis son plus jeune âge. Il s'était approprié et avait à cœur les rêves de ses ancêtres et la promesse de Chillerin…

L'HISTOIRE DE MARIE-LÉA : UNE SAINTE DES TEMPS MODERNES

7-VI

Il donna son nom à Marie-Léa quelques jours plus tard – adoptée à titre posthume – une vieille tradition valléenne entre un professeur et un élève appréciés quand ce dernier perd la vie prématurément, et assista à ses funérailles à l'Aidersen, parmi les foules de sages et les dizaines de milliers de participants, fièrement dressé, sans verser la moindre larme.

Cette journée offrit une apothéose à Marie-Léa, dont la tradition Aidersienne se souviendra comme l'une des personnalités les plus populaires de la culture spirituelle moderne. Son bûcher funéraire était entouré de milliers de fleurs des quatre coins du monde, et tout autant de personnes, toutes de blanc vêtues, agenouillées près des cendres de cette noble Troendine, dont l'âme n'a pas supporté de « rompre ses chaînes », pas plus qu'elle n'a su faire face à la « nostalgie de la patrie céleste ».

Les 7 et 8 septembre, durant ses deux derniers jours de vie, après avoir déserté la Vallée, elle avait erré dans les terres reculées, quelque peu instable mentalement, impuissante à maîtriser ses idées. Ses dernières rencontres en avaient retiré l'impression qu'elle était possédée par des pensées obsessives.

Deux jardiniers de Doriani ont déclaré que dans la matinée du 8, une magnifique fille blonde aux yeux d'un bleu profond avec une longue robe blanche les avait interpellés pour leur demander où se trouvait le chemin du bord de mer, en leur expliquant qu'elle devait s'y rendre afin d'apporter d'excellentes nouvelles à un jeune garçon qui attendait patiemment là-bas, en quête de réponses, depuis plusieurs milliers d'années… D'ailleurs, elle répétait la même phrase en grec ancien : « *Er wartet auf ein Antwort* » qui signifie « Il attend une réponse ».

Plus bas, tout un groupe d'ouvriers rentrait du travail à la pointe du jour. Elle s'est adressée à eux normalement et raisonnablement. Ils lui ont offert des grappes, qu'elle accepta. Trois heures avant midi, dans les orangeraies de l'Eliki de l'Est, elle a offert son bracelet à la petite-fille du gardien.

Elle s'est assise dans l'atelier l'espace d'un quart d'heure et a demandé à avoir un peu d'eau. Elles avaient les yeux rougis, comme si elle avait passé la nuit à pleurer, mais elle s'exprimait néanmoins de façon cohérente. Ce sont les châtaigniers en fleurs qui retinrent son attention, et elle en parla à la femme du gardien.

Elle se noya le soir même. Elle fut retrouvée dans une zone déserte, à l'aube. Deux pêcheurs, père et fils – des personnes peu importantes, dont les noms, cependant, figurent dans les pages de l'Histoire – ont tiré son corps hors de l'eau. J'ai visionné cette scène sur le *Reigen-Swage*. Son corps plein de jeunesse n'avait pas subi la moindre altération, et la longue robe blanche qu'elle portait épousait ses formes. Telle fut la fin de cette « Sainte du *Nojere* », la première personnalité révérée et immortelle de la « Nouvelle Ère ».

Maintenant, chaque année à l'occasion de l'anniversaire de sa mort, quinze jours avant le Nouvel An, des milliers de personnes en tuniques blanches avec des paniers de fleurs fraîches et de couronnes à la main longent inlassablement la plage en chantant des hymnes, en signe de commémoration et de reconnaissance. Deux heures avant minuit, ils jettent leurs fleurs dans le bleu profond de la mer.

Esprit bienveillant, Marie-Léa Volky est désormais considérée comme l'amie et la gardienne des filles comme des femmes. Tous ses contemporains ont connu la vieillesse, succombé aux lois de la décomposition biologique et quitté ce monde. Mais Marie-Léa, elle, est restée éternellement inchangée : dix-neuf ans, inaltérée et immortelle, pair de toutes les générations ! Son nom a donné vie à des poèmes et des légendes, elle est devenue muse ! Les milliers de statuettes, bustes et monuments à son effigie à travers le monde entier la représentent systématiquement avec une chevelure dorée, des lèvres rouge cerise et des yeux bleu nuit, semblables à la couleur de la mer, inondés d'une lumière méditerranéenne. D'innombrables amulettes et icônes finement ouvragées sont produites chaque année en son honneur. Dans le cœur du peuple, sa mémoire fait l'effet d'une lumière vive et intense qui vous happe avec une vigueur telle que les mots ne sauraient l'exprimer.

Silvia et Hilda l'ont évoquée à de nombreuses reprises avant que je ne sache de qui il s'agissait.

D'ailleurs, je me souviens plus particulièrement de l'une de ces conversations : une nuit, de retour à nos villas, elles l'ont invoquée alors que nous observions les étoiles Arcturus et Véga au moyen d'un modeste télescope…

LE VERDICT DE L'INSTITUT AIDERSEN

Une nouvelle ère
8-VI

L'un des derniers jours de septembre – lorsqu'il devint évident que les faits parlaient d'eux-mêmes – l'Institut Aidersen sorti du silence. Ce dernier, à la renommée mondiale unique, a rappelé au peuple comment, quatorze siècles plus tôt, l'humanité était parvenue à s'ériger au titre de petite déité dans l'étude du monde physique et des applications techniques afférentes, en créant, pour la toute première fois, une étoile au moyen d'un processus de « fusion et division ». Ce qui était en train de se produire était tout aussi « divin » que cette percée scientifique et technologique, à la seule différence que tous les aspects de la vie étaient désormais concernés ! L'homme, toujours en tant que petite déité, était finalement parvenu à déchirer le voile du « Grand Mystère » pour découvrir ce qui se trouvait à son envers.

Qu'est-il advenu ensuite ? Nous le savons déjà. Cette génération était vouée à prendre conscience du rêve millénaire de ses ancêtres, et l'être humain destiné à toucher les cimes valléennes, pour enfin « voir ». Alexis Volky était considéré comme « l'élu » originel, mais des centaines d'autres suivirent l'année d'après, et des milliers d'autres par la suite. Telle est la source du savoir populaire actuel. Cela n'a plus rien d'une croyance, c'est devenu une expérience, une connaissance !

Un mois plus tard, un autre Aidersien du nom d'Arald affirma : « Le *Nibelvirch* devait avoir lieu afin que la qualité, la teneur et la signification intrinsèques des autres *Virche*s soient révélées et qu'elles puissent rayonner ! »

Une fois ces événements assimilés, certaines personnes se mirent à louer Dieu d'être nées à cette époque, de faire partie de cette génération sacrée, et d'autres louaient Volky d'avoir tant enduré pour ouvrir la voie au reste de l'humanité.

Au début, et pendant très longtemps, hommes et femmes négligèrent leurs occupations, ils n'accordaient presque plus la moindre importance à l'ensemble des affaires et des considérations terrestres. Ils ignoraient encore comment faire face à ce qu'il venait de se produire.

VAGUES DE SUICIDES ET SENS DE LA VIE

9-VI

Au cours des mois qui suivirent, Volky et les autres personnalités de l'Aidersen ont éprouvé le besoin de mettre un point final à « l'exode » qui survint. En effet, ils ont été confrontés à plusieurs centaines puis plusieurs milliers de cas de désœuvrement, pour lesquels la raison de vivre se voyait évincée par un nouvel élan, celui de la « désertion » et de la « fuite », une manifestation caractéristique chez nos semblables à la suite du *Nibelvirch.*

Cette nouvelle impulsion fit son apparition parallèlement aux sentiments inouïs de bonheur et de pacification des esprits, une sorte de joie divine, un accommodement presque « socratique » avec la mort, en sus d'un mépris pour tout élément matériel, qui relevait désormais de la trivialité et était perçu comme une considération étrangère à l'être humain, indigne de lui.

Ce n'étaient guère la routine quotidienne, les réalités pratiques de l'existence, les petites joies et les petits chagrins de la vie qui les accablaient ; mais leurs rêves, amours, les êtres aimés qui n'étaient plus à leurs côtés, les plus beaux moments de leurs vies, tout ce qu'ils avaient pour habitude de considérer comme de simples souvenirs se condensaient désormais en une force incroyable qui était revenue les hanter.

En 986 et 987 *(l'an 3382 et 3383 apr. J.-C.)*, il arriva que l'autorité spirituelle planétaire se soucie véritablement de savoir si cette « maturité psychologique et spirituelle précoce », ce bond dans l'évolution biologique et le progrès de l'esprit, survenait à une période opportune, et si le projet séculaire de la Vallée pouvait également avoir des conséquences fâcheuses. La quasi-totalité de l'espèce humaine s'était avérée loin d'être préparée, même parmi les *Ilecteurs*, à l'exception de quelques centaines d'anciens stoïques, adeptes de Volky.

La Création, par sagesse d'anticipation, avait efficacement caché ses secrets à l'homme, avec beaucoup de zèle et pendant des millénaires.

Ils ont rappelé qu'au cours des deux premiers siècles de la Vallée, nombre d'entre eux s'étaient opposés à cet énorme travail spirituel et avaient lourdement insisté pour mettre un terme aux efforts particuliers mis en œuvre pour atteindre une culture spirituelle élevée et créer un homme supérieur sur le plan intellectuel. En résumé, ce qu'ils signifiaient : ainsi sont les choses, et elles sont telles qu'elles doivent être ; il faut les laisser évoluer à leur propre rythme et ne rien précipiter, car Dieu seul sait ce que la moindre action qui accélèrerait le processus naturel pourrait éveiller…

La solution qu'ils ont imaginée afin de mettre un terme à « l'exode » fut de souligner la finalité et la nécessité de chaque étape de la vie humaine sur Terre, y compris celle qu'ils étaient en train de vivre en ce moment. Ils ont convaincu le peuple que même cette étape difficile constituait une partie certes modeste, mais essentielle du *Samith* et qu'il leur incombait également d'y faire face. Ils leur ont annoncé : « Chacun d'entre nous vient dans cette vie avec un but : celui d'aimer de toutes ses forces et de donner un peu de soi à autrui même si cela est source de souffrance, d'être avide de beau et de vrai, d'apprendre à connaître les merveilles du monde naturel et de venir en aide aux créatures les plus faibles, puis de quitter cette vie quand notre heure est venue, et non avant, à l'inverse des déserteurs. »

Ils ont insisté sur le fait que ce qu'ils avaient vu ne devait en aucun cas être associé à l'extinction de la vie sur Terre. Bien au contraire. Ils leur ont exprimé que l'objectif était que la vie poursuive son cours et connaisse une véritable ascension, pour s'approcher chaque fois un peu plus de la perfection, de la vérité ! « Si nous nous éteignons, comment cette ascension pourrait-elle se poursuivre ? Allez-vous priver la prochaine génération de votre propre espèce de la possibilité, un jour, de pouvoir se comparer à notre génération et de se sentir aussi fière de son évolution que nous le sommes aujourd'hui par rapport à nos ancêtres ? Nous sommes le lien indispensable entre le passé et le futur. Nous sommes le présent et nous ne devons pas disparaître ! »

En sus de cet argument, des ordres furent transmis par la Vallée pour des projets immédiats qui permettraient d'améliorer une fois de plus l'organisation d'une société qui octroierait à ses membres de nouvelles motivations.

Des projets infrastructurels de grande ampleur furent initiés, la recherche d'inventions fut annoncée, de nouvelles institutions furent instaurées et des associations plus performantes furent créées dans quasiment tous les domaines de la vie sociale. Même des festivals paneuropéens de musique furent organisés et firent office de distraction, stimulant de nouveau les intérêts du peuple pour la vie.

10-VI

L'ensemble de cette campagne de longue haleine a entraîné une atténuation importante de l'élan de fuite précité et une diminution du nombre d'incidents de ce type. Comme escompté, la première année n'a pas suffi à éradiquer complètement ce phénomène. Par la suite, l'Aidersen a d'ailleurs déclaré : « Il est extrêmement difficile d'empêcher ceux qui meurent de soif de se précipiter au puits lorsque ce dernier se présente à eux. »

Ils avaient raison. En effet, de quoi le peuple disposait-il jusqu'à présent ? Qu'est-ce qui le faisait vivre ? De minuscules gouttes de pluie qui s'évaporaient très rapidement. Cependant, malgré les difficultés rencontrées l'année qui suivit, le problème se dissipa peu à peu avant de s'évanouir entièrement. Cela ne se produisit guère d'un seul coup – c'eût été impossible – mais étape par étape. Le monde retrouva un rythme de vie normal, mais dans le tréfonds de l'âme humaine subsistait le souvenir de ce qui serait ultérieurement qualifié « *du* moment le plus significatif pour l'évolution spirituelle de l'humanité ».

En ces temps, naturellement, tous nos questionnements avaient trouvé réponse : du « sentiment de vivre en terre étrangère » à la « soif de l'éternel » et au « sentiment de privation ». Le *Nibelvirch* avait révélé la source de tout cela.

11-VI

Depuis le début de l'an 987, la Vallée n'a eu de cesse d'étudier les classiques avec une ardeur inégalée. Une nouvelle signification a émergé de toutes parts : de Socrate et Platon à Confucius, Siddhartha Gautama et Jésus. Même la notion d'infini, incorruptible, contraste entre le présent et l'éternité, faisait l'objet d'une réévaluation. Plus personne n'évoquait la « lutte de l'homme contre son destin », pas plus qu'il n'était fait allusion au « conflit entre l'individu et le monde ».

D'ailleurs, les suicides d'autrefois n'étaient plus associés à un « mal d'amour » ou à une « sensibilité excessive », mais à la « soif sacrée et à l'attente du *Samith* ».

Toujours le 11-VI
(Tard dans la nuit)

Demain matin, je n'ai pas cours avec Lain et je n'envisage pas non plus d'écrire. J'entends passer la journée entière de dehors de la ville. Cette nuit, la lumière des étoiles est magique. Je pense que demain poindra la première journée ensoleillée du printemps, avec un ciel bleu dégagé. Ça sent déjà l'été.

Retsstat Aarsdag, MDX
(Anniversaire de la mise en place de la Communauté Universelle)

Des cloches, des cloches, des cloches, le tintement interminable des cloches depuis les premières heures du jour, comme s'il s'agissait du Samedi Saint. Si vous leur posez la question, ils vous répondent que cela symbolise la « Résurrection de notre espèce » !

Les hauts dirigeants sont absents aujourd'hui. Tous assistent à une réunion dans la Vallée. Je suis assis à la terrasse et j'observe les rues que seules quelques personnes arpentent. Les parcs et les bosquets resplendissent. Marcher sous le soleil matinal me procure un immense plaisir… Je pourrais le faire indéfiniment ! Aujourd'hui, la ville invite à la promenade !

12-VI

Markfor est un état dont il est très facile de tomber amoureux. Hier encore, j'ai ressenti la justesse de la manière de penser et de vivre de ses habitants. Maintenant que notre séjour ici est sur le point de s'achever et que nous allons bientôt entamer un circuit dans les pays d'Europe centrale et les alentours de Rosernes Dal, mon attirance pour cet endroit n'en est que renforcée, comme une envie irrésistible.

Hier matin, alors en quête de la galerie des Médicis, un espace verdoyant et silencieux, trop vert et trop calme pour faire partie du centre-ville, j'ai découvert les hais de Leouras. Les contrastes saisissants comptent parmi les meilleurs aspects de Markfor. Il est encore possible de distinguer les essaims de *linsens* et de *velos* motorisés, d'entendre le vacarme des foules submergeant les artères principales de la ville à un kilomètre à la ronde. Mais en s'éloignant un petit peu, des paysages idylliques s'offraient à vous, comme si vous aviez embarqué pour un voyage magique vers une terre lointaine, pourtant située à seulement quelques minutes de marche.

FAIRE DU TOURISME À MARKFOR

Pour les amateurs des traditions de cet état ancien, la plus belle partie de Markfor se trouve de l'autre côté de la rue. Un véritable voyage dans le temps quatre cents ans en arrière vous y attend : de vastes manoirs qui semblent inhabités, de grandes écoles et des salles de classe à l'aspect désolé, des bibliothèques d'architectes magistrales dont mes connaissances et mon éducation ne sauraient me permettre d'en apprécier le contenu. À l'est, à l'intérieur de l'immense parc, il est possible d'observer le Palais du Recteur avec la célèbre colonnade dorique en arrière-plan. Non loin de là se trouvent les zones d'étude de Laureatis avec la statue de Giordano Bruno à son centre, et l'auditorium de Milioki, père fondateur et facilitateur. Et puis il y a leur poète, Selius ! J'ai lu l'une de ses compositions. Le monument à son effigie surplombe les autres statues de marbre. Il est en bronze et chacune des six faces de son gigantesque socle est ornée de représentations en relief de sa vie et de citations extraites de ses plus beaux textes lyriques.

Parmi les bâtiments que je trouvais fascinants figure l'église d'Alma, considérée à la fois comme le palais et le temple de l'esprit. De style gothique, elle doit sa renommée à ses sculptures de façade. Sa construction a commencé au IXe siècle avec le célèbre architecte Rauschen Torneo, mais elle n'a pris fin que plus tard, car son créateur avait rendu l'âme avant d'avoir achevé son œuvre. Deux cents mètres plus loin se situait le jardin dans lequel les arrière-grands-pères de la génération actuelle étaient parvenus à entreposer des morceaux de pierre vieux de plusieurs siècles, issus du piédestal de l'antique statue du Château des Sforza, aujourd'hui anépigraphes et perchés sur une rambarde rectangulaire.

Markfor est un endroit dont il est possible de s'éprendre chèrement, car il combine authenticité et contemporanéité. En tant qu'amateur d'art, trois musées principaux sont prêts à vous accueillir : le Luigi Davide, le Titiano et le Goya, ainsi que le Nibrera et des myriades d'autres, plus modestes, dont le célèbre et spectaculaire musée (aussi appelé glyptothèque) de Tenarelis. Quel que soit le domaine que vous souhaitez étudier, nul autre endroit ne vous permettrait de le faire dans de meilleures conditions. Il est possible d'y suivre des cours, d'aller à de grandes universités fréquentées par les *Cives*, et même de se rendre à des académies de philosophie et de beaux-arts.

Pour ce qui est des bibliothèques, les quatre plus grandes d'entre elles sont ouvertes, chacune consacrée à une discipline en particulier : l'Aidersienne pour la littérature, la Cartésienne pour la philosophie, l'Alexandrine pour l'histoire et la Laurentienne pour l'histoire de l'art. Bien entendu, la ville compte également de célèbres orchestres symphoniques, où il est possible d'écouter tous types de genres musicaux ; des compositions ecclésiastiques aux chefs-d'œuvre de Valmandel, Svelder, Holger Nielsen, Ruthemir et bien d'autres encore…

Pour les amateurs de sport, Markfor est dépourvue d'arène de lutte ou de terrain de jeu, car le peuple d'aujourd'hui exècre nos disciplines et ne prête aucun intérêt à la performance, mais il existe pléthore de complexes sportifs et de piscines, où il n'est cependant jamais question de battre des records ou d'organiser des compétitions.

Si la tristesse vous gagne, une promenade à travers les rues de la ville suffit à vous remonter le moral. Et si votre cœur d'enfant est intact, alors Markfor, la « fleur sauvage » attitrée, le pays au sourire radieux, vous recevra avec des rayons de soleil qui ruissellent à travers les châtaigniers du Parco Centrale et ses jardins viendront vous envelopper !

La manière dont les locaux appréhendent le monde et perçoivent leurs pairs diffère franchement de la nôtre. Cela vaut tout autant pour les codes qui régissent les interactions sociales. Personne ne viendra vous importuner lorsque vous marchez dans la rue. Si vous vous tenez debout, à observer l'un des étangs des parcs principaux, personne ne viendra perturber vos pensées. Je ne me fais jamais aborder lorsque je me trouve seul dans pareilles circonstances.

Il en va néanmoins tout autrement si vous pénétrez l'un des complexes sportifs, stades, piscines, ou *larinteurs*, comme ils les appellent. Je me souviens de ce qu'il m'est arrivé un matin, il y a près de cinq mois, l'un des premiers jours où je suis allé écouter Lain. De bonne heure, avant le début du cours, je suis passé devant un grand stade qui semblait abriter une large variété d'installations pour tennis de table, et j'y suis entré, curieux de découvrir toutes ces tables alignées de plus près. J'ai arpenté les lieux, et, naturellement, je me suis arrêté à plusieurs reprises pour observer.

Mais il faut croire que j'avais oublié ce que Stéphane m'avait répété maintes et maintes fois, à savoir, « ici, personne n'est considéré comme un inconnu », jusqu'à comprendre par moi-même que dans de *telles* circonstances, je ne serai pas tranquille. C'est ainsi que, au bout d'un moment, deux filles et le jeune homme d'une trentaine d'années qui les accompagnait – de parfaits inconnus – se sont avancés vers moi et m'ont proposé de jouer avec eux. J'ai répondu aussi poliment que possible en terminant ma phrase avec le « tank » d'usage (l'équivalent moderne de « *merci* »), leur expliquant que j'étais pressé ce jour-là, mais que « j'aurais peut-être le plaisir de me joindre à eux une prochaine matinée ». Je ne savais guère quoi dire d'autre. Ici, il n'était pas habituel de donner son nom ni de demander celui d'autrui. Quoi qu'il en soit, j'avais beau ne pas les connaître, j'étais pour eux un vieux camarade anonyme des *glothneurs*, une personne digne d'interaction, un partenaire, voire un ami !

Avec de telles conditions de vie sociale, comment serait-il possible de se sentir seul ? Ce sentiment que j'avais tant de fois éprouvé dans ma précédente vie, la mélancolie de la solitude, était en ces lieux inexistant !

LA COMMÉMORATION DU « GRAND JOUR » ET L'EXTINCTION DES POPULATIONS

Hier après-midi, j'ai fait un tour de *velo* motorisé pour la deuxième fois. La vue vespérale de Markfor est complètement différente de celle du matin. Cette fois, les rues étaient éclairées de toutes parts et arpentées par des milliers de personnes. J'avais appris que ces dernières étaient fraîchement rentrées de la Vallée, où elles s'étaient rendues pour le grand jour, le 1510e anniversaire de l'union, qui marque l'apparition d'un état de sûreté dans lequel régnait l'ordre public, venu remplacer le chaos politique et économique d'antan. Dans la rue, j'ai également surpris de jeunes gens entonner un chant qui me fit penser aux mots que les enfants de la Sparte antique avaient pour habitude de glisser aux anciens « *ἄμμες δε γ' εσσόμεθα πολλῷ κάρρονες* », qui signifie « nous nous élèverons bien au-dessus de vous ».

Ô Seigneur, nous te prions d'aider ceux
Qui nous succéderont demain
À devenir meilleurs que nous ne le sommes aujourd'hui
Rends-les plus dignes encore
Au nom de la grandeur
Et de la gloire
De notre Terre bien-aimée !

Comme à l'accoutumée, la procession aux flambeaux prit fin en face de l'imposante statue de John Terring, au centre de la place.

Derrière cette place s'ouvre l'une des artères principales de la partie ouest de la ville. Je suis presque arrivé à la maison. La ligne d'horizon de Markfor, enrichie par des milliers de gratte-ciels de cent étages sur les deux côtés, paraît infinie et invraisemblable. Tout autour d'eux : de gigantesques et magnifiques jardins.

En passant ici, je me sens également jeune et heureux, comme l'un des leurs. Et dernièrement, ce sentiment m'habite fréquemment. Ce soir, j'ai l'impression que mes lacunes en matière d'instruction et de tradition se sont envolées comme par magie, à croire que j'avais assimilé leurs expériences et les avais faites miennes.

Tard hier soir, à la joyeuse table des *Cives* de Riyalta, sur le toit immense de l'un des gratte-ciels entourés de barrières de cristal, les souvenirs ancestraux des repas partagés du début de l'*Eldrere* ont pris vie. Les fêtes du grand jour se sont achevées sur quelques mots touchants, des yeux embués de larmes et des récits des personnages glorieux de l'histoire moderne.

Le dîner a duré une heure et demie, dans une ambiance particulièrement chaleureuse. Et pour la première fois, j'ai pu voir toutes ces personnes qui détestaient l'alcool boire un peu de vin, un doux vin rouge-rubis en particulier, servi après le repas avec des fruits, leur célèbre Lacrimae Rosae, produit par le collectif Grimbole. Une fois le souper terminé, tout le monde se leva et observa un moment de silence au nom du grand jour. Il va sans dire que je fis de même. Au terme de la cérémonie, après d'innombrables vœux destinés aux années et aux générations à venir, ils se sont de nouveau levés et ont commencé à murmurer un hymne ancien, fort heureusement *sotto voce*, ce qui me permis de sauver la face en feignant de les accompagner…

Aucune méchanceté, mauvaise joie, perfidie ou sournoiserie, pas un soupçon d'égoïsme, pas de querelles meurtrières, pas de traîtrise dans la vie sociale ni la moindre occurrence de perversité inutile. Comme nous étions malheureux à notre époque ! Nous évoquions l'humanisme et ils ont fini par le concrétiser !

Il va sans dire que leurs historiens et enseignants semblent omettre que ces années furent nécessairement effroyables, nous n'aurions rien pu faire pour en réchapper. Cela n'était pas affaire de volonté, mais de capacité…

Il y a des moments où j'ai envie de dire à Lain et Stéphane, qui révèrent tant les fondateurs et les responsables de l'*Eldrere*, que lorsqu'ils s'adressent aux « grands » politiciens et aux « défenseurs de l'humanisme », il conviendrait davantage de leur demander : « Qu'est-il arrivé aux peuples de couleur ? » « À quel prix l'humanisme prévaut-il aujourd'hui au sein des populations blanches, quel a été le coût de l'instauration de cet ordre public qui vous est si cher ? »

L'Histoire est désormais écrite et interprétée de leur point de vue, car ils se sont avérés suffisamment chanceux pour l'emporter. Mais elle aurait été exposée d'une tout autre manière, et leurs atrocités auraient été condamnées le plus fermement possible si les populations asiatiques avaient hérité de la planète…

La version moderne de l'Histoire donnait l'illusion d'un triomphe moralement irréprochable, d'un parcours purement héroïque, une exaltation de l'âme, une perspective qui pourrait présenter un grand nombre de similitudes avec ce qui était enseigné dans les séminaires du XVIIIe siècle par un groupe d'Espagnols avisés : l'apogée de l'invasion et de la destruction des cultures obsolètes comme celles des

Mayas ou des Incas…

« Qu'est-il advenu des anciennes civilisations d'Asie, bande d'hypocrites ? », voilà ce que j'aurais dû leur demander ! Sur le *Reigen-Swage*, j'ai pu observer qu'une fois passé le milieu de notre XXIVe siècle, les quelques rares « poches d'Asiatiques » éparpillées çà et là en Asie n'existaient plus, et le continent était désormais peuplé par des Français, des Anglo-Saxons, des Slaves et des Hispaniques. J'ai également remarqué qu'à la même période, il était extrêmement rare de pouvoir rencontrer une personne de couleur noire en Afrique.

Le sort qui leur a été réservé est à la fois cruel et quelque peu ironique, car à peine avaient-ils cessé d'être des esclaves, fraîchement émancipés par les pouvoirs publics dans des territoires autonomes, que l'attitude brutale de leurs « anciens oppresseurs coloniaux », entre-temps alarmés par le « cauchemar du nombre », est revenue les hanter 150 ans durant. La Terre a dû être témoin des pires atrocités contre l'humanité après le XXIe siècle, et ce sur plusieurs centaines d'années. En fin de compte, les populations africaines et asiatiques, ainsi que les autres habitants du continent asiatique, en ont payé le prix, avec l'extinction de leur propre histoire terrestre.

RIVALITÉS DE L'AIDERSEN ET ATTEINTES À LA NOUVELLE RÉALITÉ
Les Instituts de Gled, d'Ossen et de la Voie de Lesley

13-VI
(Très tard dans la nuit)

Lain avait déjà maintes fois abordé la crise que l'enseignement Volkic avait traversée pendant plusieurs décennies, vers la fin du premier millénaire de la nouvelle chronologie, avant de connaître un triomphe retentissant. Et une telle crise avait été anticipée, car le *Nibelvirch* ne fut jamais un fait acquis du grand public, quelle que soit l'époque qui suivit son apparition. De nos jours, cependant, la Vallée affirme qu'il est foncièrement plus concret, plus accessible au peuple – même en-dehors des cercles des *Ilecteurs* – qu'il ne l'était auparavant.

Aujourd'hui, je n'ai pas mis les pieds à l'Institut du Reigen-Swage. Cela fait huit jours que je m'y suis rendu pour la dernière fois. Je suis resté à la maison toute la journée. Afin de reposer mes yeux quelque temps, j'ai commandé des livres spécialement conçus et imprimés pour être écoutés plutôt que lus ! J'ai placé l'un d'entre eux dans l'appareil dédié qui était inclus dans la livraison et j'ai écouté un court récit historique vulgarisé qui abordait cette période, de 987 à 1030 *(3376–3419 apr. J.-C.)*. Ce que j'ai le plus de mal à saisir, c'est la foule de termes techniques issus de la langue singulière d'autrefois qui composent leurs plus anciens textes, termes préservés et encore employés aujourd'hui jusque dans les ouvrages contemporains les plus simples et les plus sommaires, car ils affirment que la jeunesse actuelle les connaît et comprend leur signification. En tout état de cause, je couche sur le papier ce qui est à ma portée, de la manière dont je l'ai compris, et m'escrime à transposer ces mots et concepts nouveaux dans la langue de notre temps, à les rendre tels que nous le ferions. J'ignore sincèrement ce qui est le plus difficile : tenter de les assimiler, ou les transcrire en employant les unités lexicales de notre mode d'expression, vestige du passé ? Enfin…

Il paraîtrait logique que Volky soit au cœur de la controverse de la Vallée des Roses, puisque, d'après notre expression : « Nul n'est prophète en son pays. » Ce fut tout le contraire.

Dans la Vallée, il était adoré et déifié. En revanche, les oppositions les plus farouches émanèrent des principaux foyers de réflexion de Gled, Ossen, Vikingegnist et de l'Institut Skolkin. Ils s'en sont surtout pris à ses admirateurs, à ses élèves, et aux ténors de l'Aidersen, à savoir les premières plumes de la « Grande Révélation » qui avaient eux-mêmes fait l'expérience du *Nibelvirch*. En effet, passé l'an 986, pendant les dix dernières années de sa vie, Volky s'arrêta de produire, à l'image de Jésus, du Bouddha et de Socrate.

Ce fut plus particulièrement le cas des Instituts Gled et Ossen, qui s'engagèrent dans une lutte contre l'*Umoddelbare Oplysning (le Savoir Intuitif et l'Éveil Immédiat)*, et mirent en garde contre les risques que comporte tout chemin menant à une perception de la réalité qui dépasserait le domaine des capacités cognitives de l'homme. Ratziskin d'Ossen pensait que les sens étaient imparfaits, mais que l'esprit humain était un *mirabilis organum* qui les subrogeait et corrigeait les données sensorielles erronées transmises au cerveau. « Tout ce qui existe réellement, a-t-il déclaré, peut être ramené aux facultés cognitives. *Nihil in mundo, nisi in intellectu.* Tout ce qui déroge à l'intellect et à la raison n'est pas. Mieux encore : son existence ne peut être avérée. »

Il était inconcevable pour le Gled et l'Ossen, surtout au cours des premières décennies, de reconnaître les « nouvelles capacités intellectuelles » de l'homme de Rosernes Dal, le nouveau savoir, les nouvelles compétences et l'expérience surnaturelle de l'Aidersen *(overforstandige empiria)*. Ce qui y était avancé, ils le jugeaient inacceptable : l'être humain avait acquis un nouvel « instrument de connaissance ». En plus de fournir des résultats hautement tangibles et positifs, qui donneraient satisfaction aux plus conservateurs des partisans de la première heure en matière de données sensorielles, cet instrument permettait d'attester que son caractère « dépasse la compréhension et la raison *(ratio)* ».

Deux scientifiques, Milliakof et Durant, ont tiré profit de « l'aveu » de l'Aidersen, c'est-à-dire la possibilité que la version originale, l'ancêtre éloigné de la « nouvelle antenne » du *Nibelvirch*, fût « l'intuition » du temps jadis. Et c'est en déformant cette révélation, par omission de ce que les premiers Volkistes avaient précisé à ce sujet – que cette intuition avait néanmoins été dénaturée et qu'elle avait connu une transformation complète – ils ont rappelé combien, avec tout le pouvoir et toute l'autorité que leur conférait l'Ossen, ce cheminement qui provoquait l'essor d'une chimère mystique était précaire et dangereux.

Milliakof n'a pas vécu assez longtemps pour assister à la défaite totale de sa logique infligée par les Volkistes. Au milieu du XIe siècle, le *Nibelvirch* atteignit son acmé et, guidée par les premiers grands Aidersiens, la Vallée des Roses compta dès lors parmi l'avant-garde intellectuelle de l'humanité en plus de marquer l'Histoire !

Une autre atteinte à l'encontre du nouvel enseignement a été perpétrée par des cercles de médecins – avec une incidence moindre cependant – il y a environ mille ans de cela, et consista à déceler des failles dans le psychisme de Volky puis le déclarer comme « la première victime d'une hallucination collective qui a perduré ». L'Institut de la Voie de Lesley, avec son école de médecine de renommée mondiale, a joué un rôle central dans ce « mouvement », suivi par cinq ou six autres groupes de savants des quatre coins du monde, et l'ensemble du débat s'étendit sur près d'une décennie.

Quelle était leur théorie ? Peu ou prou cela : « Ne vous méprenez point ; tous vos ressentis actuels trouvent leur origine en vous. Toutes ces merveilles que vous voulez exprimer ne sont que le reflet vivant de vos propres idées. Elles ne proviennent nullement du monde extérieur ; elles sont issues du plus profond de votre être. Reprenez donc vos esprits et comprenez que vous évoluez sur la corde raide entre raison et irréalité ! »

La Voie de Lesley s'est naturellement avérée bien plus engagée dans ses propos à l'encontre des Grands de l'Aidersen, mais également de la Vallée dans son ensemble. Ils ont procédé à un examen minutieux des cinq siècles d'histoire de la Vallée qu'ils ont critiqués, pour se rendre au sentiment de réactionnaires dépassés affirmant qu'il eût été préférable de ne pas connaître cette entreprise spirituelle colossale.

Ils se sont dressés contre « les 200 », les fondateurs de la Vallée, et ont fermement condamné l'ensemble du projet qui portait sur l'évolution prématurée de notre espèce, alléguant que plusieurs centaines de milliers d'années étaient nécessaires pour y parvenir, et que la Vallée représentait un risque pour l'équilibre psychique de notre espèce.

Ils ont également insinué que « nombre d'hommes illustres et sages ont vu le jour à notre époque, mais beaucoup d'entre eux ne sont pas d'une grande stabilité psychologique ».

Pour finir, ils ont déclaré qu'aucun progrès artificiel n'était nécessaire *ou* souhaité, et que la plus élémentaire de leurs recommandations à l'attention de la Vallée serait de se montrer prudente, car « en plus de prédisposer les générations futures à une intellectualité supérieure, elles seraient exposées à de graves psychonévroses ».

Ni l'Institut Aidersen ni qui que ce soit d'autre à Rosernes Dal n'a jamais relevé ces accusations et ces insultes. D'après ce que j'ai entendu, tout au long de cette décennie de débats controversés, la Vallée a été soutenue par ses homologues des Anciens de la Voie de Lesley – qui se spécialisaient dans les mêmes secteurs et domaines de recherche – et par des figures spirituelles majeures et extérieures à la Vallée, d'importants intellectuels, étrangers aux sciences médicales, pour la plupart diplômés de grandes universités ou de grands instituts du IXe siècle, aussi bien de Gran Torneo, de Blomsterfor ou de la Nouvelle Upsala.

Je me rappelle les dires d'Atterman de Blomsterfor : pour une jeune espèce encore dans sa fleur, comme la nôtre, c'est folie de redouter sa dégénérescence ou son éventuelle ruine. « Ce n'est qu'au cours des dernières décennies que nous avons commencé à trouver notre voie, et nous ne nourrissons désormais plus aucun lien avec l'esprit antique. Nous sommes encore très loin du déclin. »

Néanmoins, les vénérables métropoles du Nord et, par-dessus tout, l'alma mater de l'esprit moderne, l'éternelle Norfor, sont décrites comme les plus puissants piliers des Volkistes. Les Instituts Carstens, Orlik, Vera Brandes et Ekersborg ont dénoncé ces quelques scientifiques qui « cherchaient des causes pathologiques afin d'expliquer et par là même gâcher les découvertes les plus délicates et les plus authentiques de l'esprit humain à travers l'Histoire ». Ils leur ont même rappelé qu'à de nombreuses reprises par le passé, de grandes vérités et découvertes universelles dans le domaine des sciences et de l'esprit humain étaient considérées comme hautement improbables et firent l'objet de critiques acerbes. Et d'innombrables fois, les pionniers furent injustement condamnés et méprisés avant de connaître une fin des plus « tragiques ».

En ce qui concerne les accusations proférées à l'encontre de la Vallée, selon lesquelles cette dernière « n'engendrerait pas d'animaux particulièrement fiables », ses défenseurs ont fait valoir qu'il « ne s'agissait guère de l'effet recherché ; sans compter que pareil projet serait bien peu honorable. Nous regorgeons d'êtres à la spiritualité médiocre, utiles uniquement à leur propre bien-être, indignes de donner davantage de leur personne. Mais nous regorgeons également d'êtres doués d'une spiritualité et d'une foi réellement supérieures, forts d'une véritable capacité à concourir au monde, et, pourtant, aucun de ces êtres qui ont vécu parmi nous, des temps reculés jusqu'à nos jours, ne remplirait les critères du type idéal d'être humain, de l'animal robuste que vous prônez. »

Puis vinrent les jours glorieux de 1050 *(l'an 3949 apr. J.-C.)*, avec les travaux corroboratifs inestimables de Gibling, Éric Gord et Tervalsen. Le mouvement littéraire des Minores, issu de l'Aidersen, auquel Jaeger et Stéphane ont fait référence à plusieurs reprises par le passé, est venu plus tard, à la fin du XIe siècle. Les réalisations de cette école d'art et de réflexion sont des incontournables de l'histoire Volkic. D'ailleurs, dans la bibliothèque de Lain, j'ai vu de mes propres yeux quelques-uns des écrits de Fletchius qui dataient de cette époque. Mais après plusieurs tentatives infructueuses de les étudier, j'en ai conclu qu'ils n'étaient pas à ma portée.

Au cours des quelques années qui ont suivi, Alexis Volky a été mondialement reconnu comme « le pinacle de l'intelligence humaine ». Et c'est seulement une fois l'enthousiasme initial retombé que la postérité *(XIe–XIIe)* comprit qu'un tel personnage n'avait aucun intérêt à déformer, inventer ou embellir les faits. Ils se suffisaient à eux-mêmes. Il fut le premier à pouvoir supporter de les voir et le faire savoir au monde, sans qu'il y ajoute quoi que ce soit. Il *est* décrit comme un esprit véritablement magnanime et extrêmement doué ; mais rien de plus. Certains en sont même arrivés à comparer Volky aux plus hauts représentants des sciences naturelles de leur ère, en vain : Aström, Vilinski, Jergesen et Sioberlef, et même à nos Newton et Einstein !

Toutefois, en dépit de la faiblesse avérée des efforts visant à discréditer la valeur de Volky et de sa contribution au développement de la culture mondiale, il se tient parmi eux comme une figure historique prépondérante et, sur le fondement de la conviction moderne, il le restera pour les siècles à venir.

À ce jour, des centaines de milliers de biographies ont déjà été produites à son sujet, sans compter celles qui traitent de l'enseignement Volkic. Chacun de ses ancêtres – tous valléens – a été étudié, du plus ancien au dernier des Volky, qui s'avère faire partie des 200. Tinersen – l'homme aux paraboles – était l'un des nombreux, peut-être même l'un des meilleurs, à avoir vulgarisé et dispensé l'enseignement Volkic après 1200 *(avec l'an 2396 apr. J.-C. pour début, soit vers l'an 3596 apr. J.-C.).*

L'enseignement spirituel des Volkistes a également exercé une influence incommensurable sur la scène internationale, dans le domaine des arts visuels, de la prose, de la poésie et de la pensée philosophique, mais également dans le façonnement de la conscience et de l'éducation morale de la jeunesse, autrement dit, l'approche contemporaine de la vie humaine et du monde en général.

DERNIER JOUR À MARKFOR

14-VI

Aujourd'hui marque l'avant-dernière journée du séjour dans ma ville de cœur. Dans la matinée, je me suis rendu au centre de Markfor, l'ancienne Magenta, afin de… voter ! Ici, personne ne vous demande si vous êtes résident permanent, si vous êtes habilité à prendre part au vote ou autre. Cette absence totale de contrôle du Comité de l'Institution Spécialisée des Associés de la zone élargie de Markfor, la région d'affectation pour laquelle ils sont chargés des élections, s'explique par le fait que ces dernières n'ont pas connu le moindre incident, rouerie ou fraude depuis plusieurs générations.

Les élections ont trait à la construction de nouveaux bâtiments dans le centre de Markfor, dont les maquettes ont été présentées au public deux mois auparavant. Il s'agit notamment des maquettes de trois édifices de grande taille destinés à l'enseignement, en sus de propositions de projets horticoles pour embellir les parcs et les places de la ville, et tout *Civis* qui occupe le statut de résident permanent peut y participer et voter pour les structures de son choix. J'ai donc mis à profit mes modestes capacités sensorielles afin de sélectionner rigoureusement celles que je préférais dans le cadre du suffrage. Dans mon esprit, l'amour que je porte à Markfor me lavait de la « duperie » dont ils étaient victimes en leur faisant croire que je vivais ici de façon permanente. Mais, au fond de moi, je sais que « l'un des leurs » n'aurait jamais agi de la sorte ; ils ne se laissent jamais aller et restent toujours maîtres d'eux-mêmes. Je peux au moins le confesser sur papier. Du reste, je n'envisagerais même pas de le confier à Stéphane.

18-VI

Sans cette existence nouvelle, je crois qu'il me serait impossible de ressentir autant de plaisir, une impatience si joyeuse à l'idée de voyager ! Nous voilà rendus au troisième jour de l'expédition, et malgré la fatigue causée par la marche, les innombrables foules et l'incroyable variété d'images et d'expériences inédites, j'ai dégagé du temps pour écrire quelques lignes ce soir ; pas tant pour décrire ce que j'avais vu – cela est impossible – mais pour exprimer le bonheur que j'ai ressenti tout au long de ce voyage, un sentiment qui dépasse celui de mes précédents périples, et celui de Norfor en particulier.

Cette fois-ci, j'ai eu plus d'aisance à me fondre dans ces gigantesques états, dont la grandeur et le vacarme m'avaient effrayé jusqu'au tréfonds de mon être sept mois plus tôt. Je me souviens ne pas pouvoir m'empêcher de les imaginer me tomber dessus et m'écraser à n'importe quel moment. Enfin, pour être franc, si tel n'est plus le cas aujourd'hui, cela tient également au fait que Torneo, la Nouvelle Göteborg et Anolia ne paraissaient pas si grands ou bondés après avoir fait l'expérience de Markfor…

Elles sont beaucoup plus petites, bien plus belles, et sont dénuées de ces immenses espaces souterrains illuminés. Leurs populations n'atteignent pas le million d'habitants, et leur ciel est vierge des filets d'acier des ponts supérieurs qui pèsent lourdement sur votre poitrine si, comme moi, vous n'en avez pas l'habitude.

De plus, leurs noms sont simples et apaisants : Rosa Azzura, Maribor, Liebach, Lilienborg, la Nouvelle Scaldia, Rosenborg, la Nouvelle Christiania, Sotsiana, Bozen, Nymalmoe… Ces villes prennent toutes la forme de cités-jardins, pour la plupart ininterrompues et successives, dans les secteurs de l'Ancient Tyrol, de la Slovénie, désormais la vieille ville de Stirlen, comme indiqué par la carte.

Aussi grande soit la beauté de tout ce que j'ai pu voir ces trois derniers jours, je sais que la sensation incroyable procurée par le voyage y était pour beaucoup. Et ce doux plaisir de la route, comme toute autre joie, est intérieur ; c'est un cadeau de l'être ! Avoir la chance de pérégriner avec Stéphane, Hilda et Silvia est un sentiment précieux ! Ainsi, comment l'éternelle pluie de la veille pourrait-elle gâcher votre humeur lorsque, désormais, le soleil habite votre âme ?

20-VI

Des milliers de signes de la nature, chaque jour davantage, annoncent l'arrivée du printemps. La journée d'hier était belle et ensoleillée. D'ici deux semaines, l'efflorescence gagnera les environs.

LEURS FORMIDABLES AUTOROUTES ET AUTRES MOYENS DE LOCOMOTION

Nouvelle Göteborg, 21-VI

Environ 70 kilomètres séparent Assilia de la Nouvelle Göteborg, et ce tronçon d'autoroute est entouré de platanes et de peupliers blancs. Stéphane a annoncé que nous nous rapprochions des grands centres de production, et que derrière ces paysages idylliques, dans les entrailles de la terre, fourmillaient d'énormes et puissants convertisseurs et conduites qui, depuis la côte atlantique, fournissaient une quantité d'énergie titanesque aux *glothneurs* de la Nouvelle Göteborg, et donc aux jeunes gens qui y effectuaient leur service de deux ans.

Si je ne m'abuse, l'autoroute s'étend sur une longueur totale de 2 500 km. Il s'agit de la même autostrade que celle d'Anolia ou de Torneo, la fameuse *Bilvej* de Taussen – son nom actuel – qui connecte des villes bien plus grandes que celles que nous allions visiter. Stéphane ne savait pas grand-chose du revêtement ancien de l'autoroute lorsque je l'ai interrogé à ce sujet. C'est rarement le cas pour ce qui relève de l'art contemporain ou de la technologie… La surface ressemblait à du cristal vert clair synthétique qui n'avait toutefois rien de transparent, et ce revêtement, paraîtrait-il, ne nécessiterait aucun entretien avant de très nombreuses années.

La largeur de cette autoroute paraît improbable ! Elle avoisine le kilomètre ! Mais il semblerait que cela n'a rien d'inhabituel pour les principaux réseaux routiers interurbains. Il ne s'agit cependant pas que d'autoroutes ; des dizaines de routes et de rues s'étendaient tout autour, et parmi elles des surfaces gazonnées, des jardins fleuris et des parterres de fleurs. D'en haut, les espaces verts étaient semblables à des bandes brodées sur le paysage qui s'étiraient sur plusieurs milliers de kilomètres.

Les autoroutes les plus larges sont réservées aux *ragiozas*, ces véhicules à roues sur plusieurs étages dédiés au transport personnel et transcontinental, pareils à des ensembles articulés. Il existe également des routes pour les piétons, les *velos*, et toutes sortes de moyens de locomotion actuels.

Ce qui m'a tout autant frappé, c'est la répartition des voies par catégorie de vitesse : les routes sont séparées selon la puissance des différents types de véhicules ! Nous avons emprunté une voie spécialement conçue pour circuler à très faible vitesse, car nous souhaitions profiter de la vue, et plus largement du déplacement. « Rien ne presse ; nous pouvons avancer à notre rythme », avait indiqué Stéphane.

Sur la route que nous avons choisi d'emprunter se trouvent des centaines de *larinteurs*, des centres de remise en forme, des piscines, des aires de repos, des dispensaires ainsi que de nombreuses boutiques réparties çà et là et qui abritent les « Associés de *Bilvej* », responsables de cette formidable autoroute, toujours disponibles et volontaires.

D'innombrables panneaux d'avertissement et de signalisation facilitent la vie des visiteurs les plus lointains et les plus profanes, et une équipe entière est à disposition des *Cives* d'humeur romantique qui préfèrent s'aventurer sur la voie terrestre, bien que ces accès soient désormais considérés comme abandonnés et difficilement praticables. Naturellement, le transport aérien est privilégié pour les longues distances. Aucun autre moyen de locomotion ne peut rivaliser avec la voie aérienne en matière de vitesse ou de sécurité. De nos jours, même les livraisons les plus lourdes de matériel en grande quantité s'effectuent aisément de cette manière.

D'après Stéphane, nous traversons à présent une campagne qui semble en apparence inhabitée, mais qui ne l'est point ! Si vous vous enfoncez à travers les rangées d'arbres, vous apercevrez une zone de population plutôt dense. Après tout, comme je l'ai signalé auparavant : il n'existe guère plus d'endroits inhabités ; uniquement des espaces à faible ou grande densité de population.

Une multitude de rhododendrons artificiels et géants, de couleur blanc et rose, scindent la route en deux. J'ai entendu Silvia y faire référence avec leur ancienne dénomination, qui m'était familière : « Aubépines ». Manifestement, l'homme est une nouvelle fois intervenu en interférant avec le métabolisme et en altérant la matière organique à sa guise. Il faut croire que la petite déité terrienne a de nouveau accompli des miracles, les rhododendrons se tenaient debout, comme s'ils saluaient les passants !

Je tiens également à évoquer la seule ignominie qu'il m'a été donné de voir ce matin.

Près d'une demi-heure avant d'atteindre la ville, trois rhododendrons en rangée peinaient à conserver leurs vieilles branches asséchées à quelques mètres d'une route très fréquentée, et personne ne semblait l'avoir remarqué ou même s'en soucier. Si ce trou de verdure et la laideur des arbres morts ont retenu mon attention, c'est que je sais à quel point l'homme moderne est attaché à ce genre de détail.

PROGRÈS TECHNOLOGIQUE, CONTRÔLE CLIMATIQUE ET « RETOUR AUX FONDAMENTAUX »

Comme l'a reconnu Stéphane au cours d'une brève discussion entre nous, leur culture technique et technologique est en déclin depuis maintenant plusieurs siècles. Leurs ancêtres avaient réalisé des projets bien plus ambitieux et complexes. Évidemment, l'homme moderne prétend que reproduire des entreprises aussi colossales n'est plus une nécessité. À titre d'illustration, je ne me suis jamais rendu en Australie, mais j'ai pu voir sur le *Reigen-Swage* que le pays a été transformé en un énorme générateur qui alimente quasiment à lui seul la planète entière !

Pour ce qui est de l'agriculture, la récolte est de nouveau pratique courante, et les cultures poussent désormais de façon périodique, sans être tributaires des conditions météorologiques. Au cours de la terrible période de surpopulation, les hommes abandonnèrent leurs terres et leurs troupeaux pour tenter de trouver une issue à la crise alimentaire mondiale en laboratoire. Inversement, l'homme moderne est revenu à d'anciens modes de fonctionnement, pas par nécessité, mais par nostalgie, en améliorant les méthodes et procédures d'antan grâce au perfectionnement technique. Renouer avec ce mode de vie a permis la réémergence des prés et des pâturages dans le paysage ; à l'aide des Associés des *Lansbees* (zones rurales) et, principalement, des troupeaux. Impossible de se représenter le niveau de qualification technique des pâtres et des fermiers d'aujourd'hui. Combiner diligence et vigilance quant à la surveillance et le contrôle des « moyens techniques » – qui possèdent désormais une forme individuelle de mémoire et de jugement, à l'instar de l'esprit humain – constitue la clé de leur succès.

Parallèlement, ils contrôlent également le climat, comme leurs ancêtres à l'époque de la technologie de pointe, et ont donc étendu la portée de leurs activités à des endroits qui, par le passé, semblaient inhabitables. Là où il existait auparavant des glaciers et des déserts se trouvent désormais des prairies luxuriantes, des pépinières expérimentales, des pâturages et de nouvelles cultures. Il en va de même pour les plaines et plateaux sans fin d'Asie centrale, à présent inondés de cette lumière froide et diffuse qu'ils sont parvenus à produire. Une fois de plus, cela relève d'un exploit herculéen !

Ces immenses états-pays étaient à présent peuplés par plusieurs centaines de millions d'habitants évoluant dans un environnement climatique contrôlé et agréable à vivre pour l'homme, plus particulièrement autour des principales centrales nucléaires, où un nombre incroyable d'agglomérations se sont accumulées. Augerinia, l'Étoile de l'Est, le Château d'Acier, Terringa, la Nouvelle Tachkent, Mata Uralia, Samarcande, Nova Tuguska (la Nygusca des Européens), les anciennes villes d'Irkoutsk et d'Omsk, Boldieno et Nysuomi… De gigantesques ruches humaines de dix, douze, voire quinze millions d'habitants, également connues en tant que villes industrielles qui faisaient usage des réserves d'énergie inépuisables du vaste contient asiatique (gaz, potentiel hydroélectrique, solaire, éolien).

Que les Blancs occupent la quasi-entièreté du globe ne m'étonne pas plus que le fait d'avoir trouvé un moyen pour que tous ces gens puissent vivre et prospérer à ce point ! Voilà une chose que j'aurais cru impossible !

LA COLONISATION MASSIVE DE MARS ET LA GRANDE DESTRUCTION

Même la campagne effrénée pour coloniser Mars, initiée en l'an 2204 sur une soixantaine d'années, fut l'entreprise de leurs ancêtres à l'ère de l'apogée technologique. Ils sont parvenus à construire et assurer le maintien de villages et d'ensembles de logements dans les « colonies interplanétaires » de la planète rouge. De fait, la colonie s'est développée pendant de nombreuses années en dépit de conditions extrêmement hostiles à l'homme. Malgré tout, la plupart de leurs colonies sont depuis tombées en décrépitude. Sur cette planète, c'est la nature qui l'a emporté ! Vingt millions d'âmes ont péri en l'espace de quelques mois – essentiellement des Anglo-Saxons et des Slaves, mais également de nombreux colons originaires d'Europe continentale – en raison d'un changement inattendu et brutal du climat et des conditions atmosphériques, qu'aucun moyen technique humain ne pouvait endiguer. Les forces aveugles de la nature sont à l'origine de l'extermination de 2265. Il n'empêche que le grand rêve, l'ambition de l'homme qui consistait à coloniser une autre planète est devenue réalité, même l'espace de quelques années ! Les rares survivants du terrible destin des « Colombs » célestes qui sont parvenus à regagner la Terre ont transmis aux générations futures quantité de récits sur cette énième prouesse humaine.

Pour conclure, d'après ce que j'ai vu cet hiver à l'Institut du *Reigen-Swage* de Markfor, une chose est sûre : il y a près d'un millénaire, nous avons connu un progrès extraordinaire dans le domaine des sciences et de leurs applications. L'évolution civilisationnelle était telle qu'à la vue des œuvres d'art de cette époque, il était possible de douter de leur origine humaine ! Si ce progrès s'était poursuivi sans discontinuité, je serais bien incapable de me représenter le monde d'aujourd'hui. Mais l'épisode dit « d'interruption » s'est interposé, et ce dernier a joué un rôle si déterminant dans l'Histoire que seuls quelques siècles semblent séparer le niveau technologique actuel de celui de cette période.

La culture intérieure, en revanche, a des millénaires d'avance grâce aux essais de l'Institut Aidersen et de la Vallée des Roses. C'est pourquoi l'homme moderne est infiniment différent de ce que je suis sur le plan psychique et moral ; bien plus encore que ce que *nous* étions par rapport à l'homme d'il y a deux mille ans.

Ainsi, leurs vies sont désormais empreintes de sérénité.

Les premiers jours de félicité se sont transformés en années, elles-mêmes devenues des siècles. L'homme s'était arraché à la violence, la crainte de l'avenir, la pauvreté, l'exil et la destruction mutuelle. « La culture, la tradition et le mode de vie Aidersiens » constituent la consécration de la valeur et de la dignité humaines.

EXTRATERRESTRES : CONTACTS BREFS

Mais l'homme moderne se trouve également dans une position fort désavantageuse : avec la disparition de toutes formes de risques, sa capacité à combattre et surmonter les difficultés s'est émoussée. Il est hautement improbable de rencontrer des guerriers de nos jours ; ils sont pareils à une espèce sans défense en voie d'extinction. C'est pourquoi n'importe quel individu se verrait désemparé face à un danger extérieur potentiel. Mais si vous soutenez cela, il vous sera opposé que les dangers, les puissances voisines supérieures et tout ce qui les accompagne appartiennent au passé. Il m'a d'ailleurs été expliqué que la destruction des civilisations se produit toujours immédiatement après un essor culturel soudain, lorsque l'adversité recule devant l'art et la culture de soi. C'est alors que les frustes envahisseurs font leur apparition et sèment la ruine.

Mais ce que j'ai appris de plus surprenant, c'est que le peuple actuel ne craint même pas ses voisins extraterrestres ! Il m'a été rapporté que nous connaissions désormais tout des planètes qui nous entourent, et que les quelques astres qui abritent la vie (!) sont habités par des êtres intelligents et spirituels dépourvus d'instinct de domination, et étrangers aux concepts de conquête et d'expansion. Ils ont une conception nettement supérieure de l'existence, ils accordent davantage de respect à la vie et ne représentent aucun danger pour l'homme ! Ils auraient pu rentrer en communication avec nous il y a plusieurs milliers d'années s'ils l'avaient souhaité. Ces créatures possédaient déjà la technologie nécessaire pour ce faire, mais elles s'en sont abstenues, faute de vouloir établir le moindre contact ou nouer la moindre relation avec nous, pas même de façon pacifique. Ils préféraient nous observer et nous étudier à distance, ce qui suffisait à satisfaire leur soif pour la recherche. Telle était leur nature, tel était leur état d'esprit.

Ils tentèrent de prendre langue avec nous uniquement lorsqu'ils sentirent qu'un risque d'extinction pesait sur notre espèce du fait de notre immaturité et de notre incapacité à maîtriser la force prodigieuse de la nature que nous avions révélée. « Alors, m'a-t-il été confié, ils nous ont approchés, ils nous ont enseigné, et se sont à nouveau volatilisés… »

TERRINGTOWN : LA VILLE NATALE DE JOHN TERRING, LE PREMIER DIRIGEANT UNIVERSEL

Marienborg, 26-VI

D'une grande superficie, mais faiblement peuplée, Marienborg, située en Europe centrale, compte sans doute plus de musées – essentiellement historiques – d'Instituts du Reigen-Swage et de salles de spectacles que de lotissements. Elle a été bâtie en bordure de la grande autoroute qui relie Blomsterfor à Terringtown et était exclusivement destinée à devenir un complexe muséal à l'échelle d'une ville, sans aucun habitant. C'est pourquoi ses résidents permanents actuels sont tous des descendants de critiques d'art, d'historiens, de musicologues, d'étudiants et de passionnés qui se sont installés ici il y a plusieurs siècles. Un nombre important de scientifiques et d'artistes originaires de Terringtown étaient également venus y vivre afin d'étudier les principaux travaux de leur Renaissance du IXe siècle. Ce petit monde a rapporté des modes de pensée et de vie, des principes, des styles vestimentaires ; et même l'atmosphère de la vénérable métropole, ville natale de John Terring.

Il est aujourd'hui admis que le travail entrepris par ce dernier pour l'histoire de l'humanité dépasse de loin la légende que les descendants de sa génération ont façonnée autour du « premier grand homme engagé publiquement ».

Dans sa jeunesse, c'était un grand rêveur. Alors enfant, il avait passé deux étés dans sa villa ancestrale et glaciale avec ses sublimes jardins qui formaient à présent la place centrale de Marienborg. Au moment de sa mort, seuls les murs de la villa étaient encore debout, mais ils sont pourtant parvenus à la restaurer – aussi fidèlement que possible – et à la rapporter ici depuis Terringtown, en sus des notes de Terring portant sur « des projets à la fois déments et grandioses », souvenirs de ces deux étés, qui dénotaient l'agitation qui habitait le cœur d'un enfant amené à accomplir de grandes choses. Il existe toujours certaines images historiques de ses parents, de ses deux sœurs qui étaient quasiment du même âge que le sien, et de son petit frère adoptif, Charles Terring.

Ce matin, je me suis assis pour contempler l'imposante statue qui lui était dédiée, située sur la place qui porte son nom. Mondstein, le sculpteur, l'avait représenté avec la main droite désignant le lointain. Plus avant, il est possible de voir les statues de plus petite taille des quatre autres précurseurs : Spaak, Verginus, Milstone et Trodalsen.

Terring est aujourd'hui unanimement considéré comme la personnalité publique la plus charismatique qui ait jamais existé. Pour ses contemporains, les *Cives* à la conscience nationale universelle et à l'instruction civique unitaire, Terring, l'un des protagonistes de l'histoire de l'humanité, ne réside pas seulement dans les ouvrages ; il est toujours présent, il vit parmi chaque nouvelle génération. Ce Woodrow Wilson des temps modernes a permis de tracer des voies originales à travers son rôle de guide dans l'établissement de la nouvelle chronologie. Grâce à lui, son charme, sa force de persuasion et l'influence qu'il a *in fine* exercée sur tant de cultures différentes, la confiance indispensable dans une vie sociale et politique universelle équitable pour tous les terriens et digne d'eux fut instaurée. Il vit parmi *eux*, et *ils*, tous les habitants du monde d'aujourd'hui, l'aiment aussi profondément qu'il a pu aimer l'être humain, aussi intensément qu'il a partagé la souffrance et le chagrin de milliards de personnes. Ils aiment Terring, l'homme politique, « le premier à être foncièrement et réellement sorti du carcan du chef localiste », Terring l'orateur charismatique qui envoûtait les foules à travers le monde, avec les rides prononcées de son esprit concentré gravées sur le front, et l'étole gris caractéristique de la « Grande Année » *(leur première année, l'an 2396 apr. J.-C. pour nous)* drapée autour du cou, accessoire qu'il arborait très fréquemment. Mais plus encore, ils aimaient le Terring du portrait de Knut Valdemar qui a donné un discours à la Convention Européenne de 2394, l'année qui a précédé la création de la Communauté Universelle.

Blomsterfor, 27-VI
(Peu avant minuit)

C'est à se demander : quelle est cette espèce indigène qui est venue à bout de la bête de la surpopulation et de l'inexorable promiscuité ? Quelles sont ces générations miraculeuses qui n'ont guère ressenti la peur de se voir étouffées parmi ces milliards d'individus et qui, plutôt, ont réussi à aménager le sol en terrasses superposées, comme autant d'étages ?

Qui sont-ils, celles et ceux qui sont parvenus à produire de la nourriture en abondance, pour tout le monde, depuis leurs laboratoires et par le biais de la photosynthèse artificielle ?

Je me suis enquis auprès de Stéphane de la raison pour laquelle les hommes avaient choisi de s'entasser dans des villes surpeuplées, alors que la campagne qui pourrait les accueillir avait tant de nature à offrir, gage d'une vie bien plus confortable et paisible. Il a répondu qu'ils préféraient occuper les villes de manière concentrée et rationnelle – ce qui, pour moi, l'inexpérimenté et l'étranger, s'apparentait davantage à de la folie – plutôt que de proliférer dans les terres ou d'autres zones naturelles vierges. C'est pourquoi ils réalisent leurs constructions citadines sur un plan vertical, en étirant des ponts suspendus incroyablement larges – les « kroom » – bien au-dessus des gratte-ciels. Il est même possible de voir des techniciens les agiter comme des fouets lorsqu'ils les réparent ! Il suffit de lever les yeux pour les voir flotter au-dessus de votre tête tels un filet ou une toile d'araignée géante !

Force est de constater que le visage moderne de leurs mégalopoles est, pour moi, un spectacle inouï ! Elles n'en restent pas moins intimidantes. Ce matin, une nuée infinie de gigantesques soucoupes volantes, épaisses en leur centre et fines aux extrémités, défilant l'une après l'autre sans interruption, m'ont fait frémir jusqu'au plus profond de mon être. J'étais assis sur un banc, calme et insouciant, lorsque tout à coup, j'ai senti le soleil se voiler, j'ai alors regardé au ciel. En levant la tête, j'ai vu passer au-dessus de moi ces énormes disques volants dont l'ombre terrifiante recouvrait les eaux de la rivière et les maisonnettes.

Plus tard, Stéphane m'a demandé « Pourquoi avoir peur ? Il n'y a aucune raison d'être apeuré parce que tu es seul. » Par la suite, il m'a expliqué que ces disques se dirigeaient vers leurs lunes artificielles, des milliers de kilomètres plus haut, dans les colonies populeuses de leurs scientifiques. C'est ainsi que ces derniers et les techniciens prenaient leurs quarts. À l'heure du déjeuner et dans l'après-midi, Stéphane m'a prêté des jumelles spéciales et j'ai moi-même pu constater la présence de ces « lunes humaines » artificielles, situées très haut dans le ciel au-dessus de Blomsterfor. Il y en avait de gigantesques, d'autres plus proches, et il était possible de les voir briller dans les rayons de soleil.

COMME UN ÉTRANGER

Blomsterfor, 28-VI

Une brève visite autour des artères centrales de Blomsterfor m'a laissé un sentiment complètement différent de celui d'hier, où je l'observais de loin. Je pense qu'il me faudrait sérieusement revoir mes notes écrites à la va-vite hier soir ; mes conclusions étaient dénuées de fondement. D'ailleurs, si je n'avais pas été initié à Markfor auparavant, cette ville au rythme effréné, je pense que j'aurais été bien incapable de tenir sur mes jambes sans l'aide de Stéphane ici, parmi le cortège de personnes qui s'agitent dans les rues à l'ombre de ces bâtiments d'un gigantisme hors du commun.

Stéphane est resté à mes côtés aussi souvent que possible pendant notre promenade matinale. Mais nous devions également nous assurer que Silvia et Hilda, qui s'étaient jointes à nous, ne s'aperçoivent pas de mon trouble. Et en vérité, dans l'un des quartiers du centre de la mégalopole, au beau milieu de la place Toeplitz 1812, j'ai manqué d'être irrémédiablement mis au jour, si bien qu'elles ont ensuite commencé à me demander si j'étais subitement tombé malade. Agrippé au bras de Stéphane, j'ai peiné à traverser la place. Non pas à cause des mintels urbains – une sorte de tramway – qui à ce moment-là n'étaient même pas en mouvement, mais plutôt de cette sensation de vertige, écrasante et soudaine, causée par l'espace ouvert incroyablement vaste et plat au centre duquel se trouvait une statue géante en bronze.

Par après, j'ai regagné mon sang-froid. À ma connaissance, mon malaise passager était davantage de nature neuropsychologique que physiologique. Je me suis assis à l'ombre pendant quelque temps afin de reprendre mes esprits, je me suis vu offrir du jus d'orange dont j'ai bu une gorgée, et lorsque nous nous sommes remis en route, j'ai supplié Stéphane de ne pas me faire retraverser cette immense place. Il n'en reste pas moins que la beauté et la splendeur étaient au rendez-vous ce matin ; je les ai vues avec mes yeux, mais point avec mon cœur… Une fois de plus, j'avais l'âme vide, et sa perception, son appréciation et sa compréhension étaient dans l'incapacité d'atteindre de nouveaux sommets. Je suis conscient de ce vide intérieur.

Et si ce que j'écris est dépourvu de caractère, si cela se limite aux impressions fugaces et extérieures de mes expériences au quotidien, ce n'est point dû à une absence d'intérêt à m'interroger et apprendre de tous ces merveilleux événements, ni même à de la paresse ou au dévouement à ma relation avec Silvia ; la faute revient à cette prise de conscience qui m'anime. Voyez-vous, l'essence, l'esprit de tout ce dont je fais l'expérience ne s'offrent pas à n'importe qui, à un étranger, une personne extérieure, un visiteur éphémère comme moi. Je ne suis pas suffisamment préparé, éduqué à la tradition. Les touristes de mon époque, eux, au moins, étaient renseignés sur les endroits qu'ils visitaient. Quant à moi, j'étais ignare. Ma vue fonctionne parfaitement, la volonté est présente, mais le destin a voulu que cet ensemble me paraisse superficiel. Je suis incapable d'assimiler toutes ces choses, de me les approprier ; j'essaie, mais j'échoue, immanquablement…

Je sais que ce que je vois n'est autre que le condensé apparent d'une vaste et profonde réalité, étrangère et inaccessible au profane, une représentation synthétique d'une vie magnifique à laquelle je ne peux prendre part, car je n'y suis point légitime. Une tradition séculaire au sens affiné, arrivée à maturité dans le domaine institutionnel et dans l'organisation de la vie et de la culture me fait obstacle et me distingue d'eux. Ces siècles savaient protéger leurs secrets…

À chaque étape franchie, je constate avec toujours plus d'amertume mes lacunes en matière d'instruction et de tradition. Quelques heures plus tôt, je me suis assis au bord de la rivière, sur cet incroyable *quay* de plus de 50 mètres de long, et j'ai contemplé les gigantesques portes en fer forgé de ces bâtiments monumentaux qui paraissaient avoir été ouvrés avec grand soin et une minutie toute particulière, comme de la dentelle. Au-dessus de moi, des *linsens* et des *vigiozas* poursuivaient silencieusement leur itinéraire habituel alors que j'essayais de déterminer à quel monde je pouvais bien appartenir…

DÉCORATION FLORALE ET RÉSEAU DE TRANSPORT MODERNE

Blomsterfor, 29-VI

Cette mégalopole est désormais la plus peuplée de tous les états situés près du Rhin et, en sus de sa culture technique et spirituelle, elle est également connue pour son amour des fleurs. J'en ai vu des cascades un peu partout : sur les façades palatiales, dans les rues, sur les places centrales. Des glaïeuls, des œillets, du lilas mauve, des géraniums déclinés en de nombreuses et sublimes teintes qui m'étaient inconnues, ainsi que des rosiers grimpants et des pervenches couvraient les murs. Les arcades, qui servent à les protéger de la pluie, donnent l'impression de se trouver dans un musée ; elles sont ravissantes et leurs plafonds sont parés des couleurs pastel locales de prédilection et d'encadrements dorés. Dans d'autres pays d'Europe centrale de vingt à trente millions d'habitants, la coutume veut que des décorations artistiques similaires soient utilisées pour les arcades. Cette avenue à sept voies est appelée Von Gottes Gnaden, j'ignore s'il s'agit de l'unique boulevard de Blomsterfor. Peut-être Stéphane m'a-t-il délibérément envoyé ici pour me surprendre. Si tel est le cas, c'est réussi !

Le soir, je lui ai parlé des routes hors de prix de leurs provinces cyclopéennes et lui ai demandé comment diable pouvaient-ils se permettre des dépenses si excessives et inconsidérées. Il s'est mis à rire et m'a confié qu'elles n'avaient pas coûté quoi que ce soit, et que des milliers de jeunes artistes *Cives* s'étaient proposé de les construire afin de rattacher leurs noms aux décorations des arcades de leur pays d'origine. Ils me faisaient penser au cas de Lain, qui poursuivait ses actions éducatives et pédagogiques uniquement par disposition émotionnelle, intellectuelle, et satisfaction morale.

Stéphane m'a expliqué la façon dont étaient répartis le travail et les talents de l'homme. Il s'agit d'un programme mis en place grâce à la nouvelle économie et au progrès technique, dont le but est de combattre l'ennui qui assaillirait un grand nombre des travailleurs libérés prématurément s'ils ne se fixaient pas de nouveaux objectifs entre vingt et trente ans, ou s'ils ne trouvaient pas une nouvelle vocation, une noble tâche à accomplir.

Il m'a ensuite détaillé la procédure en vigueur pour décorer la ville : dans un premier temps, le Bureau des Associés faisait une estimation du nombre de concepteurs et de décorateurs requis pour une période de deux à cinq ans. Puis ils transmettaient les noms des volontaires aux *Lorffes* valléens référents. Passé cela, ces derniers, assistés par des délégués de valeur – tous de grands artistes – recensaient les candidats afin que les résidents permanents de la zone dans laquelle était prévue l'intervention artistique puissent voter aisément en ligne, et les compteurs de votes électroniques des services municipaux annonçaient la liste des participants retenus.

Je fus également frappé par le fait qu'il ait été décidé, à Blomsterfor, cette immense région dont le ciel grouille de *linsens*, de construire un réseau de transport terrestre qui comptait des stations au sol dans le centre des principales villes-quartiers, et qui permettait d'accéder à l'Europe élargie et au reste du monde, ainsi que ces vastes terrasses, points d'appui de leur réseau de transport d'aviation civile. À présent, seuls les grands ports pour *daneurs* étaient situés à plusieurs kilomètres de la capitale.

Laissez-moi donc vous dépeindre le tableau : les piétons et les véhicules à roues dominent les rues, surplombées par des milliers de véhicules volants qui circulent et se posent sur les terrasses de bâtisses imposantes. Depuis ces dernières, des individus regagnent le rez-de-chaussée à l'aide d'ascenseurs dernier cri et reprennent leur route. Toutes les surfaces sont, cela va sans dire, incomparablement plus grandes qu'à notre habitude, à l'instar du nombre incalculable de personnes qui montent et qui descendent constamment – bien que silencieusement.

Les grandes autoroutes interurbaines, les autostrades eurasiatiques qui mènent à Arlenhom, la Nouvelle Trondheim, le Grand Bergen, Terringtown, Varsava, Harkovo, Tobolsk, jusqu'à la Sibérie et la côte du Pacifique, passent par les stations centrales de Norstat aux abords de Blomsterfor.

J'y ai vu pour la première fois leurs immenses *ragiozas* en stationnement, véhicules devant lesquels j'étais jusqu'à présent resté bouche bée alors qu'ils étaient en mouvement, accélérant à une vitesse incroyable pour leur taille. Avec ses nombreux étages, ces derniers ressemblaient, de loin, à un gratte-ciel horizontal.

Il suffit d'observer ne serait-ce qu'un seul de ces véhicules à roues aux dimensions incroyables, ces énormes villes mobiles avec des restaurants, des spas, des salons et des parcs de stationnement spécialement conçus – les *furgos* – où sont déposés les *linsens* de petite taille et toutes sortes de véhicules volants individuels pour les quelque 500–1 000 passagers, pour comprendre la nécessité d'avoir construit des voies universelles aussi imposantes pour relier le Portugal aux états métropolitains et aux capitales d'Extrême-Orient.

Blomsterfor, 30-VI

Deux metteurs en scène professionnels de mon époque ont réalisé leurs propres films sur la Grande Guerre, l'un porte principalement sur Londres et s'intitule *Waterloo*, et l'autre sur les Balkans, *The Last Bridge*. Si seulement ils avaient su que leurs œuvres avaient survécu aux siècles par un concours de circonstances alors que des millions d'autres films – sans doute de bien meilleure facture et moins commerciaux – étaient perdus depuis longtemps, ils auraient été si fiers !

À propos de *Waterloo*, je me remémore la façon dont le film dénigrait Napoléon qui, après que son armée fut quasiment anéantie, a indiqué « qu'une nuit suffisait aux femmes françaises pour rebâtir la grande armée », réduisant l'être humain à de la simple chair. Stéphane m'a révélé : « Chaque personne est un monde à part entière. Ne t'en saisis pas. N'interfère point avec. Déjà, cela est impossible, et puis, tu n'en as pas le droit ! L'être ésotérique est indépendant de l'enveloppe charnelle de l'individu, sans aucun rapport avec l'existence matérielle et biologique. Il est fait d'un vaste univers moral composé de rêves, d'idéaux, de témoignages poignants de tendresse et d'affection, d'amour, d'humanisme et de la souffrance sacrée de l'homme. Et nul Napoléon ne saurait réduire cela à néant . »

ART ET THÉÂTRES EN 3D

Dans les musées et les galeries, à côté des salles d'exposition qui contiennent les plus célèbres pièces – notamment des chefs-d'œuvre de leur IXe siècle – ils présentent également des créations de notre XIXe siècle, dans les domaines de la musique, de la poésie et de l'art oratoire en particulier, ainsi que plusieurs travaux d'arts plastiques datant de la Renaissance. Je me demande si quoi que ce soit du XXe siècle, les « temps obscurs de la décadence » d'après leurs dires, a survécu. Sans doute rien qui soit lié à l'art, mais peut-être une trace de notre technologie.

Hier soir, ils m'ont emmené dans le centre de Blomsterfor, au célèbre théâtre en plein air d'Arlington, avec l'air conditionné qui couvrait largement chaque centimètre carré de cet espace à ciel ouvert aux allures d'amphithéâtre. Il est désigné comme une « arène », mais ce mot a connu un glissement sémantique au fil du temps., Il signifie désormais « en plein air », sans désigner l'architecture ni la forme des théâtres, qui, cependant, est généralement circulaire ou ellipsoïdale, sans lien quelconque avec les amphithéâtres de la Rome antique. Et à dire vrai, ils n'ont absolument rien en commun. D'entrée de jeu, cet ensemble monumental de bâtiments est véritablement sidérant, en premier lieu par sa taille et son élégance, puis pour les possibilités scéniques illimitées qu'il offre. Chaque minute passée dans cet endroit vous donne l'impression d'avoir pénétré un univers parallèle et empreint de magie ; il crée un sentiment légendaire et féérique, au service de l'humanité !

Les scènes s'enchaînent avec la même fluidité que sur le *Reigen-Swage*. Et dans les deux cas, les metteurs en scène peuvent libérer tout leur génie et leur talent. Concernant le *Reigen-Swage*, même si vous savez que tout ce qui vous y est montré – y compris les personnages, qui ne sont rien d'autre que des acteurs – est artificiel, tout semble parfaitement réel ; comme si vous viviez parmi eux, comme si vous faisiez partie de la scène. Et si vous tournez la tête dans n'importe quelle direction, l'action se poursuit de façon ininterrompue, semble-t-il, grâce à une sorte de combinaison miraculeuse de « rayons laser » qui offrent au spectateur ces panoramas fantastiques.

Ici aussi, l'intrigue se déroule sous vos yeux de façon stéréoscopique, renforçant l'impression de profondeur, mais cette fois sans que vous ne preniez part au spectacle. Si vous regardez autour de vous, vous pouvez voir les gradins de pierre de l'amphithéâtre ainsi que les milliers de spectateurs qui s'y entassent.

En ces lieux, les acteurs sont réels, et il en va de même pour leurs voix. Les dialogues et les bruitages sont en direct. Toutefois, les ressources techniques ont atteint un tel niveau de perfection que les nuages, le ciel, les rivières, les maisons, les pierres et toute la variété de paysages paraissent aussi vrais que nature. Il va sans dire que si vous vous en approchiez pour essayer de les toucher, ils disparaîtraient. Le public, indépendamment de la place qu'occupent les spectateurs ou de la distance qui les sépare de la scène, voit et entend les acteurs à travers un cristal transparent de forme rectangulaire situé devant les sièges, accompagné d'une bande magique qui reproduit le son ! Une personne installée à la tribune supérieure les voit et les entend avec la même facilité que si elle était placée au premier rang.

En résumé, à l'exception de l'extrême vivacité du jeu des acteurs et du dynamisme de leurs voix – qui ne nécessitent pas d'être puissantes, seulement limpides et distinctes, comme à notre époque – tout semble être sorti d'un rêve ou d'un conte de fées, à l'image du *Swage*. C'est sans doute la raison pour laquelle ces théâtres des temps modernes, à la fois colossaux et creux, ont été conçus pour permettre un si grand nombre de configurations et créer une atmosphère onirique.

L'effet incroyable que l'Arène d'Arlington a sur le public étranger s'explique essentiellement par la superbe coordination entre les acteurs et les moyens techniques communs au *Reigen-Swage*. Et cette capacité technique permet à des pièces initialement conçues pour le *Reigen-Swage* d'être également jouées ici, en utilisant les mêmes séquences de scènes alternées sans qu'elles perdent une once de leur magie !

Quant au nom du formidable réalisateur pour qui les vivats de l'audience se sont fait entendre à la fin de la pièce, il s'agit de Helmut Krotiner.

La grande majorité de la population de Blomsterfor est originaire du Nord. J'ai entendu dire que, en plus des millions de descendants des Teutons et des Germains, un certain nombre d'entre eux étaient de lointains descendants des Finlandais, des Suédois et des Norvégiens, auxquels les dirigeants de l'époque, Trodalsen, Verhin, Vohlbach, Delaroche et Baldini, avaient demandé il y a 15 siècles de cela de descendre vers le Rhin et le Danube, jusqu'en Méditerranée. Et ils ont obtempéré, sans que cela constitue leur volonté première, afin d'éviter tout conflit ultérieur.

Le grand désastre de -87 était alors encore relativement récent, et cette migration consciencieuse vers le Sud, déclenchée par le Sud lui-même, coïncida avec l'adoption de la Grande Charte d'Altenkirchen lorsque l'espoir d'une vie meilleure sur le plan politique, social et démographique renaquit de ses cendres. Simultanément, les syndicats et les organisations coopératives indépendantes et autonomes de toutes sortes d'Associés, prédécesseurs des *glothneurs*, ont commencé à s'institutionnaliser.

CÉRÉMONIES ET UTILITÉ DE LA RELIGION

Blomsterfor, 1-VII

Aujourd'hui marque le premier jour du mois, et à Blomsterfor, il est habituel de le célébrer comme une fête chrétienne, à l'instar de Noël et de Pâques.

J'ai remarqué qu'ils ne possèdent ni icônes ni statues, mais grâce à leurs moyens techniques magiques, la projection de la scène de l'Annonciation a eu lieu aujourd'hui, aux premières heures du jour, dans le ciel clair et limpide, éclipsant les étoiles les plus proches…

Complètement absorbé par l'immense foule, je ne pouvais même pas voir le corps principal de la procession, mais Stéphane m'a expliqué par la suite qu'à la tête de cette dernière se trouvaient des personnalités de marque habillées d'une tunique d'un blanc immaculé, et accompagnées par les représentants de la Vallée des Roses et plusieurs *unges* de l'Ordre de Marie-Léa, vêtus des uniformes officiels et arborant le foulard de soie traditionnel. Auprès d'eux, des enfants en blanc avec des ceintures dorées portaient des couronnes de fleurs de couleur claire.

Nonobstant les uniformes et les fleurs d'un grand luxe, l'atmosphère était indéniablement solennelle. Parmi les prières psalmodiées, j'ai reconnu *Ave Regina Caelorum*, et plus tard « *Sancta Dei genitrix, ora pro nobis* ». Lors de cette dernière, ils étaient des milliers à chanter « *Pra pro nobis… Misere nobis…* »

Je n'avais jamais pris part à une cérémonie aussi évocatrice, aussi compassée. Et si j'en viens à cette conclusion, c'est le fait de cette incroyable dévotion et uniformité de la foule pendant la procession. Ce qui a fait naître ce sentiment d'unicité, ce n'est ni le spectacle ni la luxuriance de la procession, mais le fait qu'elle ait été vécue avec une telle sincérité, une telle intensité !

Une fois de plus, je prends conscience que la religion est, par-dessus tout, une expérience et un attachement affectif au Divin et à l'idée de Sainteté. Ce « lien » sacré entre l'homme et l'Esprit relève davantage du « cœur et de l'intuition » que du rationalisme.

Si vous interrogiez Stéphane sur l'existence d'un fondement rationnel avéré dans la religion, comme la « Vierge Marie », ou si cela correspondait à quelque chose de réel, mon ami aurait une réponse toute prête à vous apporter : « Je ne veux pas entendre parler de rationalité dans ce domaine. »

Mais cette fois, j'ai insisté, je me suis enquis de savoir si ce qu'ils m'avaient dit avec Jaeger était vrai, à savoir qu'à la suite de la Révélation Volkic, les religions, tout au moins leur aspect dogmatique, se sont révélées être une sorte de conte de fées.

« Oui – m'a-t-il répondu avec patience, désireux de m'aider à comprendre – ce que tu dis *est* vrai, mais n'oublie pas que la teneur réelle du *Samith*, son caractère et sa structure véritables nous échappent toujours complètement. En tant qu'êtres humains, il nous est inaccessible. Autrement dit, les religions nous servent de substitut ; elles permettent de nous rassurer et de soulager notre sentiment de privation… »

J'avais de la peine pour lui, car il apparaissait clairement qu'il s'efforçait de se faire comprendre. Il était bien en peine de produire un enchaînement logique d'idées avec ses croyances et ses opinions. Chaque tentative visant à rationaliser ces « grandes choses » l'attristait et le rendait nerveux, car pour lui, seules la foi et l'intuition permettaient de les percevoir.

Annelud, 2-VII

Lysborg, Cologne, Rozenholm, la Nouvelle Scone, Coblence, Mayence, Mannheim : telles sont les perles du Rhin moderne, à présent quatre fois plus grand qu'autrefois. Il nous a fallu toute une journée pour le traverser, mais ce festival d'une beauté indicible dont nous avons été témoins a complètement éclipsé tout signe de fatigue ou d'ennui. Radviko, Karlsruhe, Annelud, Strasbourg, la Nouvelle Carélie… Si j'avais vingt vies, je les passerais là-bas et nulle part ailleurs !

Grand Dieu, quelles couleurs, quelle luminosité, ces espaces couverts de sapins sont d'une beauté saisissante ! Les villes fleuries et les villes d'eau se succèdent les unes aux autres à mesure que nous avançons.

Face à nous, une sorte de canal avec des cités-jardins entières bâties sur ses berges forment un paysage idyllique, et à présent des zones riveraines habitées, des cascades artificielles qui imitent l'œuvre de la nature, des *gestalads* grandioses, des temples modernes de l'esprit, des conservatoires dotés d'immenses salles de concert, d'innombrables auberges, villas et *Civesheims* entourés d'étendues verdoyantes.

Mais tout cela ne représentait pour moi qu'une vision fugace. Je dois avouer que je n'ai pas véritablement observé le moindre de ces prodiges, je ne prétends pas en avoir eu ma dose, les connaître ou en avoir réellement fait l'expérience.

Je suis arrivé à Annelud avec la sensation d'avoir fraîchement subi une grande perte, un vide intérieur à la fois injuste et insensé. Seul résonnait en moi le désir de retrouver ces lieux de rêve le plus rapidement possible, de me promener dans chacun d'entre eux ! Mais Stéphane affirme que nous ne pouvons guère revenir sur nos pas. Une autre destination nous attend : nous faisons cap au sud-est. Par moments, ma situation personnelle, sur laquelle je n'ai pratiquement aucune prise, me donne l'impression que Stéphane ne me considère pas comme un ami ou un compagnon, mais plutôt comme un « pair » victime de traumatisme, qui souffre encore de ses blessures. Il me voit comme le « *Civis* du *Nojere* », qui, cependant, reste dépendant des autres pour s'occuper de lui, l'estropié psychique « prisonnier de son amnésie », le seul homme du monde actuel qui n'est point libre de voler où il veut, quand il veut…

Toujours le 2-VII
(Très tard dans la nuit)

Le printemps est bien installé et les nuits passées dans cette magnifique ville du Sud sont enchanteresses. Les jours y sont plus longs et il y règne une douce chaleur en soirée. Me voilà sur la terrasse du *gestalad* où nous logeons, étendu sur ma méridienne, face au jardin. Je suis enveloppé dans un vêtement fin et confortable livré à chacun d'entre nous lors des distributions *Forening*, les yeux rivés sur le ciel. Il fait un peu frisquet, mais le ciel nocturne est superbe. De plus, la douce brise qui souffle porte les odeurs des jardins environnants.

Je me remémore la maxime kantienne : « Deux choses remplissent le cœur d'une admiration et d'une vénération toujours nouvelles et toujours croissantes, à mesure que la réflexion s'y attache et s'y applique : le ciel étoilé au-dessus de moi et la loi morale en moi. » Le ciel est mon plus fidèle ami, le compagnon le plus cher de mon âme, car il est commun à mon époque et à celle-ci. Et nul ne peut me priver de la magie de ce limpide firmament !

LA NOUVELLE RENAISSANCE DE L'AN 3300 APR. J.-C.
Arts plastiques et techniques contemporaines

Nysalzborg, 4-VII

Le plaisir esthétique qu'offrent les « Musées Unis » de Nysalzborg et les galeries d'art nationales, considérées comme les plus représentatives d'Europe centrale, est uniquement comparable à la profonde satisfaction que procurent les temples de l'art aux connaisseurs : le Louvre, le Prado, l'Hermitage, la Galerie Borghèse, le palais Pitti et les musées de la ville de Rome. Car s'il y a bien un domaine culturel dans lequel la civilisation actuelle égalait les réalisations de notre temps sans les surpasser – tout au moins jusqu'au XXe siècle – c'est celui des arts plastiques. En ce qui concerne tous les autres aspects de la vie et de la culture, je suis fermement convaincu que ce monde dépasse de loin le nôtre. Toute tentative de comparaison se jouerait à notre détriment le plus total.

Et par « culture actuelle », j'entends évidemment leur grand IXe siècle en particulier, et pas tant les 600 années qui suivirent. Artistiquement, ce siècle marque un sommet dans toute l'histoire de la nouvelle civilisation. Quant à la période précise à laquelle je vis, l'histoire de l'art la qualifie, sans réserve et sans autre forme de débat, comme une ère caractérisée par un déclin et un effondrement de l'art, et décrit ces années comme une nouvelle époque médiévale entre le début du XXe siècle et leur renaissance. Sans oublier la période où ce qui était délirant et n'avait ni queue ni tête était appréhendé comme un nouveau « style », de « l'originalité » et de « l'art ».

Lorsque j'affirme que l'homme du futur a su nous égaler, cela se rapporte uniquement aux domaines artistiques et esthétiques, et non aux moyens techniques. Pour ce qui a trait à ces derniers et au progrès qu'ils ont connu, il n'y a aucune comparaison possible, puisqu'il est désormais possible de générer des effets que nous n'aurions jamais pu ne serait-ce qu'imaginer.

En voici quelques exemples : la façon dont les couleurs et les lignes se préservent, les « photochromata », l'ensemble des méthodes et des variantes d'ombrage, la dimension de profondeur des topographes, et la célèbre « lumière-couleur », également connue sous le nom de « puits de lumière colorée d'Anolia » – une innovation de l'école de Stiernsted, un grand peintre du IXe siècle – expressément utilisée par les peintres paysagistes pour représenter le ciel, et d'autres réalisations techniques du même ordre qui ne relèvent pas de la valeur purement artistique des œuvres. Heureusement, ils savaient exactement dans quelle mesure il fallait avoir recours à ces moyens techniques sans jamais sacrifier la beauté véritable pour le simple plaisir de l'innovation ; leur sens esthétique indéniable et incontestable les empêchait de perdre le contrôle.

Risette, 5-VII
(Tard dans la nuit)

Mars touche à sa fin et rien ne vaut le vieux Tyrol autrichien pour accueillir le mois d'avril. Tout cela m'évoque les paroles d'un poète de mon temps : « *O primavera, gioventù dell'anno!* » (« Ô printemps, verdeur de l'année ! »).

Nous sommes arrivés ici hier, tard dans la matinée, avec les dizaines de milliers de personnes qui voyageaient dans la gigantesque roulotte de *daneurs*, essentiellement depuis les pays du Grand Nord, Olesud, Trongemi, Bergen, Scavanger, Norfor et même les régions polaires. Leurs visages rayonnaient de bonheur. La plupart d'entre eux allaient embarquer dans des transports individuels et poursuivre leur voyage en direction des plages méditerranéennes… Oh, comme j'aimerais que nous y fassions une halte nous aussi ! En cet instant, c'était là mon plus grand souhait. Après-midi et coucher de soleil printaniers à la Risette !

7-VII
(En-dehors de la Risette)

Silvia et moi – rien que nous deux cette fois – sommes passés par de nombreuses zones rurales appelées *lansbees*, dont je n'ai pas jugé utile de demander les noms. Je n'étais guère d'humeur à poser la moindre question, ni hier ni aujourd'hui.

Jours de liesse… Jours bénis ! Qui sont ces gens qui ont réussi à nous convaincre que la douleur était « une condition sine qua non de la vie » et que l'homme était destiné à souffrir ? Comme je me trompais ! Oh, quelle erreur de les avoir crus ! Je n'aurais jamais dû penser, vivre de cette façon ! À quel point ai-je pu gâcher ma jeunesse, ma joie de vivre ? J'aimerais pouvoir occuper tout le temps qu'il me reste ici avec Silvia, dans cette charmante vallée tyrolienne artificielle, aujourd'hui peuplée par plus de quatre millions d'habitants. Je rêverais d'y passer mes jours et mes nuits, rien qu'ici, à la Risette, la belle vie, un conte de fées !

Le véritable bonheur ne coûte rien. Il se niche dans les choses les plus insignifiantes. La jeunesse – non celle de l'existence ou du corps, la jeunesse de l'âme – et l'amour suffisent à votre cœur pour qu'il perçoive cette félicité qui vous entoure, tous ces messages divins à côté desquels vous passez chaque jour.

Aujourd'hui, alors que Silvia franchissait le portail, les cheveux détachés, l'expression de son regard et ses sourcils arqués m'ont fait penser aux traits de Villi, le fils d'Anna. Je ne l'ai vu qu'une seule fois, sur la place centrale de notre petit village, mais son image reste irrémédiablement gravée dans ma mémoire. Anna et Vinni se ressemblaient tellement dans leurs dires et leur façon d'être, pas seulement physiquement ; ils étaient comme deux gouttes d'eau ! C'est comme si elle était toujours présente tant qu'il était ici-bas, comme si elle continuait à vivre à travers lui. À croire que ce monde est témoin de miracles et que la science de l'homme a encore beaucoup à apprendre, que certaines choses existent en-dehors de notre champ des possibles, de nos concepts, et que le facteur déterminant de notre personnalité, avec les gènes, recèle également un élément spirituel inexplicable et étranger au temps et à l'espace, qui triomphe de la faiblesse et du caractère transitoire de la vie humaine, traversant le précipice du temps, un élément inconcevable par la raison humaine, mais sans cesse présent.

FLÂNERIE DANS LES LANSBEES

8-VII

Aujourd'hui, j'ai quitté mon fauteuil de bonne heure alors que la quiétude embrassait encore les *lansbees* qui sommeillent sous le ciel bleu, clair et limpide. J'ai marché assez longtemps, jusqu'à l'heure habituelle du lever de Silvia. Progressivement, ce fut au tour des *lansbees* d'entamer leur éveil. Hommes et femmes, mais essentiellement de jeunes *Cives*, garçons et filles, équipés d'épaisses chaussures de randonnée, des petits chapeaux mous à la main, certains en solitaire, d'autres en binômes ou dans de plus grands groupes, se dirigeaient vers les coteaux boisés. La plupart d'entre eux portaient l'insigne de leur groupe sur leurs revers.

Sur la route, j'ai croisé une jeune femme avec de belles formes et des tresses blondes qui se rendait seule à la montagne. Je me suis arrêté et je l'ai regardée. Même après s'être rendu compte que je l'avais remarquée, elle ne baissa pas la tête. Pas plus qu'elle ne me fit les yeux doux. Elle n'avait pas une once de provocation en elle, cela se reflétait dans son expression. Cette expression, c'était celle d'une innocence juvénile, sans une pointe de coquetterie. Cela marquait une confiance certaine face à un inconnu qu'elle venait de croiser et qu'elle n'avait aucune raison de tenir à « distance ». Mais elle n'a pas laissé paraître le moindre encouragement. Elle se demandait sans doute pourquoi j'avais fait halte et si j'avais besoin de quelque chose, son regard n'avait rien d'hautain, il était amical et il en émanait un sentiment d'égalité.

Je savais que si je lui demandais quelque chose, comme mon chemin, elle me répondrait avec une grande courtoisie et beaucoup de dignité par l'inévitable « *tank* » *(merci)* à la fin de chaque phrase. Et s'il me prenait l'envie de marcher à ses côtés, elle ne douterait pas de ma bonne foi, pas plus qu'elle ne commencerait à avoir des réactions psychologiques similaires. Elle trouverait cela poli, amical et candide, comme si nous étions de vieux amis. Et si, par la suite, je rencontrais et fréquentais ses amis, ils me traiteraient de la même façon : comme si j'appartenais au groupe depuis longtemps.

Je n'avais toutefois guère oublié que Silvia s'attendait à me voir rapidement, je ne lui ai donc même pas adressé la parole.

J'ai mis un terme à notre rencontre d'un signe de la tête, comme le voulait la coutume dans de telles circonstances – en l'espèce, entre une jeune « citoyenne » inconnue et un homme plus âgé qui n'avait aucune raison particulière de s'adresser à elle.

À l'entrée des verts pâturages qui mènent à l'autoroute la plus proche se tient une sculpture en marbre de Marie-Léa Volky, l'une des plus célèbres du vieux Tyrol, réalisée au XIIe siècle de leur chronologie par le sculpteur Ottermanden. Cette statue est éponyme de la route forestière qui se dessine devant nous. L'autoroute *Bilvej* passe en dehors de la Risette et de la vallée artificielle. Aucune d'entre elles ne traverse les états ou les villes. Raison pour laquelle de plus petites routes périphériques ont été construites afin de les relier.

La première impression que laissait Marie-Léa à un étranger était celle d'une « sainte du christianisme », proclamée par les guides spirituels valléens, à l'époque où l'Église catholique avait cessé de le faire depuis plusieurs siècles. C'est en tout cas ce que je ressentais en m'installant à ses pieds. Indépendamment de l'historicité, il était aisé de définir Marie-Léa comme une sorte de « figure spirituelle chrétienne », en raison de « l'interrelation » qui existait entre l'enseignement du *Nojere* et celui de notre religion ancienne, aujourd'hui considérée comme une tradition universelle.

J'observe une dernière fois le chef-d'œuvre sculptural d'Ottermanden. Le sourire de Marie-Léa évoquait quelque peu celui de notre Mona Lisa, il avait une curieuse façon de faire goûter une joie indicible à votre cœur. C'est un symbole de régénérescence et d'espérance : après la chute de la foi et de la beauté, le culte de l'incohérence, le mépris des principes moraux et l'absence d'idéaux de vie, la défaite de l'humanisme, l'anarchie politique et la terreur d'une catastrophe nucléaire, la vie s'est finalement révélée impuissante et transitoire. Voilà la preuve vivante que le nouveau Moyen-Âge n'était également que de passage, puisque la Réalité Suprême a effacé ce passé honni et tourné une nouvelle page de l'histoire de l'homme en triomphant de tous les maux, et en les redressant.

Je reste assis là, à contempler la sculpture. Cette vision était incroyablement apaisante et réconfortante ; elle procure à mon être une profonde satisfaction esthétique.

Je me réjouis de constater que la fontaine de Jouvence, fontaine de Vie, demeure en ces lieux inébranlable et inchangée après des millénaires. Il est agréable de voir qu'en réalité, rien ne se perd ; tout est là, plus puissant que jamais !

LA « PROMENADE DES VIKINGS »
Dareja – le centre de la robotisation – et Eliki

12-VII

L'immense autoroute qui relie la Nouvelle Christiana à Ejastrem traverse une vaste plaine bordée d'énormes *quays* clôturés, construits en cristal. Ceux-ci s'étendent jusqu'aux Alpes et accueillent aussi bien les *daneurs* que les milliers d'autres moyens de transport des Associés *Biltur*. Depuis l'autoroute, une vue panoramique s'offre sur les glaciers, produits d'une technologie obsolète et pluriséculaire qui a permis de contrôler le climat des chaînes de montagnes en vue d'aménager la Siléa, une rivière artificielle qui s'écoulait juste derrière.

Baptisée « La Promenade des Vikings », Stéphane affirme qu'il s'agit de la plus grande autoroute d'Europe méridionale. Sa création remonte à une période lointaine, qui correspond peu ou prou à celle de la Siléa.

Voir cette intersection de grandes artères, les *ragiozas* et cet ensemble de véhicules massifs me laissait penser que je pouvais dire adieu aux villes idylliques de banlieue et aux magnifiques paysages, que j'étais condamné à retrouver les imposants centres-villes industriels et la vie moderne. Retenant mes larmes, je fis au revoir de la main alors que les trois autres ne semblaient pas affectés le moins du monde par notre départ. Ils débordaient de joie et trépignaient d'impatience à l'idée d'arriver à Rosernes Dal, si bien qu'ils étaient incapables de penser à quoi que ce soit d'autre !

J'ai demandé à Silvia si la courte nuit d'hier ne l'avait pas fatiguée. « Pas du tout ! répliqua-t-elle – j'aimerais seulement rejoindre le Boulevard des Palais le plus tôt possible ! ». La Vallée des Roses était son unique préoccupation du moment.

Nous avons marqué une pause au croisement de Dareja : si vous empruntez « La Promenade des Vikings » en direction du sud, il est obligatoire de s'y arrêter. Un kilomètre et demi nous sépare de la colline derrière laquelle sa cache la Siléa. Nous touchons au but. Pour tout dire, nous estimons que nous pourrons l'observer s'écouler sur notre gauche au crépuscule.

J'ignorais que Dareja constituait un tel nœud de transports. C'est un point de passage obligatoire si vous souhaitez monter à bord d'un *ragioza* pour rejoindre l'est, en direction des plaines hongroises, l'ouest, vers les lacs suisses, le sud, vers la Ligurie, ou même pour traverser l'Adriatique et la mer Égée.

Dareja compte près de trois millions et demi d'habitants, dont deux tiers de résidents permanents. Ce qui n'est pas tant, à tout le moins compte tenu de la réputation internationale de « pays des grands techniciens » dont elle jouit, et du rôle central qu'elle joue dans le domaine du transport à travers le monde. Une chose est sûre, sa civilisation technique et technologique est sans commune mesure. Ses anciens laboratoires et instituts continuent à fonctionner au même rythme et avec autant de dynamisme qu'auparavant. Les établissements polytechniques, considérés comme une marque de goût et de pondération, attirent toujours des centaines de milliers d'étudiants à travers l'Europe et ses régions avoisinantes.

Le Naira et le Fierlan, deux affluents artificiels de la Siléa qui ressemblent à des canaux, coulent de manière symétrique le long de la plus ancienne partie de la ville. Les bâtiments y sont majestueux, mais peut-être trop semblables et uniformes en matière d'architecture et de coloris, tous dans des tons alternés de jaune-ocre.

Dareja est le centre de la robotisation, la Mecque d'Europe méridionale au regard de ses techniciens. Ce sont les modèles de cette ville qui ont permis de créer la Siléa, et ses grands hommes qui ont rendu possible la construction des glaciers de la Petite Giostendal. Ses écoles ont offert au monde un Yarl, un Boyer et un Karl Hornsen – à l'image des Curie, Lavoisier, Fermi, Max Planck et De Lesseps de notre temps.

Hilda m'a signifié que sur le plan du développement spirituel, Dareja ne tient pas la comparaison avec Markfor, Anolia ou Blomsterfor. Elle n'a jamais connu cette tradition ancestrale de création spirituelle. Hilda affirme également que les périodes de changement et la récession technologique ont plus d'une fois blessé la fierté de cette grande et glorieuse nation. Dareja apparaît désormais davantage comme un suiveur, et non un meneur…

L'aube commence à poindre. Les immenses Vikings de bronze se dressent des deux côtés de la route qui porte leur nom. Le spectacle est époustouflant ! Le *ragioza* n'a pas touché terre de tout le voyage !

Sa vitesse est telle qu'il donne l'impression de léviter ! Stéphane m'assure que le véhicule survole l'asphalte de l'autostrade à moins de dix centimètres de hauteur, et que cela lui permet de ne pas entrer en contact avec la surface de l'autoroute des Vikings, le protégeant ainsi de toute friction. C'est presque magique au vu du poids de ce « bateau volant » qui se déplace à la vitesse de l'éclair !

Nous sommes le matin. Si cela ne tenait qu'à moi, je ferais bien une pause. J'ai remarqué que la végétation avait progressivement changé, signe que nous nous rapprochions de la Méditerranée. « Et pourtant nous en sommes encore loin », rectifia Stéphane. Il m'arrive d'oublier à quel point tout est différent de ce que j'ai connu, à quel point tout s'est transformé…

Des conifères, des tilleuls, des ormes, des jujubiers, des arbres fruitiers et des platanes centenaires le long du cours d'eau, et plus loin, d'interminables rangées d'azalées et de grands peupliers aux reflets argentés. L'odeur qui régnait ici ravivait certains souvenirs d'enfance de mes excursions. Elles ont tellement marqué mon esprit que je me les remémore dans le moindre détail, et je jure que l'air sent et goûte exactement de la même façon ! Il m'est impossible de mettre des mots sur la sensation magique d'être déjà venu ici, d'avoir l'occasion de retrouver cette vie : c'est une joie glorieuse, une prise de conscience de mon destin singulier, un sentiment divin de gratitude !

À l'intersection d'Eliki, l'ensemble des passagers quittèrent le *vigioza* pour venir s'installer dans plusieurs mintels compacts pour *Cives* à notre disposition. Notre groupe de quatre put monter dans l'un d'entre eux et nous reprîmes notre route.

Après avoir quitté Eliki, ma première vision fut celle d'un groupe d'une centaine de prêtresses de Rosernes Dal qui attendaient l'arrivée de *vigiozas*, afin, à leur tour, de poursuivre leur voyage. Je me souviens avoir croisé la route de quelques-unes d'entre elles à Markfor, mais jamais en aussi grand nombre. Elles n'avaient rien du voyageur classique. Les pochettes souples qu'elles portaient à la main étaient le seul élément qui les trahissait. Un bon nombre d'entre elles étaient entourées d'enfants – deux ou trois chacune. J'en dénombrais près de cent cinquante, mais il devait y en avoir plus ! Leur présence s'inscrivait-elle dans le cadre d'une « escorte d'honneur », ou ces enfants étaient-ils placés sous leur garde ?

Impossible de le savoir. Elles se tenaient là, en pleine contemplation, et les enfants, obéissants, demeuraient à leurs côtés sans mot dire.

Aux jardins floraux de l'intersection d'Eliki, j'ai vu pour la première fois ce qui incarne sans doute le luxe le plus absurde de cette époque, quelque chose que je n'avais encore jamais observé dans les grandes villes – que ce soit à Markfor, à Blomsterfor, Anolia, ou même Norfor : d'énormes paniers de 15 à 20 mètres de diamètre décorés avec des fleurs et des plantes accrochées un peu partout, des œuvres d'art splendides d'un peintre-fleuriste virtuose – et de merveilleux tableaux avec des motifs représentant « l'avènement des 200 » et la création de la Vallée des Roses.

Ces ensembles de fleurs et de plantes ne sont ni géométriques, ni en forme de dentelle, contrairement à ceux de Markfor. Ce qui domine ici, ce sont les myriades, qui ont l'air tout à fait naturelles, de teintes vertes formées par la lumière, du vert olive avec des reflets argentés au vert entre-tissé de noir des sapins, avec des formes et des silhouettes exquisément travaillées et entretenues par des « responsables-fleuristes » affectés spécialement à cet effet, afin que le travail du « professeur » ne se flétrisse ni ne s'abîme. De loin, cela ressemblait à une tapisserie des Gobelins disposée sur le sol comme pour accueillir les voyageurs. Il va sans dire que personne ne s'aventure à la toucher.

Nous sommes repartis dans l'après-midi. D'après les paysages alentour, il était évident que nous nous rapprochions de la Vallée. De grands temples et instituts qui s'étalaient sur plusieurs centaines de mètres et toutes sortes de *kierketaarns* – des temples plus modestes parfaitement sphériques ou ellipsoïdaux soutenus par des colonnades circulaires d'un blanc immaculé – avaient désormais supplanté les bâtiments géants des deux côtés de la route, et les nuances de tons pastel avaient cédé leur place à une couleur rose pâle.

Ici, le ciel était vierge de cette vaste nuée sombre de gigantesques véhicules volants, et les milliers de plateformes et terrasses pour *linsens* étaient disséminées dans les parcs et les jardins floraux plutôt que dans les aéroports imposants des régions septentrionales.

Par moments, sur les hauteurs, il était possible d'observer les manoirs des *Lorffes*, les représentants en chef de l'esprit moderne – inaccessibles en cette saison – qui, cependant, ne leur appartenaient guère, car ils étaient la propriété de Rosernes Dal et étaient voués à être transmis aux successeurs spirituels des *Lorffes*, comme me l'a expliqué Stéphane.

Non loin de ces habitations se trouvaient les ermitages des *Ilecteurs*, des monastères déserts en granit rouge aux contours austères, lieux attitrés des retraites silencieuses des Émérites.

Ce qui provoque la fascination de l'homme moderne, plus encore que la beauté de la nature ou la splendeur de l'environnement, ce sont les toponymes et les souvenirs d'enfance qu'ils évoquent.

Silvia et Hilda s'étaient rendues à la Vallée le soir du réveillon plusieurs années auparavant, et Stéphane avait visité ce foyer de la spiritualité un peu plus tard à plusieurs reprises, mais tous connaissaient le moindre recoin de ces terres alors qu'ils étaient étudiants.

En jetant un coup d'œil derrière les peupliers qui bordent la rivière, au-delà du mur rose clair du monastère des *Ilecteurs* à Delfia, il est possible de distinguer le complexe qui abrite les dépendances communes des ermites de Naade, bâti sur un seul étage. Astrucci et Lain y avaient fait allusion à Markfor : quatre siècles plus tôt, leurs prédécesseurs n'étaient autres que les « pères fondateurs », les premiers spécialistes, interprètes et éditeurs des plus anciens textes de la tradition Aidersienne. Ils ont d'ailleurs conservé leur dénomination grecque « *eremites* », qui signifie ermites.

SILÉA, LA MÈRE DES RIVIÈRES ARTIFICIELLES

Alors que le soleil voilé se couchait lentement, Stéphane, qui s'était montré aussi calme qu'à l'accoutumée, s'est soudainement saisi de mon bras pour me montrer un grand cours d'eau situé au loin, à l'ouest. « Regarde ! Regarde ! s'écria-t-il au moment même où Silvia et Hilda se mirent à crier d'excitation – c'est la Siléa ! Siléa ! »

Je me suis retourné et une large étendue d'eau se distinguait nettement malgré la distance qui nous en séparait. L'ingéniosité de ces hommes aurait-elle donc permis de modifier l'entièreté de la carte continentale ? À mon époque, une rivière de cette taille n'a jamais existé sous ces latitudes ! Stéphane m'a alors assuré que la Siléa n'était pas circonscrite à l'Europe méridionale, mais qu'elle prenait fin ici après avoir serpenté depuis le Mont-Blanc en Savoie.

Comptant parmi les plus vieux symboles de consortium technologique, économique et de coopération politique en Europe, la Siléa traverse un grand nombre de pays, et ses chutes d'eau, ses barrages ainsi que ses coudes artificiels – puisqu'il s'agit d'une rivière créée de la main de l'homme – ont un jour assuré une grande prospérité aux peuples européens grâce à une production significative d'énergie hydroélectrique dont a bénéficié le continent tout entier pendant plus d'un siècle.

La découverte de nouvelles sources d'énergie notables a amoindri l'importance de la Siléa, tout au moins en rapport à la production énergétique. Toutefois, dans le cœur des Européens, la valeur morale et politique de sa construction, son bon fonctionnement pendant près de 130 ans et son concours témoignent de la coopération et de la solidarité qui ont succédé aux conflits entre nations, symboles de la survivance de l'esprit des collectivités territoriales et de l'importance de ses statuts, avec la Charte des Nations comme emblème de la première véritable union fédérale des Européens.

Et la Siléa demeure aujourd'hui intacte, avec ses ports, ses ponts et ses stations du Consortium Paneuropéen d'Énergie Hydroélectrique – désormais uniquement de portée historique – implantés en périphérie des villes traversées par la super-rivière.

De merveilleux balcons colorés, décorés d'une multitude de fleurs différentes qui n'avaient de cesse de vous fasciner sur plusieurs centaines de kilomètres, étaient suspendus au-dessus des statues de bronze à l'effigie des pionniers de la première fédération : Milstone,

Grueberg, Rickenmat, Vergina et le héros-martyr Gustav Siovogia, qui n'a pas eu la chance de voir sa vision se réaliser puisqu'il céda à la pression de façon précoce et, un soir d'automne, se déchira le torse de ses propres mains avant de rendre l'âme, trahi, persécuté et esseulé.

Nous avons traversé les ponts extraordinairement longs et larges de la Siléa à une ou deux reprises. Des milliers de personnes y étaient amassées sur des trottoirs incroyablement spacieux, sur des bancs pour discuter ou s'appuyaient contre les parapets, le regard perdu sur la rivière qui s'écoulait en contrebas.

Depuis le pont de l'Albielle, alors que j'observais le lointain, en sus des foules de *linsens* qui nous faisaient face, j'ai vu pour la première fois un certain nombre de bateaux flottants, anciens et de petite taille – qui paraissaient tout droit sortis de vieux garages ou de musées – réservés à un usage privé, des *velos* volants et des tricycles amphibies, des hélicoptères minuscules dépourvus d'hélices, de fantastiques *vigiozas* équipés de turbines d'époque et toutes sortes d'étranges véhicules volants qui peinaient à suivre le rythme des *linsens* les plus récents.

Peu importe le nombre de fois où Stéphane m'a assuré que la transparence des *Forening* – une sorte de consortium ou d'association – est solidement établie et que les coopératives des Associés sont garantes de la sûreté de leurs produits, j'ai, malgré moi, fini par croire que même ces temps parfaits présentaient quelques faiblesses. Les *Cives* – et ils sont légion – qui voyagent dans de tels véhicules devaient être capricieux ou traités de façon inéquitable, ne serait-ce que temporairement, par les distributions des *Forening*, à attendre patiemment l'obtention des véhicules auxquels ils peuvent prétendre et que le reste des *Cives* possèdent déjà.

La nuit était tombée lorsque la Siléa, après une absence d'une demi-heure, est réapparue face à nous, illuminée, au coin de la route. Seule la nuit rend justice à la véritable beauté de cette rivière. « À nos yeux, c'est à cette heure-ci que la Siléa revêt le caractère sacré du Gange ; nous la considérons comme la sainte rivière d'Europe », fit Stéphane.

Les Pouilles, Erika, Terranova da Sibari, Rhodope, Grand Peuplier, Emerita, Fata Azzura, Teskera, Nydelfia, Egeria, Villafranca, Filiatura : telles sont les merveilleuses approches de la Vallée qui comptent de nombreux *Mindre skoles* (écoles primaires), *Vilenthens* (écoles secondaires), des musées historiques et ethnologiques, des planétariums, des conservatoires et des instituts, « des foyers de quiétude », des lieux de conférence, des bibliothèques et des espaces d'étude, des temples, des complexes d'ermitage et de gigantesques amphithéâtres. Grâce aux régions avoisinantes, un climat spirituel inouï régnait autour de la Vallée.

Stéphane s'employait à me narrer l'histoire de chacune de ces merveilles et faisait de son mieux pour m'expliquer leur sens profond. Il resta en permanence à mes côtés et n'eut de cesse de répondre à mes questions – même celles que je n'avais pas encore posées. Je constatai qu'il n'avait pas adressé une seule fois la parole à nos amies. Pas plus qu'elles ne conversaient ensemble ; elles étaient plongées dans leurs pensées.

Nous avons poursuivi notre chemin de nuit, sans faire halte. Des milliers de personnes à bord de leurs véhicules individuels nous ont dépassés sur cette autoroute extrêmement spacieuse, toutes submergées par le même emballement et la même impatience à l'idée d'arriver à la Vallée. En plein milieu de la nuit, dans une véritable cascade de lumière blanche qui inondait l'horizon, nous sommes arrivés à la Vallée des Roses…

VALLÉE DES ROSES : EN CONTEMPLATION DEVANT LA VILLE SACRÉE

Rosernes Dal, 13-VII

Assis, je contemple la ville « sacrée » de la nouvelle ère, vidé par le charme de cette vue fascinante, qui n'a d'égale que les décors oniriques et féériques.

Depuis la côte populeuse à la pente légère et douce où nous nous sommes installés à minuit avant-hier, je coule un regard et m'aperçois que nous sommes finalement arrivés !

Un bassin artificiel que j'avais déjà eu l'occasion de voir sur le *Reigen-Swage* s'étalait devant nous, regorgeant de rosiers, de temples et d'une multitude de monuments, de palais avec les célèbres dômes courbés de Grazie Dei et Lysicoma : une cité-jardin éléphantesque où vivaient six millions d'âmes – en comptant les *lansbees* régionaux qui la composent – traversée en son centre par la rivière.

Aucune étoile n'est visible dans le ciel, et cette lumière froide, faible et diffuse sans source apparente créait l'illusion du jour. Je pense l'avoir évoqué auparavant, mais cet éclairage artificiel du monde moderne est semblable à une aurore boréale.

J'étais envoûté ! Impossible d'en détacher le regard ! Des trésors de topaze, d'améthyste, de rubis et de saphir scintillaient sous cette lumière vive ! Le moindre reflet qui se dessinait au loin incarnait un fabuleux temple d'art inondé de lumière, un monument de l'histoire spirituelle des siècles passés. C'est ainsi que la plupart des pierres précieuses sont utilisées de nos jours ; elles ornent les grands foyers culturels ! Elles n'appartiennent à personne ! Elles ont pour seul objet de ravir l'œil de celles et ceux qui les verront !

« Regarde Andréas, regarde ! » fit Silvia en tournant la tête vers moi avant de me dévisager, fascinée par cette vision de la Vallée qui se dressait devant nous. « Regarde ! Ceci est notre terre, Andréas, notre globe, notre propre planète, même si nous n'en croyons pas nos yeux ! »

Depuis les hauteurs s'offrait une magnifique vue avec les innombrables palais des *Ilecteurs* et des *Lorffes*, leurs observatoires et toutes sortes de « stations d'ondes radioélectriques » baptisées en hommage à quelques grands chercheurs de la vieille époque : comme Striberg, Tegner ou Feridi – mais aussi les galeries qui accueillent leurs chefs-d'œuvre, les temples des Franciscains à Cordei, une commune de la Vallée, et la *Vierge au Buisson de Roses*. Si vous vous retournez, un grand nombre de planétariums, de conservatoires, de gymnases et de piscines s'offrent à vous, répartis en périphérie de la Vallée.

Ici se tiennent les galeries de la péninsule Ibérique, du Latium et de la Nouvelle Sabine, avec les célèbres quatre-vingt-dix-neuf capitales hétérogènes et pourtant harmonieuses, chacune inscrite dans les pages de l'histoire de l'art. Puis il y a le temple de la Souffrance Humaine et les autels de la Maternité, de la Recherche et du Sacrifice, édifiés à la mémoire des milliers de scientifiques persécutés ou rendus infirmes par irradiation, et en l'honneur du combat qui les a opposés aux bactéries et aux virus. Et voilà les bâtiments de l'Institut Aidersen – une ville à part entière – et les temples des « religions mortes », tous bâtis dans leur style respectif : bouddhiste, hindou, des temples de la Grèce antique, des synagogues. J'ai même vu un temple dédié à Zarathoustra !

En arrière-plan, je peux distinguer le Temple de l'Amour et de la Paix, dont il paraîtrait que la construction s'est étalée sur trois générations entières. Réalisé par le grand Niemorsunt – un projet du IXe siècle, achevé en 876 – il est le fruit d'une coopération sincère entre les architectes Olaf Keirl, Hilda Normanden et Alicia Neville.

À l'est se tient le Panthéon, avec le halo en forme d'arc qui porte la fameuse inscription « *Honora Praecursoribus Aeternus* » en lumière dorée ! Elle a quelque chose de magique, au-delà de cette lumière qui la compose ; quels que soient l'endroit où vous vous trouvez et l'angle depuis lequel vous l'observez – d'en haut, d'en bas, de près, de loin – elle apparaît aussi clairement que si vous la regardiez de face !

À côté se trouve le Temple de la Poésie de Kekonen, qui datait lui aussi du IXe siècle.

Entre le Panthéon et le Boulevard des Palais se trouve le temple de Damon et Phidias, un projet spécial inspiré de Yalmar et Rinarschield – les *Lorffes* les plus renommés du XIIe et du XIIIe siècle, dont les noms et l'amitié ont marqué leur époque – qui avait été confié à l'architecte Heimerstam afin qu'il perpétue le concept d'amitié de façon objective.

À l'ouest, des temples palatiaux consacrés à la Justice, la Liberté et la Culture, la Vertu et l'Humanisme. Non loin de là, le monument d'Igor Bodurof qui rappellera à tout jamais le sacrifice des vingt millions de personnes qui ont pris part à la tentative infructueuse de coloniser Mars. Et voilà le temple invisible et immatériel de Dieu !

Impossible de voir quoi que ce soit ! C'est un lieu de transe mystique et de recueillement exclusif aux *Lorffes*, qui ne prend forme qu'après l'avoir pénétré !

J'ai également vu les *Martyrs Oubliés* de Dean Kersteen, une œuvre réalisée en ivoire de synthèse ! Oh, j'avais lu tant de choses à son sujet dans les livres qui m'ont été fournis ! Il était de ceux, à l'époque des temps obscurs, qui avaient « fortuitement prophétisé » ce qui allait se produire. Une grande partie de leurs temples furent construits au cours des deux premiers siècles du *Nojere*, mais leurs significations ont pris une tout autre interprétation après l'acquisition de l'*Oversyn*.

Lorsqu'aux VIIIe et IXe siècles les paroles prophétiques, aujourd'hui célèbres, de Bramsen et plus tard Nyttenmat se sont propagées, ce fut comme si l'Aidersen partageait la conviction intérieure que « Tout ce qui excelle finira nécessairement par défaire ce qui y échoue ; tôt ou tard, l'esprit et la vérité supérieurs l'emporteront. » Ou « La loi de la nature et de la création veut que les milliers de planètes habitées par des êtres vivants doués de pensée accomplissent leur "grande destinée". Certaines l'ont déjà fait. » Quant à notre minuscule planète, ils déclarèrent : « Ne laissez point de périodes trop fugaces obscurcir votre jugement ; si vous souhaitez émettre des comparaisons, choisissez une ère révolue. Par exemple, comparez notre époque à celle de l'âge de pierre. »

Les grands anciens, prédécesseurs et précurseurs de Chillerin, les sages qui attendaient que la mort leur révèle des horizons nouveaux de connaissances surhumaines et de développement mental, n'ont jamais, pas une seule seconde, cru qu'ils cesseraient un jour d'exister. À croire qu'ils l'avaient deviné…

J'en ai donc conclu que la vertu finit par être récompensée, que le sens moral est une condition préalable à la félicité et que la conscience est en définitive le « Dieu en nous » ! Même la philosophie a trouvé une justification lorsqu'elle a mis en exergue l'idéal de la personnalité morale au sein d'un monde cruel. Et dans cet univers provisoire, marginal et en mouvement, dans un contexte marqué par le destin fini de l'homme, ce dernier avait évoqué « l'éternel » et « l'indestructible », il avait conceptualisé la notion d'infini.

Pour moi, même Wagner, qui dans son opéra *Parsifal* propose l'idée que la pureté peut vaincre toute tentation et permet d'accéder à la rédemption, a trouvé confirmation.

Je suis assis là depuis le début de la soirée, à essayer de discerner chacun des temples dispersés dans la Vallée des Roses, les yeux collés à l'un des puissants télescopes dont ils disposent en grande quantité ici, sur le balcon du *gestel*, ou aux jumelles de vision nocturne fournies par Stéphane.

Il est deux heures du matin passées. Mes compagnons sont couchés depuis plusieurs heures et je continue d'errer inlassablement sur la terrasse, en proie à une extase sensorielle, faisant abstraction de la fatigue, sans même ressentir le besoin de laisser mon corps défaillant se renverser dans le fauteuil.

Un millier de choses visionnées sur le *Reigen-Swage* et observées sur la carte de Rosernes Dal surgissent dans mon esprit, et j'ai à cœur d'en retrouver autant que possible. Je suis même parvenu à identifier une douzaine de statues et de monuments parmi les millions érigés en dehors des temples. Des noms, des dates et toutes sortes d'œuvres d'art et de réalisations notables tourbillonnaient en moi.

Si Stéphane était présent, je lui demanderais « Quel est le sens profond de la Vallée ? Est-il vrai que rien ne se perd jamais ? »

Des flots de souvenirs et de pensées envahissent mon âme et mon esprit.

La lumière magique et diffuse s'efface, et celle d'une nouvelle journée prend son relais dans le ciel bleu dégagé. Nous sommes le 13 aujourd'hui. Je ne pensais pas parvenir jusqu'ici. Je ne pensais pas avoir un jour la chance de contempler la Vallée de mes propres yeux ; mais c'est chose faite, et voilà que je ne veux pas en manquer une miette !

« As-tu veillé ici la nuit entière ? » s'enquit Stéphane, rompant subitement le silence. Il s'était levé aux aurores, vers six heures moins dix, juste à temps pour le lever du soleil. Les filles dormaient encore. Il paraissait quelque peu inquiet que je ne me sois pas du tout relaxé dans mon fauteuil, mais je l'ai rassuré en déclarant que je me sentais tout à fait reposé, vivifié.

« Je crois que personne n'a réussi à trouver le sommeil, fit-il. Mais au moins, nous nous étendons quelques heures. Hilda n'a pas fermé l'œil de la nuit. Son cœur battait la chamade, et à trois heures du matin, elle s'est levée et a pris un cachet pour se calmer. Elle était extatique, à l'image d'un enfant à la veille de Noël… C'est qu'ici, personne ne veut quitter cette vie sans avoir fait l'expérience de Rosernes Dal au moins une fois. »

Stéphane m'a parlé de la capitale universelle avec la fierté typique, pour l'époque, qui découle d'une grande excitation et qui émane de l'amour et des expériences de leur enfance.

« Demain après-midi, nous rejoindrons la Vallée, m'annonça Stéphane avant de partir. T'ai-je dit que cela aurait lieu demain après-midi ? C'est important. Tu devras préparer le *troje*, le vêtement de cérémonie conçu pour l'occasion, mais cela devrait être le cadet de tes soucis. Par-dessus tout, prépare ton cœur ! Passe ton vécu en revue et prie avec le cœur. Tu es l'un des nôtres à présent. Veille simplement à ce que tes pensées soient pures. Tout le monde se recueille en ce moment. Tu devrais également t'y adonner ; pour la Terre nourricière, pour les institutions, pour nos morts, pour la délivrance finale du barbarisme, pour la fin de la Préhistoire. »

Je suis installé sur la terrasse avec Silvia, à attendre le tintement des cloches. Stéphane m'a indiqué que cela fait une semaine que les carillonneurs étaient à l'œuvre chaque matin depuis les clochers des Martyrs Oubliés. Cette période correspond aux douze jours de prière en amont de la cérémonie commémorative. Silvia est assise à côté de moi, accrochée à mon bras. « Parfois, notre être intérieur a besoin d'un léger sentiment de solitude et d'une douce quiétude, en compagnie d'une présence bienveillante et aimante, loin de l'agitation du monde, d'un isolement en signe de respect et de reconnaissance pour tous ces endroits qui nous sont chers… », murmura-t-elle.

Je lui ai assuré être parfaitement en phase avec elle avant de serrer chaleureusement ses mains lorsque les cloches ont commencé à sonner. La mélodie qu'elles produisaient m'évoquait le christianisme, bien que d'une intensité et d'un attrait sensiblement accrus.

Les yeux fermés et les deux paumes pressées contre ses tempes, Silvia écoutait en silence, perdue dans ses pensées et concentrée sur sa prière. « Oh, laisse les cloches résonner en moi », avait-elle soufflé peu de temps auparavant, alors que je tentais d'exprimer mon enthousiasme en quelques mots.

L'heure n'est pas à la discussion. Après le saint tintement, Stéphane m'a confié que personne, en nulle autre circonstance et nulle part ailleurs dans le monde, ne pouvait entendre une mélodie aussi divine que celle qui s'échappait des clochers des Martyrs. Le fait qu'elle soit inégalée dans le monde entier était extraordinaire.

UNE RESSEMBLANCE SAISISSANTE

Cet après-midi sera consacré à la visite de Rosernes Dal. Et c'est ce jour, cette heure que tu as choisi pour me rappeler à ton bon souvenir, Anna ? De cette façon ?

Le 29 juin 1906, alors que nous étions étendus sur l'herbe de l'agréable vallon de notre terre natale, à imaginer notre avenir ensemble, tu m'as dit, mot pour mot : « Que l'âme humaine peut être parfois avide de solitude ! De quiétude, d'une vue comme celle-ci, auprès de l'être aimé… » Je me souviens être parti pour Rome cinq jours plus tard. Oh, ma chère Anna, tu mérites tout le bonheur du monde, où que tu te trouves… J'avais pour habitude de dire que le but de mon existence était de te protéger, de te préserver du mal. Le 8 juillet, des pensées similaires ont traversé mon esprit sur la Piazza Napoleone, au crépuscule, sur la longue terrasse de Valanie qui donnait sur l'ouest de la ville. « Nous devrions voir cela ensemble », avais-je pensé.

Les étés de 1913 et 1914, juste avant la Grande Guerre, alors que ma vie était déjà entraînée dans une spirale infernale, je suis retourné dans le Sud, à cet endroit, sur la même terrasse conçue par l'architecte français.

Mon Dieu ! Les deux configurations présentent tellement de similitudes… Il va sans dire que Silvia n'en a pas la moindre idée, puisque je me montre excessivement précautionneux et que je le cache très bien à eux trois ; Silvia, Stéphane et Hilda. Mon destin me réserve-t-il encore *d'autres* surprises ? Mon âme s'incline devant ce miracle annihilateur des abîmes du temps et de la mémoire.

Toujours le 13-VII
(Un peu plus tard)

Je crois que la teneur ô combien divine de mon amour avec Anna ne relevait point de l'intensité d'une passion érotique, mais de la qualité de nos émotions. Ce que nous avons vécu est devenu « sacré » justement en raison de sa pureté et de sa douceur, un véritable reflet de ce qui se nomme aujourd'hui le *Samith*. Et c'est pourquoi notre capacité à vivre cet amour n'a pas connu la barrière de la mort physique. Le temps a échoué à l'effacer…

EN ROUTE VERS LA VALLÉE
Visite de la ville

14-VII
(Deux heures du matin)

De dix-sept heures à minuit, j'ai passé mon temps avec Stéphane, de terrasse en terrasse, à monter et descendre avec leurs célèbres et fantastiques élévateurs, une sorte d'ascenseur public comme nous les appelions, et en empruntant les nouveaux *vindebros* – des ponts pour randonnées douces – sans le moindre effort, parmi des milliers d'autres noctambules, des pèlerins qui portaient la tenue protocolaire, une obligation pour circuler dans la Vallée. Stéphane s'appliquait à m'expliquer, aussi bien que possible, tout ce qu'il nous était donné de voir dans le coin le plus ancien de la région sacrée.

Contrairement à Norfor et aux autres villes que nous avions visitées, je n'ai jamais ressenti le besoin de m'appuyer sur Stéphane dans la Vallée. Impossible de s'y sentir perdu ou apeuré. La rivière et les villages voisins vous permettent immanquablement de vous orienter sans aucune difficulté. Les sentiments de malaise, de détresse ou d'indécision que j'ai pu ressentir ailleurs n'ont pas leur place en ces lieux.

Nous portons un bermuda foncé avec des rayures noires qui s'arrête juste au-dessus du genou, des chaussettes hautes en soie, de couleur verte, un gilet croisé blanc avec des revers blancs et des chaussures spéciales de la même couleur qui ne font pas le moindre bruit au contact du sol. Et j'oublie la ceinture-étole qui décore les tenues types des *Cives.*

À première vue, il y a deux ou trois éléments à travers la région du vieux Rosernes Dal central qui font forte impression sur le voyageur : la clarté du ciel en l'absence de circulation, l'absence de zones résidentielles à proprement parler, et le fait que cet endroit ne dégage pas « l'aura d'une capitale », contrairement aux autres mégalopoles que j'ai explorées, surtout par rapport au style et au rythme de vie. Je n'ai observé que des moyens de transport individuels, et encore, très haut dans le ciel, des *linsens* ou *vigiozas* personnels qui ne vous effraient guère et ne provoquent aucune pollution visuelle.

Ici, point de *daneurs*, ni de gigantesques îles-satellites suspendues, de villes souterraines ou toute autre sorte d'extension urbaine cachée et de passage supérieur en acier pareils à des serpentins comme à

Blomsterfor. En lieu et place de résidences se trouve un océan incroyable de monuments et de parcs, d'arcades, d'autels et de parterres de fleurs. Je m'interroge, où vivent donc ces six millions d'habitants ? Je suis quasiment certain qu'ils habitent les versants et les coteaux bleu clair qui entourent la Vallée – à l'exception bien sûr, des *Lorffes*, des *Tilteys*, des *Ilecteurs* et des grands artistes.

Et puis, de quel type de capital s'agit-il exactement ? À mon sens, Rosernes Dal, d'une superficie équivalente à celle de Norfor, s'apparente davantage à un havre de paix idyllique pour intellectuels qu'à une véritable capitale... Je pourrais concéder de la qualifier comme étant « la capitale du rêve et de la beauté », mais cet endroit n'a rien du cœur de leur communauté politique et économique universelle actuelle.

Sans doute s'agit-il de l'autorité suprême en matière de contrôle qui coordonne et harmonise les quelques institutions modernes, mais, vu de l'extérieur, cela n'a rien d'une évidence. Un élément clé manifeste dans la vie de cette immense ville pourrait être rapporté au culte voué à une variété d'éléments, tels que la religiosité, l'art, la méditation, et d'autres activités spirituelles d'importance. À mon sens, la Vallée des Roses est assimilable à un genre de Lhassa et de Médine du monde « occidental » moderne.

C'est l'endroit où se sont installés les arrière-petits-fils des Européens qui ont survécu aux ravages des guerres : Anglo-Saxons, Slaves, Allemands, Grecs, peuples d'Europe latine, Scandinaves, Wallons et Flamands, Hollandais et Suisses, Finlandais et de nombreuses autres nations d'ascendance européenne.

15-VII

Une fois encore, j'écris tard dans la nuit après avoir passé la journée entière en excursion, de sept heures à vingt et une heures. Nous avons effectué une visite à pied du centre-ville tous les quatre. La chaleur de début avril était atténuée par la brise fraîche et l'air parfumé qu'elle portait. Il est recommandé de visiter la plupart des lieux à pied, sans quoi vous passez à côté d'un grand nombre de détails.

Sur le chemin du retour, notre excitation céda la place à la fatigue. Une bonne douche et un dîner léger accompagné de jus de fruits glacé – ils ne prennent rien à base d'alcool et je ne suis même pas sûr qu'ils soient habitués à en consommer, à l'exception du vin – ont suffi à nous ragaillardir. Mais les filles n'ont pas décroché un mot. À table, j'ai remarqué qu'elles étaient installées loin l'une de l'autre, toutes deux plongées dans leurs pensées ; elles se sont retirées dans leur chambre peu de temps après, le regard humide.

« Concentre-toi sur tes livres et ton écriture. Ne t'embête pas à les réconforter, murmura Stéphane avec un sourire. Elles s'en remettront… Impossible de savoir pourquoi une femme pleure. Leur esprit est-il submergé de souvenirs ? Gardent-elles un sentiment d'insatisfaction de tout ce qu'elles ont pu voir aujourd'hui ? Sont-ce là des larmes de joie ? Ou s'agit-il de larmes d'ennui causées par le manque de travail, maintenant que les principales difficultés de la vie font partie du passé ? »

Il était dans des dispositions anormalement bonnes compte tenu de la situation, et bien qu'il se veuille discret, il semblerait qu'il les raillait sur leur sensibilité excessive. Il m'a rappelé que l'un des nombreux noms employés pour décrire la Vallée des Roses était « le Royaume de la Souffrance de l'Homme », en référence à la soif de l'âme et à l'élément profondément humain de souffrance intérieure, mais je pense que cette dénomination a une signification plus historique et plus grande ; c'est un hommage aux siècles sanglants de la Préhistoire.

Sans savoir quoi répliquer, je me suis également replié dans ma chambre au bout de quelques minutes. J'ai passé la première demi-heure suivante à feuilleter deux guides de voyage compacts dédiés à Rosernes Dal, qui, pour être honnête, étaient destinés aux enfants, puis je me suis installé pour écrire.

Toutes sortes d'images tournoyaient dans mon esprit. Ces jours-ci, l'aspect de cette merveilleuse ville avait complètement changé. Partout dans les rues et sur les autoroutes géantes, vous y croisiez des milliers de pèlerins étrangers venus des quatre coins du monde. Ils ont fait le déplacement afin d'assister à la grande procession prévue après-demain. Ils semblent particulièrement à l'aise dans les *slaabroks*, les tenues obligatoires que j'ai décrites auparavant, qu'ils ne retirent qu'au moment du coucher une fois dans leurs auberges de luxe, les *gestalads* et les *civesheims* situés sur les collines voisines.

En ce moment, la Vallée est remplie de *Tilteys*, d'*Ilecteurs* et de *Lorffes*, en sus de représentants du clergé. Ils parcourent la ville de façon tout à fait ordinaire, simples et modestes, procurant aux autres un sentiment d'égalité. Je n'en avais jamais vu autant réunis à un même endroit, et je n'avais jamais observé un tel désintérêt des personnes qui les entouraient. Il faut croire que la concentration, la dévotion et la révérence dont chaque visiteur était imprégné ne laissent aucune place aux acclamations. Mieux encore, leur culte commun pour le *Nibelvirch* était tellement souverain dans leurs cœurs qu'ils ne prêtaient guère attention à quelque autre forme d'enthousiasme que ce soit.

D'ailleurs, même les tenues de ces grands hommes ne diffèrent pratiquement pas de celles des simples *Cives*. La seule différence réside dans la couleur des chaussettes, de l'étole et de la ceinture. Et pourtant, le rendu visuel final n'est en rien monotone, car leurs insignes viennent compléter l'ensemble – des chaînes en or avec des émeraudes et des gaines de perles – apportant aux boulevards un côté charmant et pittoresque, surtout de nuit.

Stéphane estime que cette année connaît une participation record, et il s'avère pourtant que toute cette masse humaine a pu être logée adéquatement et efficacement en un rien de temps dans les interminables extensions urbaines bâties sur les collines environnantes. En réalité, il m'a affirmé qu'il y avait encore de la place dans les *larinteurs*, les auberges et les appartements. Ils sont réputés depuis fort longtemps pour leurs capacités d'organisation et, une fois de plus, ils ont accompli leur travail avec brio.

À 17h30, John Humphrey et Ulfink Enemark, en personne, sont passés à quelques mètres de là où nous nous trouvions. Stéphane me les a désignés. J'ai à peine remarqué le célèbre créateur de « Fabiola » et le poète de *Rêves au Bord du Fleuve*, *Promesse Oubliée* et *Irénée*. J'avais les yeux rivés sur les statues. Les êtres de chair et de sang ne suscitent pas autant d'intérêt chez moi. Il en va de même pour les prêtresses. Nous avons croisé la route de plusieurs d'entre elles, des jeunes, des plus âgées, toutes vêtues de toges d'un blanc neigeux. D'après mes lectures, les parrains et tuteurs de leurs croyances ne sont autres que les *Lorffes*, bien qu'en pratique, ils prennent rarement part aux rituels. Le plus puissant d'entre eux est le primat incontesté de la vie sociale contemporaine. Même aujourd'hui, l'Histoire semble se répéter à bien des égards.

J'en veux pour preuve la ressemblance entre la hiérarchie sociale actuelle et celle de l'Égypte des pharaons, sans la violence et l'étalage de pouvoir.

LE PANTHÉON

Je me suis aperçu que la langue actuelle est plus riche que la nôtre. En voici un exemple : alors que les mots « prophète » et « poète » ont toujours existé en tant que tels, après l'ère Volky, un troisième mot a été inventé pour signifier les deux. Il en va de même pour « prêtre », « penseur » et « philosophe » ; ils possèdent désormais un terme unique pour désigner ces trois notions.

Je savais qu'au Panthéon, je trouverais des milliers d'œuvres réalisées par les grands hommes spirituels qui ont existé depuis mon époque. Mais il couvre une très grande surface ; il s'agit d'une ville à part entière. Je n'ai passé que quelques heures là-bas, alors qu'il faudrait plusieurs années pour étudier l'ensemble de cet héritage culturel et spirituel. Il est possible d'y trouver des noms d'artistes dans des manuels scolaires qui évoquent leurs travaux. Les guides touristiques de la Vallée peuvent vous aider à identifier du contenu propre à un auteur spécifique ou l'emplacement précis d'un livre en particulier dans les étagères de cette grande bibliothèque. Poètes, philosophes, chercheurs en sciences naturelles, compositeurs de musique, penseurs, philanthropes, personnalités publiques et politiques, mystiques, artistes, activistes sociaux, éducateurs : ils sont tous présents, du moment que leurs œuvres ont résisté à l'épreuve du temps. Einstein, Newton, Pythagore, Homère, Milton, Virgil, Socrate, Platon, Confucius, William Tell, Bouddha Gautama, Matteotti, Bach, Haendel, Rousseau, Tolstoï, Kierkegaard, Sénèque, Pascal, Bergson et Rilke font partie des nombreux personnages historiques des époques antérieures à la mienne qui figurent ici.

Leurs statues grandeur nature en marbre, laiton, cuivre ou ivoire de synthèse, pour la plupart ornées de scènes issues de leurs travaux, se tiennent sur des piédestaux d'une même hauteur, et symbolisent, tout au moins pour moi, une revendication triomphante du legs culturel des temps « préhistoriques et barbares », comme ils étaient nommés aujourd'hui. C'est avec une satisfaction et un plaisir certains que je vois quelques-uns de nos grands hommes prendre vie tout autour de moi ! C'est la présence de personnages couronnés tels que Codros, Numa Pompilius et Marc Aurèle qui m'a fait la plus grande impression !

Aucune discrimination n'était introduite entre nos hommes et les leurs, à partir du début de l'*Eldrere*, qu'il s'agisse de la position des statues, de leurs dimensions ou de tout autre détail. La seule différence mineure a trait à l'interprétation de la « Source » de la pensée et de l'inspiration de chacun d'entre eux, puisque de nos jours, il n'existe plus aucune contradiction entre le réel et l'idéal.

Tout ce qui était qualifié « d'univers et de concepts spirituels » par les anciennes générations est à présent avéré. Ils affirment que l'origine de toutes les inspirations et manifestations de l'esprit dans de nombreux domaines culturels depuis la nuit des temps est unique : « la soif inconsciente de l'âme pour le *Samith* et la souffrance créée par son absence ». Le conflit et l'opposition présumés entre le réel et l'idéal ne sont alors rien d'autre que « le contraste saisissant et l'incroyable distance qui séparent le monde terrestre dans lequel nous vivons de la Réalité Suprême ». Il en résulte à la fois la souffrance sacrée de l'inspiration et cette dissension.

Si les habitants de notre époque entendaient cela, ils se riraient secrètement d'eux, mais *ils* portent une telle fierté à cette « perception immédiate » qu'ils ont de la réalité et du monde, ils sont si fiers de ce qu'ils ont perçu, de leur croyance et de ce qu'ils soutiennent fermement qu'ils n'y accorderaient aucune espèce d'importance…

Ici, les expositions ne sont pas réparties selon l'origine, l'école ou l'époque de leurs créateurs. Tous ces hommes éminents sont originaires de la Mère-Patrie, la Terre, et appartiennent à la grande période, l'éternité, ce qui en fait des immortels. Il est possible d'observer Chopin près de Tchaïkovski et Rachmaninov, Goethe près d'Hugo, et Schiller partager la même pièce qu'Alfred de Musset. Pour tout dire, une jeune *unge*, Lyla, m'avait appris il y quelques jours de cela qu'un certain nombre d'étudiants, pèlerins venus des écoles secondaires avoisinantes, les *Vilenthens*, avaient déposé des couronnes de lauriers et des fleurs fraîches sur leurs têtes afin de leur rendre hommage. Je pense au nombre de larmes versées par ces grands artistes au moment de créer, et à celles qu'ils ont arrachées à leurs innombrables admirateurs sensibles, et je ne peux m'empêcher de trembler. Au moins, les poètes ne sont plus perçus comme des rêveurs fous…

Je viens seulement de prendre conscience de l'étendue de la noble souffrance associée à la forme de rédemption terrestre appelée création artistique. Et à la vue, à l'écoute ou au toucher d'une véritable œuvre d'art, c'est ce qui se rapproche le plus de la vue, de l'écoute et du toucher de la Réalité Suprême ; sa mémoire croît de plus en plus, à l'image de la soif et de la nostalgie du *Samith* que chacun d'entre nous recèle. Et cette souffrance pleine d'allégresse spirituelle est causée par le bonheur !

Je me rappelle une chose que Lain avait pour habitude de répéter dans ses leçons : avec le passage du temps, notre espèce a atteint un stade de développement biologique et spirituel qui nous a fait don de la souffrance ! L'homme est devenu un « récepteur doué de sensibilité ». Tous les illustres noms, tels que Lamartine, Praxitèle, Lessing, Klopstock, Chateaubriand, Phidias, Ribera et Mendelssohn sont de ceux qui ont vu la lumière en des temps obscurs quand personne d'autre n'en était capable. Comparées à celles de l'individu moyen de leurs époques respectives, leurs inclinations psychologiques paraissaient surnaturelles.

« Plus grand est l'artiste, plus grande est son insatisfaction face à ses travaux », avait déclaré Lain. « Tout artiste sait que l'art ne connaît aucune frontière, aucune limite, aucune fin. » Si je ne m'abuse, Beethoven avait affirmé quelque chose de similaire bien avant lui. Et, comme il me l'avait été expliqué, ils voulaient tous deux signifier que ce que les artistes tentent d'exprimer ne peut être véhiculé par les crayons, les pinceaux, les burins ou les notes de musique… L'essence ne peut être capturée par l'esprit humain, pas plus qu'elle ne peut être expliquée de façon rationnelle.

Dans l'une de ses pièces sur les artistes et sur l'Art en soi, Tinersen déclare : « À l'instar du bruissement des ailes d'une hirondelle sur une fenêtre barrée de fer à l'intérieur d'une prison, ils ont pour objet de nous rappeler que le printemps est là, dehors, que l'air est parfumé et que les vallées fleuries nous attendent. Nous appartenons au ciel bleu étincelant autant qu'il nous appartient. »

Il y a quelque temps, Stéphane m'avait confié : « J'aimerais que tous ces grands hommes des temps anciens puissent nous rejoindre ici afin de faire l'expérience de ce salut, de goûter à la plus haute forme de bonheur spirituel. » Cette dernière est appelée *Roisvirch*.

Et il a exprimé cela, car, d'après Tinersen : « À cette époque, personne n'était en mesure de répondre à la question : "pourquoi souffre-t-on" ? » C'est la raison pour laquelle il était impossible pour les grands artistes de vivre heureux dans le monde extérieur. Ils ignoraient alors les « manifestations du *Samith* ».

LATHARMI

À dix-huit heures, j'ai sillonné la ville en quête de la statue de Valmandel. L'automne dernier, à de nombreux cours de Lain, j'ai eu la chance d'écouter plusieurs morceaux de son oratorio *Prière Parmi les Sphères d'Or Stellaires*. Par le truchement du *Swage* et de mes études automnales à Markfor, je savais que les statues de Jésus et de Volky étaient plus ou moins situées au même endroit.

« Celle de Valmandel n'est pas très loin d'ici », fit Stéphane. Toutefois, nous étions toujours à l'intérieur du Panthéon et nous devions nous rendre aux Roses Bleues, à Latharmi. C'est là-bas que se trouvaient Jésus, Volky, Larsen, Domenicus Albani – le « Platon du *Nojere* » – et Axel Jenefelt – éminent penseur de leur IXe siècle.

Nous les avons seulement aperçues de loin. Dans cette partie de la ville, j'ai remarqué que les statues étaient moins regroupées, comme si les nobles hommes qu'elles représentaient avaient droit à davantage d'espace ! Nous ne nous en sommes guère approchés, car des dizaines d'*Ilecteurs*, prêtresses et autres personnalités leur rendaient hommage, la plupart d'entre eux priant agenouillés au pied des monuments. De fait, au niveau du piédestal de la statue à l'effigie de Valmandel, j'ai pu observer quelques *Tilteys* allongés qui rêvaient les yeux ouverts ! Stéphane tenait à ce que nous restions à l'écart. Il m'a averti que nous devions attendre qu'ils aient terminé de méditer et de prier, mais, faute de temps, nous sommes repartis.

Je ne saurais décrire l'atmosphère qui régnait dans les rues fleuries de Lagrela. Il m'est impossible de coucher sur ce papier sans vie les sentiments que j'éprouve ici, dans le nombril du Panthéon, baigné de cet air empreint d'une profonde piété. C'était complètement différent de toutes les autres parties de la Vallée que j'avais visitées. Je ressentais quelque chose d'autre quand j'étais ici : la foi !

J'ai vu quelques « guides » vêtus d'uniformes gris avec l'insigne de leur classe, dont le travail consistait à accompagner des groupes de pèlerins étrangers. Ils sont passés devant nous. Ils étaient tous en révérence, quelle solennité ! Je peinais à contenir mes larmes…

Lorsque j'ai entendu Stéphane annoncer que nous nous dirigions vers les Roses Bleues de Latharmi, je m'attendais à découvrir quelque chose de semblable aux rosiers couleur pastel croisés à maintes reprises en divers lieux.

À notre arrivée, j'étais surpris de tomber sur des rosiers sempervirents, différents de ceux que j'avais vus jusqu'à présent, quasiment aussi grands que de jeunes pins ! Mais ce qui laisse sans voix, c'est l'incroyable couleur de leurs pétales de rose. Il ne s'agissait pas seulement d'une couleur, mais d'une lumière ! Les pétales étaient semblables à une toile d'artiste, un miroir reflétant le ciel, une vision d'une clarté exceptionnelle !

Nous sommes passés devant « Les Sièges des *Ilecteurs* ». Un unique *Ilecteur* s'y trouvait actuellement, mais il n'était pas assis ; il se tenait debout, les yeux rivés sur l'horizon. Nous nous sommes rapprochés, autant que possible. Il est dit que les plus grands *Ilecteurs* s'installaient autrefois en ces lieux, sur ces sièges, eux qui un jour trouvèrent la force intérieure de dire librement ce qu'ils pensaient « chacun dans leur domaine et dans leur propre langue », eux qui s'exprimaient avec plus de discernement que les autres, et qui plusieurs siècles avant les premiers *Nibelvirches* ont essayé de préparer leurs prochains à ce qui allait s'ensuivre. Ils sont considérés comme des créatures mi-humaines, mi-célestes, des esprits surnaturels qui ont acquis un visage d'homme à force de vivre dans notre environnement terrestre. Ils n'ont eu de cesse de surprendre l'humanité et ont causé nombre de conflits en leurs temps. Ils ont tous porté la spiritualité à un niveau supérieur… Comment s'y sont-ils pris ? Personne ne l'a jamais su ; sans doute l'ignoraient-ils eux-mêmes…

« Aussi longtemps que nous demeurerons humains, nous ne sommes pas censés connaître notre origine ou notre destination », affirma Stéphane en me regardant. « La mort n'est pas le véritable oubli ; la vie oui ! La vie, qui limite notre connaissance, notre parole et notre entendement, la vie qui nous restreint à nos sens… La prétendue mort est une lumière rédemptrice… », ajouta-t-il. Et il y croyait sincèrement.

Alors que nous nous éloignions de la statue du Christ en direction de Labejona et de la patrie d'Alexis Volky, j'ai vu arriver de la direction opposée des processions de centaines d'adolescentes et adolescents de très grande taille et de constitution robuste, tous en provenance des *Vilenthens* environnants, alignés de façon symétrique en groupes de huit. J'ai fait une réflexion à Stéphane sur leur stature et il m'a souri en me répondant qu'après plusieurs milliers d'années d'évolution, il était normal pour l'homme d'avoir grandi de quelques centimètres…

Les petites bougies blanches que bon nombre d'enfants tenaient dans leurs mains droites illuminaient l'obscurité.

Non loin de là, j'ai vu plusieurs rangées de tubes jaunâtres remplis de pétales de rose bleus et blancs, qui étaient, eux aussi pour une raison inexplicable, étincelants et brillants. C'est à cette occasion que j'ai pu observer pour la première fois un miracle de l'ère moderne : sans utiliser de phosphore ou de substance similaire, comme me l'a assuré Stéphane, la technologie d'aujourd'hui permet de concevoir certaines espèces du monde végétal, et il se trouve que le royaume des fleurs brille désormais de lui-même, et ce de manière encore plus intense la nuit que le jour.

Brusquement, des hymnes naissants rompirent le silence. Leurs mélodies divines, bien qu'elles soient différentes, partagent quelques similitudes avec la musique ecclésiastique. Plus tard, ils ont commencé à se mêler à des invocations, et j'ai eu le plaisir d'entendre plusieurs locutions de notre époque. Notamment « *Gloria in excelsis Deo* » en vieux latin, et « *Miserere* », qui est incroyablement émouvante.

Il faudrait avoir un cœur de pierre pour pouvoir retenir ses larmes en voyant cette tradition vénérable et séculaire prendre vie, ici, maintenant, après avoir touché le cœur de tant de générations avant nous.

Je n'ai pas su m'empêcher de dire à Stéphane que toutes les personnes qui m'entouraient ressemblaient à des chrétiens, en faisant allusion à ce qu'il m'avait raconté à propos de la chute du dogmatisme, qui avait débuté au XXe siècle, parallèlement au progrès en recherche scientifique.

« Et ce dogmatisme survit encore de nos jours, soulignai-je.

— Ce n'est pas tout à fait correct, répondit-il patiemment. La vie moderne est enracinée dans la religion, bien plus qu'elle ne l'était auparavant. »

Il m'a assuré que la crise d'incrédulité qui a dominé les siècles marqués par un progrès technologique important et unilatéral fut suivie par la croyance profonde du *Nojere*. « Dieu existe ; mais il n'appartient pas à l'homme de définir son essence – ce qu'il est ou ce qu'il n'est pas. Une forme biologique de matière organique ne peut concevoir la relation entre créateur et création. »

Il me semblait impossible de suivre toute sa réflexion. Parfois, je ne comprends même pas ce qu'il entend, en particulier lorsqu'il parle « d'élément de caractère inconnu d'une entité mentale qui vient inspirer les formes supérieures de vie organique, sans être la vie elle-même », ou quand il déclare qu'il existe « de nombreux autres mondes et dimensions de la vie qui nous échappent, au-delà du monde tridimensionnel dans lequel nous percevons un élément comme réel ».

LES VOLKIS
L'histoire des premiers « 200 » et les jeunes années d'Alexis Volky

16-VII

Ce matin, nous nous sommes de nouveau retrouvés à Nayatana puis au Panthéon, plus ou moins aux mêmes endroits que la veille. Après avoir descendu une rue anonyme de galets, nous avons atterri sur les longs sentiers de Labejona et de l'orangerie. En 525 ans, rien n'avait changé, tout avait été conservé en l'état, sur le même site. Voici le lieu qu'Alexis Volky arpentait enfant.

Les premiers Volkis étaient d'origine slave. D'ailleurs, leur illustre ancêtre comptait parmi les « 200 » qui fondèrent la Vallée. Bien après, passé l'an 700, trois des ancêtres directs de Volky se marièrent à deux Françaises et une Scandinave, d'où la diversité de leurs origines.

Ces premières familles polonaises et ukrainiennes s'établirent initialement dans une autre région, à la lisière nord de la Vallée, mais d'après les livres d'histoire, elles se sont installées ici après le VIe siècle *(vers l'an 3000 apr. J.-C.)*. Elles étaient composées de personnes pieuses, frugales, aimables et éclairées, qui se consacraient principalement à la culture fruitière et à l'artisanat, et qui vivaient pratiquement de façon monastique et bien souvent ascétique lors de leur temps libre, avec de grandes dispositions pour la méditation et la réflexion spirituelles. Elles vécurent ainsi plusieurs siècles durant ; leur mode de vie est devenu une tradition familiale transmise de génération en génération.

Le guide, Viktor Gorms, conduit notre groupe et dix autres pèlerins jusqu'à une modeste maison-musée sur trois étages dont il est le gardien depuis quarante ans. Stéphane m'avait néanmoins informé que Gorms n'occupait pas que des fonctions de concierge et de gardien ; il est également un personnage spirituel rare et un chercheur scientifique.

C'est dans cette demeure ancestrale, cette petite exploitation et les jardins avoisinants que le père d'Alexis Volky, Eugène Volky, a vécu pratiquement toute sa vie.

Fils du conservateur de la grande bibliothèque de cette époque et reconnu en son temps pour ses monographies majeures consacrées à l'esthétisme, Eugène Volky fut un remarquable penseur de l'École Chillerin au cours de leur Xe siècle. Il est dit qu'il n'a jamais voyagé en dehors de la Vallée. Il était un homme humble et modeste, un professeur des universités dévoué à ses études. Il n'a jamais aspiré à la célébrité. Plus son besoin d'enrichir son moi profond s'accentua, plus il devint indifférent à la reconnaissance que pouvait susciter ses travaux et à l'acceptation d'autrui. Faire « carrière » ou gravir l'échelle sociale était également étranger à ses considérations. La seule chose qui lui importait, c'était la maturité et la richesse de son intellect et de son esprit.

À l'âge de trente-deux ans, il se maria par amour à son étudiante de vingt ans, Inga Keiry, une douce brunette aux yeux gris foncé. Son arbre généalogique ne présentait aucun intérêt particulier à travers l'Histoire, mais ses parents étaient des personnes vertueuses douées d'un esprit de sacrifice de soi, qu'ils sont parvenus à transmettre à leur fille, en sus d'une excellente éducation et de bonnes manières. « Elle en vaut la peine, – avait confié le conservateur de bibliothèque à son fils avant que le mariage ne soit décidé – elle te rendra certainement heureux et te donnera une merveilleuse famille ! »

Mais Eugène l'aurait épousée, même si son père s'y était opposé ; il en était éperdument amoureux. Elle lui apportait un précieux soutien dans ses travaux en tant qu'assistante, elle était sa compagne ; il était aux anges. Malheureusement, son père bibliothécaire, le grand-père d'Alexis Volky, ne vécut guère assez longtemps pour assister au miracle de la vie lorsqu'elle accoucha d'Alexis, au troisième étage de cette même maison aux pièces lumineuses et à la vue imprenable, le deuxième mois de l'an 911, un an après le mariage.

Les jeunes *unges* exposent à présent aux visiteurs ce qu'il reste de ces lieux, où cet homme omniscient, instigateur du savoir intuitif, avait passé son enfance. Quant au vénérable sage et ancien, Viktor Gorms, il est présent pour vous accueillir dès qu'il en a le loisir.

Une paire de chaussures en toile est fournie afin de se déplacer sur le plancher en bois fort bien conservé. Le climat de silence qui règne à l'intérieur de la maison vous pousse à parler à voix basse.

Stéphane n'a pas prononcé le moindre mot depuis notre arrivée, et les *unges* ont commencé à nous détailler les quelques objets présents dans la demeure, y compris les effets personnels d'Alexis Volky.

Ici, dans la Vallée, il est possible de rencontrer de multiples noms célèbres du VIe siècle qui s'inscrivent dans une longue tradition de méditation et d'éducation à la vie intérieure dont sont issues les dynasties des Chillerins, des Volkis, des Royalsens, des Borges et bien d'autres encore de l'Institut Aidersen. Elles pourraient être comparées à nos propres maisons Curie et Strauss du XIXe et du début du XXe siècle.

Mais, hormis le pouvoir de l'hérédité, l'Histoire rapporte que bon nombre des grands hommes et des grandes femmes qui ont laissé leur marque sur notre planète ont également reçu une éducation maternelle exceptionnelle. Inga Keiry-Volky fut vraisemblablement une merveilleuse mère, pleine d'amour, de dévouement et d'abnégation pour son fils pendant plus de vingt ans. Après avoir rempli « l'exquise mission », celle d'élever son enfant, Inga renvoyait un reflet complètement différent devant le miroir, mais elle n'était que sourire face à l'ordre naturel du déclin physique…

Cependant, l'apport de l'éducation, de l'hérédité et de la tradition familiale était de moindre importance comparé aux valeurs intrinsèques du jeune Alexis. Le garçon était né avec des dons intellectuels et spirituels, et un cœur à la fois généreux et délicat. À l'instar de Mozart, venu au monde avec le don divin de l'harmonie, Alexis était d'une nature profondément sensible et manifestait une grande affection à l'égard de son prochain, qu'il aurait acquises lors d'une « existence antérieure ».

À l'école, cet enfant au front protubérant et aux yeux sombres et expressifs avait toujours une longueur d'avance sur ce qui était enseigné dans chacune de ses classes. À l'âge de huit ou neuf ans, comme il lui a été rapporté plus tard, il a connu de courtes périodes de rébellion contre l'iniquité de la vie, dans le sens de l'injustice de la destinée humaine et non celle de la vie sociale ordinaire, bien qu'il n'ait jamais été atteint de près ou de loin par cet « injuste destin ». Son cœur débordait de compassion. Il était promis à de grandes choses, mais le bonheur n'en faisait pas partie.

Par moments, Inga a combattu son hypersensibilité en l'invitant à s'ancrer et à cesser de se tourmenter avec les difficultés d'autrui. Sa mère, prévenante, pensait qu'il brûlerait sa chandelle par les deux bouts s'il continuait à faire de « la souffrance divine de l'homme » son sacerdoce.

Mais sa vie se déroula sans encombre et il s'en sortit avec brio. D'après ses biographes, à l'âge de seize ans, Alexis avait un vif penchant pour la solitude, mais il était également joyeux et abordait la vie et le monde avec enthousiasme. Il aimait la nature et avait pour habitude d'effectuer de longues promenades dans la Vallée. Rien que le changement de saison suffisait à l'emplir d'une joie inouïe.

Tout au long de son adolescence, Alexis sélectionnait lui-même ses livres parascolaires. Il était attiré par la communication spirituelle ; en quête d'une sorte « d'union » avec les trésors de l'esprit qui l'avaient précédé et lui avaient donc échappé. Ces sages lui « parlaient », mais l'adolescent pesait leurs mots avec grand soin ; il n'approuvait guère tout ce qu'ils avaient à dire…

En 927, peu avant midi le jour de la Saint-Sylvestre, alors qu'Alexis se promenait parmi les orangers avec son père Eugène et que tous deux passaient leur année en revue, le jeune homme déclara notamment qu'il croyait en la « possibilité d'identifier la voie de la connaissance et celle de l'amour » et énonça « un point de convergence entre elles, un point perdu dans l'abstraction de la nature et de la création, quelque chose d'insaisissable pour l'esprit humain ». Le père, fier, écoutait avec ravissement et une perspective secrète s'éleva en lui…

Alors âgé d'une vingtaine d'années, le jeune Alexis s'était aminci et son visage illuminé. Physiquement, il ressemblait quelque peu à Chopin, à en juger par certaines photos d'époque. Il avait des problèmes de santé et sa mère recommençait à s'inquiéter. Elle ne parvenait point à chasser l'idée que son fils n'était peut-être pas destiné à vivre vieux, cette pensée la hantait.

Et à dire vrai, entre ses 19 et ses 22 ans, on eût dit qu'Alexis faisait partie des âmes charitables qui quittent cette vie précocement afin de rejoindre plus rapidement leur véritable foyer. Pourtant, cela ne s'est guère produit. Il n'était pas voué à mourir jeune. Il était né pour vivre vieux, avoir des cheveux blancs et faire don à son prochain qu'il aimait tant du plus grand trésor de spiritualité que l'histoire de l'humanité ait jamais connu !

« Il n'était ni Dieu ni prophète, affirma Stéphane, et pourtant il était l'élu, témoin du divin et de l'éternel qu'il a transmis à ses égaux.

Il n'a pas prédit l'avenir, mais il a fait l'expérience et véhiculé des choses qui, depuis la nuit des temps, n'ont jamais connu d'altération et n'en connaîtront jamais, il a prouvé au monde à quel point nous avions surestimé les découvertes scientifiques, au même titre que le potentiel spirituel de nos "antennes". Il a observé, pas simplement avec les yeux du corps, mais ceux du cœur, et a enseigné de telle sorte que personne n'exigea de preuves ni ne douta de lui. Car ce qu'il nous a révélé, ce qu'il nous a enseigné ne peut être prouvé empiriquement, à l'image de Dieu ou de l'amour… Pour pouvoir le comprendre, une toute nouvelle voie devait être empruntée, et un tout autre degré de croyance devait être atteint… »

Je me remémore les paroles de Lain : « Plus un individu s'extrait de telles valeurs, plus il lui sera difficile de les assimiler un jour. Si tu les délaisses, elles le font à leur tour. »

D'après ce que j'ai compris, le chemin qui mène à la compréhension de ces éléments est lié à l'évolution intérieure de notre espèce biologique. C'était un embranchement complètement inexistant en mon temps – l'époque de la science partisane et de la technologie – une voie que seuls les hommes et les femmes sagaces et visionnaires de l'Institut Aidersen auraient pu ouvrir, comme ce fut le cas vers l'an 790 de leur chronologie.

L'HISTOIRE DE COSTIA RUDULOF

17-VII
(Toujours à Latharmi)

Je n'ai pas quitté cet endroit de la journée et j'aurais sincèrement aimé pouvoir y rester davantage, à me perdre parmi les rosiers et trouver refuge à l'ombre. Je ne suis qu'avec moi-même. De temps à autre, je vois des passants et des pèlerins étrangers se frayer un chemin à travers les fleurs, à la recherche d'un peu de solitude. Je griffonne mes impressions à la va-vite. Je prends le temps de tout absorber : cette magnifique vue, cette sensation merveilleuse, la couleur magique de ces pétales de rose, ce délicieux parfum qui flotte dans l'air avec générosité. Tout cela me donne à revivre des moments de mon ancienne vie, ma vie ordinaire…

Les parents narrent à leurs enfants l'histoire de 1086 *(3482 apr. J.-C.)*, celle d'un vieil homme, Costia Rudulof, et de la matinée de printemps où les boutons de cette incroyable plante s'ouvrirent pour la première fois, offrant à l'œil de l'homme le spectacle de ces pétales de rose qui reflètent le « ciel d'azur pâle ».

La jeune *unge*, Lélia, connaît la véritable histoire de Costia. D'après elle, le fleuriste âgé de soixante-dix ans était un saint homme qui adorait les enfants et les fleurs. Les oiseaux se posaient sur ses épaules et venaient boire dans ses mains. Il perdit son unique enfant alors que ce dernier n'avait que cinq ans. Après cet événement tragique, il consacra sa vie à soulager la souffrance humaine. L'homme mûr, alors devenu fleuriste, eut un jour l'idée de créer des roses bleues, celles qui décorent à présent les rues de Latharmi, chose inédite dans la culture des rosiers.

Pendant plusieurs décennies, déclare Lélia, cet homme pieux a rassemblé des graines qu'il a plantées, faisant l'essai de plusieurs milliers de combinaisons différentes en vue de produire le résultat escompté. Il a planté et replanté des années et des années durant, en changeant de sol, de pays, mais en vain ! Si bien qu'il finit par perdre complètement espoir.

Un demi-siècle s'était écoulé quand, un jour, deux boutons de fleur de couleur vive attirèrent l'attention de trois passants à Generali. « À qui appartient ce jardin ? » demandèrent ces derniers à des enfants du *Mindre skole* qui jouaient dans le coin. Quelques-uns d'entre eux furent stupéfaits à la vue des rosiers en fleur. Un fin crachin était tombé tout au long de la journée et le ciel était chargé d'épais nuages noirs. Sans crier gare, une foule de personnes, enseignants, fleuristes, jardiniers, artisans, des individus ordinaires qui passaient par le jardin, s'étaient réunis autour du plant et observaient ses floraisons. Les petits faisaient l'école buissonnière, les passants ignoraient la pluie ; impossible pour quiconque de détourner le regard de ce miracle. C'était comme si la lumière dissimulée derrière les nuages menaçants avait trouvé refuge dans les pétales de rose.

Plusieurs personnes allèrent chercher Costia Rudulof. La foule s'était rassemblée autour des rosiers, mais personne n'osait s'approcher avant l'arrivée du vieux Costia. On lui désigna les boutons de rose. Il se tenait coi. Il tendit sa main droite tremblante et, dès qu'il les toucha, il fondit en larmes. C'était le rêve de toute une vie pour le fleuriste. Une petite fille s'exclama : « Marie-Léa nous en a fait don pour le 100e anniversaire de sa mort ! »

À partir de ce jour, tout le monde se mit à essayer de planter ces graines selon différentes combinaisons dans leurs propres jardins, tout autour de la ville ; mais en vain, elles ne fleurirent jamais. Quelques mois plus tard, les mêmes graines ont éclos à un endroit quelconque.

La légende raconte que ces roses ne peuvent pousser qu'en des lieux où de grands esprits ont vécu, où de grands amours se sont épanouis… Ces pétales de rose ne s'ouvrent guère où que ce soit d'autre, quelque favorables que fussent les conditions climatiques, et indépendamment des efforts entrepris pour ce faire ; suivre les règles de l'art, utiliser les matériaux les plus adaptés, ou prendre soin d'elles chaque jour ne serait que pure perte. Même les spécialistes en la matière ont échoué à percer le « secret » derrière la culture de ces roses magiques qui reflètent la lumière du jour et la couleur du ciel.

STATUES DU FUTUR

18-VII

Aujourd'hui, je suis parti à l'aube et me suis promené seul toute la matinée. J'ai passé la plupart de mon temps au Panthéon, cette fois à la recherche des statues des « Modernes ».

Je me souviens encore de plusieurs noms de celles dont j'ai croisé la route là-bas. En bordure du Panthéon, j'ai découvert d'importantes personnalités du XXe siècle encore inconnues à mon époque. J'essaie de me remémorer ce qui a rendu chacune d'entre elles célèbre à travers les récits de Lain, Astrucci et Cornelius. Alors que j'examinais les inscriptions gravées sur les piédestaux, je luttais afin de trouver les pièces manquantes du puzzle qui avait pris forme dans mon esprit avec tous les ouvrages que j'avais lus, tous les cours auxquels j'avais assisté dans la capitale de la Loggovardia actuelle.

Chacun de ces hommes et chacune de ces femmes devaient avoir fortement influencé la civilisation pour être honorés de la sorte ; des paroles qui n'avaient pas été entendues, des mélodies qui n'avaient pas retenti, des œuvres d'art que nous n'avions alors guère appréciées à leur juste valeur, quelque chose de suffisamment significatif pour leur octroyer un statut, leur permettre de figurer dans ce temple de l'art et leur donner la possibilité de se réincarner dans des dieux immortels faits de bronze, de marbre et d'ivoire de synthèse !

Qui sait à quoi ressembleraient les sociétés humaines d'aujourd'hui en l'absence d'Alex Jenefelt, figure de proue du Savoir Intuitif et penseur de leur IXe siècle *(vers l'an 3200 apr. J.-C.)*, s'interrogeait le peuple moderne, comme nous le faisions au sujet de Platon, Socrate et, par-dessus tout, le Christ.

LES SAGES DU BOULEVARD DES PALAIS À KONGEBORG
Lorffe Gunnar Hiller fils

Vers midi, Syld est venu en visite et s'est installé pour discuter avec Stéphane pendant plusieurs heures. En plus d'être un peintre de renom que tout le monde, et surtout Stéphane, appréciait vivement en tant que personne, il était l'un des plus vieux amis de ce dernier. Jaeger l'avait averti que nous serions là, et il est venu nous trouver de son propre chef. Parmi les sujets qu'ils ont abordés ensemble, Syld a proposé qu'ils se rendent au Boulevard des Palais le 22 de ce mois – rien que tous les deux – pour entendre Gunnar Hiller fils, l'un des deux *Lorffes* les plus importants de l'année, s'exprimer à l'occasion d'une conférence destinée à un vaste cercle de participants. « Tu pourras peut-être même le rencontre, lui parler », annonça Syld.

Stéphane lui fit savoir qu'il aurait sans doute quitté la Vallée d'ici là, mais Syld poursuivit : « C'est un homme on ne peut plus simple, malgré la vie de "haut placé" qu'il a été contraint de mener dernièrement. Au fond, il n'en retire pas tant de plaisir. Ce qu'il estime le plus dans sa vie, c'est sa petite-fille. L'année dernière, il a demandé au conseil à pénétrer la place de cristal avec elle, en lui tenant la main. Il s'est offusqué qu'ils s'y opposent, affirmant qu'une telle chose était inconcevable. Il est aussi simple que ça : bienveillant, avec une âme aimante. Il va sans dire que tu ne peux pas simplement faire le premier pas… Il trouvera bien quelque chose à te raconter s'il n'est pas trop fatigué. Allez, joins-toi à moi, et avec un peu de maîtrise de soi, tout ira pour le mieux. »

Stéphane l'a remercié et lui a répété qu'il partirait d'ici quatre jours en ajoutant qu'avoir vu les palais d'en haut lui suffisait, ce que nous avions déjà fait, au premier jour de notre arrivée.

Nous avions d'ailleurs volé jusqu'à cet endroit, par-delà Fgelen, au sud-est de la Vallée, et nous avons plané au-dessus du Boulevard des Palais à Kongeborg. Cette région sans fin, avec ses boulevards de cristal aux nuances d'améthyste, était une ville entièrement composée de palais de *Lorffes* et entourée d'immenses parcs aux célèbres roses mauves.

Nombre de grands spirituels contemporains n'ont pas été envoyés vivre à Kongeborg, mais cela ne signifie point que le public les admire ou les respecte moins ; ils sont tout autant idolâtrés !

Leur valeur est fonction de leur contribution, et non de leur rang. C'est seulement que les autres, les responsables résidant ici un ou deux ans, ont soit été nommés par leurs prédécesseurs après avoir reconnu publiquement leur supériorité intellectuelle ou avoir eux-mêmes sollicité des élections. Il arrivait qu'ils le fassent afin de laisser le peuple déterminer s'ils avaient suffisamment développé leur spiritualité ou en raison de la volonté de leurs prédécesseurs, las, de se retirer, vivre plus tranquillement ou même travailler, surtout lorsque la durée de leur mandat dans les Palais avait été portée à plus de deux ans.

Si le mandat au sein des Palais (aujourd'hui appelés Paladser) et à Kongeborg confère également une certaine forme de pouvoir, je n'ai jamais véritablement compris de quel type. Pour l'impétrant, il s'agit avant tout de distinctions honorifiques qui attestent de son excellence et de sa circonspection. Même si les *Lorffes* et les *Ilecteurs* tiennent l'ancienne époque de l'*Eldrere* pour ordonnée et sa gouvernance des grands techniciens organisée, ils n'ont jamais souhaité « s'écarter du protocole ». Le *Nojere*, pour une raison inconnue, a tenu à conserver l'ancienne hiérarchie et les « titres » afférents, et exprimer à travers eux de nouvelles conceptions en matière d'autorité, qui étaient en contradiction totale avec celles de « l'ancien temps », la *Gammel Epoke*, c'est-à-dire l'époque technocratique.

Beaucoup de ces mandataires n'ont guère tout à fait renoncé aux joies séculaires et aux biens matériels, même s'ils savent le dissimuler. La plupart d'entre eux cependant, et plus particulièrement les hauts dirigeants, ne veulent pas en entendre parler ; l'esprit est tout ce qui compte à leurs yeux.

Plusieurs mois auparavant, Aria et Syld s'étaient entretenus avec Stéphane et Hilda au sujet de Knut Niversun et de son ressenti le jour où il s'est vu remettre les rubans bleu et blanc… Il se préoccupait de savoir si un meilleur candidat avait été lésé ! « Si tel est le cas – déclara-t-il - je serai en mesure d'y remédier l'année prochaine. » Et lorsqu'il lui a été demandé ce qu'il ferait à la place du lésé, il a répliqué qu'il ne s'en préoccuperait pas d'un iota et que tôt ou tard, quelqu'un finirait par réparer cette injustice.

« Lorsque les enfants reçoivent de l'amour, croyez-vous nécessaire de les nommer *Lorffes* pour qu'ils puissent en profiter ? », s'enquit-il. Et il m'a été indiqué qu'il a ensuite fait allusion au *Roisvirch*, en affirmant que « toute merveille qui existe ou survient autour de nous devrait prendre part à nos vies : l'arrivée du printemps, les sons lointains des chants d'enfants, l'amour du prochain, de la nature et de la forêt… »

Le mode de pensée de leurs hommes avisés est on ne peut plus… sage ! Bien qu'ils soient jugés supérieurs aux hommes spirituels toutes époques confondues, ils viennent compléter ce qui a été annoncé par le passé, et non le réfuter… Un Volky n'a jamais essayé de discréditer le Christ. Un Valmandel *(860 ou l'an 3256 apr. J.-C.)* ou un Ruthemir *(1014 ou l'an 3410 apr. J.-C.)* n'a jamais tenté de récuser un Bach ou un Beethoven. Ils sont favorables à l'enrichissement, et non à la ruine.

Un effet similaire se produit actuellement pour Gunnar Hiller, indique Syld : le titre le plus prestigieux auquel il pouvait prétendre était celui de grand-père. Sa plus grande joie fut d'entendre son petit ange l'appeler « Papi » pour la première fois.

Il y a quelque temps, il lui a été demandé s'il aspirait à ce que son fils prenne un jour sa place. Il se trouve que ce dernier avait un penchant particulièrement prononcé pour la philosophie et qu'il avait réalisé d'excellents travaux en trois volumes sur l'éthique.

« Il m'est impossible de savoir ce que l'avenir nous réserve, fit Hiller, mais je puis vous affirmer une chose : je me demande bien si je l'encouragerais à se mettre en avant malgré son talent inné et sa vocation prolifique… Dans l'immédiat, il se pourrait que mon successeur soit un parfait étranger, fils d'un parfait inconnu, l'un des milliers d'étudiants de l'Institut Aidersen. Je ne rêve point de voir mon fils occuper ma fonction, et là n'est pas la question. Mon seul rêve serait qu'il se plie lui aussi à la volonté de ce génie à venir dont on ignore encore tout, qui que ce soit… »

FEMMES CÉLÈBRES DU FUTUR

Quant aux femmes célèbres de cette période, autrement dit après le XXe siècle, je n'y connaissais pas grand-chose. Je ne me souviens que de trois noms : Erika, Anna-Flaisia et Ariana. J'ai demandé à Stéphane à qui il incombait de décider qui se verrait attribuer une statue, et il a eu pour seule réponse que rien ne se faisait sans que les *Ilecteurs* n'en soient informés et y consentent. Ce qui m'a interpellé, ce sont ces statues à l'effigie de personnes immorales, ou de personnages fantastiques et de fiction issus de la poésie, de la littérature et de la musique. Je suis d'avis que la sélection n'a pas été si rigoureuse… Stéphane a évoqué « la dimension de superbe » à laquelle ces cœurs généreux renvoyaient, un élément qui n'avait peut-être pas été apprécié à sa juste valeur auparavant. C'est pourquoi il est désormais possible d'observer des sculptures représentant des pécheurs, des fauconniers, des personnes déprimées et suicidaires et même des femmes qui, à notre époque, auraient été qualifiées comme étant de petite vertu. « En ces temps, personne ne soupçonnait l'importance de ces êtres, de toutes les expressions différentes et parfois extrêmes de leurs personnalités ; tous ignoraient l'existence de la Source, commune à ces expressions », m'expliqua Stéphane.

J'ai peine à me remémorer le nom de leurs artistes, mais il apparaît clairement, dans l'ensemble de ces œuvres, la façon dont le génie s'est mêlé à l'inspiration pour donner vie à une incarnation parfaite de la beauté idéale et d'un amour pur et noble.

Stéphane a également fait mention de *Graziella* de Lamartine, statue sur laquelle nous sommes tombés à un moment donné, parmi les rosiers d'Umliani.

« Dans un éclair de *Samith*, son cœur a tressailli. Elle n'a pas pu le supporter. Cela a suffi à causer sa mort… À l'époque, personne n'aurait pu penser qu'un jour, sa statue serait érigée dans le plus grand foyer intellectuel au monde. Des siècles ont dû s'écouler avant que les hommes ne saisissent la véritable signification de son parcours difficile. Graziella elle-même n'a pas réalisé ce qui l'a tuée. Mais de telles morts constituent un début, et non une fin. »

Naturellement, passer de vie à trépas de cette façon peut s'apparenter à la mort du Christ, de Socrate ou de Giordano Bruno. « Et je ne voudrais pas paraître irrévérencieux ou blasphématoire », ajouta-t-il, désireux de s'expliquer. Il n'est pas sans connaître les différences notoires entre ces événements. Pour Stéphane, le « dénominateur commun », c'est le fait que de tels décès étaient autrefois considérés comme une fin, « le terminus », qu'il s'agisse du suicide, d'une exécution, du bûcher, de la ciguë, la crucifixion ou la torture, mais à présent, le jugement de l'Histoire a prouvé le contraire : ces « pertes » représentent désormais des jours nouveaux, et non plus des conclusions. Elles marquent le début de quelque chose de plus authentique, de plus divin ; elles servent de passage vers l'éternité et l'immortalité.

Face à la statue d'une autre jeune femme morte prématurément, Vana-Aregia, de Thoralsen, Stéphane a récité les vers gravés sur le piédestal. Il est resté figé à cet endroit pendant plusieurs minutes, à regarder ce chef-d'œuvre en marbre, plongé dans ses pensées.

« Vois l'expression de son visage, glissa-t-il, nul besoin de s'instruire au sujet de la Vallée dans les livres d'histoire et les guides touristiques : tout ce que tu as besoin de savoir se trouve ici, à condition que tes yeux et que ton âme y soient réceptifs. »

Il m'a ensuite expliqué que cette réalisation est l'un des rares chefs-d'œuvre de leur IXe siècle à faire l'unanimité aujourd'hui. Il ajouta immédiatement après : « Ici, dans la Vallée des Roses, pour la toute première fois, tous les espoirs et les idéaux ont à présent un visage, une raison d'être. Ils se sont matérialisés ! Ils ont de la substance ! De fait, ils sont plus réels et tangibles que nos propres vies. »

Je n'ai pu m'empêcher de livrer mes pensées à Stéphane : je lui ai suggéré qu'ils feraient peut-être mieux de se montrer plus vigilants, qu'il se pourrait qu'ils aient confondu la marche évolutive de l'espèce humaine avec le sublime et le transcendantal. Il associait ma façon de penser à celle d'une personne rétrograde, qui ne croyait guère aux merveilles de la vie, constamment en proie au doute et dénuée d'émotions. Sans se montrer dédaigneux, il déclara : « Un véritable *Homo Occidentalis Novus* n'aurait jamais formulé une telle inquiétude, car il sait que les concepts et les instincts qui existent par-delà la raison, tels que l'intuition, la foi, la poésie, la philosophie ou la maternité, ont une origine commune : le *Samith.* »

Nous avons parcouru sans relâche ces demeures pour statues densément « habitées » jusque tard dans la soirée, et, involontairement, Stéphane m'a transmis son engouement prodigieux. En l'absence d'observateur, ces personnages gigantesques paraissaient prendre vie. Nous sommes passés devant la statue de

Mère Renard, Thérèsa Beren et la composition en matière plastique à l'effigie de Brigitte Enemark, travaux respectivement réalisés par Erksen, Greneval et Ileana Virmpach. Étrangement, le visage de la Brigitte Enemark de Virmpach n'affichait aucune expression ; il ne portait ni affection, ni tendresse. Elle l'avait représentée comme une femme de classe ouvrière, robuste, puissante, résolue et déterminée. Dans ses mains se tient un petit garçon qui a mauvaise mine, malade ou exténué par une marche interminable. Le moindre kilomètre qu'elle a parcouru dans l'épuisement pour son enfant est gravé sur son front. Ses cernes reflètent distinctement l'inquiétude et l'insomnie. Mais à sa vue, c'est l'instinct maternel qui l'emportait : sa volonté de sacrifice pour son enfant apparaissait intacte après avoir surpassé toutes les limites de ce qui est humainement supportable.

« Alors non, la Réalité Suprême n'est guère fondée sur des instincts primitifs qui auraient évolué au fil du temps, expliqua Stéphane. Il ne s'agit pas d'une invention de l'homme. Ce n'est autre que cet élément divin qui s'étend par-delà le domaine de la raison, élément sur lequel la philosophie, l'art et la religion à l'abri de tout dogmatisme ont appelé l'attention depuis des millénaires. Mais nous étions trop aveugles pour nous en apercevoir. Nous aurions dû nous en rendre compte avant le *Nibelvirch*. Même l'homme de ton époque aurait pu et aurait dû prendre conscience de son existence. »

Sur le chemin du retour, je lui ai demandé si la foi chrétienne et le savoir intuitif issu du Volkisme étaient pratiquement analogues, en raison de leurs nombreuses similitudes.

« Au fond, exposa Stéphane, ils prêchent et œuvrent pour la même chose, à la seule différence que l'un consiste à croire en une religion, et l'autre en la connaissance. La religion, alors qu'elle s'attachait à résoudre chaque problème et aborder chaque question selon des normes humaines et avec des moyens humains, devint extrêmement dogmatique et anthropomorphique, ce qui réfuta sa nature divine. Elle s'est déconnectée de la réalité et s'est écartée de sa vocation première.

Cela a permis à n'importe quel matérialiste d'alléguer que la recherche scientifique remettait chaque jour davantage en cause Dieu et la religion. Le sentiment religieux est aujourd'hui en plein essor puisqu'il s'est affranchi de son dogmatisme, des Saint-Synodes et des Écritures Divines. La compréhension scientifique du monde est loin d'être matérialiste. »

LE TEMPLE DES MARTYRS OUBLIÉS ET LE GRAND PÈLERINAGE

20-VII

Hier, nous avons consacré la journée entière à la visite du Temple des Martyrs Oubliés. Nous nous y sommes rendus tous les quatre à deux reprises ; d'abord tôt le matin, puis le soir. Il se situe dans la partie ouest de la Vallée, à quatre-vingts kilomètres de notre *gestel*. Grâce à leur transport aérien, il va sans dire que le voyage n'a duré que quatre minutes.

J'avais énormément lu au sujet du jour saint de la veille, et j'ai pu visionner certaines parties de cette grande procession sur le *Swage* l'automne dernier. Cette célébration annuelle, à laquelle participent des millions de pèlerins du monde entier, se déroule ici même et autour de la Vallée, dans les vastes jardins de Terringa. En faire l'expérience était l'un de mes souhaits les plus chers. Fouler le sol de la place pavée d'or, observer le chef-d'œuvre de Kersteen et la procession nocturne du haut du toit qui les surplombait, à travers ses larges ouvertures, était un rêve de toujours enfin devenu réalité ! Si je n'en avais point été témoin de mes propres yeux, mon imagination aurait été bien incapable de concevoir pareil spectacle ! Au cours des six derniers siècles, les *Lorffes* ont atteint un degré d'organisation, de majesté et de richesse sur le plan matériel et spirituel auparavant inimaginable.

Une fois encore, les filles étaient assises dans la salle à manger, en silence, dans leur coin, à regarder des images et des vidéos de la veille. Stéphane s'est avancé vers moi avec un léger sourire. « Alors, qu'as-tu pensé de la soirée d'hier ? », s'enquit-il, arborant désormais un large sourire. Ne sachant quoi lui répondre, j'ai évité son regard. Tout ce que j'avais vu cette nuit-là était-il bien réel ? J'avais entendu les mots « rivières d'or et de lumière » pour décrire cet événement, mais je n'aurais jamais imaginé une telle splendeur ; des êtres par millions, d'innombrables cierges blancs, une organisation exceptionnelle, aucune agitation, aucun bruit, pas le moindre murmure. Et voilà que Stéphane, qui se tenait face à moi avec un rictus de satisfaction, impatient de voir ma réaction, me demande ce que j'en ai pensé ! Que pouvais-je bien lui répondre ?

SYMPTÔMES D'AGORAPHOBIE AU TEMPLE D'OR

Ce matin, au début du pèlerinage, je présentais encore clairement des symptômes d'agoraphobie, comme à Blomsterfor le mois dernier, sur la place Toeplitz 1812. Cela s'est produit lorsque Silvia a suggéré que nous traversions la Place Dorée. La jeune Lasia, la seconde *unge* envoyée par Jaeger, était restée en permanence à nos côtés ces jours-ci. Souvent, elle s'asseyait et me narrait des anecdotes sur la Vallée avec force détails lorsque Stéphane manquait de temps pour se prêter à l'exercice. Nous voulions aller voir la statue de Davis *Le Christ et les Enfants* qui se trouvait de l'autre côté, et, à dire vrai, j'aurais préféré que nous nous y rendions en *contournant* la place plutôt qu'en la traversant, mais Stéphane m'a soutenu en me tenant le bras pour m'aider à faire face.

La place dorée et circulaire aux décors de sol ouvragés était environ deux fois plus petite que la Basilique Saint-Pierre de Rome à notre époque. Elle ne comptait cependant pas de chapelles ou de chaires pour la mettre en valeur. Les gigantesques pilastres cintrés de marbre ciselé, au nombre de douze, soutenaient la voûte épaisse en pierre sculptée, construite en forme de pièce de monnaie. L'intérieur des pilastres était orné de fresques magistrales réalisées par leur célèbre peintre du IXe siècle, Fabius Sigra. Leur construction ne comprenait pas de base métallique. Les douze pilastres imposants sont bâtis de telle sorte que même si leurs élément de métal étaient retirées, ils n'en seraient point altérés ; ils continueraient à se tenir droits, fièrement.

« Dirigeons-nous vers le *Christ* de l'autre côté de la place... Allons-y... répétais-je tout bas à Stéphane, quasi suppliant alors que je m'agrippais désespérément à son bras.

– Telle est notre destination – m'assura-t-il gentiment dans l'espoir de me calmer – mais nous empruntons un raccourci, à ton grand dam... »

Mon ami semblait quelque peu embarrassé, comme si on lui avait confié la garde d'un enfant dépourvu de discernement, sans défense. « Il n'y a aucun mal à utiliser de l'or, déclara-t-il. Pourquoi penses-tu cela ? De nos jours, l'or est inutile. » Je me sentais coupable d'adopter un comportement déraisonnable. Plusieurs jours auparavant, il m'avait expliqué qu'ici, « temple » renvoyait également à un lieu de commémoration.

« Il te faut apprendre à distinguer les lieux de piété et de culte des simples mémoriaux. Aujourd'hui, l'or n'est même plus considéré comme un matériau précieux. Notre or, la véritable richesse de cette époque, ce sont nos *glothneurs* et nos établissements. Celui du temple représente la totalité de l'or restant sur Terre, et ce dernier ne revêt plus aucun intérêt économique, bien qu'il constituât la plus grande source de souffrance humaine au cours des "années noires". L'or que tu vois ici n'est rien de plus qu'un symbole de paix. »

Je lui ai demandé si les ancêtres de la classe dirigeante actuelle étaient réellement des ouvriers. Il l'a certifié en m'informant que les ancêtres des *Ilecteurs* et des *Lorffes* d'aujourd'hui travaillaient dans les *glothneurs* de l'époque, comme *ils* le font tous.

Je regarde tout autour de moi et je m'aperçois que, grâce à Kersteen, pléthore de véritables tragédies des années qu'ils qualifient de « préhistoriques » ont survécu et sont à l'honneur ici. Comme c'est le cas pour l'œuvre de Thoralsen, *Vana-Aregia*, des plasticiens de talent sont parvenus à insuffler la vie à de l'ivoire de synthèse.

Peu après vint pour nous le moment de partir ; c'était au tour d'autres personnes. J'ai à peine eu le temps de voir quelques pans des fresques de Fabius Sigra. Il se trouve que j'ai pu observer plusieurs scènes extraites de *La Petite Fille aux allumettes* de notre Hans Christian Andersen, impeccablement représentées sur les parois courbes intérieures. En dessous figurait le texte en petites lettres dorées. Il s'agissait du texte original, en vieille langue scandinave !

LE SERMENT ET LA GRANDE PROCESSION

Dans l'après-midi, nous sommes restés deux ou trois heures au *gestel* afin de nous reposer. Lorsque nous sommes retournés au temple par voie aérienne, Rosernes Dal connaissait une affluence sans précédent ; les grandes places, les larges rues et les nombreux parcs étaient bondés.

Avec l'aide de Jaeger, Stéphane et moi avons réussi à atteindre les salles extérieures en périphérie des coupoles, où il est possible de jouir d'une vue panoramique. L'idée était de rester là-bas une demi-heure, pendant que nos amis assistaient à la venue des *Lorffes* en contrebas et nous réservaient des places dans les gradins de l'imposante place dorée.

Lorsque les derniers rayons de soleil s'évanouirent, le serment commença à retentir. Le public s'était rassemblé en ces lieux et dans trois autres endroits situés autour de la Vallée. Moult *Ilecteurs*, accompagnés des plus hauts représentants du Ministère, s'adressaient à des millions de jeunes gens qui allaient bientôt commencer leur service de deux ans. Ils s'adressaient à *eux* directement, mais également au reste de la population, indirectement. Au moyen de leurs incroyables systèmes acoustiques, chacune des phrases du serment résonnait à travers la Vallée, sans que cela soit néfaste pour les oreilles. Le serment était récité dans la langue ancienne propre aux *Ilecteurs*. J'ai néanmoins saisi quelques mots : « Pour la patrie ! », « pour l'âme de la nation », « à la fierté de nos ancêtres », « pour nos institutions », « pour l'essor de l'esprit humain », « pour notre culture ». Et les jeunes femmes et hommes répétaient : « Je le jure ! ».

Ma plume sans vie est impuissante à décrire l'intensité et l'énergie du moment. Après le serment, les enfants se sont mis à chanter :

Enfants bien-aimés d'un lointain passé,
Du temps jadis,
Rejoignez-nous en ce jour au cœur des prairies printanières
Laissez-nous vous libérer des peines indicibles…

Habité par un sentiment de satisfaction profonde et une sorte de fierté secrète, j'ai saisi la main de Stéphane, m'efforçant de dissimuler mon émoi aux personnes alentour. Ils ont également entonné deux des compositions de Johannes Brahms ; *Berceuse* et *Les Sœurs* !

J'ai écrasé une larme en cachette avant qu'elle ne coule sur ma joue. Puis nous sommes tous descendus au rez-de-sol de l'esplanade, quittant les lieux en plein milieu de ce magnifique spectacle.

Nous avons trouvé nos camarades avec facilité. Ils assistaient à la représentation de quelques amis à eux, des poétesses de Blomsterfor, le peintre Nichefelt, Syld et leur amie de longue date, Aria, qui prenaient tous part au rituel.

La magnificence de ce dernier dépassait toutes les attentes. Dans l'ensemble, il s'agissait d'une expérience et d'un spectacle fabuleux, pas tant pour les costumes luxueux et le nombre inimaginable de pierres précieuses et semi-précieuses qui décoraient chaque élément, de toutes parts, mais surtout pour la tradition spirituelle séculaire célébrée par ces vénérables personnes dans les établissements de renom de la capitale universelle.

Tous les grands esprits d'aujourd'hui étaient présents au temple pour la commémoration. La plupart d'entre eux étaient venus de Norfor, Blomsterfor et d'autres régions européennes, en particulier d'Europe septentrionale. Et là, dans l'océan de gemmes qui ornaient les uniformes des *Tilteys*, des *Lorffes* et des *Ilecteurs*, là, près de l'enceinte de chapelles qui forment le Temple des Martyrs Oubliés, Stéphane m'a désigné deux anciens, les seuls qui ne portaient pas de diadème sur leurs têtes grises.

« Regarde, fit Stéphane, pointant le doigt vers eux, c'est Nicolas Lajevski, et près de lui, Gunnar Hiller fils ! »

Je me suis surpris à les dévisager ; leurs ombres étaient les seules à ne pas scintiller au milieu de cette congrégation dorée. Alors les voilà ! Ce sont eux dont Stéphane m'a longuement parlé cet automne. Ce sont eux dont il admire tant le vécu et les travaux, dont il chante les louanges autour de lui ! Le poète et le philosophe qui occupent les rangs les plus élevés de l'esprit moderne depuis maintenant dix-huit mois. Ils étaient considérés comme les plus grands parmi les vivants. La jeune Lasia m'extirpa de ma transe passagère lorsqu'elle me demanda quand il serait possible d'entendre les volettements, désignant les coupoles éteintes ce soir.

« Une fois par an, affirma-t-elle, le soir de cette date commémorative, des milliards de petites âmes viennent au temple pour se présenter au mémorial. »

Les purs, les élus, ceux « dont l'âme possède des antennes sensibles », pourraient bien les entendre voleter lorsqu'ils pénètrent le temple.

J'ai demandé à Stéphane – à voix basse afin que personne ne

m'entende – qui avait pu raconter de tels contes de fées à cette jeune fille, et pourquoi il était usuel de faire croire aux plus jeunes à des choses fausses. Il a répondu nonchalamment, presque avec indifférence, qu'elle devait l'avoir lu dans des ouvrages pour enfants. Et à dire vrai, je n'en étais guère surpris. En outre, ce n'est pas la première fois que j'assiste à cela. Ce n'est pas la première fois que j'ai l'impression que ces personnes ne se soucient pas particulièrement de la raison et de l'esprit critique et qu'ils franchissent délibérément la frontière entre le réel et le monde imaginaire…

Pendant ce temps, les premières centaines de personnes de cette procession en quatre parties, qui franchit le centre-ville sous la forme d'une croix des quatre points de l'horizon, commençaient à arriver au niveau des quatre entrées, chacune située à un côté du temple. Mais comme j'en avais été informé, cette procession aux flambeaux demeurera en dehors du temple. Les oriflammes et les chars fleuris arriveront uniquement par l'entrée ouest. Personne ne soufflait mot. Toutes et tous portaient leur attention sur la procession, observant avec respect et fierté alors que les filles, qui allaient débuter leur service dans les jours à venir, déposaient silencieusement les antiques emblèmes des syndicats, qui dataient de leur IIe siècle, devant l'œuvre plastique de Kersteen sur la Place Dorée. Tout le monde les fixait, des *Lorffes* les plus prestigieux au plus jeune *Civis*.

Les chants résonnaient toujours à l'extérieur. Puis, six par six, les chars fleuris firent leur arrivée dans le temple. Les fleurs destinées à recouvrir les emblèmes avaient symboliquement été expédiées du monde entier.

« Au nom des enfants qui chaque jour succombèrent », clamèrent les filles en déposant les fleurs. Lors des hommages, il était possible d'entendre : « Au nom des personnes qui mourraient de faim alors que d'autres gaspillaient leur nourriture », « au nom des sans-abri qui rendirent leur dernier souffle dans les rues glaciales », « au nom des malades passés de vie à trépas faute d'avoir les moyens d'être traités », « au nom des enfants infirmes, des enfants brûlés vifs, enterrés par groupes, morts sans raison. »

J'ai senti un frisson parcourir mon échine… Nous n'avons jamais rendu hommage de la sorte aux victimes de notre mode de vie…

Le dépôt de fleurs – les fleurs d'antan, nos fleurs, pas celles issues de leurs prouesses modernes en floriculture : hortensias, violettes, bégonias, mimosas et œillets – s'est poursuivi pendant plusieurs heures dans la même solennité. La cérémonie s'achèverait par des prières. La première interruption eut lieu après l'arrivée du douzième groupe de six muni de bacs à fleurs. Nous avons profité de l'occasion pour partir, car Stéphane souhaitait également visiter la zone de la Nouvelle Karelia avant qu'il ne soit trop tard, et nous devions repasser au *gestel*.

Sur le chemin du retour, j'ai pensé aux peintures murales de Fabius Sigra, ces chefs-d'œuvre du IXe siècle. Je revoyais, sur le mur, les lettres dorées qui relataient l'histoire de *La Petite Fille aux Allumettes*.

Je m'interroge, vous autres grands artistes, « prophètes » du passé aux visages rayonnants, saviez-vous d'où vous tiriez votre inspiration ? Ou vous êtes-vous imaginé que votre esprit était la source de toutes choses ? Pensiez-vous créer un monde meilleur à partir de rien ? Oui, telle était votre croyance ; telle était alors notre croyance, à toutes et à tous.

LE SANCTUAIRE NIVÉEN

22-VII

Le sanctuaire d'un blanc immaculé aux murs d'ivoire de synthèse qu'il m'a été demandé de visiter n'était finalement pas si éloigné du Panthéon. Je m'y suis rendu aujourd'hui, convaincu que j'allais découvrir l'ombilic de la Vallée, mais cet endroit ne compte ni temple ni statue. Les lieux ont été conservés quasiment en l'état ; le charme d'autrefois y est préservé. À l'exception de la clarté lumineuse des pétales de rose, fruit des nouvelles plantations avoisinantes, des bannières alignées de Rosernes Dal et des milliers de chandelles allumées sur les candélabres dorés, presque tout le reste avait été laissé tel quel, comme au jour du grand événement, avec la même sobriété passée. C'est comme si le temps s'était arrêté en 986, ce qui permettait de s'imprégner de l'atmosphère de cette époque.

Seule une poignée de pèlerins sont présents à cette heure-ci, et le calme et la tranquillité qui y règnent sont inestimables. L'air y est empreint d'extase, de ferveur et de piété, un air qui purifie tout ce qui se trouve autour.

Je ne peux m'empêcher de penser au passé, à Volky, ou plutôt l'image que je m'en suis fait à travers les récits d'Astrucci et de Lain, et j'en ai conclu la chose suivante : plus grande est la distance temporelle et historique qui nous sépare de cette sommité, plus nous l'apprécions, et plus son enseignement – celui du « plus grand héros de l'histoire de l'âme humaine » – illumine l'entière dimension du régime psychique et spirituel de notre propre humanité.

Cela fait plus de cinq cents ans que l'homme suit la voie qu'*il* a tracée. Des millénaires après la conceptualisation de l'amour universel immense que portait le Christ, cet amour qui a façonné le genre humain et la richesse émotionnelle qui en a découlé, avec Volky est arrivé le moment tant convoité où les limites du « monde visible » ont finalement été repoussées à un degré que même l'être le plus spirituel et le plus ouvert d'esprit du XXe siècle n'aurait osé imaginer.

Cette « révolution » spirituelle était une chose incomparablement supérieure à ce que la foi religieuse s'était jamais risquée à prêcher, même lorsque cette dernière a atteint son apogée.

Cela a révélé à l'homme les aspects les plus importants de la vie ; légitimant les idées et les valeurs qui faisaient injustement et depuis trop longtemps l'objet de railleries, tout en permettant de clarifier le rôle clé qu'elles jouaient dans la Réalité Suprême, même lorsque nous n'en avions pas le moindre soupçon.

24-VII
(De retour à nos villas tard le soir)

Nous avons volé d'un trait de la Vallée jusqu'ici. Mes yeux n'avaient guère eu leur saoul des superbes panoramas campagnards. De là-haut, je pouvais distinguer quelques-uns des endroits que j'avais préféré visiter l'année dernière. Ils évoquaient tellement de souvenirs de nos réunions avec le groupe et des premiers jours de mon amour pour Silvia… Comme j'avais pour habitude de le faire chaque nuit il y a dix mois de cela, je me suis une nouvelle fois assis pour observer la beauté des paysages lointains. J'ai l'impression que c'était hier…

25-VII

Nous sommes dans la maison qui a vu grandir Silvia, et penser à elle enfant en train de courir en ces lieux m'émeut profondément. Au contact de cet environnement, j'ai la sensation qu'il m'incombe encore davantage de la rendre heureuse – un sentiment dont j'ai été pénétré au cours de ces derniers mois.

26-VII
(À l'aube)

Notre amour revêt désormais une forme complètement différente. Les émois et l'enthousiasme du début avaient laissé place à un sentiment d'immense tendresse. En sa présence, je m'abandonnais complètement à elle. De toute ma vie, je ne me suis jamais autant préoccupé d'autrui ; un ami très cher, un voisin ou un être aimé. Quoi que je fasse, je pense que je ne pourrais jamais cesser d'être son ami, fidèle et dévoué ; d'être « sien », prêt à n'importe quel sacrifice si cela s'avérait nécessaire. Je ressens pleinement la douleur et les craintes de ses parents, leur angoisse et leur aspiration à son bonheur.

C'est comme si je portais une lourde responsabilité envers eux, comme si j'avais été choisi parmi des milliers d'autres pour faire son bonheur…

RETOUR EN TERRE NATALE

30-VII

Qu'il fait bon rentrer chez soi ! Mes terres, je suis de retour ! Cette fois, ma présence ici ne m'apporte ni chagrin ni regrets, contrairement à ma dernière visite neuf mois en arrière, accompagné de Stéphane. Aujourd'hui, je m'y suis déplacé par mes propres moyens, en survolant les vieux paysages de mon enfance que je connaissais par cœur.

Qui peut affirmer que je ne possède rien dans cette nouvelle vie ? Ici même, j'ai face à moi l'une des plus somptueuses galeries de la Terre entière ! Ces vues, ces images incroyables n'appartiennent qu'à moi ! Pour le reste du monde, elles ne représentent que des lignes et des couleurs harmonieuses.

Oh, ma plus chère patrie… Demain, à mon retour, ma joie sera double ! Je vais demander à Silvia de m'accompagner pour lui partager cette allégresse, dans un univers de souvenirs à la fois vivaces et précieux, d'endroits familiers.

Cela est vrai : il n'y a rien de comparable au sentiment d'être chez soi ! J'ai souvent revisité virtuellement les endroits dans lesquels j'ai grandi, laissant mes souvenirs m'envahir et soulever le voile des années, mais rien au monde ne pourrait remplacer cette sensation d'y être physiquement, qu'importe le temps qu'il vous a fallu pour y revenir ou ce que vous avez laissé derrière vous, même si cela n'est plus… J'éprouve une félicité si grande, je me sens tellement privilégié d'avoir l'occasion de retrouver ces lieux et j'en remercie le Seigneur, car je n'ai jamais fait quoi que ce soit qui me vaille de connaître une telle destinée, d'avoir tant de chance et de recevoir ces divines faveurs. J'ai l'impression d'appartenir à une élite pleinement éclairée, comme si je comptais parmi les élus de Rosernes Dal.

CONFESSIONS COMPLÈTES À SILVIA

1-VIII

J'ai laissé mon enthousiasme et ma spontanéité prendre le dessus, et j'aurais sincèrement dû m'abstenir de le faire. Elle n'en était point responsable ; pour son bien, il était de mon devoir de faire preuve de retenue. J'étais parvenu à dissimuler mon ancienne vie et ma véritable identité à tout le monde, y compris Silvia, j'avais réussi à l'enfouir au plus profond de mon être une année entière, et j'ai tout gâché en l'espace de dix minutes ! Le cœur me battait de joie, je me suis laissé aller et je lui ai aussitôt tout révélé… Elle était stupéfaite. Soudainement, tous les doutes, toutes les hésitations qui l'avaient assaillie jusqu'à présent sont devenus certitude… Elle avait conquis ses peurs et dissipé ses soupçons, elle qui était toujours de mon côté, elle qui avait foi en moi, elle qui me faisait confiance. Sa foi et sa confiance avaient permis de bâtir la base morale inébranlable de notre amour, et je l'avais détruite en un clin d'œil, simplement en lui révélant la vérité… L'accent de sincérité dans ma voix ne laissait aucune place au doute. Ses soupçons s'en trouvèrent confirmés…

Je sais que cela lui passera ; elle oubliera cet épisode et tout rentrera dans l'ordre. L'être humain peut s'adapter à tout. Croyez-en mon expérience. Je suis sien, elle est mienne, et cela est immuable ! D'ailleurs, je lui parlerai demain. Avec le temps, elle finira par accepter qu'elle était destinée à se lier à un homme étranger à son monde, son époque et son cercle, un homme d'une ère révolue.

Lorsque je lui ai parlé de mon survol des Alpes suisses, c'est elle qui a suggéré que nous nous y rendions ensemble la matinée suivante, rien que tous les deux…

Nous sommes partis ce matin, par un ciel bleu et lumineux, deux heures après le lever du soleil. Elle s'est montrée incroyablement drôle et pleine de vie tout au long du voyage, comme si notre relation venait de débuter. Elle était aussi espiègle qu'un enfant ! Quand je lui ai demandé si elle avait la tête qui tournait, elle m'a répondu : « Au contraire, je n'ai jamais été prise de vertige de toute ma vie ; j'en ignore même jusqu'à la sensation ! » Mais j'ai fait mine de ne pas l'entendre et lui ai conseillé de ne pas regarder en bas, mais plutôt de me regarder moi.

Je voulais me rendre utile d'une façon ou d'une autre, prendre soin d'elle. Elle m'a taquiné en déclarant que si elle me regardait, une autre sorte de « vertige » s'emparerait d'elle. J'ai remarqué la façon dont elle a employé le mot français qui s'y rapporte, pour le seul plaisir d'ajouter au côté ludique de ses propos. Elle n'a eu de cesse de plaisanter jusqu'à notre arrivée. Elle était d'excellente humeur.

Une fois sur place, j'étais si fier de voir combien elle s'enthousiasmait des panoramas à couper le souffle, des merveilles de la nature dont mon pays était doté. J'ai évoqué des choses du quotidien, nos amis, nos vies, m'ingéniant à masquer mon émotion débordante à la vue du décor de mon ancienne vie.

Après avoir cheminé un certain temps, nous avons décidé de nous arrêter sur une colline et de nous allonger parmi les anémones pour nous reposer. Il devait être aux alentours de midi.

« Tu as raison, s'exclama Silvia après un long moment de silence, cet endroit est magique ; je me sens renaître ! »

Nous avons parlé de mille choses, elle était très enjouée. D'ailleurs, je l'ai parfois surprise en train de chantonner alors qu'elle attachait un fil de soie vert foncé autour des anémones que nous avions fraîchement cueillies ensemble. Elle assemblait une petite couronne. Puis, je me souviens m'être enquis de ce qu'elle avait préféré parmi tout ce que nous avions pu voir et vivre au cours de ces derniers mois. Les mots qu'elle a ensuite prononcés n'ont fait qu'ajouter au bonheur dont je faisais l'expérience : « La beauté est omniprésente dès lors que nous sommes réunis. » Puis elle m'a confié son amour pour la nature. « Je pense avoir ça dans le sang », fit-elle avec un sourire. C'est à ce moment-là que je me suis rappelé la signification de son nom : « de la forêt ».

Je me suis assis et j'ai profité de la lumière qui lui tombait sur le front, de la courbe de ses sourcils et des racines dorés de ses cheveux. J'ai alors éprouvé une grande joie à retrouver mon amour de jeunesse après tant de temps. Aussi, je sentais que la portée profonde de cette infinité ne se cantonnait guère aux limites étroites de mon petit cœur, aux frontières de ma propre existence en tant qu'individu. Cela me dépasse et constitue désormais une promesse sacrée pour toute personne qui souhaiterait se trouver digne d'une telle chose – une chose si unique qu'elle brave les limites du temps, de l'espace, et de la raison même. Car la voir est un véritable don du ciel, un salut des ravages du temps. Cela vient nourrir l'espérance en un ultime triomphe de la vie sur notre destin mortel.

Et dire que si je n'étais pas conscient de l'étrangeté de mon sort, si je n'avais pas conservé des souvenirs précis de mon ancienne vie et que je n'étais pas profondément reconnaissant envers cette nouvelle existence, cette relation, de même que l'ensemble des autres situations que j'ai vécues et des événements auxquels j'ai assisté ici – m'auraient paru relativement normaux, sinon triviaux, je dois bien l'admettre, comme c'est le cas pour Silivia : la simple union de deux âmes qui ont tissé des liens étroits.

Lorsqu'elle se remit à parler, les mots qu'elle prononça me rendirent impuissant à me retenir davantage, c'est à cette occasion que je lui ai tout dévoilé.

Elle tendit sa main pour me remettre la couronne qu'elle avait achevé de confectionner et me demanda : « Pourrais-tu la déposer sur ma tête ? Je pense qu'il est temps pour nous de rentrer. C'en est assez pour aujourd'hui… Pose-la sur ma tête et partons… Je veux la porter sur le chemin du retour… » Pour elle, ces quelques mots étaient peut-être aussi ordinaires et anodins qu'une goutte d'eau dans l'océan, mais elle n'avait pas idée de leur effet sur moi !

Complètement désemparé par ce frisson et cette surprise inouïs qui m'envahissaient, j'ai regardé autour de moi. Je n'en croyais pas mes yeux ! Je venais de réaliser que, durant tout ce temps, nous étions installés exactement au même endroit, sur cette même colline où Anna avait fait référence à une couronne d'anémones il y a plusieurs millénaires de cela. Je me souviens mot pour mot de ce qu'elle m'avait dit ce jour-là : « C'en est assez pour aujourd'hui… Rentrons à présent… je dois être à la maison de bonne heure. Lors de notre prochaine rencontre, je confectionnerai une couronne d'anémones. Que dirais-tu de la déposer sur ma tête ? » Puis elle m'a promis, elle a juré que nous y retournerions ; et c'est pourtant l'une des dernières fois où je l'ai vue en vie…

J'ai alors senti jaillir et exploser en moi une étincelle !

« Que se passe-t-il ? T'ai-je fait quelque chose ? Qu'ai-je dit ? », s'inquiéta-t-elle à la vue du déluge de larmes qui ruisselaient sur mon visage blême. J'ai tenu ses mains jointes dans les miennes, je les ai serrées vigoureusement et me suis mis à les embrasser de toutes parts.

« Ô ma chère Anna, ma délicieuse Anna ! Tes mots me ramènent tant d'années en arrière ! C'était donc vrai ! Nous avons tenu promesse ; nous sommes revenus ! »

C'est en voyant la réaction de Silvia que je me suis rendu compte de ce que je venais d'exprimer ; son visage affichait une expression tout bonnement indescriptible ! Elle pâlit et, sans faire exprès – j'aime à le croire – tenta de s'éloigner de moi. Elle donnait l'impression d'être effrayée ! Figé sur place, je me suis d'abord tu, incapable de faire quoi que ce soit ; sa réaction spontanée me laissait sans voix. Une fois le choc surmonté, j'ai essayé de la convaincre de regarder autour d'elle, sans succès. Je lui ai parlé de sa mère, de son frère, de son amie Amélia et de l'atmosphère de sa maison, rapportant, dans la limite de mes souvenirs, autant de faits et de détails de sa vie passée afin de la convaincre…

« Aurais-tu oublié le verger ? Le livre de voyage ? Les grands peupliers sous lesquels nous nous asseyions pendant des heures ? Qu'en est-il de notre ascension des Deux Pics ? Rien ? »

J'ai tout essayé ; j'ai invoqué tous mes souvenirs et rassemblé toutes mes forces pour qu'elle me croie… J'ai notamment décrit notre dernière rencontre, lorsque je me suis assis à son chevet, dans sa chambre, quelques jours avant qu'elle ne quitte ce monde… Je l'encourageais à faire son maximum pour raviver ses souvenirs, dont j'étais persuadé qu'ils existaient encore quelque part, profondément enfouis en elle ; mais rien… Elle était incapable de se remémorer quoi que ce soit. Elle ne décrochait pas un mot. Elle se contentait de me fixer ; me fixer d'un regard inquiet et interrogateur. Les seuls mots qu'elle est parvenue à articuler furent : « J'ai froid. » Et nous sommes repartis…

Déployant toute la confiance que je lui porte, je me suis adressé à elle aussi rationnellement que possible et me suis escrimé à lui montrer qu'il n'y avait aucune raison de se montrer interloquée de la sorte par ce récit authentique. Je lui ai expliqué que plusieurs personnes étaient au fait de la situation et qu'elles avaient étudié mon cas, dont Stéphane, Jaeger, le médecin, Professeur Molsen, des résidents de Norfor tels que Valdemar Esklud, Madame Coiral et beaucoup d'autres, et encore plus de Valléens. Sa peur était donc injustifiée. Je l'ai même encouragée à consulter Jaeger et lui demander elle-même si j'avais oui ou non perdu la tête…

« Alors c'était vrai… Je le savais ! Je l'avais pressenti… Et pourtant je me suis efforcée à ne pas le croire… », murmura-t-elle.

Nous avons tous deux peu à peu retrouvé notre calme.

Elle s'est approchée de moi, elle m'a caressé les cheveux et a essuyé mes larmes, comme le ferait une mère pour son enfant blessé. Mais elle s'est de nouveau retirée pour aller s'asseoir seule, perdue dans ses pensées. Cela faisait un moment qu'aucun d'entre nous n'avait pris la parole quand elle chuchota : « Dieu ne semble pas vouloir que nous conservions notre mémoire. » Et elle pleura. Submergés par l'émotion, nous sommes tous deux restés cois. Je me suis levé en premier et l'ai aidée à se mettre debout.

« Allons-y », glissai-je.

Alors que nous étions sur le départ, elle a affirmé me croire et m'a assuré de son amour.

« Seulement, contrairement à toi, ne t'attends pas à ce que je me pense d'une autre époque, ajouta-t-elle, je crois fermement et je respecte l'intégralité de ce que tu m'as confié au sujet de ton vécu, mais je ne suis pas comme toi. Je suis une femme de mon temps ; je suis comme tous les autres. »

Nous nous sommes à peine adressé la parole sur le chemin du retour. L'entrain matinal avait été complètement balayé par l'incident de la couronne d'anémones. Silvia la portait sur sa tête, là où je l'avais déposée, et était enveloppée dans la couverture de fourrure synthétique usuelle pour se protéger du vent. Elle ne paraissait plus anxieuse ni inquiète ; simplement émue… Par moments, elle décrochait un mot ou deux. Et j'ai remarqué qu'elle n'a plus jamais prononcé le nom « Andréas » depuis l'épisode de la colline…

RETOUR VERS LE PASSÉ

Toujours le 1-VIII (Tard dans la nuit)

Tout à l'heure, en tête-à-tête, j'ai révélé toute la vérité à Stéphane à propos de mon ancienne histoire d'amour avec Anna, puis je l'ai informé de l'incident d'aujourd'hui avec les anémones. Sa réaction ne ressemblait en rien à celle de Silvia : aucune surprise, aucune horreur, aucune moue d'effroi. Il m'a immédiatement cru, il n'a pas douté de moi une seule seconde ! Enchanté par la puissance spirituelle de ce grand amour qui avait su faire fi du temps, il a serré mes mains et m'a souri. Il n'avait rien perçu dans mon récit qui soit hors du commun, rien qui ne déroge aux frontières ou aux lois de l'existence.

« Je te l'ai déjà dit auparavant, affirma Stéphane, la perception humaine du temps et de l'espace n'est guère infaillible. Il se pourrait bien que ce que nos esprits conçoivent au sein de la Réalité Suprême comme appartenant au passé, au présent et au futur, qu'ils croient distincts les uns des autres, ne soit rien d'autre qu'un éternel présent qui ne coïncide guère avec la conception humaine et classique du temps. »

Ô Seigneur, serait-ce la raison pour laquelle tu m'as fait endurer toute cette souffrance ? Peut-être Stéphane avait-il raison ; cet amour transcendantal entre deux personnes, contre vents et marées, est maintenant comme consacré. La destinée lui avait conféré un éclat singulier en ce monde, même après plusieurs milliers d'années. Et cette œuvre merveilleuse qui est sienne s'étend par-delà mes propres frontières. Cette splendeur mérite sa place parmi les accomplissements les plus grands et les plus sacrés de l'âme humaine ! Voilà l'incarnation de l'amour véritable !

Venir au monde en tant qu'être humain est quelque chose de sincèrement précieux, au même titre que cette vie. Si ce que nos yeux et notre raison perçoivent est tout autre, si une telle volonté divine peut se manifester à travers l'homme dans cet univers, la vie vaut indéniablement la peine d'être vécue. Nous ignorons précisément en quoi elle consiste, la façon dont elle s'épanouit ou même ce qu'elle renferme, mais celles et ceux qui seront dignes de le découvrir vont au-devant d'une merveilleuse découverte !

Il s'agit d'une réalité que notre esprit peine à appréhender, que nos mots sont impuissants à exprimer.

Quelle est cette sensation ? Mes paupières deviennent de plus en plus lourdes ! Serais-je gagné par le sommeil ? Oui, c'est bien cela : le sommeil s'empare de moi ! C'est la première fois que cela se produit au cours de cette nouvelle existence ! Oh, quel sentiment agréable ! Est-ce à dire que je vais pouvoir trouver le repos ? Comme cette sensation m'avait manqué… Je me sens si détendu…

LA FIN

(À ce moment, Andréas Northam s'endort pour la première fois en un an. Dès que Northam trouve le sommeil, la conscience de Paul Amadeus Dienach reprend possession de son corps d'origine en Suisse, en l'an 1922, et son coma prend fin.)

Recteur Georgios Papachatzis, le 3 octobre 1964, à la cérémonie de remise du doctorat de l'université Panteion à Jean Lesage.

AU 42e ANNIVERSAIRE DE MA PREMIÈRE RENCONTRE AVEC DIENACH

C'est par pure coïncidence que je dois au mois de décembre ma bonne fortune de posséder le manuscrit de Dienach – mais deux décembres à vingt-deux ans d'intervalle. C'est en décembre 1922 que j'ai fait la rencontre de Paul Amadeus Dienach (1886–1924). Et c'est en décembre 1944, alors que je me dirigeais vers la place Syntagma dans le centre d'Athènes, que je me félicitai d'avoir eu la brillante idée de ranger la pile volumineuse de ses manuscrits traduits en grec dans un sac à dos pour les prendre avec moi, avec quelques biscottes dans un sac en papier, quelques boîtes de conserve et une couverture. J'effectuais une longue marche d'une heure dans la rue Ioulianou depuis chez moi jusqu'à la maison d'un ami rue Theseos, où je resterai environ dix jours.

Depuis la semaine qui précédait Noël, les soldats de l'ELAS[3] qui avaient réquisitionné mon domicile faisaient des va-et-vient selon leur bon plaisir à travers mon bureau et la maison tout entière. Il est vrai qu'ils n'auraient sans doute guère prêté attention au manuscrit grec si je l'avais laissé là. Quoi qu'il en soit, le manuscrit original en langue allemande des Pages du Journal de mon ami de toujours a subi un tout autre sort. Il paraissait suspect aux soldats et l'un des officiers a saisi (« temporairement », a-t-il déclaré) ces trois lourds dossiers prétendument collaborationnistes afin de les examiner. Quand je suis rentré de mon séjour chez mon ami au cours des dix premiers jours

---

[3] L'Armée populaire de libération nationale (ELAS) incarne la branche militaire du Front de libération nationale (EAM) de la gauche grecque pendant la résistance de la Seconde Guerre mondiale.

de janvier 1945, les documents avaient disparu de mon tiroir de bureau. Les résistants communistes s'étaient réunis au nord et les avaient emportés avec eux.

À présent, en ce mois du 42e anniversaire de ma première rencontre avec Dienach en 1922, qui fut si déterminante tout au long de mon existence, à l'instar de l'amitié et de l'intérêt qu'il m'a témoignés, le vif souvenir de mon ancien professeur d'allemand occupe constamment mes pensées. Ils furent décisifs dans l'expression la plus belle et la plus haute de l'influence bénéfique qu'ils ont exercée : grâce aux voies qu'il avait tracées pour moi, et aux principes et croyances en lien avec les objectifs professionnels et les aspirations intellectuelles dont il est parvenu à m'imprégner plusieurs mois durant – moi, le piètre étudiant en droit aux maigres ressources financières, le jeune homme devenu orphelin après la mort de son père en janvier 1923, le garçon élevé à la campagne sans aucune relation sociale, l'adolescent sans aucune chance de réussite – j'ai pu m'élever bien au-delà de ce que quiconque l'eût jamais cru possible de ma prédisposition innée et des circonstances du sort qui m'avait été initialement fait dans la vie.

À cette époque, Paul Dienach s'était en quelque sorte exilé de sa Suisse natale, malheureux dans son cheminement sur les sentiers de l'amour, cadet de sa famille, avec l'isolement pour seule compagnie dans la fleur de l'âge, une période qui, dans une conjoncture différente, lui aurait donné droit à un peu de bonheur. Cherchant la lumière du soleil de notre terre ancienne, qui avait brillé par son absence dans son monde spirituel, cet éducateur doté d'une constitution physique irrémédiablement fragile, estimable, mais jamais reconnu à sa juste valeur, a éprouvé comme une lueur de joie lorsqu'il a trouvé en moi un compagnon de solitude et l'occasion opportune de faire quelque bien à une personne qu'il appréciait et considérait comme son petit frère, ne serait-ce que pour la combativité dont je faisais preuve dans la vie, pour le destin d'orphelins que nous partagions et le fait que je ne m'ennuyais guère de lui, contrairement à mes pairs de l'époque, pas plus que je ne m'exaspérais de son incapacité à parler ma langue maternelle, le grec.

Après tout, ma tentative de lui trouver des étudiants à qui donner des cours particuliers d'allemand avait échoué. Je ne fus guère en mesure de gagner mes camarades athéniens de faculté à ma cause.

Quant à mes autres condisciples originaires de ma ville natale qui passaient l'hiver à Athènes dans une chambre de location et l'été sur l'île d'Eubée, rares sont ceux qui se montrèrent intéressés par des cours d'allemand. À leurs yeux, Dienach n'était personne. En fin de compte, il n'a pas laissé la moindre trace de son séjour dans la capitale grecque. À l'époque, un homme du nom de Kieseritzky était considéré comme le professeur idéal de la langue de Goethe et de Schiller. En dehors de l'enseignement à l'École allemande – alors située dans la banlieue athénienne de Pefkákia, me semble-t-il – ainsi qu'à l'UCGJ[4] et à notre club étudiant, il était le précepteur particulier privilégié des étudiants universitaires et des jeunes en général, grâce, comme ils l'affirmaient, à sa méthodologie et sa prononciation parfaite.

Mes efforts furent vains. J'ai compris que je ne devais pas me montrer insistant auprès de mes amis proches au sujet de Dienach : Takis Angelis, futur haut fonctionnaire, et le randonneur mordu d'alpinisme Thanasis Mantekos, hygiéniste en devenir. Je savais que tenter le coup avec Yannis Papazachariou, Kyriakos Spiliopoulos et Filippos Angelis, qui avaient déjà trouvé des tuteurs, aurait été en pure perte. Quant à mon compatriote Yannis Papadimitriou, appelé à devenir un excellent archéologue, si j'ai bonne mémoire, il s'est présenté à six ou sept cours avant de nous laisser à nos affaires. Il ne pouvait supporter, déclara-t-il, d'écouter Dienach prononcer le toponyme Semmering avec un « s » au lieu d'un « z », entre autres irritants de ce type. Quant à Andreas Koukouzas, notre jeune scientifique émérite en chimie pharmaceutique, mort prématurément quelques années plus tard dans un accident de voiture près de Lyon, où il étudiait à l'École du Service de santé militaire, il n'a suivi qu'un seul cours avec Dienach. La grande passion du jeune homme était sa science, sa préférence pour les langues étrangères portait sur le français, et sa crainte existentielle était qu'il serait un jour forcé d'exercer en tant que pharmacien plutôt que de devenir chercheur.

L'explication la plus inattendue lors d'un refus de prendre des cours avec Dienach m'a été fournie, je me rappelle, par un étudiant macédonien et connaissance de l'époque, fils d'un propriétaire

---

[4] L'Union chrétienne de Jeunes Gens.

libéral fanatique : le jour où il recevrait l'enseignement « d'un fils de l'Empire autrichien » n'était pas près d'arriver. Quelques années après le schisme national de 1916[5] et vers la période du coup d'État du 11 septembre 1922[6], la mentalité étudiante était toujours rudement imprégnée de connotations politiques. Et de l'avis de mon collègue, la position que la contrée maternelle de Dienach avait prise sur le cours historique du peuple grec pendant la Première Guerre mondiale l'emportait de loin sur les sensibilités personnelles de mon tuteur, qui faisait preuve d'un philhellénisme évident.

Car Dienach était sincèrement rempli d'amour pour la Grèce. Il souhaitait, disait-il, être né athénien, et il considérait notre terre ancienne – le siège de la Période Classique – comme sa propre patrie. Dans son cœur, il ne faisait pas non plus la moindre distinction entre les germanophones, les Grecs et les locuteurs de langues romanes. Pour lui, les Européens étaient une grande famille, car ils sont, déclara-t-il, « les cohéritiers de l'esprit gréco-romain », « enfants d'une patrie commune », parties prenantes d'une éducation humaniste aux racines grecques, chrétiennes et latines profondes, actionnaires mutuels de notre glorieuse culture méditerranéenne.

Nous ignorions alors tout de l'incroyable « connaissance du futur » détenue par Dienach. Je me souviens seulement de cette fois où Yannis Papadimitriou émit une remarque à propos de sa mémoire prodigieuse. Je n'étais pas sans connaître la faculté extraordinaire de mon professeur de se souvenir d'un grand nombre d'événements passés. Alors jeunes et inexpérimentés, quelle autre observation aurions-nous pu formuler : seules ses capacités uniques de mémorisation nous avaient fait forte impression. Après tout, Dienach évitait de parler de lui-même, de sa vie ou de ce qu'il avait vécu avant de rejoindre la Grèce. Mais il sembla qu'à l'intérieur de cette frêle charpente qui était sienne, éprouvée par la maladie, brûlait une

[5] Le Schisme national découle d'une série de désaccords entre le roi Constantin 1er et le Premier ministre Elefthérios Venizélos en matière de politique étrangère grecque pour la période de 1910 à 1922. La principale friction se rapportait à la participation ou non de la Grèce dans la Première Guerre mondiale.

[6] Un soulèvement de l'Armée et de la Marine grecques contre le gouvernement d'Athènes.

flamme. Par moments, il semblait n'être que psyché. Vous pourriez dire que sa pâleur et ses traits souvent ascétiques n'étaient rien de plus que le reflux d'une enveloppe charnelle, faible physiquement face à la force de ses fards intellectuels et spirituels. Et sa coquille plus que fragile paraissait être encline à céder, encore et encore. Il était la réfutation vivante du grec ancien qui prônait « un esprit sain dans un corps sain ».

Tout bien considéré, ses facultés intellectuelles nous sont globalement restées impénétrables, incommensurables et inconnues jusqu'à la fin. Son esprit était-il d'un niveau relativement médiocre, bien que doué de capacités intuitives, prophétiques et visionnaires établies, ou possédait-il un entendement hors du commun ? Quel était son véritable niveau d'instruction ? Impossible pour nous de le déterminer. Une chose est sûre, sa mémoire était phénoménale et il possédait une capacité inouïe à retenir des informations.

À l'instar des génies mathématiques qui posent des équations mentalement, je me souviens avoir été impressionné par Dienach dans d'autres domaines de la mémorisation, non pas avec des nombres, mais en me récitant Schiller et Dante en version originale et Ibsen traduit en allemand avec une précision impeccable et dans une étendue telle qu'à chaque coup, il sembla que sa voix fatiguait bien avant sa mémoire. Ses aptitudes ne connaissaient quasiment aucune limite.

Il ne m'a évoqué ses deux affections de 1917 et 1921 à Zurich qu'à une seule reprise : symptômes de sommeil léthargique, ou quelque chose d'apparenté, et une longue période d'interruption entre les deux, d'une durée de quatre ans. Mais il ne s'est jamais confié à qui que ce soit quant au caractère exceptionnel et au merveilleux phénomène de parapsychologie qui a marqué le cours de sa vie lors de son second coma d'une durée d'un an, de mai 1921 à mai 1922. Réservé, discret, prudent dans son comportement et toujours maîtrisé, il ne s'est jamais exprimé ouvertement, pas plus qu'il ne fit mention de cet événement. Et les médecins suisses, de 1921 à 1922, y étaient tout aussi étrangers que les compatriotes dont il était le plus proche – à supposer que de telles personnes existaient, car il n'avait alors plus aucune famille.

C'est ainsi que la vie de Dienach est passée inaperçue, et que cet homme au destin individuel unique et sans doute inouï n'a jamais été connu de notre monde – un homme à « l'existence » double – à la fois par la richesse et le contenu des impressions vives dont son esprit a été soudainement imprégné lorsqu'il s'est réveillé dans le lit d'une clinique à Zurich à la mi-mai 1922.

Selon les dires de la science, pendant son sommeil, il semblerait qu'une tierce personne lui ait relaté toutes ces merveilles que son esprit a inconsciemment assimilées pour les faire siennes. Je ne sais guère ; cela pourrait être le cas. Un spiritualiste, ou quelqu'un qui ne tendrait point vers un état d'esprit pragmatique, dirait qu'il était en communication permanente avec le Transcendant. Quoi qu'il en soit, dans ses manuscrits, Dienach dépeint toute une série d'événements incroyables comme des « expériences » – non telles qu'elles lui auraient été énoncées ou lues, mais telles qu'il les a réellement vécues. En d'autres termes, le comportement de Dienach en tant que plume et en tant qu'interlocuteur changeait du tout au tout. Tout réservé et discret qu'il fut verbalement, telle est la façon dont il s'épancha spontanément à travers ses manuscrits.

J'ai accueilli ses points de vue et son enseignement dans le cadre de mes études, de mon cheminement professionnel et plus généralement dans celui de ma vie – les conseils d'un ami plus mûr et d'un « frère aîné » – sans beaucoup échanger en sa compagnie. Je me souviens que ces derniers m'ont été précieux à maintes reprises en l'absence d'orientation paternelle et d'avis de proches parents plus âgés. Bien qu'il ait cessé de jouer un rôle significatif dans ma vie après son décès, j'ai commencé à passer en revue tout ce qu'il avait pu me dire en me fiant à mon seul jugement. À l'époque, je n'ai jamais remis en question ses recommandations en sa présence et je ne les ai jamais suivies à la lettre. Mais je lui dois d'avoir réussi très tôt à me délivrer de plusieurs distractions et de divers passe-temps qui auraient pu retarder mes études.

Délibérément et sans compromettre mon aptitude à distinguer la musique de bonne facture, j'assistais moins régulièrement aux représentations d'orchestre symphonique depuis les sièges du balcon du Théâtre Olympia – à ma souvenance – et j'ai définitivement renoncé aux cours de théorie musicale au Conservatoire d'Athènes, et à ceux de solfège avec Giorgis Sklavos. Sans m'éloigner tout à fait de la littérature de qualité, j'ai privilégié mes études de droit puisqu'il s'agissait de mon orientation professionnelle. Et sans complètement abandonner la randonnée et l'exercice physique, j'ai considérablement restreint les excursions sur une journée entière afin de consacrer plusieurs matinées dominicales à réviser pour mes examens.

Je n'ai guère accueilli ses autres préconisations sans partage. J'ai été séduit par ses considérations sur la croyance en des idéaux personnels de vie et de carrière, la confiance en soi, la persévérance dans la réalisation d'un objectif suprême et dans l'atteinte du succès, les lignes directrices essentielles à la destinée héroïque d'un jeune homme impécunieux, le sens de la dette morale envers la famille et plus globalement la société, et même ses idéaux d'ensemble et sa croyance en des valeurs spirituelles et morales m'ont plu. Mais je ne pouvais tout à fait approuver la distinction quelque peu absolue qu'il établissait – « l'inestimable » et le « trivial » dans le cas de sa vision du monde – entre la création intellectuelle pure et le fait d'avoir une vocation et un gagne-pain de manière générale. Bien que ces idées-là ne me laissaient guère de marbre, j'ai trouvé qu'elles ne s'appliquaient qu'aux générations plus mûres et qu'elles ne devraient point être exprimées à de jeunes gens.

Je ne suis pas sans savoir que Dienach avait lui-même connu le chômage au cours de sa vie, principalement en raison de ces croyances.

Entre autres choses, il méprisait tout type de rémunération au titre d'une activité intellectuelle et considérait que « les éminentes personnes dépourvues d'emploi à travers l'Histoire étaient celles qui avaient bâti l'édifice intellectuel de la civilisation pierre après pierre au fil des millénaires ». Et il a donné des exemples très variés, à commencer par l'époque classique athénienne – Socrate et Platon – et puis, évoquant les Romains et la Renaissance de la civilisation occidentale, je me souviens qu'il a notamment mentionné Rousseau et Tolstoï. Un jour, il se montra horrifié à l'idée que Schubert, par exemple, aurait pu décrocher un poste grassement payé de musicien en chef à la cour impériale de Vienne en renonçant à une partie de son fabuleux travail créatif pour une activité professionnelle rangée, sacrifiant ainsi sa disposition au don divin de l'harmonie.

Il était particulièrement effrayé par la lutte angoissante et violente pour gagner sa vie en son temps – et aujourd'hui encore, près d'un demi-siècle plus tard, la situation s'est-elle améliorée ? – le rythme effréné des hommes d'affaires au quotidien, les conditions d'un mode de vie moderne en général, qui, affirme-t-il, n'offrait guère de temps libre au travailleur pour assurer son indépendance intellectuelle et ne permettait ni contemplation ni concentration, empêchant toute possibilité de « réponse à la voix intérieure et aux appels d'un esprit critique à la vie spirituelle et intellectuelle ».

De l'avis de Dienach, la véritable réussite repose sur la complétude d'une vie – « et non l'étendue », avait-il souligné à maintes reprises. Seule la création intellectuelle compte, et non la réussite professionnelle et les distinctions. Je me rappelle l'entendre dire « Ne sois jamais en quête d'une position, d'une fonction ou d'un rang, laisse-les plutôt te les voir offrir et aie, à l'occasion, la force de refuser, de faire un choix. Ne sois jamais en recherche de « gratifications » ou d'autres formes de reconnaissance sociale. Laissez-les venir à toi. Consacre-toi au travail créatif, n'accepte jamais d'être jugé par les autres. Au contraire, montre-toi digne de les juger toi-même. »

Je dois ma passion pour le droit et, par la suite, pour les sciences politiques, à Dienach et à sa conviction, exprimée à maintes reprises, de la nécessité pour l'érudit et le scientifique de créer un lien quasi émotionnel avec la discipline choisie. De même, c'est à Dienach que je dois la stimulation de mon penchant inné pour l'Histoire, l'histoire de la philosophie et la culture. Que m'importent nos grandes divergences d'opinions et mes efforts, vains et répétés, pour le convaincre (dans la mesure de mes capacités, alors jeune, insouciant et naïf, et très limité dans l'utilisation de sa langue maternelle, surtout à l'oral), par exemple, de la validité de la conception philosophique, chrétienne et humaniste de l'égalité de tous les peuples, sans distinction de race ou de couleur, et le persuader de l'immoralité de la discrimination raciale.

Ce Suisse aux manières affables, même si ses idées ne préfiguraient pas les théories racistes de la sauvagerie à venir quelques années plus tard, vouait une admiration évidente et montrait une certaine prédilection pour tous les hommes de race blanche – pas les « Aryens de sang pur » – et il croyait en leur destin historique. Il s'est exprimé au sujet de la « naissance de la civilisation » dans le bassin oriental de la Méditerranée, depuis l'Égypte, la Crète, la partie centrale de la côte occidentale de l'Asie Mineure, les colonies éoliennes, la Basse-Italie, la Grèce continentale et la Galilée ; il a exposé la façon dont elle s'est répandue à travers l'Europe ; il a évoqué les Romains, les peuples du

Nord, la Renaissance, la civilisation occidentale et cette époque semblaient particulièrement l'inspirer.

Mais quel prophète singulier mon professeur faisait. Sa faculté d'intuition s'est toujours limitée à des termes généraux et partisans – qu'il s'agisse du futur proche ou d'autres visions d'un avenir très éloigné, cette époque lointaine qu'il raconte avoir « vue » et « vécue » – si bien qu'il était incapable d'affirmer quoi que ce soit sur les temps à venir et sur ses proches. Une gitane diseuse de bonne aventure en herbe aurait pu aisément rivaliser avec lui et le surpasser en la matière. Ainsi, il n'avait pas su me dire quoi que ce soit de particulier au sujet de ma propre destinée sur les décennies à venir.

Dans ses exhortations qui m'étaient adressées à trouver la force de renoncer à toute entreprise de pouvoirs administratifs ou d'activité professionnelle en temps opportun et de me consacrer exclusivement à un travail de création intellectuelle pure, il – obscurément et de façon disjonctive – n'estimait guère judicieux que j'entreprenne une carrière dans le domaine politico-judiciaire ou que je pratique le droit, et préconisait plutôt la recherche juridique – sans préciser dans quelle branche – et la rédaction. Lorsqu'il m'a enjoint à ne jamais me retrouver en position d'être jugé par les autres, il avait à l'esprit les associations professionnelles ou les syndicats et leur gestion collective. À ses yeux, je n'étais point un futur administrateur judiciaire ni un professeur exerçant au sein d'un établissement de sciences politiques – il ne savait rien d'eux – mais d'une manière générale et indistinctement, j'étais, pour lui, un homme de loi. C'est tout ce qu'il connaissait de mes études à cette époque, alors qu'il m'enseignait l'allemand avec un accent viennois.

Chaque prédiction et prémonition d'événements futurs, chaque perception extra-sensorielle – en ce qui concerne les cas particuliers – lui étaient inaccessibles et le restèrent à tout jamais. Et c'est avec un mal extraordinaire qu'il exprimait oralement ses pensées chaque fois que le sujet portait sur les évolutions prochaines de la vie des catégories de population ou des peuples et, globalement, le cours imminent que suivrait la culture. Quant au sujet précité, les manuscrits qu'il a laissés derrière lui renferment de véritables témoignages d'un récit fidèle, circonstancié et établi – tout au moins au cours des cinquante dernières années environ.

Ce dernier est si fascinant et si détaillé dans ses descriptions qu'il est possible d'affirmer que les écrits du « mystique » suisse tiennent lieu d'un « vaste récit de la civilisation de notre continent européen à travers les âges », tels qu'ils ont été qualifiés, pas tout à fait injustement, par une poignée de personnes respectables qui eurent l'occasion de lire les manuscrits pendant la Seconde Guerre mondiale et l'occupation allemande en Grèce, lorsque notre mode de vie nous permettait encore de dégager du temps libre pour ce faire. Dans cet ouvrage, il est établi que Paul Amadeus Dienach incarne le « clairvoyant », le « prophète », « l'initié », « l'eidétique », l'homme dont la situation personnelle a connu un destin unique et inouï, le « phénomène » parapsychologique, qui, puisqu'il s'est soudainement retrouvé au cœur de cet avenir très lointain pour en être le témoin et en faire l'expérience, est également en capacité « d'appréhender les années qui nous séparent de cette époque », parce qu'il a pu « s'instruire à leur sujet dans des livres d'histoire encore à venir ».

Si Dienach s'en était tenu à son style lyrique caractéristique, dont ses textes sont en grande partie imprégnés, dans la formulation du titre de ses écrits, il aurait intitulé les manuscrits « La Véritable Histoire de Deux Amoureux Fidèles à Travers les Âges » ou « Le Livre de Vie pour Jeunes Hommes et Femmes » voire « La Chronique de la Vie Éternelle et de la Jeunesse Éternelle » ou quelque chose de cet ordre. Mais il a préféré un titre bien plus prosaïque – Pages du Journal – qui trahissait sa plus grande conviction : il a été témoin de cet avenir qu'il a vécu, la mort et la décrépitude sont purement superficielles et le vainqueur s'avère finalement être l'amour véritable et la vie spirituelle éternelle. Un titre alternatif pourrait reprendre le toponyme La Vallée des Roses (Rosernes Dal), nom de la légendaire république de l'époque qu'il s'est essayé à coucher par écrit, gigantesque capitale mondiale de l'esprit et de l'intellect, « ombilic de la communauté universelle », qui incarnera « la ville sainte » des races survivantes, peu ou prou à l'image de Lhassa pour les Tibétains ou de Médine pour les adeptes de l'Islam. Mais Dienach a privilégié ce titre simple : Pages de Journal.

Il n'a guère été ardu pour lui d'obtenir la promesse de me consacrer à sa mémoire et à son manuscrit. Il suffit qu'il m'ait fait la lecture de plusieurs pages. D'emblée, il avait parfaitement conscience de l'impression que ces dernières susciteraient chez un jeune lecteur avec un certain niveau d'instruction et qui s'intéressait à la vie, à l'évolution et aux destins historiques des peuples européens. De ce jour, ma soif de connaissances et l'aspiration de mon âme à acquérir cet ensemble de manuscrits, les avoir en ma possession et m'y plonger dépassaient l'entendement. Il serait concevable, si je puis dire, d'aller jusqu'à vendre son âme afin de disposer d'un accès exclusif à un tel récit sur le cours évolutif futur de la civilisation en Europe occidentale. J'ai été stupéfié par la fidélité de la narration et l'authenticité de la représentation de la vie intellectuelle et sociale de cet avenir lointain.

Combien de fois le visage de mon professeur et ami de longue date est venu visiter mes rêves ! C'est plus particulièrement lors des tournants décisifs de ma carrière ascendante, aux moments heureux de l'existence choyée de son ancien élève, son jeune compagnon, que le regard triste de cet homme démuni, lésé par la vie et considéré comme un « raté » a su me trouver. Et j'ai rêvé de lui tel que je l'avais vu à plusieurs reprises de son vivant, maussade et pâle, avec le silence absolu de ses lèvres fermées, l'air attristé, comme un rappel mutique et rémanent de « son bien » que j'avais en ma possession... Un spiritualiste avancerait que l'être incorporel de mon ancien maître, sa personnalité dont la teneur spirituelle a toujours été ostensible, vient me trouver dans le monde onirique, qui représente pour tout un chacun les moments les plus riches d'une vie sur le plan de l'esprit. Mais nous, tout à rebours, hommes de science à la pensée rationnelle et mesurée, interprétons ce rêve différemment : ce sont les affres personnifiées de la culpabilité que porte la personne qui vivra encore de nombreuses décennies avec la lourde dette morale de ne pas oublier son professeur, de toujours lui être redevable.

Le destin personnel de Dienach, son histoire vraie et le phénomène métapsychique rare lié à une phase de sa vie, jusqu'à la mi-mai 1922, font s'interroger chaque penseur – parmi tant d'autres questions brûlantes sur le monde, l'humanité et le mystère profond de la vie, les « buts suprêmes », le commencement et la fin de la création – sur le grand Secret qui nous entoure. Le récit de Dienach pousse à se demander si la perception humaine de la texture du temps ne serait pas trompeuse et simplement subjective.

Nous savons ce qu'est la notion de temporalité pour l'homme-récepteur et ses facultés psychiques limitées – l'intellect, les sens et la conception rationnelle de l'environnement extérieur. Nous savons ce qu'est le temps hérité de la destinée humaine : un concept logique et une forme a priori.

Le temps tel que nous le connaissons est cyclique, avec un hier, un aujourd'hui et un demain ; cet absolutisme, né de son flux linéaire de conception rationnelle, paraît si irréfragable à nos yeux. C'est ainsi qu'il est représenté à l'échelle de l'être humain, selon notre aptitude psychique à le concevoir.

Indépendamment, cependant, de la faiblesse et de la finitude des capacités de notre espèce biologique, appelée par le Sort à vivre plusieurs milliers d'années sur une planète lointaine et de petite taille, tellement insignifiante parmi les milliards d'orbes dans le ciel, cette conception « humaine » du temps coïncide-t-elle également avec sa texture objective ? Dans sa « véritable » structure, l'essence objective du temps pourrait très bien différer, en nature, de nos propres conceptions anthropocentriques de celui-ci. Cela pourrait, par exemple, s'apparenter à quelque chose d'omniprésent, un élément inaccessible à l'intellect humain, impénétrable et insaisissable pour l'homme. Et il est vrai que dans de très rares instances, notre psyché surmonte les obstacles imposés par son destin biologique, dépasse les limites de nos capacités mentales et parvient à percevoir ce qui s'étend au-delà des cinq sens : intuition du Transcendantal, prémonitions, de multiples facultés para-cognitives qui dépassent la raison et sortent des modes de pensée établis.

Mais quoique l'esprit de Dienach fût destiné à s'aventurer si loin au-devant de la marche du temps, peu importe combien le Sort, en 1921 et 1922, lui conféra la capacité de « voir » et de « vivre » l'avenir comme s'il s'agissait d'Histoire, il n'était guère historien. Ses expériences ne sont que les impressions d'un homme simple, d'un voyageur-conteur, et sont étrangères à la méthodologie du chercheur scientifique accompli, avec la position critique de l'historien, la considération profonde de l'expert et l'examen de la réalité sociale, en somme ce qui constitue les conditions fondamentales de recherche de tout chroniqueur qui se respecte.

Rapporté à l'Antiquité, Paul Dienach tiendrait davantage de Pausanias le Périégète que de Thucydide l'historien. Esprit agité et errant – sans tenir compte du fait que toutes les personnes présentes dans les pays qu'il a visités appréciaient ce voyageur étranger et curieux ou se souciaient de ses goûts – Dienach a pérégriné, à partir du nord de l'Italie et au cours des années qu'il décrit dans son livre, à travers le centre, le nord, l'ouest et le sud de l'Europe avant de rallier sa patrie, la Suisse. Brandissant une plume descriptive pour le moins satisfaisante, il s'est contenté d'écrire ce qu'il a observé sous la forme d'un récit de voyage – et non de recherches approfondies – sans pouvoir codifier ou évaluer ses expériences, faute d'en réunir les conditions préalables : l'expérience des années qui séparaient les deux périodes. Il a fort bien narré les faits comme tels, des événements extérieurs, l'aspect visible des choses, ce qu'il a vu l'a impressionné et ses efforts pour rendre une description fidèle sont manifestes. Mais il reste inéluctablement « un homme de notre temps », soudainement transporté, comme par miracle, dans ces années lointaines, et son monde intérieur était par essence étranger à toutes ces merveilles dont il était témoin autour de lui. Son environnement lui était inconnu, tout comme ses habitants. Il n'était point des leurs ; jamais il ne le pourrait.

Il n'eut d'autre choix que de nous donner, simplement, l'aspect extérieur des choses. Cela tient à un manque d'éducation, d'instruction et de traditions adaptées, et à des disparités quant à la continuité historique et la cohérence de l'évolution de la vie en société, ainsi que des lacunes dans la connaissance approfondie des événements antérieurs et de leurs causes. Aucun phénomène parapsychologique, aussi étendu fût-il, ne saurait compenser ce défaut majeur.

Georgios M. Papachatzis
Décembre 1964

LISTE DES NOMS PROPRES

PATRONYMES

ESTHÈTHES ET THÉORICIENS DE L'ART

HOMMES
Close
Lestrem
Lucifero
Nimotti

FEMMES
Lélia Nopotkin

UNIVERSITAIRES

HOMMES
Volky
Milioki

PERSONNALITÉS PUBLIQUES ET HOMMES POLITIQUES

HOMMES
Baldini
Verhin
Grueberg
Delaroche
Milstone
Franklin Montague
Rickenmat
Gustav Siovogia
John Terring
Torhild
Trodalsen
Vohlbach

FLEURISTES

HOMMES
Costia Rudulof

LORFFES (Principaux responsables de l'intelligentsia)

HOMMES
Yalmar
Ulfink Enemark
Nicolas Lajevski
Knut Niversun
Rinarschield
John Humphrey
Gunnar Hiller fils

ILECTEURS (Hauts dirigeants de l'intelligentsia)

HOMMES
Buren
Jaeger

FEMMES
Tatiana Baclyn

GRANDS GUIDES SPIRITUELS

HOMMES

Alexis Volky

ARCHITECTES

HOMMES

Olaf Keirl
Kekonen
Igor Bodurof
Niemorsunt
Rauschen
Heimerstam

FEMMES

Vada Lastrem
Alicia Neville
Hilda Normanden

ASTRONOMES – PHYSICIENS

HOMMES

Striberg
Tegner
Feridi, père et fils

BIOLOGISTES

HOMMES

Jacobsen
Jansen

SCULPTEURS

HOMMES

Greneval
Eriksen
Dean Kersteen
Albert Kingsman
Sweeny Koniemark
Levertin
Arald Mayen
Melsam
Mondstein
Gutorp Nilsen
Davis
Nurberg
Ottermanden
Pradelli
Feinrich

FEMMES

Ileanna Wirbach

GRANDS PENSEURS (Sans objet particulier ni spécialité)

HOMMES

Durant
Olaf Esklud
Esterling
Zalmar
Milliakof
Ratziskin
Runerborg
Matjei Svanol
Viktor Gorms

GRANDS PENSEURS CONTEMPORAINS D'ANDRÉAS NORTHAM

Axel Jenefelt

PENSEURS AIDERSIENS

HOMMES

Bramsen
Borge
Nyttenmat
Royalsen
Chillerin

PENSEURS, ANCIENS ENSEIGNANTS

HOMMES

Johan Geyer

PENSEURS ASCÈTES

HOMMES

Aloisius Nilson

PENSEURS ANACHORÈTES

HOMMES

Joël Letonen

Miliotkin
Gunnar Nelbarn

DRAMATURGES

HOMMES
Evelyn Cornsen
Bjornsen
Borudin
Ignatio Walmine

ÉDITEURS
Dupont

INTERPRÈTES DE LA PENSÉE AIDERSIENNE

HOMMES
Tinersen

ENSEIGNANTS

HOMMES
Astrucci
Cornelius
Lain
Gunnar Bjerlin

ESPRITS INTUITIFS

HOMMES
Atterman
Gibling
Éric Gord
Carstens
Orlik
Fletchius

FEMMES
Marie-Léa
Vera Brandes
Tervalsen

INTUITIFS DE LA VALLÉE DES ROSES (ROSERNES DAL) ET DE L'INSTITUT AIDERSEN

HOMMES
Arald
Gustavsen
Poliotkin
Rasmathy

SCIENTIFIQUES

HOMMES
Astrom
Vilinski
Yarl
Jergesen
Karl Hornsen
Boyer
Sioberlef
Eilensleyer
Erlader
Valdemar Esklud
Esterling
Sabba
Stirlen
Holberg

FEMMES
Coiral

PEINTRES

HOMMES
Knut Valdemar
Svansen
Nichefelt
Fabius Sigra
Stiernsted
Syld

FEMMES
Dora Vilen

DOCTEURS ET CHERCHEURS

HOMMES
Molsen
Diseny
Kirchof
Flessing

PRÉDICATEURS

HOMMES
Knut Dieter

HISTORIENS DES SCIENCES

HOMMES
Rondelli

FEMMES
Brigita Luni

HISTORIENS D'ART

HOMMES
Nymark
Pierri

FEMMES
Inga Pearson
Ludmilla Sikorski

MUSICOLOGUES

FEMMES
Dalia Keetly

PHILOLOGUES ET CRITIQUES

HOMMES
Koralsen
Duilio Markmatt
Félix Diemsen
Oaken

CRITIQUES D'ART ET PHILOSOPHES DE LA CULTURE

HOMMES
Anerholm
Kershey

GRANDS COMPOSITEURS

HOMMES
Valmandel
Ruthemir

AUTRES COMPOSITEURS

HOMMES
Holger Nilsen
Wesley
Svelder

MUSICIENS

HOMMES
Olaf Ledestrem

POÈTES

HOMMES
Jonas Geerlud
Thoralsen
Kronen
Kirsten Larsen
Munsven
Alexis Rogen
Pradelli
Selius
Sulsnik

PIRES POLITICIENS

HOMMES
Tebrief

FEMMES
Clarissa Leyton

DIRIGEANTS POLITIQUES SCANDINAVES

HOMMES
Grofel
Lennrot
Gunnar Morgensen
Dinoyer
Sioberg

PHILOSOPHES

HOMMES
Domenicus Albani
Axel Engelmeier
Regialsen

FEMMES
Rosa Vernley

TOPONYMES

A
Aarl
Albielle
Almetta
Altenkirchen
Annelud
Anolia
Ariana
Arlenhom
Arona
Artenfor
Assilia
Augerinia
Aurizio

B
Bellagio
Bellinzona
Berge Écarlate
Bergen
Biarritz
Bignasco
Binenborg
Blomsterduft
Blomsterfor
Boldieno
Bordeaux
Boston
Bozen

C
Cernobbio
Chypres
Clarens
Cordei
Côte d'Allégresse

D
Dareja
Delfia
Denia Vallia
Diamant de Minuit
Doriani

E
Egeria
Ejastrem
Eliki
Emerita
Enole
Erika
Étoile de l'Est

F
Fata Azzura
Fgelen
Fiammarosa
Fiammazzura
Filiatura

G
Gallarate
Generali
Gênes
Genève
Geteborg
Gled
Grand Bergen
Grand Chêne
Grand Torneo
Grazie Dei
Grimbole

H
Harkovo

I
Irkoutsk

K
Karlsruhe
Kongeborg

L
Labejona
Lagrela
Latharmi
Latium
Leag-Aud
Legnano
Liebach
Lilienborg
Lilla Funka
Loggovardia
Loikito
Londres
Lugano
Luino
Lys bleu
Lysborg
Lyseblaa
Lysicoma

M
Magenta
Majorque
Mannheim
Maribor
Marienborg

TABLEAU CHRONOLOGIQUE

2204 apr. J.-C. : Colonisation de Mars (la colonie prospère pendant soixante ans avant d'être anéantie et faire vingt millions de victimes).

2309 apr. J.-C. : Guerre nucléaire de moyenne ampleur qui détruit la majeure partie de l'Europe, exception faite des pays scandinaves et baltes.

2320-2350 apr. J.-C. : Repopulation de l'Europe. Installation paisible des populations nordiques en Méditerranée.

2394 apr. J.-C. : Dernière Assemblée constituante européenne.

2395 apr. J.-C. : Dernière Assemblée constituante mondiale.

2396 apr. J.-C. (L'AN 1) : Mise en place officielle du « *Retsstat* » (une nation mondiale où règne la loi et l'ordre). Fin de la « Préhistoire » et début de la « Période Historique ». L'an UN de la nouvelle chronologie. Les 986 premières années (2396–3382 apr. J.-C.) correspondent à la période de l'histoire ancienne *(Gammel Epoke)*. L'an 3382 apr. J.-C., lorsque l'enseignement Volkic est parvenu à un consensus mondial, marque le début de la nouvelle époque et du nouvel Homme, « l'Homo Occidentalis Novus », qui succède à l'Homo Sapiens.

2596 apr. J.-C. (L'AN 200) : Les plus grands savants des quatre coins du globe dirigent désormais le monde, ils sont responsables de l'ensemble des actions gouvernementales à l'échelle planétaire. Dans un premier temps, ils reçurent leurs ordres d'hommes politiques de renommée internationale tels que John Terring.

2823 apr. J.-C. (L'AN 427) : Le dirigeant Torhild s'enquiert symboliquement du caractère adéquat (de fait, une adéquation absolue à l'échelle mondiale) des « répartitions » de chaque produit industriel. La disponibilité des ressources est avérée, et tout un chacun peut à présent en bénéficier.

2846 apr. J.-C. (L'AN 450) : La ville de Norfor occupe à présent le rang de Capitale Mondiale de la Vie Spirituelle.

2894 apr. J.-C. (L'AN 498) : « Apparition des 200 » et construction de Rosernes Dal (Vallée des Roses).

3000 apr. J.-C. (VIIe Siècle) : Nouvelle Renaissance des Valeurs spirituelles.

3100 apr. J.-C. (VIIIe Siècle) : La Renaissance s'épanouit.

3126 apr. J.-C. (L'AN 730) : Fondation de l'Institut Aidersen à Rosernes Dal.

3200 apr. J.-C. (IXe Siècle) : « L'Âge d'Or » des réalisations artistiques et spirituelles.

3226 apr. J.-C. (L'AN 830) : Aloisius Nilson prédit l'émergence prochaine de la « Civilisation Spirituelle ».

3253 apr. J.-C. (L'AN 857) : Le plus grand de tous les poètes, Larsen, meurt et entre dans la postérité…

3256 apr. J.-C. (L'AN 860) : L'Oratorio « Prière parmi les Sphères d'Or Stellaires » de Valmandel est entendu pour la première fois. Il s'agit du plus grand morceau de musique jamais composé.

3273 apr. J.-C. (L'AN 876) : L'architecte Alicia Neville achève son chef-d'œuvre le « Temple de l'Amour et de la Paix » à Rosernes Dal.

3307 apr. J.-C. (L'AN 911) : Naissance d'Alexis Volky.

3382 apr. J.-C. (L'AN 986) : Le sixième jour de notre mois de septembre, Alexis Volky est frappé par le « *Nibelvirch* » et y survit. Illumination Instantanée. Une nouvelle « antenne » de perception s'ajoute au cerveau humain grâce au *Nibelvirch*. Cela se nomme : « *Oversynssans* » (super-vision). Cette journée (notre 6 septembre) a plus tard été déclarée comme le premier jour de la NOUVELLE ÈRE (Ny Epoke).

3392 apr. J.-C. (L'AN 996) : Alexis Volky décède à l'âge de 86 ans.

3396 apr. J.-C. (L'AN 1000) : Crise de l'enseignement Volkic.

3410 apr. J.-C. (L'AN 1014) : Le chef-d'œuvre de Ruthemir « Service Glorificateur » est interprété pour la première fois.

3546 apr. J.-C. (L'AN 1050) : Victoire définitive de l'Idéal Volkic en tant que « consensus des nations ».

3482 apr. J.-C. (L'AN 1086) : Premières Roses Bleues (des roses émettant de la lumière bleue). Chef-d'œuvre de la floriculture de Costia Rudulof.

3600 apr. J.-C. (XIIIe Siècle) : Tinersen et ses « paraboles ».

3905-3906 apr. J.-C. (L'AN 1509 et L'AN 1510) : Andréas Northam compose les « Pages de son Journal ». Il aura des souvenirs très vifs de préexistence pendant une période de douze mois avant de s'éteindre à l'âge de 29 ans.

CONCORDANCIER CALENDAIRE

Les calendriers ont été constitués par George Papachatzis, le seul et unique traducteur des manuscrits originaux de Paul Amadeus Dienach. Le « Nouveau Calendrier » a été établi au IIe siècle de leur chronologie (l'an un = 2396 apr. J.-C.) et sera conservé jusqu'au XLe siècle. Les plus grands scientifiques du monde, alors en charge du gouvernement universel, en furent les créateurs. La Vallée des Roses (Rosernes Dal) a retenu le même calendrier, bien que de nombreux astronomes aient soutenu que son exactitude n'était pas absolument garantie.

Saint-Sylvestre (intercalaire)... 23 septembre

MOIS I

1 .... 24 septembre
2 .... 25 septembre
3 .... 26 septembre
4 .... 27 septembre
5 .... 28 septembre
6 .... 29 septembre
7 .... 30 septembre
8 .... 1 octobre
9 .... 2 octobre
10 .... 3 octobre
11 .... 4 octobre
12 .... 5 octobre
13 .... 6 octobre
14 .... 7 octobre
15 .... 8 octobre
16 .... 9 octobre
17 .... 10 octobre
18 .... 11 octobre
19 .... 12 octobre
20 .... 13 octobre
21 .... 14 octobre
22 .... 15 octobre
23 .... 16 octobre
24 .... 17 octobre
25 .... 18 octobre
26 .... 19 octobre
27 .... 20 octobre
28 .... 21 octobre
29 .... 22 octobre
30 .... 23 octobre

MOIS II

1 .... 24 octobre
2 .... 25 octobre
3 .... 26 octobre
4 .... 27 octobre
5 .... 28 octobre
6 .... 29 octobre
7 .... 30 octobre
8 .... 31 octobre
9 .... 1 novembre
10 .... 2 novembre

11 .... 3 novembre
12 .... 4 novembre
13 .... 5 novembre
14 .... 6 novembre
15 .... 7 novembre
16 .... 8 novembre
17 .... 9 novembre
18 .... 10 novembre
19 .... 11 novembre
20 .... 12 novembre
21 .... 13 novembre
22 .... 14 novembre
23 .... 15 novembre
24 .... 16 novembre
25 .... 17 novembre
26 .... 18 novembre
27 .... 19 novembre
28 .... 20 novembre
29 .... 21 novembre
30 .... 22 novembre

MOIS III

1 .... 23 novembre
2 .... 24 novembre
3 .... 25 novembre
4 .... 26 novembre
5 .... 27 novembre
6 .... 28 novembre
7 .... 29 novembre
8 .... 30 novembre
9 .... 1 décembre
10 .... 2 décembre
11 .... 3 décembre
12 .... 4 décembre
13 .... 5 décembre
14 .... 6 décembre
15 .... 7 décembre
16 .... 8 décembre
17 .... 9 décembre
18 .... 10 décembre
19 .... 11 décembre
20 .... 12 décembre
21 .... 13 décembre
22 .... 14 décembre
23 .... 15 décembre
24 .... 16 décembre
25 .... 17 décembre
26 .... 18 décembre
27 .... 19 décembre
28 .... 20 décembre
29 .... 21 décembre
30 .... 22 décembre

MOIS IV

1 .... 23 décembre
2 .... 24 décembre
Jour de Noël
(intercalaire)... 25 décembre
3 .... 26 décembre
4 .... 27 décembre
5 .... 28 décembre
6 .... 29 décembre
7 .... 30 décembre
8 .... 31 décembre
9 .... 1 janvier
10 .... 2 janvier
11 .... 3 janvier
12 .... 4 janvier
13 .... 5 janvier
14 .... 6 janvier
15 .... 7 janvier
16 .... 8 janvier
17 .... 9 janvier
18 .... 10 janvier
19 .... 11 janvier
20 .... 12 janvier
21 .... 13 janvier
22 .... 14 janvier
23 .... 15 janvier
24 .... 16 janvier
25 .... 17 janvier
26 .... 18 janvier
27 .... 19 janvier
28 .... 20 janvier
29 .... 21 janvier
30 .... 22 janvier

MOIS V

1 .... 23 janvier
2 .... 24 janvier

3 .... 25 janvier
4 .... 26 janvier
5 .... 27 janvier
6 .... 28 janvier
7 .... 29 janvier
8 .... 30 janvier
9 .... 31 janvier
10 .... 1 février
11 .... 2 février
12 .... 3 février
13 .... 4 février
14 .... 5 février
15 .... 6 février
16 .... 7 février
17 .... 8 février
18 .... 9 février
19 .... 10 février
20 .... 11 février
21 .... 12 février
22 .... 13 février
23 .... 14 février
24 .... 15 février
25 .... 16 février
26 .... 17 février
27 .... 18 février
28 .... 19 février
29 .... 20 février
30 .... 21 février

MOIS VI

1 .... 22 février
2 .... 23 février
3 .... 24 février
4 .... 25 février
5 .... 26 février
6 .... 27 février
7 .... 28 février
8 .... 1 mars
9 .... 2 mars
10 .... 3 mars
11 .... 4 mars
Retsstat Aarsdag [Anniversaire de la Communauté Universelle] (intercalaire)... 5 mars
12 .... 6 mars
13 .... 7 mars
14 .... 8 mars
15 .... 9 mars
16 .... 10 mars
17 .... 11 mars
18 .... 12 mars
19 .... 13 mars
20 .... 14 mars
21 .... 15 mars
22 .... 16 mars
23 .... 17 mars
24 .... 18 mars
25 .... 19 mars
26 .... 20 mars
27 .... 21 mars
28 .... 22 mars
29 .... 23 mars
30 .... 24 mars

MOIS VII

1 .... 25 mars
2 .... 26 mars
3 .... 27 mars
4 .... 28 mars
5 .... 29 mars
6 .... 30 mars
7 .... 31 mars
8 .... 1 avril
9 .... 2 avril
10 .... 3 avril
11 .... 4 avril
12 .... 5 avril
13 .... 6 avril
14 .... 7 avril
15 .... 8 avril
16 .... 9 avril
17 .... 10 avril
18 .... 11 avril
19 .... 12 avril
20 .... 13 avril
21 .... 14 avril
22 .... 15 avril
23 .... 16 avril
24 .... 17 avril

25 .... 18 avril
26 .... 19 avril
27 .... 20 avril
28 .... 21 avril
29 .... 22 avril
30 .... 23 avril

MOIS VIII

1 .... 24 avril
2 .... 25 avril
3 .... 26 avril
4 .... 27 avril
Journée de l'Altruisme Universel (intercalaire)... 28 avril
5 .... 29 avril
6 .... 30 avril
7 .... 1 mai
8 .... 2 mai
9 .... 3 mai
10 .... 4 mai
11 .... 5 mai
12 .... 6 mai
13 .... 7 mai
14 .... 8 mai
15 .... 9 mai
16 .... 10 mai
17 .... 11 mai
18 .... 12 mai
19 .... 13 mai
20 .... 14 mai
21 .... 15 mai
22 .... 16 mai
23 .... 17 mai
24 .... 18 mai
25 .... 19 mai
26 .... 20 mai
27 .... 21 mai
28 .... 22 mai
29 .... 23 mai
30 .... 24 mai

MOIS IX

1 .... 25 mai
2 .... 26 mai
3 .... 27 mai
4 .... 28 mai
5 .... 29 mai
6 .... 30 mai
7 .... 31 mai
8 .... 1 juin
9 .... 2 juin
10 .... 3 juin
11 .... 4 juin
12 .... 5 juin
13 .... 6 juin
14 .... 7 juin
15 .... 8 juin
16 .... 9 juin
17 .... 10 juin
18 .... 11 juin
19 .... 12 juin
20 .... 13 juin
21 .... 14 juin
22 .... 15 juin
23 .... 16 juin
24 .... 17 juin
25 .... 18 juin
26 .... 19 juin
27 .... 20 juin
28 .... 21 juin
29 .... 22 juin
30 .... 23 juin

MOIS X

1 .... 24 juin
2 .... 25 juin
3 .... 26 juin
4 .... 27 juin
5 .... 28 juin
6 .... 29 juin
7 .... 30 juin
8 .... 1 juillet
9 .... 2 juillet
10 .... 3 juillet
11 .... 4 juillet
12 .... 5 juillet
13 .... 6 juillet
14 .... 7 juillet
15 .... 8 juillet

16 .... 9 juillet
17 .... 10 juillet
18 .... 11 juillet
19 .... 12 juillet
20 .... 13 juillet
21 .... 14 juillet
22 .... 15 juillet
23 .... 16 juillet
24 .... 17 juillet
25 .... 18 juillet
26 .... 19 juillet
27 .... 20 juillet
28 .... 21 juillet
29 .... 22 juillet
30 .... 23 juillet

MOIS XI

1 .... 24 juillet
2 .... 25 juillet
3 .... 26 juillet
4 .... 27 juillet
5 .... 28 juillet
6 .... 29 juillet
7 .... 30 juillet
8 .... 31 juillet
9 .... 1 août
10 .... 2 août
11 .... 3 août
12 .... 4 août
13 .... 5 août
14 .... 6 août
15 .... 7 août
16 .... 8 août
17 .... 9 août
18 .... 10 août
19 .... 11 août
20 .... 12 août
21 .... 13 août
22 .... 14 août
23 .... 15 août
24 .... 16 août
25 .... 17 août
26 .... 18 août
27 .... 19 août
28 .... 20 août
29 .... 21 août
30 .... 22 août

MOIS XII

1 .... 23 août
2 .... 24 août
3 .... 25 août
4 .... 26 août
5 .... 27 août
6 .... 28 août
7 .... 29 août
8 .... 30 août
9 .... 31 août
10 .... 1 septembre
11 .... 2 septembre
12 .... 3 septembre
13 .... 4 septembre
14 .... 5 septembre
Gretvirch Aarsdag [Anniversaire du Nibelvirch] (intercalaire)... 6 septembre
15 .... 7 septembre
16 .... 8 septembre
17 .... 9 septembre
18 .... 10 septembre
19 .... 11 septembre
20 .... 12 septembre
21 .... 13 septembre
22 .... 14 septembre
23 .... 15 septembre
24 .... 16 septembre
25 .... 17 septembre
26 .... 18 septembre
27 .... 19 septembre
28 .... 20 septembre
29 .... 21 septembre
30 .... 22 septembre

(Jour de l'An)

GLOSSAIRE

Aarsdag : Anniversaire.

Biglys : La Grande Lumière.

Associés Biltur : Employés d'agence de tourisme.

Bilvej : Autoroute gigantesque à travers l'Eurasie.

Bigvirchstag : Le grand ***Virch***.

Civesheim : Auberge de luxe ou résidence permanente pour les citoyens ***(Cives)***.

Civeshostels : Voir ***Civesheim***.

Civis : [pl. ***Cives***] Citoyen ayant achevé son service de deux ans.

Civesgard : Le palais pourpre.

Consumfiorinin : Coopératives de consommateurs.

Daneur : Immense aéronef oblong qui porte le nom de l'homme qui l'a inventé.

Eldrere : Anciens temps.

Forening : Coopérative ou organisation syndicale. En Europe septentrionale, ils sont appelés ***Brugsforening***.

Furgos : Aires de stationnement spécialement conçues pour les véhicules.

Gammel Epoke : Voir ***Eldrere***.

Gestalad : Hôtel de luxe.

Gestel : Auberge de luxe similaire à un ***Gestalad***.

Glothneur : Grandes villes industrielles étatiques.

Gretlys : La Grande Lumière.

Gretvirch : Le Grand ***Virch*** (voir ***Virch***).

Ilecteur : Haut responsable de l'intelligentsia qui occupe une position particulière dans la société.

Kierketaarn : Temple sphérique ou ellipsoïdal soutenu par des colonnades circulaires blanches.

Kjole : Toge de cérémonie.

Lansbee : Zone rurale.

Larinteur : Centre sportif.

Lille skole : École primaire.

Linsen : Véhicule volant à usage personnel, du nom de son inventeur.

Lipvirch : L'amour véritable, qui partage de nombreuses similitudes avec l'amour de jeunesse. Il est considéré comme un reflet du ***Samith***.

Lorffe : Principal responsable de l'intelligentsia, dirigeant de la société.

Lys : Lumière.

Mindre skole : Un plus petit établissement d'enseignement primaire.

Nibelvirch : Terme inventé par l'Institut Aidersen dont l'étymologie est inconnue et qui fait référence aux nouvelles capacités cognitives dont est doté l'individu, une nouvelle antenne de compréhension. Grâce au *Nibelvirch*, le cerveau humain a été capable de percevoir de nouveaux champs de la réalité.

Nojere : Temps nouveaux.

Oversyn : Illumination née du *Nibelvirch*, une nouvelle dynamique au sein des processus cognitifs.

Oversynssans : voir ***Oversyn***.

Quay : Piste d'aéroport.

Ragioza : Véhicule transcontinental et articulé à plusieurs étages utilisé en tant que moyen de transport public.

Reigen : voir ***Reigen-Swage***.

Reigen-Swage : Appareil de projection nommé d'après ses deux inventeurs qui allie son et image dans différents formats, des appareils individuels à l'écran mural. Semblable à nos téléviseurs.

Retsstat : Mise en place de la Communauté Universelle où règne l'ordre public.

Roisvirch : Bonheur spirituel de degré supérieur, une émotion particulièrement intense assimilable à l'extase qui excède ce que l'être humain est capable d'endurer. Dans ce dernier cas, cela peut mener au suicide.

Samith : Terme inventé par l'Institut Aidersen dont l'étymologie est inconnue et qui renvoie à l'ensemble de ce qui existe. Son essence est impénétrable aux capacités limitées de l'être humain.

Slaabrok : Tenue composée d'un bermuda foncé avec des rayures noires qui s'arrête juste au-dessus du genou, de chaussettes hautes en soie et de couleur verte, d'un gilet croisé blanc avec des revers blancs, d'une ceinture-étole et de chaussures spéciales de couleur blanche.

Swage : voir ***Reigen-Swage***.

Storlys : La Grande Lumière.

Tiltey : Responsable de l'intelligentsia occupant des fonctions intermédiaires.

Troende : Terme employé afin de caractériser l'homme vivant à l'époque de Northam, le citoyen du futur.

Troje : Tenue de travail.

Unge : Jeune âgé de maximum 17 ans qui se porte volontaire pour « suivre » les grandes figures de l'intelligentsia.

Velos : Vélo motorisé.

Vigioza : Véhicule volant privé.

Vindebro : Pont conçu pour la randonnée douce.

Vilenthen : École secondaire.

Virch : Terme inventé par l'Institut Aidersen dont l'étymologie est inconnue, et qui désigne les nouvelles capacités intellectuelles et spirituelles dont jouissent le processus cognitif et la psyché de l'homme, avec l'apparition de la nouvelle espèce Homo Occidentalis Novus en 3382 apr. J.-C.

Werksted : Usine.

Remerciements

Je remercie tout particulièrement ma femme Tonia Tsoumi, mon frère John Sirigos et Jo Gillan, titulaires du site ancient-origins.net. Cette publication n'aurait pas été possible sans leur soutien.

Je tiens également à remercier du fond du cœur Greg Papadoyiannis pour ses commentaires avisés, Vassilis Tsakiroglou qui a répondu à mes demandes avec promptitude, Emmanuel Bigou pour son aide précieuse dans la traduction du Journal, et Radamanthys Anastasakis, sans qui ce livre bouleversant n'aurait pas survécu.

Achilleas Sirigos

Rendez-vous sur le site officiel du livre à l'adresse suivante :

www.chroniclesfromthefuture.com

This Way Out Productions

www.thiswayout.gr

info@thiswayout.gr

Made in United States
North Haven, CT
10 November 2026

22084230R00226